모짜르트가 살아 있다면

일러두기

저자의 의도에 따라 각 부의 등장인물 간의 대화 표기가 다르게 표기돼 있습니다.
1부 〈점〉에서는 대화 부를 "　"(큰따옴표)의 형식으로,
2부 〈선〉에서는 ―(긴 붙임표)의 형식으로,
3부 〈면〉에서는 「　」(낫표)의 형식으로 표기하였습니다.

모짜르트가 살아 있다면

지은이 김미진
펴낸이 임상진
펴낸곳 도서출판 넥서스

초판1쇄 인쇄 2024년 7월 25일
초판1쇄 발행 2024년 7월 31일

등록 2011년 10월 19일 제406-251002011000302호
주소 10880 경기도 파주시 지목로 5 (신촌동)
전화 (02)2088-2013

ISBN 978-89-98454-85-2 03810

엔드리스(Endless) 시리즈는 도서출판 넥서스가 '문학의 영원함'을
캐치프레이즈로 삼아, 탁월한 한국문학 작품을 엄선하여 재출간하는
프로젝트입니다.

Endless 01

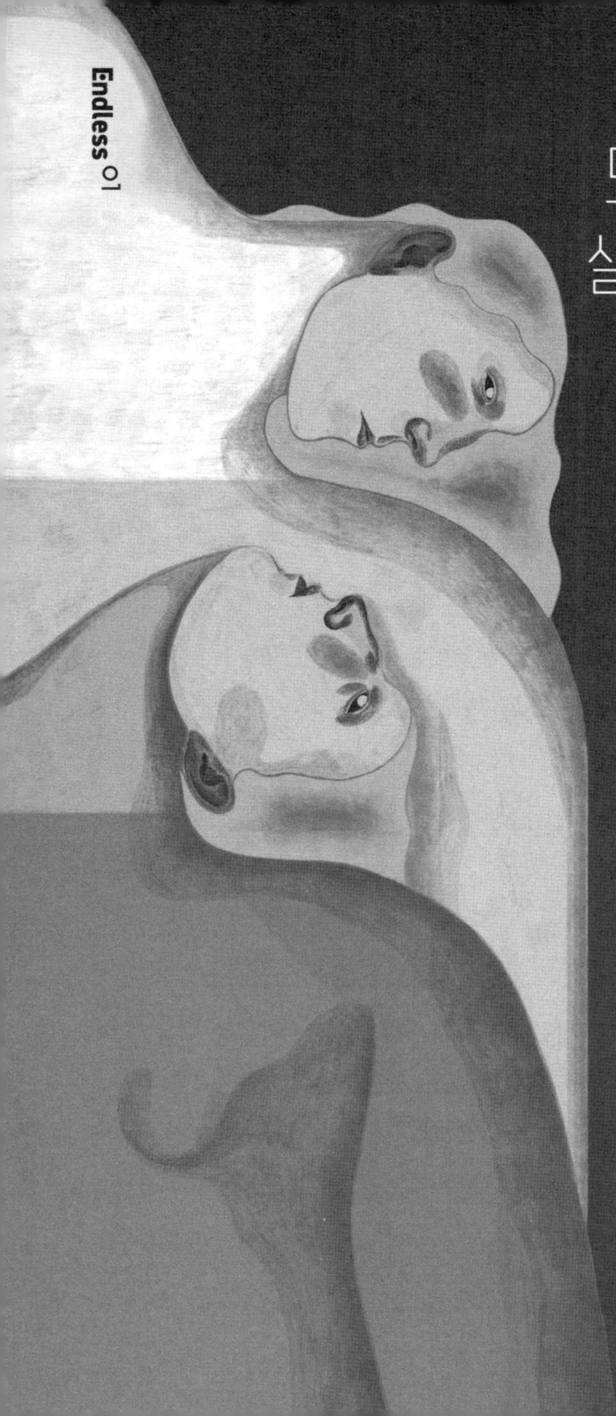

모짜르트가 살아 있다면

김미진 장편소설

&

차례

1

점

2

선

3

면

4

보이지 않는 풍경

만약에 누군가
고액권이 가득 든 커다란 돈 가방을 가지고
내 앞에 나타나서 같이 가자고 한다면
넌 어떨 것 같니?

1

점

캔버스 하나

크리스마스 전날, 〈그〉는 뉴욕에서 권총 강도를 만난 적이 있다. 맨해튼 거리는 예수의 탄생을 축하하는 다양한 이벤트로 활기가 넘쳐흘렀다. 뉴욕 시민들, 다정한 커플들, 그리고 도시를 방문한 관광객들이 성탄절 연휴를 즐기고 있었다. 그때는 아직 인터넷과 스마트폰이 없던 시절이었다. 뉴욕의 범죄 온상 구역에서는 총기 사고가 빈번했지만, 한낮의 시내 중심가는 나름의 질서를 유지하고 있었다.

〈그〉가 통행 제한 구역을 피해 골목길로 들어선 이유는 오로지 옛 동창과의 약속에 늦지 않기 위해서였다. 그때 염소 탈을 쓴 강도가 나타났다. 권총이 〈그〉의 옆구리를 찔렀다. 뉴욕 시내에서 〈그〉의 존재감은 아직 미미했다. '군중1'과 '군중2' 사이에 섞여 있는 익명의 얼굴. 메트로폴리스 서바이 벌 게임 속의 소수점 하나같은 존재였다.

"What do you want?"

〈그〉는 떨리는 목소리로 물었다.

"Money."

염소 탈을 쓴 강도가 손가락 세 개를 비비며 싸늘하게 대답했다. 거대한 도시의 인공 낙원은 언제나 게임 머니를 요구했다. 차가운 총구멍이 늑골 아래로 더 깊이 파고들었다.

그날 오전 10시 30분경, 전화 한 통이 걸려 왔다. 신호 수신 상태가 불안정했다. 주파수가 맞지 않는 혼란스러운 전파에 답답함을 느낀 〈그〉는 목청을 높여 크게 외쳤다.

"헬로우, 헬로우! 여보세요!"

그 전화를 바꿔준 사람은 옆방에 사는 R이었다. R은 파나마에서 온 남자로, 고가의 품목인 무선 전화기를 보물처럼 소중히 여기며 어디든 가지고 다녔다.

쿵쿵쿵. 출입문을 거칠게 두드리는 소리가 들려왔다. 〈그〉는 순간 긴장했다. 집주인이 연체된 집세를 받으러 온 것은 아닌지 불안했다. 숨을 고르며 문 쪽으로 다가갔다.

"누구세요?"

〈그〉는 문 너머로 조심스럽게 물었다.

"나야, R."

익숙한 목소리가 들려왔다.

출입문의 잠금장치를 해제하자마자 녀석이 문을 와락 밀치며 안으로 들어왔다. 실내는 젊은 예술가의 작업실 겸 숙소로 꾸며져 어수선한 상태였다. 〈그〉는 3년째 무명 화가로서의 지난한 삶과 고독한 운명이 깃든 이 스튜디오에서 살고 있었다.

실내를 한 바퀴 둘러보던 R의 시선이 작업대 앞에서 멈췄다. 플라스틱 음료수 상자와 쿨러로 꾸며진 작업대 위에는 큰 캔버스가 하나 세워져 있었다.

"많이 그렸네. 저번에 본 거에서 뭐가 달라진 거지?"

R은 항상 〈그〉의 작품을 염탐하듯이 자세히 들여다보곤 했다. 쓸데없이 간섭하고, 은근히 경쟁하려는 그의 태도가 〈그〉는 항상 불쾌했다. R 역시 그림을 그리는 화가였다.

"왜 그렇게 봐?"

〈그〉는 신경질적으로 물었다.

"그냥 궁금해서. 네 작품이 어떻게 변하는지 보는 게 흥미로워."

R이 미소를 지으며 대답했다.

"내 작품에 대해선 신경 끄고, 너나 잘해."

〈그〉는 차갑게 말했다. R은 어깨를 한번 으쓱했다. 〈그〉는 작업대에 있는 캔버스를 돌아보았다. 오늘 새벽까지 작업한 결과물에는 자신의 고독과 고통이 그대로 담겨 있었다.

"아참, 쌍. 너에게 전화가 왔어. 그런데 여자야."

R의 발언은 전화가 왔는데 여성이라서 뭔가 이상하다는 뉘앙스를 풍겼다. 애매모호하게 사람의 감정을 자극하는 말투였지만, 〈그〉는 말없이 전화기를 받았다.

이름은 결국 한 인간의 운명과 밀접한 관련이 있다고 생각한다. 지금 이 부분에서 〈그〉를 제대로 소개할 필요성을 느낀다. '쌍'이라는 이름이 R의 입에서 갑자기 튀어나왔을 수도 있고, 좀 더 〈그〉에 대해 명확한 이미지가 떠올랐을 수도 있다.

〈그〉는 성탄절 전날 뉴욕 거리의 수많은 인파 속에서 태어났다. '군중1'과 '군중2' 사이에 떠도는 그림자. '군중8992'와 '군중8993'의 경계가 위치한 곳에서 소수점 이하의 소수로 형성된 익명의 모습이 서서히 뚜렷한 형태를 취하게 되었다. 그것은 일견 도자기를 빚는 과정과 닮아있다는 생각도 든다.

누군가의 머릿속에서 잉태된 상념 하나가 무심하고도 평범한 질료로 변형되었다가, 어느 순간 물레 위에 놓인 진흙처럼 발전하기 시작한 것이다. 빙글빙글. 계속해서 물레는 돌아가고. 젖은 진흙 덩어리는 서서히 세밀한 디테일이 담긴 형태로 변모한다.

거리를 부유하던 소수점들 속에서 모호한 형체였던 그 누군가는 〈그〉를 구체화하는 단계인 밑 작업을 거친 후 마침내 개별화된 형체, 온전한 기억과 생김새를 소유한 단계로 진화한 것이다.

〈그〉는 깔끔한 외모에 약 174cm의 키를 가진 건장한 청년이다. 중저음의 낮은 목소리는 사람을 끌어당기는 매력이 있고, 음영이 짙은 눈가는 젊은 예술가의 감성과 자아를 드러낸다. 수많은 뉴요커들 속에서 〈그〉는 더 이상 낯선 이방인이 아니다. 그는 이미 12년 동안 뉴욕에서 생활하고 있다. 일상적인 영어를 어느 정도 유창하게 구사하며, 모국어인 한국어의 억양을 자신만의 개성으로 받아들이고 있다.

어릴 적부터 그림 그리기를 좋아했지만, 가정의 반대로 좌절을 경험했다. 입시 경쟁의 치열함을 뚫고 겨우 서울의 한 대학에 진학했으나, 이번에도 집안의 권유에 따라 관심 없는 경영학을 선택할 수밖에 없었다. 대학 졸업 후 무역회사에 다니다 뉴욕 지사로 파견된 것은 어쩌면 행운이었다. 뉴욕 도시의 아방가르드적 분위기에 매료되어 〈그〉는 결국 화가의 길을 택했다.

볼티모어에 있는 마이카 예술대학에서 미술을 전공하고 전업 작가로 나아가는 데는 시간이 좀 걸렸지만, 노력한 만큼 보람도 있었다. 회색 양복과 넥타이를 착용하던 예전의 삶으로 돌아가고 싶지 않은 이유였다.

R이 불쑥 내뱉은 '쌍'은 〈그〉의 진짜 이름이 아니었다. 한국에서 사용하던 그의 진짜 이름은 '쌍'이 아니라 '민상수'였다. 파견 근무를 위해 서울에서 처음 비자를 발급받을 때, 미국식 이름이 한국과 약간 다르다는 점을 놓쳤다. 미국에서는 '상수 민'이 아니라 '상'이라고 발음했으며, 더 강하게 '쌍'이라고도 불렀다. 때로는 성과 함께 '쌍 민'으로도 불렀다.

상수는 〈그〉의 할아버지가 유명한 도사에게 비싼 값을 치르고 받아온 이름이었다.

"너는 민 씨 집안의 장손이다. 민상수라는 이름을 헛되게 해서는 안 된다."

할아버지는 늘 그렇게 말씀하셨다. 〈그〉는 쌍이라는 이름에 쉽게 적응하지 못했다. 할아버지의 간곡한 바람이 미국 땅에 와서 쌍스러운 욕으로 전락한 느낌이랄까. 그러나 12년간의 긴 세월 동안 뭐든 익숙해질 수 있었고, 이제는 자신의 그림 위에 '쌍 M'이라고 서명하는 것이 당연해졌다. '민 상수'보다 '쌍 M'이 차라리 자연스러웠다. 독창적인 뉘앙스가 더 선도적인 표기법으로 다가왔다. 그런 이유와 상식에 근거하여 이제부터 〈그〉를 쌍이라고 부르기로 하겠다.

그날 오전, R은 한참이나 입방정을 떤 후에야 겨우 전화를 바꿔주었다. 쌍의 그림 작업을 살피던 그의 얼굴은 밝지 않았다. 그의 표정은 경쟁할 수 없는 대상에 대한 무력감과 상대방에 대한 질시와 자괴감으로 어두웠다.

"쌍, 어서 전화 받아."

R은 전화기를 건네주고는 그대로 소파 겸용 침대에 털썩 앉았다. 두 다리를 꼬고 본격적으로 통화 내용을 엿듣기로 작정한 모습이었지만, 쌍은 녀석의 귀를 틀어막을 방도가 떠오르지 않았다. 전화는 잡음이 많아 마치 아득히 먼 행성에서 온 전파를 받는 듯한 느낌을 주었다.

쌍은 수화기에 대고 "여보세요"와 "Hello"를 번갈아 가며 말했다. 저쪽 편이 한국인인지 미국인인지 모르는 상황이어서 자신과 관련 있는 두 나라의 언어로 번갈아 말한 것이다. 멀리 떨어진 지역에서 온 전화라는 판단에 "누구세요?" "Who's calling?" 하며 목소리를 크게 높였다.

지지직거리는 방해 전파 사이를 가로질러 모기처럼 앵앵대는 작은 목소리가 들렸다. R이 말한 대로 상대는 여성이었고, 한국어 억양을 사용하는 것이 분명했다.

"좀 크게 말해요. 잘……안 들려요."

쌍이 수화기를 쥔 채 냅다 고함을 지르자, 옆에서 귀를 모으고 있던 R이 재미있어 죽겠다는 듯이 갈매기 같은 소리를 내며 끼룩끼룩 웃기 시작했다. 전화기 속 여자도 목소리의 데시벨을 한껏 높였는지 어투가 조금 선명해졌다.

"오빠, 나야 나……지니. 내 말……들려?"

이 넓은 미국 땅에서 쌍을 오빠라고 부르는 사람은 오직 그녀뿐이었다. 볼티모어에 사는 지니가 확실했다. 열흘 전에 그녀는 쌍을 찾아와 작별의 말을 남기고 돌아갔다. 한국으로 돌아가기 위해 비행기 표를 예매했다는 말을 듣고, 쌍은 "10년 만의 귀국이라니 장하구나. 미국에서 그동안 고생 많았다." 하며 어깨를 토닥여 주었다.

그런 그녀가 어째서 다시 연락을 취한 건지 짐작할 수 없었다.

"응 지니……들, 려… 무슨 일이니?"

"나라니깐……지니. 나 뉴욕에 왔어. 아직도 안… 들려?"

"글쎄……들린다니깐. 뉴욕에……이제 안 올 거라 한 것 아니니?"

"뭐, 라, 고……? 잘, 안 들려……."

순간, 전화기 너머로 찌르르 송곳처럼 날카로운 소음이 들려왔다.

"앗!"

쌍은 인상을 찡그리며 급히 수화기를 귀에서 떼었다.

"젠장!"

그는 짜증 섞인 목소리로 소리쳤다. R이 옆에서 왜 그러냐며 걱정스러운 표정을 지었다. 쌍은 귀찮다는 듯 고개를 흔들고는 다시 전화 속 목소리에만 집중했다. 얼마 후면 서울로 돌아갈 거라고 했던 그녀가 다시 뉴욕 거리에 나타났다는 사실이 이상했다. 최첨단을 자부하는 메가시티의 한복판에서 이런 개떡 같은 통화 상태를 경험하고 있다는 것도 솔직히 믿기 어려웠다.

"지니, 왜… 다시… 연락한 거야?"

쌍은 답답한 마음에 물었다.

"오빠, 중요한 일…이 있어. 우리 다…시 만나야 해."

지니의 목소리가 희미하게 들렸다.

"말해 봐. 좀 더 크게."

"무슨, 전화가……이래, 이거."

"지니……지금 어디에 있는 거니……."

"어디냐고? 지금 막…… 도착했어. 여보세요! 여보세요!"

그녀가 전화기 너머에서 소리치는 것이 느껴졌다. 원활하지 않은 통신 장애 속에서 결국 두 사람은 두 시간 후 휘트니 미술관 앞에서 만나기로 약속을 잡은 다음에야 겨우 전화를 끊을 수 있었다.

"이 우라질 놈의 전화는 왜 가지고 다니는 거니?"

쌍은 R에게 무선 전화기를 돌려주고 동그란 쿠션 의자에 철퍼덕 앉았다. 마치 누군가에게 기를 심하게 빨린 사람처럼 기진맥진한 채 숨을 헐떡거렸다.

"그놈의 전화기는 왜 그 모양인 거니? 고장 난 거니?"

"태양 방해 전파 때문일 지도. 이건 인공위성 주파수로 연결되는 전화야."

"우리가 이제 태양까지 걱정해야 하는 거니?"

"문명사회를 산다는 건 진짜 골 때리는 일이야."

"넌 집세 낼 돈도 없다면서 통화료 무지 비싼 전화기는 왜 개통한 거니?"

"이건 감시용이지. 몸이 멀어지면 마음도 멀어진다더군."

"진짜로 스멘타 때문인 거니?"

"매일 한 번씩 통화를 해야 마음이 놓이는걸."

"그래. 대단한 보이프렌드 나셨네. 인정!"

R은 고향에 있는 여자 친구 스멘타를 누구보다도 사랑했다.

"항상 그녀 곁에 있지 못하는 게 정말 비극적으로 느껴져."

R이 그렇게 주절거리는 말을 이제껏 골백번은 들어왔을 것이다. 냉장고 안에는 어젯밤에 마시던 캔맥주가 아직 남아 있었다. 쌍은 맥주 하나를 따서 벌컥벌컥 들이켰다.

"또 맥주야? 그러다 맥주에 빠져 죽을 수도 있는데."

"내버려둬. 목구멍이 따끔거려. 캑캑!"

쌍이 자리로 돌아오자, 이번에는 R이 냉장고를 털러 갔다. R은 자기 집 냉장고라도 되는 양 열심히 먹을거리를 찾기 시작했다. 쌍의 냉장고는 항상 그의 식욕을 자극하는 것처럼 보였다. 하지만 지금 냉장고 안의 상황은 초라했다. 테이크아웃 상자 안에 남아있는 음식물 찌꺼기들, 서서히 말라비틀어져 가고 있는 피자 한 조각, 유통 기한이 의심스러운 몇 가지 소스와 색채가 바래고 형태가 변형된 수상한 식자재들. R은 냉장고 안에 머리를 들이민 채 도무지 물러설 기색을 보이지 않았다.

때로는 음식을 탐하는 간절한 열망이 기적을 불러일으키기도 하는 모양이다. 냉장고 바닥 뒤편에 떨어져 있던 작은 사과 한 개가 마침내 R의 눈에 띄었다.

"애플이다!"

심마니가 "심봤다!"를 외치는 것처럼, R이 작고 시들시들한 사과 알갱이 하나를 추켜올리며 소리쳤다.

"우리 집 냉장고에서 산삼을 키우는군."

쌍은 떫은 표정이었다. R이 기름기가 번들거리는 눈빛을 쏟아냈다.

"먹어도 될까나?"

"그럼, 그럼! 어차피 먹을 거면서."

녀석의 뾰족한 이빨이 어느새 사과 과육 속으로 깊숙이 박혔다.

푸직. 한입 베어 문 순간, 입안에서 사과 과즙이 터져 나왔다. 그것은 작고 여린 사과의 마지막 숨결을 위로하는 진혼곡 같았다.

R이 다시 소파로 돌아와 앉았다. 사과를 우적우적 씹으며,

"너는 어제 운이 좋았단다."

라고 말했다. 쌍은 조용히 맥주를 한 모금 들이켰다. 가능한 성가신 대화를 피하고 싶었다.

"너 외출하자마자 집주인이 나타났거든. 혹시 층계에서 부딪치지 않았나?"

"아니. 아닌데."

쌍은 태연하게 대꾸했지만, 솔직히 그것은 사실이 아니었다. 어제 낮, 그는 건물 앞에서 차를 타고 오는 집주인과 거의 맞부딪칠 뻔했다. 집주인은 길 건너편에서 주차 공간을 찾느라 미처 쌍을 발견하지 못했다. 위기일발의 순간에 쌍은 쓰레기통 뒤로 몸을 날렸다. 월세를 두 달씩이나 연체 중인 세입자로서 다른 선택지가 없었다.

집주인 영감은 찰스 디킨스의 스크루지 같은 유형의 인물은 아니었다. 하지만 일흔 가까운 나이에 수시로 들락거리는 세입자들을 관리하는 일은 결코 쉬운 일이 아니었다. 그는 건물주로서 자신만의 소신과 노하우가 있었고, 그 경계선을 위협하는 세입자에게는 자비롭지 않았다. 각박한 세상은 매정한 셈법과 법칙만을 주장하는 것이다.

"누구… 였나?"

R은 은근히 떠보는 눈치였다.

"누구… 라니?"

분명히 방금 전화했던 여자에 관한 질문이었지만, 쌍은 그것이 무슨 말인지 도통 이해할 수 없다는 투로 반문했다. 대화의 기술에 있어서, 그는 쉽게 만족감을 내주고 싶지 않았다.

"좀 전에 통화한 그 여자. 하하하."

"아, 지니! 하하."

"이름이 지니야? 호리병 속의 요정인 그 지니란 말이지?"

R은 자신의 질문이 꽤 만족스러웠는지 어깨를 들썩이며 크게 웃었다. 쌍은 대화의 주도권을 빼앗기지 않기 위해 일정한 거리를 유지했다. 사실, 이런 식의 상투적인 대화가 짜증스러웠다. 쌍이 무반응으로 대응하자, R이 손바닥으로 쌍의 허벅지를 툭 쳤다.

"깊게 들어갔나?"

R이 길고 축축한 혀로 자기 입술을 핥으며 물었다.

"깊다니? 무슨 소리니?"

"왜, 그거 있잖아. 육체적으로 남성, 여성, 거시기, 뿜뿜! 응?"

"아하! S, E, X? 고것이 궁금하다고?"

"히히. 응."

"글쎄. 넌 어떻게 생각하니?"

"뭘? 그건 내가 물은 건데? 나의 질문. 했느냐 안 했느냐. 흥흥."

대화의 무게 중심이 성과 육체에 관한 문제로 옮겨가고 있었다. 이런 선정적인 주제를 희석할 만한 중화제가 필요했다.

"휘트니 미술관, 앞으로…… 나와. 지금부터, 두 시간, 후에……."

쌍은 지니와의 통화 내용을 떠올리며 벽시계를 올려다보았다. 외출하기 전에 얼마간 씻고 준비할 시간이 필요했다. 이제 R의 성적 판타지를 걷어차 줄 때가 되었다.

"그 여자는 대학교 동문이지. 순수하게 백 퍼센트 친구."

"애인 아니고?"

"여자 친구라고 다 애인이면, 내 애인이 스무 명도 넘을 거야."

"볼티모어에 있는 마이카 학교의 동문이란 말이지?"

"응, 그렇지."

"그 여자는 전공이 뭔데? 이뻐?"

"응, 그래."

쌍은 탁자 위에 놓인 하우징 잡지를 펴서 아무 데나 읽는 척했다. 말대꾸를 중단하고 일체 무관심으로 응대하기. 침묵 속에서 째깍째깍 시간이 흘러갔다. R은 미심쩍은 눈빛을 쏘아대더니 결국 출입문을 닫고 나가 버렸다.

캔버스 둘

크리스마스 축일을 맞이한 뉴욕 거리는 수많은 인파로 붐볐다. 호프 거리 근처에 있는 의류 상가 앞을 지나던 쌍은 불현듯 발길을 멈추었다. 건물 옆 비상구 통로에 있는 작은 공터는 텅 비어 있었다. 늘 그 자리에서 구걸하던 백인 청년이 더 이상 보이지 않았다.

12월의 휑한 바람만이 감도는 빈자리를 실감하는 순간, 층계 위에서 헛발을 내딛는 듯 몸의 균형이 흔들렸다. 그것은 알다가도 모를 일이었다. 말로 형용할 수 없는 의식의 불균형이 그 빈터에 잠재해 있었다. 쌍은 길을 잃은 아이처럼 멍한 시선이 되었다.

"어디 간 거니? 다른 데로 간 거니?"

맨해튼 거리의 겨울 하늘은 우울한 잿빛으로 뒤덮여 있었다. 빽빽한 건물 숲 사이로 흐린 허공을 바라보던 쌍은 갑자기 제자리에서 빙글빙글 돌기 시작했다. 왜 몸을 돌리고 싶었는지는 이해할 수 없었다. 느닷없는 충동이 그의 육신을 팽이처럼 돌아가게 했을 뿐이다.

동, 서, 남, 북.

동, 서, 남, 북.

한 바퀴씩 돌 때마다 도시의 소음이 잘게 부서졌다. 그것은 가까이 밀려왔다가 멀어지는 파도 소리 같았다. 쌍은 더 깊은 바닷속으로 가라앉는 느낌을 받았고, 옆에서 잠수함처럼 생긴 범고래 한 마리가 천천히 유영하며 지나가는 것을 볼 수 있었다.

뱅글뱅글 도는 회전판의 가속은 더욱 빨라졌다. 주위의 건물들과 사람들, 간판들, 자동차들이 조각조각 분리되었다가 다시 한데 모여들었다. 공황 발작 같은 심한 불안과 공포 속에서도, 쌍은 허공 끝에 걸린 회색의 조각 평면을 놓치지 않았다. 1초가 마치 1분처럼 길게 느껴졌다.

동, 서, 남, 북.

동, 서, 남, 북.

몸의 축을 돌리는 시간이 점차 늘어나면서, 그의 몸놀림은 활동사진 속 슬로모션 영상처럼 변했다. 육신은 한순간 휘청거리다가 마침내 휙 하고 저만큼 나가떨어졌다.

"낮부터 살짝 맛이 갔구먼."

"약쟁이야. 신경 쓸 것 없어."

쓰러져 있는 쌍을 향해 비난의 목소리가 쏟아졌다. 쌍은 썩은 포대 자루처럼 처박힌 채, 사람들이 힐끔거리며 피해 가고 있는 것을 느낄 수 있었다.

"아니지. 그들은 항상 내게서 물러서려 했지. 나를 피해 다녔지. 마치 누군가의 저주를 피하는 것처럼. 내가 몸을 움직이기 전에도, 그 이전에도."

쌍은 상체를 일으켜 세우며 자조적으로 혼자 웅얼거렸다. 회전판 위에서 뒤죽박죽 엉켜 있던 거리의 풍경들이 천천히 질서를 찾아 제자리로 돌아왔다. 어느새 쌍의 눈꼬리가 축축해졌다. 투명한 눈물이 끈적한 액체처럼 배어 나왔다. 순전히 다른 이유 때문이었지만, 아직도 눈물을 흘릴 수 있다는 사실이 고마웠다. 우연한 순간에 눈물샘이 제대로 작동하고 있음을 확인한 셈이다.

뉴욕 거리는 다시 평온한 모습을 되찾았지만, 쌍의 눈동자 속에는 아직도 어떤 영상들이 떠돌고 있었다.

"아하!"

쌍은 짧은 탄식을 터뜨렸다. 땅바닥에 앉아 지나가는 사람들을 바라보던 중, 한 가지 깨달음이 갑자기 머릿속을 스쳤다. 그것은 허리춤에서 잘려 나간 하층의 세계, 하층부로 집중된 욕망의 단층, 거대한 기계처럼 꿈틀거리는 하체들의 행렬이었다. 의류 상가 옆 빈터에서 행인들에게 돈을 구걸하던 백인 청년이 매일 같이 뚫어지게 응시하던 리얼한 삶의 실체가 바로 여기 있었다.

누가 보더라도 신기할 정도로 아름다운 청년이었다. 그 백인 청년을 처음 목격한 것은 작년 여름의 일이었다. 얼굴에서 광채가 나는 수려한 외모에 홀린 듯 가까이 다가가자, 청년은 무심한 표정으로 쌍의 남성 중심부만 뚫어지게 쳐다보았다. 쌍이 돈 바구니에 동전을 던져넣을 때도, 그는 쌍의 아래쪽을 향해서만 고개를 꾸벅였다.

그날은 유난히도 푹푹 찌는 날씨였다. 쌍은 다른 예술가 친구들과 함께 미술관과 갤러리를 순회하며 작품을 감상하고 있었다. 소호Soho 거리에 있는 화랑가로 향하는 동안, 친구들은 폭염에 지쳐 입을 꾹 다물고 있었다. 오전 일찍부터 수많은 전시장을 돌아다니느라 아직 점심도 제대로 먹지 못한 상태였다.

소호로 접어드는 길 건너편 모퉁이에 초록색 천막 지붕을 쓴 이탈리안 레스토랑이 자리하고 있었다.

"뉴욕에서 최고의 카푸치노를 맛볼 수 있는 가게야. 진짜 맛있어!"

누군가가 다소 과장된 투로 말했다. 마침 건널목 신호등에 빨간불이 켜졌다. 빨간 신호등 위에는 'Don't Walk!'라는 안내문이 명확히 표시되어 있었다.

"Don't Walk! 저건 걷지 말고, 뛰라는 의미야, 뛰어!"

한 사람이 뛰기 시작하자, 그 뒤를 이어 다른 친구들도 잇달아 달리기 시작했다. 4차선 도로 위는 밀리는 차량으로 교통이 혼잡한 상태였다. 누군가가 경적을 울리며 욕설을 퍼부었지만, 쌍도 손을 한 번 쳐들고는 무단횡단 행렬에 합류했다. 굼벵이처럼 기어가는 차들을 피해 캥거루 같은 뜀박질로 신나게 허공을 가로질렀다.

잠시 후, 쌍과 친구들은 이탈리안 레스토랑으로 들어가 창가 자리에 앉았다. 점심때가 지나서인지 가게 안은 조용하고 아주 시원했다. 그들은 몇 가지 음식을 시켜 놓고 늦은 점심을 함께 먹었다. 몇 명의 친구들이 카푸치노를 한 잔씩 추가했다. 쌍은 옆자리 친구가 주문한 에스프레소에 처음으로 흥미를 느꼈다.

"에스프레소 한 잔이요."

쌍이 카운터에 가서 직접 주문을 했다. 주인 남자는 작은 찻잔에 에스프레소를 따르고 쌍에게 물었다.

"레몬즙을 넣겠습니까?"

커피에 레몬 조합이라니! 의아해하면서도 본전을 생각해 고개를 끄덕였다.

"오케이."

주인 남자는 레몬즙을 짜서 넣은 다음 에스프레소 잔을 건넸다. 뚱뚱한 엄지손가락을 번쩍 치켜세우며, 맛이 최고일 거라고 말했다.

"어디 한번 마셔볼까."

쌍은 뜨거운 커피를 조심스럽게 한 모금 마셨다. 기대했던 것과는 달리, 최고의 맛이라고 하기에는 뭔가 좀 이상했다. 인스턴트커피 한 통을 냄비에 붓고 바짝 졸인 것 같기도 하고, 담배 한 보루를 집어넣고 빠글빠글 끓인 것 같은 그런 맛이었다.

'으윽!'

그 어떤 액체와도 비교할 수 없는 독한 맛을 경험한 순간, 속이 왈칵 뒤집힐 것 같은 울렁거림에 현기증마저 났다.

"웩!"

가게 뒤편에 있는 화장실로 달려간 쌍은 결국 더러운 변기통 앞에서 몽땅 토해내고야 말았다. 그렇게 한 번 속을 뒤집고 이탈리안 레스토랑을 나왔을 때였다. 길거리 모퉁이를 돌아 의류 상가 건물 앞을 지나는 순간, 작은 공터에 앉아 있는 비현실적으로 곱게 생긴 청년을 발견했다. 고귀한 예술품처럼 얼굴에서 후광이 비치는 이목구비에 쌍은 침을 한번 꿀꺽 삼켰다.

"혹시 몰래카메라인가?"

주변을 두리번거리며 둘러보았지만, 특이한 장면은 찾을 수 없었다. 청년 앞에는 큼지막한 종이 보드가 세워져 있었다.

'에이즈로 죽어가는 예술가를 도와주세요.'

종이판에 적힌 문구는 아름다운 청년의 애절한 운명을 담고 있었다.

"쌍, 어서 가자."

한 친구가 다가와 쌍의 옷소매를 잡아당겼다.

"아니, 잠깐만!"

쌍은 그 자리를 그냥 지나칠 수 없었다. 백인 청년은 모처럼 거리에 나온 전위예술가 같았다. 태연하게 세상을 관조하는 듯한 무심한 표정이었기에 종이판의 사연 또한 어떤 설정이 아닐지 의심스러웠다. 그의 눈을 들여다보면 무슨 의도가 숨어 있는지 알 수 있을 것만 같았다. 그것이 절망이 아닌 희망임을, 결함이 아닌 충족임을 확인하고 싶었다. 하지만 그는 계속해서 눈을 내리깔고 있었다. 타인의 시선을 외면하고 있는 그와 눈길을 마주치는 것은 거의 불가능했다.

쌍은 청년 앞에 놓인 누런 바구니에 동전을 하나씩 떨어뜨리기 시작했다. 쨍그랑, 쨍그랑. 동전이 떨어질 때마다, 청년은 꾸벅꾸벅 기계적으로 고개를 숙였다. 단 한 번도 고개를 들어 쌍을 쳐다보려 하지 않았다. 다시 쨍그랑, 쨍그랑. 꾸뻑, 꾸뻑. 더 이상 호주머니에는 동전이 남아 있지 않았다. 동전이 떨어지는 소리가 멈추자, 청년의 꾸벅이는 동작도 중단되었다. 그의 시선은 쌍의 하체에서 길거리 다른 사람들의 하체로 옮겨갔다.

'이상한 놈이다. 하체 높이 이상은 바라볼 필요가 없다는 거니.'

그때 저만치 떨어져 있던 일행 중 하나가 기겁한 표정으로 빨리 쫓아오라고 소리쳤다. 쌍은 더 이상의 기대를 저버리고 동행에게로 걸어갔다.

"미쳤어? 전염되면 어쩌려고 그래?"

한 친구가 윽박지르듯 말했다.

"에이즈는 공기로 전염이 안 되잖니. 당신도 잘 알면서."

"저 녀석이 혼자 죽기 싫어서 네 팔뚝이라도 물어뜯으면 어쩌려고 그래. 얼마 전에 보스턴에서 실제로 그런 일이 벌어졌단 말이야."

"아무렴. 얼굴은 천사인데."

"천사가 천벌을 받고 있는 거야."

"표현이 좀 심하잖니."

"왜 에이즈겠니? 나는 딱 질색이라고."

쌍과 친구들은 다시 발걸음을 옮겨 길을 걷기 시작했다. 다음 블록의 신호등에 다다랐을 때, 그 백인 청년에 대한 일은 이미 쌍의 마음속에서 사라진 상태였다. 그렇게 여름이 가고, 가을이 왔다. 맨해튼의 풍경이 아름다운 가을 단풍으로 변모하기 시작할 무렵, 쌍은 모처럼 외출을 나갔다가 다시 그 백인 청년과 마주쳤다.

청명한 가을 햇살이 쏟아지던 어느 날이었다. 여름 내내 작은 스튜디오 안에서 땀을 찔찔 흘리며 작품 제작에만 몰두했던 쌍은, 모처럼 세상 돌아가는 물정도 살필 겸 화랑가 순례에 나섰다. 쌍은 오전 내내 걷고, 계속해서 건물 층계를 올라다녔다. 전시장들을 돌아다니는 일은 거의 중노동 수준의 체력을 요구했다. 게다가 수많은 작품들이 던져주는 시각 이미지들로 머릿속은 현기증이 날 정도로 어지러웠다. 그래도 쌍은 동종업계의 생존 모색을 위해 그날 안으로 휘트니 미술관에서 열리는 '90년대, 포스트모더니즘의 새로운 방향전'까지 모두 훑어볼 작정이었다.

한꺼번에 이것저것 살펴보고, 동시에 적당한 거리를 유지하고 싶었다. 여름내 작업실에서만 붙어 살던 원시인의 모처럼 만의 외출이 아닌가. 새로운 영감을 얻거나 아이디어를 확장할 수 있는 좋은 기회가 되길 바랐다. 그때 쌍은 점심 끼니도 거른 채 겨우 길바닥에서 파는 프레즐 하나를 손에 들고 우적우적 씹으며 소호 거리를 빠져나오고 있었다.

노숙자처럼 보이는 한 남자가 의류 상가 옆 작은 공터에 앉아 있는 것이 보였다. 처음엔 그 청년을 바로 알아보지 못했다. 그는 여름에 보았을 때보다 체격이 절반으로 줄어든 모습이었다. 무심한 표정으로 허리 아래 세상을 탐하던 그의 파란 눈동자는 이제 죽은 생선의 눈처럼 탁하고 흐린 빛깔로 변해, 보도 위에 꽂혀 있을 뿐이다. 그 청년은 한때 눈부신 외모로 사람들을 감동시켰지만, 지금은 제자리에 똑바로 앉기조차 버거운 몰골이었다. 들보가 빠진 처마처럼 허물어지고, 고개마저 꺾인 모습이 안타까웠다.

앞에 놓인 큼지막한 종이판 덕분에 백인 청년을 그나마 알아볼 수 있었다.

'에이즈로 죽어가는 예술가를 도와주세요.'

햇빛에 바랜 글씨체가 점점 희미해지고 있었다. 너덜거리는 종이 보드를 바라보다 울컥 치미는 감정에 고개를 돌렸다. 비현실적으로 아름다웠던 우아함은 더 이상 존재하지 않았다. 퇴락한 소멸의 덮개가 한때 찬란했던 금발 머리를 감싸고 있었다. 조금씩 마모되고, 서서히 스러져 가는 그것. 인간일 수도, 어떤 사물일 수도 있는 그것.

쌍은 당장 호주머니에서 동전을 찾았다. 쨍그랑, 쨍그랑. 바구니에 돈이 떨어질 때마다 그의 어깨가 한 번씩 움찔거렸다. 길거리 동냥질을 하더라도 우선은 입성부터 깔끔해야 좋다 했던가. 얼마 전만 해도 꽤 풍성해 보이던 바구니가 이제는 밑바닥에 깔린 동전 몇 닢이 고작이었다. 그는 동냥을 받고도 고개를 꾸벅이지 않았다. 무심한 듯 세상의 절반을 응시하던 그의 눈동자는 이제 쌍의 하부 중심이 아닌 구두코에만 잠시 스칠 뿐이다.

쌍은 또 한 번 느닷없는 충동에 휩싸였다. 양손으로 그의 얼굴을 추켜들고, 싱싱했던 예전의 아름다움을, 그 눈동자의 순결함을 확인하고 싶었다. 그렇지만 말이다. 그의 얼굴을 쳐들고, 그 눈을 마주 보게 된다면… 처음이 됐든 마지막이 됐든, 마침내 그 눈동자를 들여다보게 된다면… 그다음에는 뭘 어쩌자는 것인가. 그의 파국이 에이즈 병균처럼 전이될 것 같아 두려웠다.

불안이 병든 자들의 가슴에서 전염병같이 퍼지듯, 불운 또한 악성 종양처럼 포식자의 운명을 삼킬 것이다. 내가 사라질 자리. 내가 지워지고, 비워질 자리의 빈터. 더 이상 내 그림자가 길어지지 않을 도태의 순간이 찾아올 거라는 두려움.

'나는 뭘 어쩌자고 여기 서 있는 건가.'

쌍이 그 순간 선택할 수 있는 것은 단 하나뿐이었다. 한때 눈이 부시게 반짝이던 청년을 남겨두고 가장 빠른 속도로 이 자리를 떠나는 것. 이런 절망으로부터 이탈하고 싶은 강렬한 충동.

댕그렁. 댕그렁. 구세군 자선냄비의 종소리가 의식의 빈틈을 파고들었다. 의류 상가 건물 모퉁이에서 빨간 옷을 입은 남자가 종을 흔들고 있었다.

댕그렁 댕그렁…… 감사합니다.

댕그렁 댕그렁…… 우리 모두 댕그렁……

외롭고 가난한 사람들에게 댕그렁 댕그렁……

온정의 손길을 보냅시다 댕그렁……

감사합니다 댕그렁……

감사합니다 댕그렁 댕그렁……

맨해튼 중심가는 다채로운 크리스마스 이벤트와 많은 쇼핑객으로 활기 넘치는 분위기였다. 쌍은 차량 통제가 시작되는 지점을 피해 골목길로 접어들었다. 시간은 어느새 정오를 넘어섰다. 휘트니 미술관 앞까지 제시간에 도착하려면 조금 서둘 필요가 있었다. 옷깃을 파고드는 매서운 한기에 어깨를 떨면서 빠른 걸음으로 나아갔다.

그때 얼굴에 염소 탈을 쓴 남자가 거리 반대편에서 양팔을 휘저으며 걸어왔다. 남자의 긴 다리가 리듬을 타듯이 움직일 때마다, 머리 뿔에 길게 매달린 동그란 방울이 찰랑거렸다. 쌍이 한쪽으로 비켜서려는데, 그 염소 탈을 쓴 남자가 갑자기 코앞에서 멈춰 섰다.

"왜 그러지?"

쌍은 깜짝 놀라서 한 발 뒤로 물러섰다. 그러자 염소가 더 바짝 다가오며 어깨를 으쓱거렸다. 놈은 키도 크고 덩치 또한 압도적으로 우월했다.

"씨발! 눈이 좀 오려나 어쩌려나."

하늘을 올려다보는 염소의 입에서 거친 말투가 튀어나왔

다. 쌍은 인상을 찡그렸다. 녀석이 뿜어낸 더러운 침이 쌍의 콧잔등에 떨어졌다.

"네가 보기엔 어때? 눈이 올 것 같아?"

염소의 말에 쌍은 등골이 오싹했다. 그 시절의 뉴욕은 곳곳이 범죄의 온상이었다. 벌건 대낮에도 노상강도가 활개를 쳤다. 쌍은 도망칠 기회를 노렸지만, 이미 녀석의 권총이 옆구리를 파고들었다. 주위에 사람들이 전혀 없었던 것은 아니었다. 그러나 아무도 이쪽으로 눈길조차 주지 않았다. 다른 사람 일에 신경 쓸 만큼 한가한 사람은 없었다.

'이렇게 모두가 외면하다니!'

뉴요커들의 철저한 이기주의가 원망스러웠다. 염소가 쌍의 어깨에 팔 하나를 걸쳤다.

"이놈의 눈을 울 엄마가 좋아하거든. 근데 울 엄마 이름이 뭔지 알아? 씨발, 마리아야. 알겠니? 씨발!"

쌍은 와들와들 떨며 고개를 끄덕였다.

"눈이 안 와도 괜찮아. 울 엄만 지금 무덤 속에 있거든. 씨발!"

염소가 침을 퉤 뱉었다.

"What do you want?"

쌍이 떨리는 목소리로 물었다.

"Money."

녀석이 깔끔하게 떨어지는 한 문장의 단어로 대답했다.

"배가 고파. 어제저녁부터 굶었거든. 씨발."

염소가 총구를 더욱 깊이 밀착시켰다. 빠져나갈 방도는 보이지 않았다. 더 이상 시간을 끌어 이로울 게 없었다. 쌍은 숨을 몰아쉬며 외투 안주머니에서 지갑을 꺼냈다. 그것은 우주 소년 아톰 캐릭터가 그려진 찍찍이 지갑이었다.

뉴요커들 사이에 떠도는 말이 있다. 노상강도를 만날 경우를 대비한 일종의 생활 수칙이다.

첫째, 호주머니에 잔돈을 넣고 다닐 것.

둘째, 백이나 배낭은 반드시 엑스 자로 앞으로 멜 것.

셋째, 명품이나 비싼 장신구로 돈 냄새를 풍기지 말 것.

넷째, 한낮에도 음침한 곳은 가능하면 혼자 가지 말 것.

다섯째, 남들 앞에서 함부로 가방을 열거나 지갑을 꺼내지 말 것.

그 순간, 쌍은 첫 번째와 다섯 번째 행동 강령을 어긴 셈이었다. 왜 그런 멍청한 실수를 했을까. 정신이 나갈 정도로 쇼크 상태에 빠졌던 것일까. 아니다. 호주머니에는 예비로 챙겨 둔 잔돈이 없었고, 안주머니에 있던 찍찍이 지갑은 이미 꺼내진 상태였다. 지갑 안에는 상당히 많은 지폐가 두둑하게 들어 있었다. 그건 밀린 월세를 갚기 위해 쌍이 한 푼씩 모은 돈이었다.

지갑을 본 염소는 눈동자가 튀어나올 것만 같았다. 놈은 날고기를 본 늑대 새끼처럼 숨을 헐떡이며 쌍의 손에서 찍찍이 지갑을 채갔다. 찌지지직. 녀석은 문어 다리처럼 생긴 길쭉한 손가락으로 찍찍이 지갑을 열더니, 그 안에 있던 화폐를 모조리 꺼내어 자기 바지 주머니에 쑤셔 넣었다.

노상강도의 행태나 범행 수법은 일반화하기 어려우나, 그 염소는 다소 희귀한 유형의 행동 패턴을 보였다.

"지갑이 마음에 드는군. 그렇지만 돌려주겠어."

빈털터리 홀쭉이로 변한 우주 소년 아톰은 다시 쌍의 손으로 돌아왔다. 녀석은 예상치 못한 또 다른 특이성을 드러냈다.

"집에 갈 차비는 있어?"

쌍은 말없이 눈만 끔뻑거렸다.

"있어? 없어?"

놈이 다그치듯 목소리를 높였다. 쌍은 이번에도 고개만 흔들었다.

"쳇! 한심하군. 넌 잔돈푼도 안 가지고 다니냐? 쯧쯧쯧."

염소는 바지 주머니에서 다시 돈다발을 꺼냈다.

"자, 받아."

염소는 5달러짜리 지폐 한 장을 뽑아서 쌍에게 내밀었다.

"받으라니까."

끔뻑끔뻑.

"나도 바빠. 어서 받으라고."

끔뻑끔뻑.

"크리스마스이브에 집까지 걸어갈 셈이야? 어서!"

염소가 손에 쥐어 준 화폐 한 장을 엉겁결에 받고는 고개까지 숙였다.

"Thank you."

이놈의 얼어 죽을 인사말이 습관적으로 쌍의 입에서 흘러나왔다. 미국 생활 12년 동안 입에서 닳고 닳았던 그 말. 사랑하는 이에게는 아직 전하지 못한 한마디 말.

염소는 옥수수처럼 하얀 이빨을 드러내며 씩 웃었다.

"You're welcome."

녀석은 쌍의 어깨를 가볍게 툭툭 치더니, 마치 아무 일도 없었던 것처럼 천천히, 리드미컬하게 염소 뿔에 매달린 방울을 찰랑거리며 멀어져갔다.

캔버스 셋

휘트니 미술관이 당시에는 매디슨 거리에 위치해 있었다. 다양한 작품 전시와 문화 활동의 중심지로 알려진 이 건물은 특이한 외형과 곡선미를 살린 아름다움으로 많은 이들의 시선을 사로잡았다. 미술관 앞에 도착했을 때, 발을 동동거리며 서 있는 지니의 모습이 보였다.

"오빠. 왜 이렇게 늦었어. 추워서 죽는 줄 알았잖아."

쌍을 발견한 그녀는 짜증 섞인 말투로 쏘아붙였다. 그녀가 쌍을 오빠라고 부르는 건 그가 4살이나 연장자이기 때문이다.

"미안, 미안. 건물 안에 들어가서 기다리지 왜 여기에 있니?"

"성탄절 연휴에 미술관이나 기웃거리다니. 생각만 해도 끔찍한 일이야."

"그래도 여긴 너무 춥잖니. 뉴욕 날씨가 고약한 것 너도 잘 알잖니."

쌍은 언 손을 비비며 입김을 호호 불었다. 매서운 바람에 금방이라도 코끝이 떨어져 나갈 것만 같았다. 많은 사람들이 돌층계 주변에 몰려 서 있었다. 그들은 겨울 도시의 펭귄처럼 추위에 떨며 약속을 정한 누군가를 기다리는 모습이었다. 휘트니 미술관 앞 돌층계는 뉴요커들의 만남의 장소였다.

"어디 가서 뜨거운 거나 좀 마시자. 난 여기 오다가 염소에게 다 털렸지."

"염소라고, 염소? 와하하."

지니는 히스테리컬하게 웃으며 배꼽을 쥐었다. 주위 사람들이 힐끔거리며 돌아보았다.

"그만 웃지! 뚝!"

쌍은 무안해서 지니의 입이라도 틀어막고 싶은 심정이었다. 길에서 날강도한테 당한 이야기가 왜 그토록 우스운지 알다가도 모를 일이었다. 그녀의 과도한 반응이 단순히 자신이 꺼낸 말 때문인지, 아니면 다른 이유가 있는지 감을 잡을 수 없었다.

"가자. 어서."

쌍은 양쪽 소매에 찔러넣었던 손을 빼고는, 지니의 팔을 잡아당겼다. 미술관 층계를 내려온 쌍은 지니와 함께 거리의 인파 속으로 섞여 들기 전에, 우선 맥코이 갤러리로 전화를 걸었다. 노상강도에게 빼앗긴 집세를 해결하기 위해서는 그 곳 갤러리의 지원이 무엇보다 절실했다.

안내 데스크를 맡고 있는 여직원이 전화를 받았다. 맥코이 갤러리의 큐레이터인 리친스키는 마침 부재중이었다.

"혹시 휴가를 떠났나요?"

"아뇨. 오늘도 출근하셨어요. 메모를 남겨드릴까요?"

"아닙니다. 제가 다시 전화를 걸겠습니다."

쌍은 이스트빌리지에 위치한 맥코이 갤러리의 전속 화가다. 작년에 계약을 체결한 후로는 그곳에서 쌍의 작품 판매를 주관하고 있었다. 리친스키는 무명에 가까운 젊은 화가들에게 특히 관심을 쏟는 베테랑 큐레이터였다. 진흙 속에 파묻힌 반짝이는 진주를 찾아내기 위해서는 고도의 미적 감각과 그에 합당한 뛰어난 안목이 필수적이다. 그런 측면에서 리친스키는 오지의 탐험가이자 노련한 발굴자였다.

쌍이 그의 눈에 띄게 된 것은 정말 가슴 벅찬 행운이었다.

'퇴근 전까지 연락이 안 되면 어쩌지. 집세 때문에 큰일이로군.'

공중전화 수화기를 내려놓는 쌍의 표정이 어두웠다. 뉴욕의 화랑가는 연말연시의 긴 휴가를 앞두고 있었다. 연초까지 버티려면 오늘 중에 리친스키를 만나야만 했다. 그동안 맥코이 화랑에서 상당한 양의 작품을 가져갔다. 갤러리 지하 창고에 아직 남아있는 그림들을 대신하여 작품값을 미리 당겨 달라고 요청할 생각이었다.

크리스마스 연휴를 느긋하게 즐기는 다른 사람들과 달리, 쌍은 혼자 벼랑 끝에서 바둥거리는 처량한 신세였다. 집세는 두 달이나 밀려 있었고, 당장 끼니를 때울만한 먹거리조차 없었다. 만일 리친스키가 새해까지 출근하지 않는다면, 쌍은 지금 상태에서 쫓겨난 채로 추운 거리를 배회해야 할지 모른다.

사실을 말하자면, 리친스키를 다시 만나러 가야 한다는 생각만으로도 정말 죽고 싶은 심정이었다. 쌍은 이번 달에만 벌써 두 차례나 맥코이 화랑을 다녀왔다. 쌍의 그림들은 컬렉터들 사이에서 그다지 인기를 얻지 못했다. 작품 판매 실적도 형편없는 상황에 갤러리 안에 그나마 작품을 전시해 준 것만으로도 고마웠다. 그래도 상황이 어렵게 돌아갈 때는 리친스키 외에는 의지할 곳이 없었다.

"누군가 내 그림을 좋아할 만한 사람이 나타나겠죠. 영원히 이 지경이면 내가 너무 불쌍하잖아요."

쌍은 그런 말을 내뱉고 있는 자신을 저주했다. 리친스키는 입맛을 다시며 결국 서랍에서 수표책을 꺼냈다.

"요즘엔 우리 갤러리도 재정 상태가 좋지 않아서."

적선하듯 내민 수표 한 장을 받아 들고 돌아서는 그의 뒤통수가 화끈거렸다. 그것은 채 백 달러도 안 되는 액수였다. 세상이 뭔가 잘못 돌아가고 있다는 생각이 들었다. 계속 그림을 그리면서 이런 대접을 받아야 하는지 자신이 없었다.

'마지막까지 버티는 자가 승자지. 자존심은 개뼈다귀지.'

쌍은 자기 어깨를 토닥이며 갤러리를 빠져나왔다.

오늘 리친스키를 만나게 되면 불필요한 말은 절대로 하지 않을 작정이었다. 괜히 길거리 강도 얘기를 꺼냈다가 이상한 소리나 하는 사람으로 찍히고 싶지 않았다. 그런데 버거킹 앞에서 건 두 번째 전화에도 리친스키와 통화가 되지 않았다. 안내 데스크의 여자는 리친스키가 자리에 없다는 말만 반복했다. 결국 아까운 동전만 두 개 날린 셈이다. 쌍은 직접 찾아가 만나자는 쪽으로 생각을 바꾸고는 지니와 함께 아스트 빌리지 쪽으로 방향을 돌렸다.

오늘따라 그녀는 묵묵히 걷기만 할 뿐 말이 별로 없었다.

"한국에 간다더니 왜 갑자기 뉴욕에 온 거야?"

그녀는 심각한 표정으로 아무런 대답도 하지 않았다. 평소의 그녀는 종알종알 무슨 말이든 톡톡 던지는 편이었다. 하지만 오늘은 뭔가 중요한 것을 상실한 사람처럼, 마음의 갈피를 잃고 중심이 흔들린 듯한 인상을 주었다.

"무슨 일이니? 귀국이 보류된 거니?"

"뭐, 그냥."

"그냥 뭐? 말 좀 해봐."

"뜨거운 커피라도 마시자면서?"

"아, 커피? 그런데 난 말이지, 염소가 그때……."

쌍은 무심코 튀어나오려던 말을 꿀꺽 삼켰다. 그는 자신이 거의 빈털터리라는 사실을 곱씹었다. 길거리 강도에게 몽땅 털렸다는 사실을 언급할 필요가 있을까. 나이 어린 여자 후

배에게 자신의 빈 호주머니 사정을 털어놓기엔 자존심이 상했다.

조금 걷다 보니 간이 식당처럼 생긴 작은 카페가 나타났다. 창가를 장식한 크리스마스 전등이 레인보우 빛깔로 반짝이며 지나가는 사람들의 시선을 사로잡았다.

"오빠. 여기 들어가자. 난 꽁꽁 얼었어."

그녀가 쌍의 팔짱을 끼며 말했다. 쌍은 어쩔 수 없이 그녀를 따라 가게 안으로 들어갔다. 카페 안 분위기는 소박했는데 손님들이 아주 많았다. 쌍은 수중에 남아 있는 돈을 계산해 보았다. 염소에게 받은 5달러 중에서 전화 통화료 50센트를 뺀 후, 남은 돈은 4달러 50센트뿐이었다. 그 정도면 커피 두 잔 값 정도는 충분히 감당할 수 있었다.

웨이트리스가 두 사람을 창가 안쪽의 빈자리로 안내했다.

"난 속이 안 좋아. 간단히 커피 한 잔만 마실게."

지니의 말에 쌍은 속으로 안도의 한숨을 쉬었다. 이 카페에서 4달러 50센트로 주문할 수 있는 것은 뜨거운 커피 두 잔과 토스트 일 인분밖에 없었다.

"이 시간에 토스트는 안 되는데요. 다른 걸로 주문하세요."

웨이트리스가 고개를 저으며 단호하게 말했다.

"이 집의 토스트를 먹고 싶어서 일부러 온 건데요. 크리스마스잖아요. 주방에 가서 대신 부탁 좀 해주세요?"

쌍은 미소를 지으며 최대한 공손하게 말했다.

“장담은 못 해요. 그렇지만 한 번 물어는 볼게요.”

웨이트리스가 잠시 주방에 갔다 나오더니 쌍을 향해 고개를 끄덕였다. 토스트 주문이 수락되었다는 신호였다.

“야호!”

쌍은 안도의 한숨을 쉬었다. 이제야 밝히자면, 그는 엊저녁부터 계속해서 굶은 상태였다. 허리가 꺾일 지경으로 배가 고파서 식당 안에 가득한 음식 냄새가 고통스러웠다. 가능한 형편이었다면 메뉴판에 있는 음식을 전부 주문했을 텐데. 하지만 개뿔도 없는 상황에서 더 이상의 탐욕은 성탄절 연휴의 장 발장과 같은 비극을 초래할 뿐이었다.

“왜 그래? 돈이 없어?”

“그게 무슨 소리니? 돈은 충분해.”

쌍은 아무렇지 않다는 듯이 어깨를 한 번 추켜 올렸다.

“그럼, 다행이고.”

그녀는 가볍게 미소를 지었다. 따스한 실내 공기에 그녀의 두 뺨이 부드럽게 달아오르는 듯했다. 서울로 가려던 사람이 다시 뉴욕에 온 이유를 묻고 싶었지만, 일단은 그녀가 먼저 말을 꺼내기를 기다리기로 했다.

‘뭔가 사정이 있겠지.’

쌍은 냅킨에 침을 묻혀 재킷에 묻은 음식물 자국을 닦아냈다. 창밖을 바라보던 그녀가 갑자기 고개를 돌리며 빤히 쳐다봤다.

"왜 그래? 무섭게."

쌍은 겁에 질린 듯 어깨를 뒤로 젖혔다. 그녀가 상체를 앞으로 기울이며 얼굴을 가까이 가져왔다.

"만약에 어떤 사람이 돈이 가득 든 큰 가방을 가지고 나타나서 같이 도망가자 한다면 오빠는 어떨 것 같아?"

"무슨 말이니? 너 낮술 했니?"

쌍은 코를 벌름대며 냄새를 맡아보는 척했다.

"아이참! 누군가 고액권 지폐가 가득 든 돈 가방을 들고 나타난 거야."

"은행으로 가야지. 그런 놈 있으면 나도 소개해 줘야지."

"미치겠네!"

"벌건 대낮에 무슨 돈 가방 타령이니? 쯧쯧쯧!"

"네 참! 그런 게 아니래도."

그녀가 쌍을 사나운 눈으로 째려보고는 다시 창문 쪽을 향해 고개를 돌렸다.

"너무 추워서 맛이 간 거니? 아이고, 골치야!"

쌍은 주먹으로 자기 머리를 때렸다.

그때 웨이트리스가 커피와 토스트를 들고 나타났다.

"다음부터 이런 주문은 곤란해요. 토스트는 아침에만. 아셨죠?"

"물론이죠. 감사합니다."

웨이트리스는 고개를 한번 까딱하고는 그대로 사라졌다. 쌍은 그녀 앞에 뜨거운 커피잔을 바싹 밀어 놓았다.

"어서 마셔. 넌 오늘 좀 이상해."

"난 농담이 아닌데."

"인정해! 이놈의 날씨 탓이지. 추워도 너무 추워."

그녀가 험상궂은 표정으로 쏘아보았다.

"쌍!"

"아이고 깜짝이야. 왜 남의 이름을 고딴 식으로 부르니?"

"내가 뭐?"

"욕하는 줄 알았잖니."

"그러니까 집중해서 들으라고. 이렇게 큰 가방에 지폐가 가득 들어 있는 거야."

그녀가 양손을 크게 벌려서 들어 보였다.

"지폐 좋지. 나도 지폐 벼락 좀 맞아 보자."

"쓰읍."

"헛소리 그만하고, 자자 뭘 넣어드릴까요? 크림? 설탕?"

쌍은 양손에 두 개의 스테인리스 통을 들어 보였다. 그녀가 입술을 잘근잘근 씹으며 쌍을 응시했다. 그는 잠자코 자신의 커피잔에 설탕과 크림을 붓기 시작했다.

줄줄줄.

동그란 스테인리스 통 두 개에서 두 가닥의 하얀 줄기가 쏟아져 나왔다. 사탕수수와 커피의 낙원으로 불리는 자메이카 왕국이 있다. 그는 자메이카의 남쪽 나라에서 유배된 왕자였다. 배 속에서 꼬르륵하는 소리가 들렸다. 길거리 카페의 한 잔 커피는 감동적으로 맛있었다. 그녀가 커피를 한 모금 마시며 하얀 접시에 놓인 토스트를 응시했다.

"먹을래?"

쌍은 불안한 표정으로 조심스럽게 물었다.

"속이 안 좋다고 했잖아."

그녀가 신경질적으로 머그잔을 쾅 내려놓았다.

"그럼, 나만 먹도록 하지. 흠!"

노릇노릇하게 구운 황금빛 식빵 두 장은 보는 이의 침샘을 자극했다. 토스트의 한 면을 젖힌 후, 쌍은 나이프로 떠낸 버터 한 조각을 올려놓았다.

1초, 2초, 3초…….

빵의 온기를 머금은 버터가 차츰 녹기 시작했다. 그는 토스트에 버터를 대충 바르는 것을 선호하지 않는다. 딱딱하게 굳은 버터는 빵에 잘 펴지지 않을 뿐만 아니라, 보드라운 빵 표면에 심각한 손상을 줄 수도 있다. 무엇보다도, 빵의 맛과 입안에서 느껴지는 질감에서 미묘한 차이가 있다. 고형의 버터를 마구 발라 먹는 것과 부드럽게 녹은 버터를 발라 먹는 것은 쫄깃한 식감 면에서도 맛의 차이가 확연하다. 버터 표면이 서서히 촉촉해지며, 투명한 노란빛이 서서히 빛났다. 그는 톱니 모양의 나이프를 손에 들고 다시 카운트다운을 시작했다.

1초, 2초, 3초…….

20초까지 모두 헤아린 그는 톱니 나이프로 버터를 펴 바르기 시작했다. 나이프의 칼날이 스친 자리마다 일정한 간격으로 미세한 홈이 파였다. 끈적거리는 노란빛 버터가 촉촉한 계곡 속으로 천천히 스며들었다. 버터의 반짝이는 광채와 그 묵직하고 우아한 향기가 사방으로 번져갔다. 야만적인 칼날에도 식빵 표면이 찢기거나 움푹 패는 불상사는 없었다. 드디어 버터를 완벽하게 바른 토스트 하나가 완성되었다.

꿀꺽.

입안 가득 침이 고였다. 이대로 먹어 치우기에는 아쉬움이 컸다. 그는 두 번째 작업에 착수했다. 우선 버터를 바른 토스트를 다시 접시 위에 올려놓았다. 왼쪽 손바닥에 톡톡톡 설탕을 약간 쏟아서 손가락으로 집었다. 이 과정에서의 하이라이트는 직관적인 손동작이다. 손가락 세 개를 이용하여 설탕을 아주 조금씩만 뿌려주었다. 참기름을 바른 김 위에 소금을 뿌리는 과정 같은 동작을 두 번 반복했다.

살살살.

톡톡톡.

아직 따뜻한 토스트 위에서 설탕이 약간 녹을 때까지 기다렸다.

'이제 됐군!'

마침내 그의 입가에 미소가 번져갔다. 바삭한 식빵, 부드러운 버터, 그리고 흰 설탕이 삼박자로 어우러져 완벽한 토스트가 탄생했다. 쌍이 군침을 삼키며 토스트를 입으로 가져가려는 순간,

"내가 먹어도 돼?"

갑자기 그녀가 쌍의 손에서 토스트를 확 채갔다. 순식간에 벌어진 참사에 쌍은 입을 벌린 채 멍한 표정이었다. 그녀는 쩝쩝거리면서 토스트 한 장을 게 눈 감추듯 먹어 치웠다.

"맛있네. 아주 맛있어."

쌍의 머리에서 뜨거운 열기가 솟구쳤다. 참을 수 없는 억울함에 말까지 더듬거렸다.

"속, 속이 안 좋다면서?"

"지금은 많이 편안해졌어. 헤헤."

"너 식사는 하고 다니니?"

"거의 못 했지. 속이 안 좋은데 어떻게 먹어."

"근데 지금은?"

"좀 먹을 수 있을 것도 같아. 땡큐."

그녀가 마지막 한 장 남은 토스트를 바라보며 입맛을 다셨다.

'으악!'

사람이 참는 것도 한도가 있는 일이다. 하지만 싸우는 것보다 참는 것이 더 쉽지 않은가. 내일 이 세상이 끝난다 해도 뭐든 참아낼 수 있었다. 고작해야 식빵 한 조각이 아닌가. 쌍은 입 안에 고인 침을 꿀꺽 삼켰다.

"먹고 싶으면 먹어야지. 어서 드시지요. 동상."

그는 토스트가 놓인 접시를 그녀 쪽으로 밀어놓았다.

"진짜 내가 다 먹어도 돼?"

"이 집은 토스트가 특히 맛이 있지."

"정말 그런 것 같아. 오빠, 고마워."

그녀는 나머지 토스트도 눈 깜짝할 사이에 해치웠다. 쌍은 구도자의 심정으로 마지막 빵 조각이 그녀의 입안으로 사라지는 것을 지켜보았다.

"만약에,"

접시를 말끔하게 비운 그녀가 종이 냅킨으로 입술을 톡톡 두드리며 닦았다.

"누군가 커다란 돈 가방을 들고 나타나면 어떨 것 같아?"

"떼끼! 또 그 소리!"

"진짜 커다란 돈 가방이라니까."

"누가 복권이라도 당첨됐니?"

"대답이나 해, 어서."

"그런 돈 가방이 있으면 아프리카 난민만 도울 게 아니라, 가난한 도시의 난민도 좀 돕고 살자고 그래라."

"그렇게 머리가 안 돌아가? 고흐 같은 천재는 아무나 되는 게 아니야."

"인신공격성 발언은 자제 부탁드립니다."

"가난이 담을 타고 넘어오면, 예술은 뒷문으로 달아난대."

"그래서 무슨 소리를 듣고 싶은 거니? 돈 가방이 좋으면 그냥 돈 가방을 쫓아가든가."

그녀는 언짢은 표정으로 테이블 모서리를 손톱으로 긁어내렸다. 저러다 완전히 토라지면 어쩌나 걱정스러웠는데 그녀가 다시 고개를 들었다.

"이 세상에서 돈으로도 안 되는 건 뭘까?"

"또 돈이니?"

"모두가 돈 돈, 거리는 세상이잖아. 이런 황금만능주의 사회에서 돈으로 안 되는 건 뭘까?"

"돈으로도 바꿀 수 없는 거라."

쌍은 곰곰이 생각하다 손가락 하나를 펴 들었다.

"한 가지는 확실하지."

"뭔데."

"어디든 몰빵을 했다가는 한 방에 훅 갈 수도 있다는 것."

"그 머리로 먹고살기 참 힘들겠다."

"나도 알아."

"나는 돈 가방이 아니라 동아줄이 필요한 것 같아."

"동아줄은 왜?"

"나를 꽁꽁 묶어두려고."

"돈 가방과 동아줄이라! 흠!"

쌍은 이런 식의 뜬금없는 대화가 마음에 들지 않았다. '오늘은 정말로 황당한 날이로군!'

에이즈 환자인 백인 청년은 어딘가로 사라졌고, 염소 탈을 뒤집어쓴 노상강도는 집세를 털어가고, 범생이 같던 그녀마저 코드가 잘못된 모습이 아닌가.

지난달에도 3층 코너 방에 살고 있던 한 입주민이 건물에서 쫓겨났다. 건물주가 사건관할 소장을 들고 경관 두 명과 함께 나타났다. 뉴욕의 주택법은 임차인의 권익을 배려하는 측면이 강했다. 월세가 한두 달 밀렸다고 해서 그 즉시 세입자를 쫓아낼 수는 없다. 정작 중요한 문제는 재계약 과정에서 발생한다는 사실이다. 쌍이 살고 있는 스튜디오는 계약기간이 내년 2월까지이다. 방을 빼고 싶지 않다면, 계약 갱신을 거부당할 빌미를 제공해서는 안 된다. 장담하건대, 현재의 가격으로 맨해튼에서 집을 구하는 것은 불가능에 가까웠다. 지금 거주하는 4층 건물은 낡고 누추한 모습이지만, 30년대부터 임대차보호법의 적용을 받아와서 월세가 아주 저렴했다.

'어떤 방법으로든 당장 밀린 집세를 얼마라도 마련해야 한다.'

웨이트리스가 다가와 커피를 리필해 주고 제자리로 돌아갔다. 허기진 배를 이걸로라도 때울 생각에 쌍은 커피에 크림과 설탕을 마구 쏟아부었다.

"참, 글라스는 요즘 어떻게 지내니? 계속 볼티모어에 사는 거니?"

"요즘은 얼굴 보기 힘들어. 아이를 키우느라 정신없이 바쁜 모양이야."

한국계 입양아인 글라스는 마이카 학교에 다닐 때, 쌍이 멀리서 혼자 짝사랑하던 여자였다. 히피 마녀 같은 독특한 스타일과 차별화된 미술 작업으로, 그녀는 교수들과 학생들 사이에서 상당한 주목을 받았다. 범접할 수 없는 옷차림과 짙은 화장으로 중무장하고 다니던 그녀가 어느 날 갑자기 누군가의 여자가 되어 배불뚝이 임산부가 되고, 이제는 누구보다도 육아에 전념하고 있다는 소식이 쌍에게는 매우 생소하면서도 어떤 배신감마저 느끼게 했다.

"글라스를 꼬신 놈이 누구니? 혹시 나도 아는 놈이니?"

"놈 놈 하지 마. 나도 몰라. 글라스가 아이 아빠에 관해서는 일체 말을 안 해."

"확실히 평범한 존재는 아니지. 나도 사실은 걔가 좀 무서웠어."

"이젠 짙은 화장도 안 해. 은색 가발도 안 쓰고 다녀. 노 메이크업에 생머리야."

"왜 그런 거니? 엄마가 되면 다 그렇게 되는 거니?"

"걔만 그래, 걔만. 좀 유별나. 뉴욕에서 왔을 때부터 알아봤다니까."

"쳇. 여자들은 왜 그러는 거니?"

"아기한테 안 좋은 영향을 줄 수 있대. 글라스가 점점 좋은 엄마로 진화하고 있어."

"너도 언젠가 엄마가 되겠구나?"

"그거야 모르지. 아무튼 난 모험 같은 건 안 좋아해. 평범하게 사는 게 내 인생 목표야."

그녀가 언급한 '평범함'의 정의가 무엇을 의미하는지 명확하지 않았다. 특히, 그때 말한 거대한 돈 가방이 그녀의 인생에서 어떤 의미를 지니고 있는지 당시에는 전혀 이해할 수 없었다.

카페 안에는 상당히 많은 손님들이 자리하고 있었다. 잠깐 화장실에 다녀온 쌍이 막 자리에 앉으려고 하는 그때, 안쪽에서 신사복 차림의 남자가 자리를 박차고 일어서는 게 보였다. 남자가 앉아 있었던 의자가 뒤로 밀리며 날카로운 소리를 내자 몇몇 시선이 그쪽을 돌아보았다.

반대편 자리에는 젊은 여자가 앉아 있었다. 여자가 당황한 표정으로 남자를 올려다보았다. 쌍이 앉은 자리에서는 여자의 옆얼굴만을 바라볼 수 있었다. 그런 각도에서도 여자의 간절한 표정이 분명히 전해졌다.

"난 가야 해. 넌 어떻게 할래?"

남자가 납작하게 눌린 목소리로 윽박지르듯이 말했다.

카페 안은 어수선하고 다양한 소음들이 넘쳐났다. 식탁 위에서 달그락거리는 나이프와 포크 소리, 웨이트리스의 신발이 바닥에 쩍쩍 달라붙는 소리, 담배를 피우는 사람의 잔기침 소리, 뜨거운 커피를 후루룩 들이켜는 소리, 주방 문이 강한 반동을 일으키며 여닫히는 소리 등이 서로 충돌하면서 백색 소음 같은 차단막 구실을 하고 있었다. 그런 상황에서도 남자의 목소리만큼은 소란한 잡음을 뚫고 선명하게 들렸다.

여자는 입을 다문 채로 침묵을 지켰다. 하지만 그녀의 눈빛은 애절한 메시지를 전달하고 있었다.

"가지 마세요."

남자가 화난 표정으로 테이블에 손을 짚더니 여자의 귀에 대고 뭐라 독한 말을 쏘아댔다. 이쪽에서는 들을 수 없었지만, 안 좋은 소리를 퍼부어 댄 게 분명했다. 순간, 여자의 눈에서 또르르 한줄기 눈물이 흘러내렸다. 남자는 잔망스러운 태도로 상체를 일으켰다.

몇몇 손님들의 시선이 그쪽 상황을 주시하고 있었다. 남자는 주변의 눈치를 살피며 손끝으로 양복 상의를 툭툭 털었다. 다른 이들은 남자와의 시선 접촉을 꺼렸지만, 그때 쌍은 결코 그 눈길을 피하지 않았다. 주위를 둘러보던 남자의 시선이 쌍과 마주쳤을 때, 쌍은 그를 향해 힘차게 씩 웃어주었다. 그 미소는 얄밉도록 깔끔하면서도 무익했다.

신사복 남자는 쌍이 날린 미소에 화들짝 놀란 표정이었다. 다른 누군가를 향한 미소인가 싶어 자신의 등 뒤를 돌아보는 행동까지 했다. 남자는 주먹을 움찔거리며 다시 앞을 응시했다. 쌍은 이번에도 상대방이 무력함을 느끼게 할 만한 강력한 미소를 지어 보였다.

남자가 계산서를 들고 허둥거리며 카운터로 걸어갔다. 그 순간, 자리에 앉아 눈물만 흘리던 여자가 갑자기 테이블을 짚고 몸을 일으켜 세웠다. 남자는 신속하게 음식값을 계산한 후, 마치 도망치듯이 식당 문을 열고 나갔다. 출입문에서 땡그랑 소리와 함께 묵직한 유리 도어가 반동으로 흔들렸다. 유리창 너머에서 남자의 모습이 사라지자, 여자는 손으로 얼굴을 감싸고 무너져 내렸다.

그 순간, 추억 속 흑백 영화의 노스탤지어 영상이 머릿속에 떠올랐다. 오래전에 길거리 찻집에서 쌍을 혼자 남겨두고 떠난 그녀의 이름은 선희였다. 그때, 쌍도 차갑게 돌아선 그녀의 뒷모습을 바라만 볼 뿐이었다.

두 사람은 같은 무역회사에 근무하는 직원으로, 주변의 관심을 피해 비밀스럽게 연애를 시작했다. 부잣집 고명딸인 선희를 처음 만난 장소는 회사 내에서 열린 체육대회였다. 제비뽑기의 우연한 선택을 통해 둘은 그날의 파트너가 되었다. 쌍쌍이 다리를 묶고 모래밭 위를 뛰어다니는 게임에도 함께 참여했다. 허공에 매달린 빵튀기를 따먹는 게임에서는 거의 입술이 부딪칠 뻔한 우스꽝스러운 장면을 연출할 수밖에 없었다.

쌍의 집안은 그리 넉넉한 편이 아니었다. 정년 퇴임을 한 부친은 낙상 사고를 당해 운신이 어려운 상태였고, 늙으신 노모는 몸져누운 남편을 간병하느라 집안에 묶인 신세가 되었다. 건설회사 현장 사무실에서 일하는 여동생은 자기 앞가림이나 겨우 하는 정도였다. 쌍은 집안의 장남으로서 양친의 생활비와 병원비를 모른 척할 수 없었다. 이러한 상황에서 데이트를 하자니 월급을 조금씩 쪼개 쓸 수밖에 없었다.

처음에는 선희도 분식집이나 재래시장 국밥집을 색다른 경험으로 받아들였다. 하지만 디자이너 메이커 의상에 명품백을 든 아가씨가 싸구려 식당의 불판 앞에 앉아 있는 모습은 어색하기만 했다. 사랑스러운 그녀의 모습이 점차 냉소적인 태도로 변해갔다. 만남을 피하는 그녀의 행동에 의아해하던 쌍은 어느 날 그녀의 집 앞까지 직접 찾아갔다.

한참 만에 집 앞 찻집에 나타난 그녀는 싸늘한 표정으로 자리에 앉았다. 그녀의 최근 변화에 대해 쌍은 이유를 물었다.

"나 임신했어. 당신 아이는 아니야."

그녀는 팔짱을 낀 채 아무렇지도 않다는 듯이 대답했다.

"뭐 임신? 나 몰래 바람을 피웠다고?"

"우리가 정식으로 결혼을 한 건 아니잖아. 그러니 내가 외도를 한 거라고는 할 수 없지."

"헤픈 거니? 이건 배신이지."

"날 막 욕해도 괜찮아. 아무튼 앞으로 전화하지 마. 회사에서도 모른 척할 거야."

그녀가 내뱉은 말들이 날카로운 비수처럼 그의 가슴을 찔렀다. 그 고통이 너무 심해서 세포 하나하나가 움찔거리는 것만 같았다.

"그쪽이 여기까지 왔으니 오늘 커피는 내가 살게."

그녀는 자리에서 일어서며 계산서를 집어 들었다. 쌍도 얼떨결에 의자에서 일어섰지만, 차마 돌아선 그녀를 붙잡을 수 없었다. 그녀는 카운터에 가서 두 사람이 마신 커피값을 계산하고 출입문의 종소리를 남기고는 이내 유리창 너머로 사라졌다. 그의 인생에서 영영 사라져 버린 것이다.

왜 그때 좀 더 단호한 태도로 대응하지 못했던 것일까. 그녀가 던진 비수를 다시 뽑아내어 되돌려줄 수는 없었던 것일까. 아니, 그녀가 떠나가기 전에, 돌아서기 전에 자신이 먼저 그 자리를 떠날 수도 있었다. 영원히 채워질 수 없는 결핍감만을 남겨 놓은 그 빈 자리에 혼자 남아있을 필요가 없었다.

그러니까 성탄절을 하루 앞둔 그날, 맨해튼의 한 골목에 있는 길거리 카페에서 쌍이 신사복 남자를 향해 웃어주던 그 미소는 오래전에 선희라는 이름을 가졌던 그 여자에게 되돌려주어야 했던 비수이기도 했다. 미소와 비수는 서로가 상반된 이미지이지만 사용하는 용도에 따라 그 쓰임새가 비슷했다. 나를 배신한 여인에게 화를 내고, 울분을 토하기 전에 미소로 자신을 무장하는 것. 가능하다면 언젠가 먼 훗날, 더 잔인한 방식으로 보복해 주는 것. 쌍은 오래전에 깊은 상처를 남기고 떠난 그녀에게 마침내 복수를 한 셈이다.

신사복 남자에게 던진 두 번의 미소가 날카로운 비수가 되어 어떤 방식으로든 선희의 가슴까지 날아가 잔인하게 푹 꽂히기를 기대했다. 선희와 헤어진 후 얼마 지나지 않아, 쌍은 뉴욕 지사로 파견 근무를 떠났다. 지금은 과거를 뒤로 한 채 아무도 없는 이곳에서 혼자 살아가고 있다.

'나는 왜 서울로 돌아가지 못하는가.'

그것은 쌍에게 상처와 자괴감을 안겨주는 질문이었다. 늙으신 부모님과 자신을 대신해 두 분의 곁을 떠나지 못하는 여동생. 집안에 대한 무거운 책임으로부터 그는 끊임없이 도피하고 있었다. 귀국을 미루고, 또 미루고, 마침내 뉴욕 지사에 사직서를 제출한 후, 화가의 길이 마치 운명인 듯 받아들이기로 결심한 것이다. 꿈과 성공을 향한 열망이 아닌, 분명히 그것은 도피의 수단이었다. 현재의 가난을 당연시하고 기꺼이 받아들인 것은 사실상 서울 가족들에 대한 속죄 의식의 일환이 아니겠는가.

카페 안에 있는 벽시계가 오후 3시를 가리키고 있었다. 지니에게 양해를 구한 후, 쌍은 식당 뒤쪽에 있는 공중전화로 걸어갔다. 맥코이 화랑으로 전화를 걸자, 안내 데스크 여직원 목소리가 들려왔다.

"방금 퇴근하신 것 같아요. 메모를 남겨드릴까요?"

깊은 좌절감이 파도처럼 몰려왔다.

"대체, 리친스키는 언제 화랑에 다시 나온다는 거죠?"

"정식으로는 1월 4일부터 출근하십니다. 메모를 남겨드릴까요?"

저주받을 놈의 메모! 메모! 메모! 수화기를 팽개치듯 쾅 내려놓았다. 주변에 앉아 있던 손님들 몇몇이 찡그리는 표정을 지으며 이쪽을 돌아보았다. 쌍은 머리를 긁적이며 사과의 의미를 담아 고개를 꾸벅 숙였다. 번개처럼 어떤 생각이 머리를 스쳐 지나갔다.

선희는 그때 다른 남자의 아기를 임신한 것이 아니라 내가 가진 가난이 죽음의 병균처럼 무서웠던 것이 아닐까.

오늘 백인 청년의 파국이 에이즈 병균처럼 내게 전염될까 두려웠던 것처럼, 그녀도 나의 가난을 몹쓸 질병으로 여기고 있었던 건 아닐까. 어째서 우리는 가능성의 거리를 버리고 신기루에 빠져드는가. 왜 청춘의 센티멘털을 저버리고 강박과 두려움에 사로잡히는가.

'나쁜 년!'

거의 십수 년 만에 자신을 남겨두고 떠난 그녀의 뒤통수를 향해, 그 몹쓸 심보를 향해서 독하게 내뱉어 보는 거친 욕설이었다. 하지만 정작 그 가난을 가장 두려워했던 사람은 자신이었는지 모른다. 그래서 서울로 돌아갈 생각조차 하지 못한 채 뉴욕 떨거지처럼 여기에 여태 붙어 있지 않은가. 청춘을 저당 잡은 그림은 표면적인 명목에 불과할 뿐, 끝내 이 도시를 떠나지 못하는 정당한 사유는 아니었다.

쌍은 다시 제자리로 돌아와서, 지니를 바라보았다.

"아까 그 돈 가방 말인데."

그날 처음으로, 지니의 눈동자가 초롱초롱 빛나 보였다.

"응. 그래서."

"그 돈 가방으로 바꿀 수 없는 게 있을 것도 같다."

"뭐지? 그게 뭐야?"

"사람 팔자지. 팔자 도망은 아무나 할 수 있는 게 아니잖니."

"팔자? 대답이 좀 구린데. 다른 쌈박한 거 없어?"

"인간 삶이라는 게 원래 쓰리 쿠션이잖니. 쓰리 쿠션으로 빙빙 돌아가는 거지. 그걸 어떻게 피하니? 돈이 많다고 피할 수 있겠니?"

"글쎄. 그런가?"

지니가 한숨을 내쉬며 어깨를 으쓱거렸다. 쌍은 그 순간 '배신'이라는 두 글자가 가벼운 깃털처럼 느껴졌다. 한때 사랑했던 여자에게 배반당하지 않았다면, 그는 결코 뉴욕으로 날아오지 않았을 것이다. 나름 잘 나가던 무역회사에 사표도 쓰지 않았을 거다. 한인 마트에서 잡부로 일하면서 어렵게 미술학부를 졸업하고, 결국에는 뉴욕 거리에서 빈 손가락이나 빠는 지난한 일상을 살게 되지도 않았을 것이다. 한 인간의 가련한 팔자와 전생의 과보가 꽈배기처럼 비비 꼬여 있다고 쌍은 생각했다.

캔버스 넷

오늘의 일진은 정말 최악이라 할 만했다. 카페 앞에서 지니와 헤어진 뒤, 배고픈 몸을 이끌고 터덜거리며 집으로 돌아왔다. 건물 현관을 지나 층계를 오르는데, 집주인이 마치 기다리고 있었다는 듯 위에서 내려왔다.

"헤이, 쌍! 도대체 밀린 집세는 어떻게 된 거야? 집세 말이야, 집세."

집주인은 늙은 살쾡이처럼 쪼르르 달려와 쌍의 멱살이라도 낚아챌 듯한 기세였다.

순간 머리꼭지가 돌 정도로 비위가 상한 건, 집주인이 '하이' 대신 '헤이'라는 단어를 쓴 것 때문이었다. '하이, 쌍!'과 '헤이, 쌍!'은 어감부터가 달랐다. 그는 진짜 쌍욕을 들은 것처럼 심기가 불편했지만, 세상에 참지 못할 일이 어디 있겠는가.

마음을 다독이며 '참을 인'자를 새기는 동안, 그는 자신이 '상수'로 불리던 시절이 그리웠다. '상수'라는 이름을 사용했던 시기에는 나름대로 평온한 삶을 살았다. 그런데 '쌍'이라는 이름으로 불리는 이쪽 세계는 항상 쫓기는 사람처럼 불안하고, 가슴에 서늘한 일들만이 가득했다.

"쌍. 집세는 언제 줄 거야? 지금 돈은 있는 거야?"

집주인은 목청을 파르르 떨며 잡아먹을 듯이 노려보았다.

'가엾은 늙은이! 불쌍한 것은 내가 아니라 바로 당신이야.'

쌍은 속으로 혀를 찼다. 성탄절 연휴에 집세나 걷으러 돌아다니는 것은 결코 팔자 좋은 노인네가 할 짓이 아니었다. 따스한 벽난로 앞에서 손주들 재롱이나 볼 나이에 악덕 일수쟁이처럼 남의 돈이나 받으러 쫓아다니며, 죽을 때까지 스크루지 영감처럼 노랑이짓이나 하면서 살아갈 모양이다.

이 순간의 위기를 극복하기 위해서는 결국 비상 수단을 동원할 수밖에 없었다.

'바로 그거지!'

쌍의 방한복 호주머니에는 작은 고춧가루 통이 들어있었다. 그것은 조금 전 지니에게서 받은 크리스마스 선물이었다.

"토스트도 얻어먹었는데 고마워서. 일본에서는 이런 걸 가지고 다니는 게 유행이래. 다이어트용 고춧가루야. 피자에도 뿌려 먹으면 맛있어."

다이어트용 고춧가루는 이 순간을 극복할 만한 비장의 히든카드였다. 쌍은 외투 주머니에 오른손을 슬그머니 찔러 넣었다. 고춧가루 통의 뚜껑은 한쪽을 누르면 다른 쪽이 올라오는 방식으로 되어 있었다. 이미 개봉된 제품이라서 손가락에 고춧가루를 묻히는 것은 문제가 되지 않았다.

'일단 시도해 보자.'

고춧가루가 묻은 손끝으로 자신의 눈가를 두어 번 문질렀다. 그 즉시 눈물이 주르르 흘러내리기 시작했다. 눈알이 빠질 지경으로 쓰라려서 펄쩍펄쩍 뛸 것만 같았다.

"쌍! 왜 그래? 쌍, 쌍."

눈물을 철철 쏟고 있는 쌍을 바라보며 집주인은 어쩔 줄 몰라 했다. 충분한 눈물을 확보하기 위해 한 번 더 시도했다. 손을 호주머니에 넣었다 빼고는, 다시 양쪽 눈가를 쓱쓱. 눈에서 불이 나는 듯한 화끈거림에도 참을 수밖에 없었다.

"흑흑흑."

그는 어깨까지 들썩이며 소리내어 울었다.

"쌍! 왜 우는 거야? 왜 그래? 무슨 일이야. 설명 좀 해봐."

집주인은 매우 당황한 모습으로 쌍의 어깨를 흔들었다. 쌍은 자신의 연기 능력에 대해 만족스러움을 느꼈다. 관객의 감정 이입을 유도하기 위해서는 나름의 타이밍 조절이 필요했다.

"무슨 안 좋은 일이 생긴 거야? 그렇지?"

"아, 네, 네."

쌍은 여전히 흐느끼고 있었다.

"무슨 일인데? 말해봐."

"엉엉엉."

전문 배우들을 빰치는 수준의 연기법을 보여주며, 서럽게 흐느끼는 사실적인 메소드 연기를 선보였다. 그가 흘린 가공의 눈물은 집주인의 가슴을 흔들어 놓았다.

"쌍. 인생을 살다 보면 누구나 그럴 수 있어. 괜찮아. 용기를 내."

집주인의 진심 어린 염려의 말에 조금은 용기가 났는지도 모른다. 쌍은 길에서 노상강도를 만나게 된 사정을 털어놓았다.

"오늘 집세를 내려고 화랑에 가서 그림값을 받았지요. 그런데 집에 오다가 다 털렸지요. 강도가 옆구리에 생선회 칼을 들이댔지요. 만리타국까지 와서 이렇게 죽는구나. 무서웠답니다. 이제 저는 빈털터리지요."

쌍의 진술은 진실에 기반하여 구축되었다. 권총 대신에 생선회 칼이라는 자극적인 용어가 사용되고, 시간 순서가 약간 변경되었지만, 모두 사실에 가까웠다. 없는 말을 억지로 꾸며내는 것보다 솔직한 자백이 더 유리할 수 있었다.

가난한 예술가의 눈물과 함께 진행된 즉흥 상황극은 집주인의 무의식을 유도하기 위한 매우 적절한 장치였다. 그는 정말로 메소드 연기의 달인이라 할 만했다. 이렇게 눈물까지 짜면서 엉엉 우는 가엾은 남자에게, 그 어떤 스크루지라도 당해낼 재간이 없는 것이다.

"칼을 든 강도를 만났다고? 어디 다치지는 않았어?"

집주인은 쌍의 몸을 아래위로 살펴보며 걱정스럽게 말했다.

"네에. 괜찮지요."

쌍은 입술을 비죽거리며 어린아이처럼 고개를 끄덕였다.

"그럼 됐어. 다치지 않은 게 다행이지. 그만 울어. 뚝!"

집주인은 쌍의 어깨를 토닥여 주었다.

"집세를 못 드려서 정말 죄송하지요."

쌍은 그렇게 말하며 눈물을 닦는 척했다. 이번에는 고춧가루가 묻은 손끝이 아니라 손등으로 닦는 것이 중요했다.

"쯧! 다 뺏겼다니 어쩔 수가 없군. 집세는 나중에 내도록 해."

"감사합니다."

"벌써 두 달 치나 밀린 거 알지? 나도 요즘 세금을 내느라고 허리가 꺾일 지경이야. 가진 거라고는 꼴랑 이 건물 한 채뿐인데, 소득세에 재산세까지 이중삼중으로 걷어가는 놈들이 있다니까. 돈 생기면 월세부터 갚도록 해."

"잘 알겠습니다. 새해가 되면 곧 돈이 생길 거지요."

"알았어. 그리고 그까짓 일에 눈물이나 짜고. 쯧쯧쯧. 지금 나이가 몇 살, 에취! 에취!"

집주인이 갑자기 기침을 해대기 시작했다. 쌍의 손에 묻어 있던 고춧가루가 어느 틈엔가 그의 매부리코를 자극한 것이 분명했다. 집주인은 쌍을 바라보며 고개를 갸웃거리고는 이내 층계를 내려갔다.

"에취! 에취!"

쌍은 즉시 자신의 스튜디오가 있는 3층으로 올라왔다. 출입문을 열고 안으로 들어와 거울을 보니 눈자위가 토끼 눈처럼 빨갛게 변해 있었다. 쌍은 화장실로 달려가서 쓰라린 눈을 여러 번 물로 헹궜다. 눈알이 빠질 것처럼 화끈거리는 증세는 아무리 해도 가라앉을 기미를 보이지 않았다. 생각보다 많은 양의 고춧가루가 눈에 들어간 것이 분명했다.

'이러다 눈먼 심봉사꼴 나겠네!'

R이 눈가에 다래끼가 나서 눈에 안약을 넣던 장면이 갑자기 떠올랐다. 쌍은 그 즉시 옆 방 스튜디오에 살고 있는 R을 찾아갔다.

"안약 있지? 안약?"

"어, 이거 왜 그래? 무슨 짓을 한 거야?"

R은 눈을 동그랗게 뜨고는 쌍의 두 눈을 주의 깊게 살폈다. 가끔은 어벙하고 우둔한 면도 있지만, 인정머리만큼은 그 누구에게도 빠지지 않는 친구였다.

"저번에 쓰던 안약이 있을 거야. 그게 어딨더라?"

R이 덤벙대며 방 안을 뒤지기 시작했다. 어두침침한 방 안은 이상한 고린내로 가득 차 있었고, 그 기분 나쁜 악취로 인해 숨을 쉬기가 거북했다. 쌍은 콧구멍을 손가락으로 막으

며 휴대용 텔레비전 앞에 놓인 의자에 앉았다.

"빨리, 빨리."

"조금만 기다려. 분명히 여기 어디 있을 텐데."

R이 커다란 나무 상자 안에 머리를 밀어 넣고 한참을 뒤적거렸다.

"안약으로 되겠어? 의사에게 먼저 가봐야 하는 것 아냐?"

나무통 속에서 R의 목소리가 울려 퍼졌다.

"곧 괜찮아지겠지. 이런다고 눈이 멀기야 하겠냐."

"병원비 빌려줄까?"

"괜찮아."

쌍은 쓰라린 눈을 손으로 꾹꾹 누르며 방안을 둘러보았다. 실내가 어두운 건 창가에 걸린 빨랫감들 때문이었다. 개수대 주변은 더러운 식기들로 넘쳐나는 모습이었고, 잡다한 화구들과 캔버스들이 무질서하게 방안 곳곳에 쌓여 있었다.

R의 미적 재능과 취향에 관해서는 특별히 언급할 말이 별로 없었다. 지난 2년간 옆에서 지켜본 바에 의하면, R은 누구보다도 성실한 노력형의 화가였다. 하지만 성심껏 투자한 시간에 비해서 얻은 성과는 그리 많지 않았다. 그의 화풍은 어설프고, 아이디어는 척박하며, 붓질은 메말랐다. 그림에 대한 투지와 열정은 지극했지만, 예술적 상상력과 사유의 공백을 채우는 데에는 한계가 있었다.

"흠흠! 내 작품 어때? 너의 고견을 듣고 싶은걸."

R이 자신의 그림을 보여주며 그렇게 물을 때마다 쌍은 가급적 말을 조심해야 한다는 압박감을 느꼈다. 솔직한 의견을 내놓는 것은 너무나 가혹했고, 반면에 허위로 칭찬하는 것은 어쩐지 비위가 상했다. 그런 이유로 쌍은 되도록 이 방에 들어오지 않으려 했다.

"찾았다! 여기 밑바닥에 숨어 있었군!"

R이 안약이 든 작은 플라스틱 통을 내밀었다.

"고마워."

쌍은 안약 통을 받자마자 자리를 떨치고 일어났다.

'이 작품은 어때? 비평의 말을 부탁해.'

그런 요청을 받기 전에 얼른 여기에서 빠져나갈 생각이었다. 출입문 쪽으로 서둘러 걸어가던 쌍은 갑자기 발걸음을 멈추었다.

바닥에 놓인 작은 캔버스 하나가 그의 시선을 사로잡았다. 캔버스에는 한 젊은 여자의 아름다운 얼굴이 생생하게 그려져 있었다. 평소 R의 그림에서는 느껴보지 못한 강렬한 매력이 담겨 있는 초상화였다. 얼핏 보기에는 거칠고 어설픈 면이 있을 수 있지만, 이러한 특징들이 오히려 신선하고 생동감 있는 느낌을 자아냈다.

'마침내 자신의 약점을 받아들이고 화해하기로 결심한 모

양이로군!'

이 세상에는 자신의 장점만을 바라보는 사람들과 그에 반해 자신의 단점에만 집중하는 사람들이 존재한다. R은 결코 세련된 방식은 아니었지만, 자신이 표현할 수 있는 만큼만 솔직하게 드러냈다. 이러한 용기와 겸손이 그 그림을 빛나게 만들었다. 쌍은 여자 초상화를 가져다가 벽 한쪽에 기대어 놓았다.

"느낌이 좋네."

그 한마디 말에는 이전에 억지로 했던 말들에 대한 미안함과 함께, 동료로서 그에게 전하는 축하의 메시지가 담겨 있었다. R은 양손을 바지 주머니에 찔러 넣은 채 싱거운 표정으로 헤헤 웃었다.

"언제 그렸는데?"

"오늘."

대답이 지나치게 간결해서 조금 이상했다. 쌍은 의아한 눈으로 R의 얼굴과 여자 초상화를 번갈아 쳐다보았다. R은 겸연쩍은 미소를 지으며 어깨를 한 번 으쓱했다.

"이 그림의 주인공이 스멘타, 네 여자 친구지?"

쌍은 눈치를 살피며 조심스럽게 물었다.

"응? 으응 그……."

R이 고개를 끄떡이며 말꼬리를 흐렸다. 언젠가 R은 고향에

있는 자신의 애인이라며 사진을 보여준 적이 있었다. 평소에는 술을 거의 마시지 않는 R이, 그날은 위스키 한 잔에 취해서 약간 들뜬 상태였다.

R은 성공이라는 뜬구름 같은 허상에 강박증을 보이며, 자신이 꼭 그렇게 되어야 한다고 몇 번이고 강조했다.

"파나마를 떠날 때, 스멘타와 약속했거든. 꼭 성공해서 돌아오겠다고."

쌍은 그 소리를 듣고 실소를 금치 못했다. 예술을 하는 사람들에게 있어 성공의 기준이 뭔지, 나도 좀 알려줘, 하며 R을 비웃기까지 했다. 한 번은 괜한 농담에 스멘타 이야기를 언급했다가 기분이 상한 그와 크게 말다툼하며 싸운 적이 있었다. 그 이후로 R은 스멘타에 관한 어떤 얘기도 하지 않았다. 쌍도 그 부분에 대해서는 모른 채로 함묵했다.

R의 성스러운 마돈나라 할 수 있는 스멘타가 오늘의 초상화 속에서 주인공으로 등장한 것이다. R은 눈을 가늘게 뜨고 그림을 바라보았다. 전혀 덜렁거리거나 건들거리는 태도를 보이지 않았다. R이 초상화 속 여자를 응시하는 태도에는 평소와는 다른 몸짓과 감정이 엿보였다.

"이건 또 무슨 똥폼이니? 오늘은 죄다 뭔가 이상해!"

쌍은 구시렁거리며 자신의 스튜디오로 돌아왔다. 아직도 눈이 푹푹 쑤시고 아파서 죽을 것만 같았지만, 찬물로 계속 닦아내고 안약을 넣으니 차츰 증세가 가라앉기 시작했다.

"눈을 좀 감고 있으면 상태가 좋아질 거야."

다시금 파도처럼 밀려오는 강렬한 배고픔을 느꼈다. 등에 뱃가죽이 찰싹 달라붙어 있었다. 쌍은 허기진 배를 수돗물로 대신 채울 수밖에 없었다.

깜빡 잠이 들어버렸다. 누워서 잠깐 쉬려고 했을 뿐인데, 어느새 시간이 훌쩍 지나버린 것이다. 심한 배고픔과 한기에 정신이 든 쌍은 의자에 걸쳐두었던 외투를 서둘러 챙겨 입었다.

"왜 이렇게 추운 거야."

눈은 여전히 따끔거렸지만 잠들기 전과 비교하면 거의 정상 수준으로 돌아왔다. 창밖에는 짙은 어둠이 깔려 있었다. 맨해튼 도로 위를 질주하는 자동차들의 행렬이 먼 우주를 가로지르는 은하수처럼 끝없이 흘러갔다.

"오늘 밤에는 산타가 오시려나?"

쌍은 빈속에 찬물 한 컵을 억지로 밀어 넣고는 작업대 앞으로 다가섰다. 80호 정도 크기를 가진 그 그림은 최근에 열심히 제작 중인 작품들 중 하나였다. 아무리 봐도 캔버스의 왼쪽 아래에 그린 십자가 부분이 자꾸만 신경에 거슬렸다. 형태를 다루는 과정에서 필요 이상으로 힘을 주었기 때문일 수 있었다. 균형과 비례도 이상했고, 붓 터치도 마음에 들지 않았다.

쌍은 페인팅 나이프를 바지에 쓱쓱 문지르면서 캔버스를 향해 걸어갔다. 화면에 쌓인 물감이 너무 두꺼워 닦아내는 것만으로는 충분하지 않았다. 물감을 나이프로 긁어내는 동안 약간의 질감을 남겨두는 것이 좋을 것 같았다. 쌍이 캔버스 화면에 나이프를 대려던 순간, 밖에서 R이 출입문을 쿵쿵 두드리며 집중을 방해했다.

'오, 제발! 그냥 가라! 진짜 귀찮아!'

쌍은 R이 어서 사라지길 바라며, 숨을 죽이고 기다렸다. 하지만 R은 한 발짝도 물러날 기미를 보이지 않았다.

"쌍, 문 열어봐. 안에 있는 거 내가 다 알아. 눈 상태는 괜찮아졌어?"

쌍은 하는 수 없이 문을 반쯤 열고 밖을 내다보며, 손에 들고 있는 페인팅 나이프를 두 번 튕겼다.

"작업 중인 거 안 보이니? 나 혼자 내버려둬."

"진짜 한심하군. 크리스마스이브에 그림 못 그려서 죽은 귀신이라도 씌었어?"

R이 문을 와락 밀며 안으로 들어왔다.

순간 맛있게 튀긴 통닭 냄새가 코를 간지럽혔다.

"이게 뭐니?"

쌍이 코를 벌름거리면서 말했다.

"프라이드치킨이지. 한 잔씩 해야지. 크리스마스이브잖아."

R이 가슴에 안고 있던 큰 종이봉투를 테이블 위에 내려놓았다. 음식 냄새를 맡자 꾸르륵거리는 소리가 배 속에서 들렸다. 쌍은 어제부터 꼬박 하루를 굶은 상태였다. R이 켄터키프라이드치킨 한 상자와 싸구려 위스키 한 병을 꺼내 놓았다. 아르바이트를 두 탕씩이나 뛰며 근근이 살아가고 있는 R이 모처럼 거금을 들여 한 턱 쏘기로 작정한 모양이었다.

"넌 술 잘 안 마시잖니. 웬일로 얼리 모닝을 사 온 거니?"

"나도 술 마실 수 있어. 화폐가 아까워서 참았던 거지."

"그동안 날 속인 거니? 근데 돈다발이라도 주운 거니?"

"좀 전에 길에서 산타를 만났지. 집에 가면 불쌍한 영혼이 있으니 함께 먹으라고 주더라."

"진짜 산타가 있긴 있는 모양이지? 고맙군."

쌍은 정신없이 닭 다리를 뜯기 시작했다.

"오늘은 참 특이한 날이네."

"왜?"

"단돈 1달러에도 벌벌 떠는 네가 위스키에다가 통닭까지 사 왔잖니."

아구아구 먹는 동안 몸 전체로 행복 물질들이 가득 차올랐다. 쌍이 열심히 먹고 있는 동안 R은 어쩐지 먹는 시늉만 했다.

"왜 그래? 너도 많이 먹지."

"축배부터 하자. 내가 가서 얼음 가져올게."

R은 한동안 냉장고 앞에서 꾸물거리더니, 얼음을 담은 그릇과 유리잔 두 개를 가져다 놓았다. R은 쌍의 술잔에만 얼음을 담았다.

"넌 얼음 안 넣을 거니?"

"지금은 이대로 마실래."

R은 얼음도 넣지 않은 독한 위스키를 꿀꺽꿀꺽 단숨에 마셨다.

"왜 이렇게 빨리 마시니? 건배를 해야잖니."

쌍은 닭가슴살을 뜯다 말고, 녀석의 손에서 위스키병을 빼앗았다.

"이건 맥주가 아니라 위스키잖니. 이제 머릿속에서 폭주가 시작될 거야."

쌍은 자신의 잔에도 술을 채웠다. 노란 액체의 독주가 얼음을 타고 흘러내리며 영롱하게 빛났다. 찌르르한 목 넘김이 뜨거운 열기와 함께 가슴속을 파고들었다.

"제대로 된 술이로군. 안 그래?"

쌍이 기침을 삼키며 말했다.

"어휴, 기분이 벌써 알딸딸한걸."

R이 불쾌해진 얼굴로 고개를 마구 내저었다. 쌍은 R의 술

잔에도 얼음을 몇 덩이 넣어주었다.

"위스키는 온더락이지. 너무 빨리 취하면 아깝잖니."

"쌍, 넌 볼수록 괜찮은 사람이야. 내가 장담하는데, 너는 반드시 화가로 성공할 거야."

"그래그래, 고맙다. 건배나 하지."

"그래 건배다, 건배!"

"얼어 죽을 놈의 예술과 동정녀 마리아의 두 번째 순산을 위해 건배!"

"얼빵한 놈."

두 개의 술잔이 허공에 둥실 떠올랐다. 술잔에서 별빛이 은은하게 아롱거렸다.

옛 친구 지니가 낮에 카페에서 했던 이야기가 갑자기 생각났다.

"만약에 누군가 고액권이 가득 든 커다란 돈 가방을 가지고 내 앞에 나타나서 같이 가자고 한다면 넌 어떨 것 같니?"

R이 고개를 갸웃거렸다.

"뜬금없이 무슨 소리야? 현실감이 없잖아."

"전에 차이나타운에서 먹은 만두 생각나니?"

"속이 꽉 찬 만두였지. 맛있었어."

"커다란 가방에 만두소처럼 돈이 꽉 차 있는 거지. 전부 고액권으로."

"그걸로 만두를 사 먹는다고?"

"아니. 어떤 사람이 그런 가방을 들고 온 거지. 그걸 보여주면서 자기를 따라오라고 유혹하는 거지."

R이 쌍의 말에 예민한 반응을 보이며 술잔을 쾅 내려놓았다.

"남의 것에 껄떡대면 손모가지가 날아가는 법이지."

R의 눈빛이 평소와는 달리 예리한 빛을 발했다. 그의 반응이 흥미로워서 또 다른 질문을 던졌다.

"이 세상에서 돈으로도 안 되는 건 뭘까?"

R은 심각한 표정으로 "사랑."이라고 짧게 대답했다.

"미친 새끼! 사랑 좋지. 좋고말고."

쌍은 맞장구를 치며 껄껄 웃었다.

술병은 어느새 반이나 비어 있었고, 그의 얼굴은 홍조를 띠며 취한 듯 달아올랐다. R이 술병을 흔들자, 유리병 안에 회오리가 소용돌이쳤다.

"난 이제부터 그림을 안 그릴 거다."

"헛소리까지 하는 걸 보니 제대로 취한 모양이군."

쌍은 R의 손에서 술병을 빼앗았다. R의 공허하게 천장을 응시했다.

"스멘타가 오늘 애를 낳았대. 나 없는 동안 다른 놈의 아기를 낳은 거야."

너무 충격적인 소식에 쌍은 자신의 귀를 의심했다.

"맙소사! 세상에, 어쩌다가 그런 일이 생긴 거니."

"내가 없는 동안 어떻게 바람을 피우니. 곧 결혼한대."

R이 주먹을 가슴에 대고 문지르면서 울먹였다.

"어쩌면 좋니. 너 괜찮아?"

"아니, 안 괜찮아. 이건 잔인한 거 아니니? 너무 심한 거 아냐?"

R이 코를 훌쩍이며 쉰 목소리로 말했다. 서른을 넘은 남자가 어린아이처럼 어깨를 들썩이며 흐느꼈다. 그걸 지켜보는 쌍의 눈자위도 뜨겁게 부풀어 오르는 느낌이었다. 쌍은 자리에서 일어나 R의 어깨를 다독여 주었다.

그때 창밖에서 교회 성가대의 아름다운 노래가 들려왔다. 그 순간의 우연이 너무나도 절묘해서 어리둥절할 지경이었다. 성가대의 음악은 크리스마스의 기적처럼 느껴졌다. 성탄절의 노래가 아기 예수의 탄생을 찬양하며 상처받은 영혼의 외로운 마음을 달래 주었다.

고요한 밤,

거룩한 밤

어둠에 묻힌 밤

주의 부모 앉아서

감사 기도드릴 때

아기 잘도 잔다

아기 잘도 잔다.

성가대가 노래를 한참이나 부르고 나서 다른 장소로 이동했다. R은 촉촉한 눈으로 천장 모서리만을 응시하며 아무 말도 하지 않았다.

"무슨 위로의 말을 해야 좋을지 모르겠지만, 예수님도 혼외자로 태어난 거 알지?"

쌍이 심사숙고 끝에 겨우 꺼낸 말이었다.

R은 어깨를 움찔 떨더니 결국 테이블에 고개를 파묻었다.

'바보 멍청이. 그게 지금 할 소리니? 쯧!'

쌍은 스스로를 비난하며 자기 머리를 쳤다. 그림에 관한 이야기 이외에는 R의 마음을 다독일 말이 없는 것으로 보였다.

"낮에 네 방에서 본 그 초상화 말인데, 느낌이 아주 신선했어. 너도 비전이 있어. 화가로서 성공할 수 있어."

쌍은 손가락을 흔들며 목소리를 높여 말했다.

R은 얼핏 고개를 들었지만, 입술을 꾹 다문 채 묵묵부답이었다.

"우리 모두 매일 자갈밭을 구르고 있지. 인생이란 원래 그런 거야."

쌍은 술잔을 들고 녀석의 앞에 놓인 잔을 가볍게 톡 건드렸다.

“살다 보면 맘도 아프고, 쓸쓸하고. 외롭고, 화도 나고 그런 거지. 나도 온통 상처투성이야. 피딱지 아래에서는 여전히 고름이 흐르고 있다는 소리지.”

“그만해!”

R이 소리를 지르며 자리에서 일어났다.

“어디 가려고?'”

“그만 자야겠어. 쌍, 메리 크리스마스!”

R이 비틀거리며 돌아섰다.

“오늘 고마웠어. 정말이야.”

쌍은 성탄절 만찬에 대한 감사의 마음을 전달했다. 생각해 보니 오늘 하루의 운세가 결코 나쁜 것만은 아니었다. 권총 강도에게 집세를 뜯기는 봉변을 당했더라도, 모처럼 통닭에 위스키까지 얻어먹는 호사를 누렸다. 리친스키는 전화 통화를 거부했지만, 집주인은 이례적으로 자비를 베풀었다. 이 정도면 꽤 양호한 크리스마스이브가 아닌가.

성탄절 전야의 고요한 밤이 점점 깊어져 갔다. 서서히 잠속으로 빠져들며 쌍은 생각했다. 우리가 삶을 배신하지 않는 한 어쨌든 살아갈 수 있는 거라고, 살다 보면 결국 어느 순간 우리가 원하는 곳에 도착하게 될 거라고. 쌍은 잠의 물결에 조용히 몸을 실으며, 먼 우주의 어둠 속으로 흘러가는 별빛들을 떠올렸다.

오랫동안 꿈속을 헤맨 것도 아니었다. 문밖에서 들려온 쿵쿵거리는 소리에, 어둠 속에서 끌려 나오듯 정신이 깨어났다. 한밤의 정적을 뒤흔드는 그 소음에는 왠지 모를 불길함이 담겨 있었다.

"누구요?"

"나야."

분명히 그것은 R의 목소리였다. 서둘러 문을 열자 휘청거리며 서 있는 R의 모습이 보였다.

"뭐야? 또 술 마셨니? 너는 잠도 안 자니?"

순간, 녀석의 몸이 허물어지듯이 앞으로 쓰러졌다. 쌍은 얼떨결에 R의 무거운 상체를 받쳐 들었다.

"왜 그래? 무슨 일이야?"

"내가 약을 먹었어. 나 좀 살려줘. 무서워."

R의 목소리는 공포에 질려 있었다. 온몸이 흔들릴 정도로 호흡이 거칠었다. 비릿한 냄새가 코를 찔렀다. 녀석의 손목에서 피가 뚝뚝 떨어졌다.

"약을 먹었다고? 무슨 약?"

"너의 냉장고에 있던 그 약."

R이 냉장고에서 위스키에 넣을 얼음을 찾으며 한참이나

얼쩡거리던 장면이 떠올랐다. 쌍은 냉장고로 달려가서 냉동실 문을 열어젖혔다. 그것은 비참한 삶의 마지막을 위해, 인간다운 존엄성을 유지하고자 만약을 대비해서 오랫동안 감춰두었던 약병이었다. 냉동실 한쪽 구석에 놓여 있어야 할 무지개다리 행 차표 한 장이 눈에 띄지 않았다.

"도대체 얼마나 먹었어? 얼마나 처먹었느냐고?"

쌍은 바닥에 쓰러져 있는 R의 어깨를 마구 흔들었다.

"한 병. 몽땅, 다."

"빌어먹을!"

치명적인 독이 R의 몸 안으로 스며들고 있었다. 더 이상 머뭇거릴 여유가 없었다. 조금도 지체할 겨를 없이 구급차를 호출하여 응급실로 이송해야 했다.

"조금만 기다려."

그 즉시 자리에서 일어나 R의 방으로 뛰어갔다. 문을 열고 안으로 들어가자, 피비린내가 진동했다. 핏자국이 여기저기 함부로 떨어져 있었다. 불에 반쯤 타다 만 작은 캔버스가 눈에 띄었다. 그것은 R의 파나마 애인의 초상화였다.

"남의 것을 껄떡대면 손모가지가 날아가는 법이지."

사랑에 버림받은 R은 어두운 절망 속에서 서러움이 북받쳤을 것이다. 피가 역류하고 있는 상황에도 안타까운 미련에 몸서리를 쳤을 것이다. 왜 그의 비수는 다른 이의 손목을 베지 못하고, 결국엔 자신의 아픈 살점만 도려내었는가. 우리는 왜 무한한 우주의 작은 소수점으로 태어나 이렇게 무익한 연옥에서 속절없이 몸부림치게 되었는가.

배신과 치욕의 그림자가 청춘의 눈앞에 어둠을 드리운다. 모든 걸 걸고서도 절대로 포기할 수 없는 단 하나의 희망. 결국 우리는 슬픔의 무게를 지닌 육체의 운명으로 살아간다. 마침내 쌍은 창문 앞 테이블에 놓인 무선 전화기를 집어 들었다. 그때 창밖에서 젊은 여인의 날카로운 비명이 울려 퍼졌다. 경광등을 켠 패트롤카가 사이렌을 울리며 어둠 속을 질주했다. 달빛이 흐르는 밤의 골짜기마다 검은 마스크를 쓴 악령들이 출몰한다. 그들이 기다리는 것은 저주받은 시간과 예기치 못한 절망뿐이다. 쌍은 다급하게 911 전화번호를 눌러 연결을 시도했다. 긴급 구조대의 핫라인은 계속해서 통화 불능 상태였다.

빌어먹을, 빌어먹을.

쌍은 전화기를 움켜쥔 채 미친 듯이 중얼거렸다….

그녀라는 존재로 인해 그의 가슴은 더 이상 환해지지 않았다. 그녀와 함께 소유했지만, 함께 소외되었던 지난 순간들이 가슴에 사무쳤다. 한 여자의 세계 안에 잠시 머물렀던 그의 청춘은 온통 폐허였다.

2

선

◆◆

색채의 반격 1

그해 여름, 지후는 두 통의 편지를 받았다. 하나는 서울 강남구 삼성동에서 온 것이고, 다른 하나는 먼 미국에서 발송된 것이었다. 우연의 일치인지 두 개의 편지 모두 변호사 사무실의 직인이 찍혀 있었다.

그때 지후는 가까운 지인들과 함께 중국 여행에서 막 돌아오는 길이었다. 고대 유적지 탐방과 풍물 스케치를 겸한 한 달간의 여정은, 지난 학기 중에 쌓인 스트레스와 걱정을 한꺼번에 씻어주었다. 중국 대련과 인천을 연결하는 여객선에서 내린 일행은 총 8명이었다.

화물 여객 터미널에서 입국 심사를 받는 동안, 여흥이 채 가시지 않은 분위기 탓인지 뒤풀이를 제안하는 목소리가 퍼져 나왔다.

—서울로 돌아온 신고식은 해야죠.

—중국집은 빼고, 어디 다른 데로 가볼까요?

—저는 파전에 막걸리 한 잔이 당기는걸요.

인천까지 오는 동안 뱃멀미로 고생했던 어느 미술학자도 독주 한잔으로 불편한 속을 달래고 싶다며 추임새를 넣었다. 지후는 집에서 기다리고 있을 아내 때문에 슬그머니 뒤꽁무니를 뺐다.

—저는 급하게 보낼 서류가 있어서요. 그럼, 다음에 또 뵙겠습니다.

지후는 그 즉시 그들 부부가 살고 있는 연희동 자택으로 돌아왔다. 하지만 집안에는 그의 귀가를 반겨줄 사람이 아무도 없었다. 출입문을 열고 한 발짝 안으로 들어선 순간, 괴괴한 실내의 미지근한 공기가 피부에 달라붙었다. 집안의 창문들과 문들은 모두 굳게 닫혀 있었고, 베란다 빨랫줄에는 아무것도 널려 있지 않았다. 전원 스위치를 꺼둔 냉장고를 열었을 때처럼, 비릿하게 뭔가 상해가는 기운이 떠돌았다.

거실 소파에 다이아몬드 모양으로 정확하게 배치된 세 개의 쿠션과 소파 뒤의 통유리창을 덮고 있던 하얀 레이스 커튼이 눈에 띄었다.

—나비야!

그들 부부가 키우는 반려묘의 이름을 불러보았다. 노란 얼룩무늬를 한 작은 고양이의 흔적은 어둑한 실내 어디에도 발견되지 않았다. 아내는 결혼생활 3년 동안 여러 차례 가출한 적이 있다. 가출의 이유와 동기는 매번 조금씩 달랐지만, 나비는 언제나 집안 어딘가에 남아서 지후를 기다렸다.

—나비야.

지후의 목소리가 적막한 공간에 번져갔다. '아내가 데려간 것일까.' 아내는 결코 헌신적인 반려인이 아니었다. 아니, 털이 있는 동물을 무조건 싫어했다. 그렇지만 나비를 집안 어디에서도 찾을 수 없다는 것은, 아내가 가출한 지 상당히 오래되었음을 시사했다.

아내는 나비를 오랫동안 빈집에 혼자 두고 떠날 사람이 아니었다. 시장 골목 한 귀퉁이에서 태어난 작은 고양이에게 그 정도의 무책임한 방치를 허용할 만큼 야박하지 않았다. 어쩌면 지후가 중국 답사 여행을 위해서 집을 나선 순간, 아내도 트렁크를 가져다 짐을 꾸리기 시작했을지 모른다. 집 청소를 간단히 하고, 창문과 베란다 문을 잠근 후 커튼을 내렸을 것이다. 아파트를 나서기 전, 마지막으로 난감한 표정을 지으며 나비의 가벼운 몸을 번쩍 안아 들었을 것이다.

그리고 얼마 후에는 어딘가에 위탁했든가, 아예 입양을 보내 버렸을지도 모른다. '혹시 사람 안 보는 곳에 유기해 버린 건 아니겠지?' 그런 의문이 떠올라 순간 숨이 탁 막히면서,

아프고 답답한 심정이 가슴 가득 밀려왔다.

건물 입구의 우편함은 우편물들로 넘쳐나고 있었다. 대부분 아파트 관리비와 공과금 고지서들이 들어 있었는데, 근처 피트니스 센터에서 보낸 광고 전단도 몇 장 끼어 있었다.

— 이건 뭐지?

지후는 아파트 단지 내에 있는 마트에 다녀오는 길이었다. 한 손에는 먹거리가 든 묵직한 쇼핑백을 들고 있었고, 다른 손에는 건물 현관에서 가져온 우편물들을 쥐고 있었다. 문제의 첫 번째 우편물을 발견한 것은 쇼핑한 것들을 모두 정리한 후였다.

편지봉투에는 법무 법인 한솔의 직인이 찍혀 있었고, 그 위에는 생소한 주소와 변호사의 이름이 적혀 있었다.

— 변호사가 이런 걸 왜 내게 보낸 거지?

편지봉투를 여는 순간, 호기심보다는 불안한 기분이 들었다. 법률 용어나 변호사 이름과 같은 것들은, 어쩐지 가슴에 서늘한 기운을 드리우게 했다. 아마도 젊었을 적 형사들의 추적을 받았던 안 좋은 기억과 연관이 있을 것이다.

지후는 그 편지의 내용물이 이혼 전문 변호사 사무실에서 발송된 것임을 확인했다. 아내는 마침내 그들 부부의 문제를 법정에 가져가기로 결심한 것 같았다.

안내문에는 별거 기간 및 이혼 소송 절차뿐만 아니라 권고 사항 등이 자세히 기술되어 있었다. 그것은 그들의 결혼 생활에 종지부를 찍는 선전포고였으며, 사실상의 사망 선고와도 같은 의미였다.

재산 분할과 소유권 관련 내용은 상세히 다루어졌으나, 나비에 관한 내용은 없었다.

'참, 두려운 일이야!' 지후는 미간을 찡그리며 고개를 절레절레 흔들었다. 길거리 후미진 골목에서 애절하게 혼자 울고 있는 나비의 가엾은 모습이 떠올라, 절로 진저리가 쳐졌다.

지후가 중국에서 돌아온 후 받은 두 번째 편지는 방배동에 있는 형님 집 주소로 배달된 국제 우편이었다. 지후는 독립하기 직전까지 그들 형제의 본가라 할 수 있는 방배동 이층집에서 다른 가족 구성원들과 함께 생활했다.

그날은 마침 미술학부 교수 회의가 예정되어 있던 날이었다. 다음 학기 커리큘럼과 석사과정에 관한 논의는 교수들 개개인의 권익과 학자의 자존심이 걸린 예민한 사안이다. 시간강사에서 이제 막 계약직 교수가 된 지후까지 그 자리에 참석하게 된 이유는, 강의 시간표에 관한 문제 때문이었다. 학과 스케줄에 변경이 생기면서 다섯 과목이나 되는 그의 수업 시간도 이리저리 옮겨야 하는 곤란한 상황이 벌어졌다.

주중에 월요일부터 수요일까지 낮 강의들은 주로 정교수들이 차지했다. 지후가 맡은 강의들은 대부분 아침 일찍 시작하거나 목요일 오후와 금요일에 집중되어 있었다. 조교수라는 간판은 빛 좋은 개살구에 불과했다. 2년씩 재계약을 해야 하는 상황에서 학과의 난제들을 떠맡아야 하는 일벌레로 고용된 셈이다.

교수 회의는 언성을 높여가며 2시간 정도 이어졌다. 원로 교수 하나가 각각의 안건마다 까다롭게 물고 늘어지는 바람에, 모두가 진땀을 빼며 얼굴을 붉혀야 했다. 그 원로 교수는 학과장부터 학장까지 내용 증명서를 남발하는 인사로 악명이 높았다. 유리 멘탈의 한계를 확인하는 과정을 겪은 후 회의실을 나오려는데, 교육 조교가 과사무실에서 얼굴만 내민 채 지후를 불렀다.

— 최지후 교수님. 전화가 왔는데요. 집이래요.

— 아아, 내가 연구실 가서 받을게. 그쪽으로 돌려줘.

집이라는 말을 듣자마자 자연스럽게 아내의 얼굴이 떠올랐다.

'드디어 전쟁의 서막이 올랐군!'

연구실에서 전화 수화기를 들자, 마음속 깊이 강한 반발심이 치밀었다. 아내가 먼저 포문을 열고 공격을 시작했지만, 이쪽도 결코 순순히 물러설 생각은 없었다.

— 여보세요.

그는 단호한 목소리로 전화를 받았다. 아내가 어떤 말투로 응대할지 궁금했는데, 뜻밖에도 소프라노 톤의 형수 목소리가 들려왔다.

— 삼촌, 나예요.

밖에서 형수의 전화를 받은 게 처음이라 순간적으로 긴장했다.

— 집에 무슨 일 있어요?

— 아뇨. 모두 잘 지내고 있어요. 미국에서 우리 집으로 삼촌 편지가 왔어요.

발신지가 미국이라는 말에 지후는 의아함을 느꼈다. 몇 년간 미국에서 유학 생활을 한 경험이 있었지만, 벌써 5년 전의 일이었다. 지난날의 황금빛 청춘으로 반짝이던 순간들은 이제 추억의 뒤안길로 많이 멀어진 상태였다.

— 누가 보낸 건데요?

— 미국 변호사 같아요. 삼촌이 미국에 있을 때 알던 사람이겠죠. 벌써 2주 전에 온 편지예요. 연희동은 전화가 안 되고, 학교로 연락했더니, 삼촌은 중국에 가셨다고 하더라고요. 그런데 동서는 어디 갔어요? 집에 전화를 안 받네요.

— 아, 네. 잠깐 일이 좀 있어서요.

지후는 말을 얼버무릴 수밖에 없었다.

—저녁에 동서랑 같이 방배동에 오실래요? 저녁도 같이 먹고, 편지도 가져가셔야죠.

—나중에요. 사실 오늘 다른 일정이 있어요.

혼자 방배동에 가면 형네 부부로부터 잔소리를 듣게 될 게 뻔했다. '자주 좀 오지 왜 혼자 왔느냐?' '네 아내는 지금 어디 있느냐?' '둘이 싸웠느냐?' 지후가 자꾸 다른 핑계를 대자, 형수도 더 이상 강요하지 않았다.

—그럼, 태웅이 편에 편지를 보낼까요? 태웅이가 오늘 홍대 근처에 볼일이 있다네요.

—그러면 저야 고맙죠. 부탁드릴게요.

지후는 학교 안에 자신의 연구실 위치를 자세히 설명한 후 전화를 끊었다.

늦은 오후의 햇살이 창틀을 적실 때쯤, 조카 태웅이가 직접 연구실로 찾아왔다. 오랜만에 만난 조카는 한여름의 장대처럼 부쩍 자라 있었다.

—아이고, 도대체 뭘 먹고 이렇게 큰 거니? 이러다 지붕을 뚫겠어.

—삼촌도 참! 제가 헐크 같아요? 어떻게 지붕을 뚫어요.

태웅은 짜증이 가득한 표정으로 머리를 긁적였다. 5년 전, 미국 유학을 마치고 귀국했을 때 태웅은 아직 어린 초등학생이었다. 형수의 치마폭에서만 놀던 아이가 어느새 낯선 청년의 모습으로 변모하고 있었다.

— 장하다, 우리 조카. 무럭무럭 크렴.

지후가 엉덩이를 툭툭 치려 하자, 태웅은 펄쩍 뛰며 뒤로 물러섰다.

— 삼촌. 이래 봬도 저 열넷이에요. 더는 어린애가 아니라고요.

— 어, 그래. 미안, 미안.

지후는 마침 상중하갤러리의 에이전트 민 실장의 전화를 기다리고 있었다. 그 당시, 21세기 아트기획과의 협업으로 신축 건축물에 설치하는 미술품 프로젝트에 참여하고 있었는데, 민 실장은 이 일에 계약 초기부터 적극적으로 관여해 왔다. 조금 전 통화에서, 민 실장은 계약 결과를 확인한 후 다시 전화를 주기로 약속했다.

— 대학교 교수님 방은 처음 구경해요.

— 교수는 무슨. 이제 시간강사를 겨우 면했을 뿐인데. 그런데 어때? 생각보다 초라하지?

— 글쎄요. TV 드라마에서 본 것과 비슷한 것도 같고, 아닌 것도 같고.

태웅이 연구실 안을 둘러보며 고개를 갸우뚱거렸다. 연구실 안에는 다양한 책과 자료뿐만 아니라, 수강생들이 제출한 과제물과 리포트들도 어수선하게 쌓여 있었다. 두 사람은 서로 얼굴을 마주 보며 자리에 앉았다. 태웅이 책갈피 사이에서 편지를 꺼내 지후의 책상 위에 놓았다.

— 엄마가 부탁해서 가져왔어요. 저도 바쁜 몸이라고요.

— 미안하다. 네가 삼촌 때문에 수고가 많구나.

— 어쩌겠어요. 같은 식구끼리인데. 근데 미국 편지가 왜 우리 집으로 와요? 주소를 어떻게 알고요?

— 삼촌이 미국에 있을 때 방배동 집 주소를 사용했거든. 네가 태어나기 전까지 나도 그 집에서 살았어.

— 아아, 그렇구나. 전 좀 신기했거든요.

흰색 편지 봉투에는 국제 우편 소인이 선명하게 찍혀 있었다. 미국 동부 워싱턴에서 발송된 그 편지는 며칠 전에 받은 첫 번째 편지와 마찬가지로 어느 변호사 사무실에서 보낸 것이었다.

'미국 변호사가 무슨 일로 내게 편지를 보낸 거지?'

그는 발신자 이름도 낯선 그 편지를 일단 책상 한쪽 옆으로 밀어 놓았다. 오랜만에 만난 조카 앞에서 개인적인 일을 들추고 싶지 않았다.

— 왜 안 봐요?

— 나중에 볼게.

— 아버지하고 삼촌하고는 달라도 너무 달라요. 생김새도

그렇고, 하는 일도 그렇고. 나이 차도 많이 나고. 같은 부모님 맞아요?

책갈피를 기타 줄처럼 주르륵 훑어내리면서 태웅이 말했다. 지후는 미소를 머금은 채 고개를 두어 번 끄덕였다.

—그걸 말이라고 하니? 우리는 같은 형제야.

—난 또, 혹시나 해서.

어린 조카를 상대로 같은 핏줄에 관한 얘기를 한다는 게 껄끄러웠다. 차라리 대화의 주제를 바꾸는 게 좋을 것 같았다.

—넌 대학 가면 뭘 공부하고 싶니?

—그건 왜 물어요?

—그냥, 네 나이 또래 애들한테는 다들 그렇게 묻는 거야.

—엄마는 의대에 가래요. 근데 의대는 아무나 가나요? 그렇게 가고 싶으면 엄마가 가지. 공부하다가 죽을 수도 있다니까요.

태웅은 어릴 적부터 집중 심화 교육을 받아온 아이였다. 집안 모두의 관심과 보살핌을 받았다고 해도 과언이 아니다. 아직껏 집안 식구들을 크게 실망하게 한 적은 없지만 앞으로의 일들을 또 누가 장담을 할 수 있겠는가.

—저건 또 뭐예요?

태웅이 연구실 한쪽에 서 있는 인체 해부학 모델을 가리켰다.

— 안드로니쿠스라는 인체 모형이야. 인체 해부학 수업 시간에 사용하는 거지.

— 진짜 사람 뼈다귀 같아요.

— 맞아. 진짜 사람 뼈지.

대학병원에서 실제로 사용되던 인체 뼈 골격 모형으로, 몇 년 전 학과에서 직접 구매한 것이었다. 인간의 외관이나 얼굴 생김새를 파악하려면 피부 아래 인체 구조를 이해하는 게 중요하다. 태웅은 미술대학에서 해부학 드로잉 과목을 위해 진짜 사람 뼈 모형을 사용한다는 말에 매우 놀란 표정이었다.

— 의대생들은 사람 뼈를 주머니에 넣어 다닌다던데, 미대생들도 사람 뼈에 대해 배우나 보네요?

— 응. 사람을 그리려면 해부학 구조를 알아야 하거든. 척추나 흉곽 골반, 두개골 근육구조 같은 것들 말이야. 건물을 지으면 그 속에 뭐가 많잖아. 대들보나 주춧돌도 있고, 받쳐주는 것도 있고, 전기나 수도관도 있고. 그런데 건물이 완성되었을 때는 그런 것들은 다 벽이나 천장으로 가려지고 기능적이고 미학적인 것만 남게 되지. 사람을 그리는 것도 그와 비슷한 이야기야.

— 아, 의대생들은 사람을 고치는 방법을 배우고, 미대생들은 사람의 외모를 만드는 방법을 배운다. 둘 다 사람을 잘 알

고 관찰해야 한다는 뜻이네요.

지후는 약간 당황스러웠다. 이야기의 핵심을 순식간에 파악하는 조카의 모습을 보며, 어느새 이렇게 머리가 굵어진 건지 놀랄 따름이었다.

— 아니, 조금은 틀려. 미대생들은 그 뼈의 이름을 하나도 외우지 않아도 A학점을 받을 수 있어.

그 말에 두 사람은 동시에 가벼운 웃음을 터뜨렸다.

— 그런데 삼촌은 신호등을 건널 때 어떻게 하죠?

— 응? 뭐?

— 삼촌은 빨간색 신호등을 볼 수가 없잖아요.

순간, 지후는 얼굴이 굳어졌다. 지후가 색맹이라는 사실은 식구들이 모두 알면서도 쉬쉬하던 비밀이었다. 그는 선천적으로 빨간색을 구별할 수 없었는데, 그 결여는 그의 내면에 깊은 공허를 남겨 놓았다. 지후가 입을 다문 채 눈만 껌뻑거리자, 태웅도 어색해 하며 민망한 표정을 지었다.

— 제가 이상한 질문을 한 건가요? 죄송해요.

— 신선한 질문이긴 한데 뭐, 그래서?

— 사실은 여기 오다가 신호등 앞에서 삼촌 생각이 났어요.

— 왜?

— 빨간불이 켜지면 삼촌은 어떻게 하실까?

— 다른 사람들이 신호등 앞에 서서 기다리면 나도 기다리

면 되는 거지.

—주위에 사람들이 아무도 없으면요?

—자동차들이 멈출 때까지 기다리면 돼.

—차도 사람도 아예 없으면요?

—내 눈에 파란불은 보이거든.

—아, 참! 그렇죠!

다시 두 사람은 서로를 마주 보며 쓴웃음을 지었다. 그는 어린 조카에게 한마디쯤 의미 있는 말을 남기고 싶었다. 그것이 나이 든 삼촌으로서 위신을 지키는 일이라 생각했다.

—이 세상에는 인간의 눈으로는 볼 수 없는 어떤 색채가 있단다.

—진짜요? 왜요?

—사람의 감각 기관으로는 감지할 수 없는 어떤 색이 암흑 물질처럼 세상 곳곳에 존재하는 거야.

—눈에 안 보이는 색채요? 그런 게 진짜 있어요?

—다른 사람에게는 보이지만, 이상하게도 나한테는 보이지 않는 색채가 있는 거야. 무의식적으로 그런 색채를 거부하고 있는 거지.

—색채를 거부해요? 그게 가능해요?

—아무튼 그래서 묻는 건데, 네가 거부하는 색채가 있다면 그건 어떤 색깔일 것 같아?

— 삼촌! 잠깐만요! 그런 질문은 다들 안 좋아해요.

— 왜, 왜 그러는데?

— 우린 학원도 가야 하고, 부모님 잔소리도 들어야 하고, 시험도 봐야 하거든요. 사는 게 진짜 너무 복잡해요.

— 어, 미안. 내가 헛소리를 너무 한 것 같네. 너도 하고 싶은 얘기 있으면 해.

— 무슨 얘기를 해요. 없어요. 아무것도 묻지 말아요.

그때, 책상 위의 전화기가 울렸다. 수화기를 집어 들자, 상중하갤러리의 민 실장의 목소리가 들려왔다.

— 최지후 선생님, 계약하잡니다.

— 그쪽 건설회사 담당자하고는 연락이 됐나요?

—그럼요. 내일 11시에 도장만 하나 가지고 오시면 됩니다. 그때 오셨던 그 건설회사 사무실 아니죠?

— 네, 알죠.

— 그럼, 내일 뵙는 걸로 알겠습니다.

수화기를 내려놓자, 태웅이 뜨악한 표정으로 쳐다보았다. 지후는 자리에서 일어나 창문을 닫았다. 일교차 때문인지 방 안에 스며든 찬기운이 느껴졌다.

— 삼촌이 무슨 일로 건설회사 사람들하고 만나요?

태웅이 눈꼬리를 세우며 물었다.

— 응? 으응. 그 건설회사에서 새로 백화점을 하나 짓는데,

그 백화점 휴게실에 들어갈 그림 하나를 삼촌한테 주문한대. 그래서 내일 계약하자고.

—그래요? 참, 잘됐네요. 그런데 그런 그림은 꽤 비싸죠?

—1년에, 이런 거 몇 개만 제작할 수 있으면 먹고 살 걱정은 없지.

—와, 삼촌에게 용돈 좀 타 써야겠네요. 저는 화가들은 다 쫄쫄 굶고 사는 줄 알았어요.

—화가도 화가 나름이지.

순간, 목구멍에 가시가 걸린 듯한 느낌이었다. 무심결에 내뱉은 말이 시장판 장사치의 발언과 다를 것이 없었다. 그렇지만 뭐 어떻겠는가. 세상의 이치를 점차 깨달아 가고 있는 조카 앞에서, 예술가를 거룩한 성자인 양 포장하는 것도 우스운 일이었다. 태웅이 자기 삼촌을 불쌍한 화가가 아니라, 나름 잘나가는 화가로 알아봐 주는 것도 나쁘지 않았다.

—어떤 그림이에요? 백화점 휴게실을 장식할 그림이요?

—응? 글쎄, 이제부터 슬슬 생각해 봐야지.

—그림에 대한 특별한 생각도 없이 계약부터 하는 거예요?

—응.

—그래도 어떤 그림을 그릴 건지, 대략 생각은 있으신 거죠?

—있다고 할 수도 있고, 없다고 할 수도 있고. 우선 계약금

부터 받고 보는 거지 뭐. 안 그래?

태웅은 삼촌의 말에 크게 실망한 얼굴로 걱정스러운 표정을 지었다. 지후도 겉으로는 태연한 척했지만, 실제로는 이런 계약이 부담스러웠다. 미술 전시회에서 발표되는 그림은 작가의 미적 취향이나 의도가 우선으로 반영되었다. 하지만 주문 제작은 의뢰인이 원하는 대로 그들의 입맛에 따라 완성되어야 했다. 미리 작품 계획서를 구청 주택과에 제출하고, 미술 관련 기관의 심의를 거쳐야 했기에, 고려해야 할 사항이 한두 가지가 아니었다.

게다가 지후의 그림 제작 방식은 우연과 직관에 비중을 많이 의존하는 편이었다. 작은 스케치를 큰 화면에 그대로 옮기는 대신, 작업하는 과정에서 도출된 아이디어를 적극 수용하여 작품을 완성해 나가는 걸 좋아했다. 따라서 그림 제작 과정은 끊임없는 도전의 연속이었고, 성공과 실패 사이를 오가는 외로운 여정이었다. 그렇기에 미리 준비한 스케치도 한 장 없이 계약서에 도장부터 찍는 것은 지후로서도 마음이 편치 않은 상황이었다.

하지만 여러 건설회사를 대상으로 브로커 역할을 하는 민 실장은 지후가 유명 미술대학의 조교수라는 사실에 주목했다.

—대학 교수 아무나 한답니까? 선생님 위치에서 이 정도

인맥이면 앞으로 한국 화단에서도 탄탄대로가 열리죠.

그런 말을 처음 들었을 때는 얼굴이 좀 화끈거렸지만, 그렇다고 전혀 듣기 싫은 소리는 아니었다. 작품값으로 제시된 금액도 결코 작은 액수가 아니었다. 그것은 거부하기 어려운 달콤한 유혹이었고, 자기를 기만하는 비열한 생각들을 자아내기 충분했다.

'나도 성공의 대열에 올라섰어. 이제부터가 시작인 거야!'

지금까지의 힘든 보따리 강사 생활 끝에 겨우 얻어낸 성과였다. 이제는 충분한 보상을 받을 만한 위치에 도달했다고 생각했다.

—그래도 무슨 계획이 있으실 게 아녜요. 어떤 그림을 그릴지.

조카 태웅이 조심스럽게 다시 물었다.

—글쎄다. 평범하면서도 일상적인 이미지들이 어우러진 삶의 풍경화 같은 그림이 될 거야.

—풍경화요?

—맞아. 인생 풍경화지.

—그 풍경화가 지금 삼촌 머릿속에 있을 수도 있고, 없을 수도 있다는 얘긴가요?

좀 전에 지후가 했던 말투를 흉내 내며 태웅이 다시 물었다.

—그래. 그렇구나.

지후는 빙그레 웃으며 고개를 끄덕였다.

조카 태웅이 떠난 후, 연구실 안은 휑하니 적막했다. 늦은 오후의 어스름이 깔린 실내를 둘러보다가, 미국에서 온 문제의 두 번째 편지를 집어 들었다. 편지 봉투 안에는 세 겹으로 접힌 편지지 한 장이 들어 있었다. 편지에는 온통 영어로 인쇄된 글자들만이 담겨 있어서, 누군가 임의로 보낸 광고지 안내문 같은 느낌을 주었다. 편지 상단에 워싱턴 D.C.에 있는 법률 회사 주소와 전화번호가 프린트되어 있었다. 편지를 발송한 사람은 레니 모리스라는 이름의 변호사였다.

지후는 푸른 잉크로 부드럽게 흘려 쓴 변호사의 서명을 바라보았다. '레니 모리스?' 지후는 고개를 갸웃거리며 기억을 더듬었다. 시원스럽게 위로 솟은 〈R〉과 〈M〉 자를 바라보니, 미국에서 만난 적이 있었던 유대인 변호사의 얼굴이 떠올랐다.

당시에 지후는 볼티모어에서 유학 생활을 하고 있었다. F1 학생 비자를 급하게 연장해야 했는데, 관련 서류를 처리하는 일이 꽤 까다로웠다. 그때, 어느 한국인 교포가 유대인 변호사를 소개해 주었다. 이민국에서 오랜 경력이 있는 사람이니, 그쪽으로는 업무 처리가 빠를 거라고 했다.

유대인 변호사의 사무실은 작고 허름했다. 오십 중반의 유대인 변호사는 긴 매부리코에 웃음소리가 특이한 사람이었다. 그의 이름은 정확히 기억나지 않지만, 피터나 스캇과 같은 센 발음의 이름이었다. 'R'이나 'M'과 같이 부드러운 발음으로 불리는 이름이 절대로 아니었다. 지후는 분명히 레니 모리스를 모르고 있었다.

편지를 읽던 지후는 갑자기 글라스라는 이름을 발견하고 깜짝 놀랐다. 그는 경악한 표정으로 잠시 숨을 고른 뒤에 다시 편지를 읽기 시작했다. 레니 모리스는 글라스가 개인적으로 고용한 변호사로, 얼마 전에 위암으로 사망한 글라스의 유언장을 처리하고 있었다.

아, 맙소사! 글라스가 죽었다는 소식을 접한 순간, 지후의 입술이 파르르 떨렸다. 가슴을 후벼파는 쓰라린 감정이 독버섯처럼 온몸을 휘감았다. 글라스는 유언장에서 자신의 유일한 아들이자 상속자인 제이티의 법정 대리인으로 지후를 지명했다고 한다. 메릴랜드주의 민법 개정안에 따르면, 아이는 일반적으로 생부에게 맡겨져야 하지만, 현재까지 아이의 친부가 누구인지 확인되지 않았다. 그런 사정으로 글라스가 유언장에 명시한 대로, 지후가 아이의 법정 후견인으로 지명된 것이다.

'만일 최지후 씨가 원하지 않는다면 저는 유언장 대행 변호사로서 마지막 절차를 밟을 수밖에 없습니다. 그것은 아이를 아동보호소에 위탁하는 것을 의미합니다. 제이티는 양부모를 찾을 때까지 아동보호소의 보호 아래 위탁가정에서 지내게 될 것입니다. 후견인 문제와 관련하여 추가 문의 사항이 있으면 언제든지 저희에게 연락을 주십시오. 모든 절차가 신속히 처리될 수 있기를 기대합니다. 감사합니다.'

한동안 멍한 상태로 자리에 앉아 있었다. 창밖은 어느새 어둠으로 뒤덮인 모습이었다. 새로 증축 중인 학생관 건물의 테두리가 서서히 흐려지는 동안, 지후의 얼굴에는 수많은 표정이 떠올랐다. 잔파도처럼 간헐적으로 일렁이던 감정들이 결국에는 폭풍 해일처럼 격렬하게 밀어닥쳤다. 아아! 지후는 자기 머리를 감싸 안고 쏟아지는 추억의 잔해를 향해 안타까운 탄식을 내뱉었다.

글라스와의 마지막 만남은 5년 전으로 거슬러 올라간다. 그해 1월 말, 볼티모어는 갑작스러운 폭설로 인해 도시 전체가 마비될 위기에 처해 있었다. 긴급 경보 발령과 관련된 안내방송이 라디오에서 계속해서 송출되었다. 휴교령이 내려진 초중고교와 대학뿐만 아니라, 관공서들과 영업 시설들도 업무 중단이라는 극단적인 조치를 받았다.

생필품을 사려고 몰려든 사람들로 인해 슈퍼마켓은 북새통을 이뤘다. 미끄러운 도로 사정으로 다중 충돌 사고가 증가하자, 거리 곳곳에서 날카로운 클랙슨 소리가 울려 퍼졌다. 사람들은 하나둘 문을 닫아걸고 두더지처럼 집 안에 숨어버렸다. 차츰 모든 움직임과 활동이 감소하고, 결국 도시 전체가 깊은 잠에 빠져들었다. 그렇게 침묵으로 고요했던 다섯 날의 낮과 밤이 흘러갔다. 여섯 날이 지난 후, 마침내 폭설 주의보가 해제되었다는 소식이 전해졌다.

지후는 그날 아침에 여행사를 찾아가 이틀 후 출발하는 한국행 편도 비행기 표를 예약했다. 다음으로 향한 곳은 찰스 스트리트에 위치한 펜스테이션 기차역이었다. 버지니아 '그린필드 요양원'에 입원해 있는 글라스를 마지막으로 찾아가기 위해서였다. 시골의 전원 풍경 속에 둘러싸인 이 요양원은 우울증 환자들을 위한 전문적인 시설로 알려져 있었다.

글라스는 그때 침대에 앉아서 노트에 무언가를 끄적이는 중이었다. 병실 안으로 들어온 지후를 발견한 그녀는 급히 노트를 덮었다.

— 아직 안 떠난 거야?

— 그동안 눈이 너무 많이 와서 움직일 수가 없었어. 나는 이틀 뒤에 떠나.

— 정말로? 섭섭해서 어쩌지.

— 글라스, 혹시나 해서 묻는 건데, 나 떠나지 말까?

— 왜 그걸 나한테 물어? 난 상관없어. 어쨌든 여기까지 왔

으니 좀 앉지 그래.

그녀가 창문 가까이에 놓인 의자를 가리켰다. 지후는 그 의자를 침대 옆으로 옮겨왔다. 병실 바닥에는 검은색 기타 케이스가 있었는데, 전자 기타의 머리 부분이 케이스 밖으로 돌출되어 있었다.

— 웬 기타야? 넌 기타 안 치잖아.

그녀는 아무런 대꾸도 없이 기타 케이스를 정리한 다음, 그것을 침대 아래로 밀어 넣었다. 론이 죽기 전에 기타리스트로 활동했다는 사실이 떠올랐다.

— 무슨 색 좋아해?

지후는 긴장한 표정으로 그녀를 바라보았다.

— 빨간색이야. 기타의 몸체가 빨간색이라고.

글라스의 말에 지후는 당혹스러움을 느꼈다. 자신이 색각 이상이라는 사실을 아무에게도 털어놓은 적이 없었다. 그런데 그녀의 어조는 그가 빨간색을 느끼지 못한다는 사실을 알고 있는 것처럼 들렸다.

'그럴 리가 없을 텐데.'

지후는 마음속으로 고개를 저었다.

봄이 올까? 따스한 봄날이 오면 나도 이곳을 떠날 거야. 나가야 해.

그녀가 긴 머리를 휘휘 감아올리며 말했다. 그녀의 하얀 목덜미를 바라보며, 지후는 그녀가 기다리고 있는 봄날에 대해 생각했다. 한 사람의 빈자리를 견디다 못해 스스로 목숨을 끊고자 했던 그녀가 이제는 따뜻한 봄볕을 그리워한다. 숨 막힐 것 같았던 슬픔도 결국 사라져 가는 모양이다.

이제 고작 두 달이 지났을 뿐이었다. 총격 사고로 론이 사망한 후 단 두 달밖에 지나지 않았다. 그 짧은 두 달이 망각에 필요한 최소한의 시간 값이었단 말인가. 지상을 떠난 한 영혼이 이렇게 빨리 지워질 수 있다는 사실에 참담함을 느꼈다. 적어도 글라스만은 론을 잊어서는 안 되는 사람으로 기억되어야 했다.

그녀는 론의 사망 소식에, 공황장애에 빠져 발작을 일으킬 정도로 충격을 받았다. 극도로 불안정한 시기에 자기 손목을 칼로 그었던 그녀가 이제는 매우 정돈된 상태로 따뜻하고 화사한 봄날을 기다리고 있었다.

론의 죽음을 둘러싼 많은 미스터리가 아직도 풀리지 않은 수수께끼로 남아있었다. 사건을 이해하기 위한 어떤 물증이나 실마리도 찾을 수 없었다. 작년 11월 말경, 론의 시신이 노스캐롤라이나 95번 도로 주변에서 발견되었다. 머리와 가슴에 총상을 입고 도랑에 버려진 상태였다. 목격자 한 명 나타나지 않는 참혹하고도 쓸쓸한 죽음이었다. 몇몇 사람들은 그의 죽음을 범죄 집단에 의한 보복성 살해라고 주장했지만,

왜 그런 끔찍한 사건에 연루되었는지는 밝혀지지 않았다.

경찰은 마약사범들의 움직임이 수상하다는 정보를 입수하고, 정보원들을 활용하여 마약 거래 소굴의 동향을 조사하기 시작했다. 그러나 점조직처럼 흩어져 있는 마약 거래상들과 론의 죽음과는 어떤 관련성도 찾을 수 없었다. 수사가 아직 해결되지 않은 상황에서 론의 장례가 진행되었다. 글라스는 히스테리컬한 발작으로 병원에 입원한 상태였고, 론의 가족들과는 전혀 연락할 수 있는 방도가 없었다.

볼티모어 한인회장과 어느 침례교회의 목사가 도움을 준다고 나섰다. 론의 장례식 당일, 겨울비가 추적추적 내리고 있었다. 친분이 있는 몇몇 친구들만이 우산을 쓰고, 그가 떠나는 마지막 순간을 함께했다. 가해자의 신원과 살인 동기를 파악하지 못한 이 참담한 죽음은, 볼티모어 법원의 탈주범 사건으로 인해 점차 잊히기 시작했다.

연방경찰의 특수요원까지 동원되어 탐문 수색을 펼쳤던 탈주범 사건은 3일간의 추격전 끝에 오션시티 근방 어느 편의점에서 결국 막을 내렸다. 인질을 몇 명 잡은 채 경찰과 대치하던 범인이 현장에 있던 손님 하나를 죽이고 스스로 목숨을 끊었다. 며칠간 볼티모어를 발칵 뒤집어 놓았던 사건이 해결되자, 론의 죽음은 사건의 심각성과는 별개로 대중의 관심을 잃었다.

모두가 떠나간 그 구렁텅이 같은 폐허에서 글라스만이 아직도 혼자 허우적거리고 있었다.

— 어떻게 혼자 떠나니. 나는 어쩌라고. 어떻게 그래. 론, 나쁜 놈! 지옥으로 꺼지라고 해!

글라스는 몸도 가눌 수 없을 만큼 술에 취해서 비틀거리고 있었다.

— 그만 마셔.

지후가 술잔을 빼앗으려 하자, 그녀가 손을 뿌리쳤다.

— 너도 론이 죽기를 바랐지? 내 옆에서 영영 사라지기를 원했던 거지. 너도 꺼져! 내 눈앞에서 당장!

글라스가 이를 갈며 손에 들고 있던 술잔을 집어던졌다. 술잔이 와장창 박살이 나고 유리 파편이 사방으로 튀었다. 글라스의 맨발에서 피가 흐르기 시작했다.

— 조심해. 유리 파편을 치워야 해.

— 비켜. 왜 날 걱정해? 너도 떠날 거잖아. 론은 지옥으로, 너는 너희 나라로, 어서 꺼져. 내 인생에서 영원히 꺼지라고.

취기를 더 이상 견디지 못한 그녀가 결국 바닥에 쓰러졌다. 그녀를 안아 침대에 눕히고 발바닥을 소독한 후 이불을 덮어 주었다. 그날 밤, 글라스는 처음으로 자살을 시도했다. 아픈 기억의 더듬이를 잘라내듯, 날카로운 칼날로 자신의 손목을 베어 버렸다. 그 후에도 끔찍한 자해 사건은 여러 차례 발생했고, 몇 번이나 입퇴원을 반복한 끝에, 마침내 이곳 버지니아 '그린필드 요양원'에 머물게 되었다.

옆방에서 큰 소리와 함께 무언가가 떨어지는 소리가 들렸다.

지후는 조용히 자리에서 일어났다.

—벌써 가려고?

—기차 시간이 다 됐어. 더 늦기 전에 돌아가야 해.

침대에서 무릎을 끌어안고 턱을 괴고 있는 그녀가 떨리는 눈빛으로 지후를 바라보았다. 지후는 간절한 심정을 담아 그녀의 눈을 뚫어지게 바라보았다.

'한마디만 해. 가지 말라고. 옆에 있으라고. 그럼 난 절대로 네 곁을 안 떠나.'

혀끝에서 맴도는 말을 차마 내뱉지 못했다. 두 사람의 운명을 한꺼번에 감당할 자신이 없었다는 사실이 더 진실에 가까울 것이다. 글라스가 콧등을 찡그리며 어색하게 미소 지었다.

—사실은 나 임신했어. 내 몸에서 아기가 자라고 있어.

그녀의 말이 날카로운 비수처럼 날아왔다. 분노에 사로잡힌 지후는 순간 그녀의 따귀를 갈겼다. 여자를 상대로 폭력을 행사한 건 그때가 처음이었다.

—나한테 왜 이래? 끝까지 정말 왜 이래?

참혹하게 일그러진 표정으로 지후가 소리를 질렀다. 그녀는 지후에게 맞은 뺨을 두 손으로 감싼 채 한동안 멍한 표정을 지었다. 그녀가 무슨 말이든 해주기를 기다리다가, 결국 참을 수 없는 회의와 환멸을 느끼며 돌아섰다. 그때 그녀의 목소리가 들려왔다.

—네 눈에는 내가 안 보이는 거야. 너는 네가 보고 싶은 거만 보잖아. 내가 너를 평생 후회하게 만들어 줄 거야. 나는 그럴 수 있어! 나만은 그럴 수 있어!

그녀가 분개한 듯 소리치는 말에 지후는 더욱 정나미가 떨어졌다.

—내가 그랬다고? 맘대로 생각해라, 맘대로. 네가 언제는 안 그랬니? 항상 네 멋대로잖아!

지후는 씹어 뱉듯 울분을 토하고는, 그대로 병실을 나왔다.

'마지막 인사를 이따위로 한다니. 이렇게 우리는 끝장을 보는구나. 결국 여기까지였구나.'

그는 북받쳐 오르는 설움을 참느라고 입술을 깨물었다. 갈피를 잃은 어지러운 상념 속에서, 그의 두 발은 계속 헛발질을 하며 층계를 내려왔다. 질긴 악연의 끝이 이거란 말인가. 론은 죽어서도 그녀를 영원히 소유하고, 그 증거를 그녀의 자궁에 남겨두었다. 저승으로 간 뒤에도 자신을 철저하게 깔아뭉개며 비웃고 있는 것이다.

건물 1층 현관문을 나서자 차가운 바람이 옷깃을 파고들었다. 끝없이 흰 눈이 쌓인 요양원 앞의 풍경은 시베리아 들판의 황량한 유배지를 떠올렸다. 하얀 캔버스 같은 눈밭 위에서 앙상한 가지의 겨울나무들이 푸른 그림자를 던지며 흔들리고 있었다. 그 모습을 우두커니 바라보다 생전 처음으로 노을 진 저녁 풍경을 떠올렸다. 적색 색맹인 주제에 이전에 본 적 없는 자연 광경을 머릿속에서 완벽하게 재현해 낸 것이다. 상상 속 스크린에 떠오른 붉은 노을은 지후의 서글픈 심정을 반영하고 있었다. 그렇게 오랜 시간은 아니었다.

상념에 잠긴 얼굴로 멍하니 서 있다가 문득 뒤를 돌아보았다. 2층 병실 창가에 서 있는 글라스가 눈에 띄었다. 두 사람은 잠시 동안 서로를 바라보며 마주 서 있었다. 서로의 표정을 읽을 수 있을 정도로 가까운 거리는 아니었지만, 어쩐지 그녀의 눈가도 촉촉하게 젖어 있을 것 같았다. 지후는 마지막 작별 인사를 하기 위해 손을 흔들었다. 그녀가 놀란 듯 창문가에서 비켜서며 모습을 감췄다.

—굿 바이, 내 사랑.

이틀이 지난 후, 지후는 볼티모어를 떠났다. 거의 4년 만에 서울 집으로 귀향하는 길이었지만, 그 어떤 기쁨이나 설렘도 느껴지지 않았다. 뉴욕 케네디 공항에서 비행기 안전벨트를 매고, 미친 듯이 덜덜거리며 활주로를 달리는 동안, 가슴을 옥죄는 쓰라린 감정과 함께 비통한 눈물이 터져 나왔다. 보잉 747 항공기는 순식간에 우주 공간으로 떠올랐다. 서울과 뉴욕 사이에는 12시간의 시차가 존재했다. 현실적인 시간의 간극이 조금씩 원래대로 돌아가고 있었다. 4년 전 떠나온 자리로 지후도 마침내 되돌아가는 것이다.

비행기 좌석의 접이식 탁자 위에는 휴대용 포켓 술병이 하나 올려져 있었다. 그것은 이생에서 마시게 될 마지막 독주였다. 다시는 한 방울의 술도 마시지 않을 작정이었다. 그 하나의 술병은 이루지 못한 사랑에 대해 일인칭으로 쓴 슬픈 고백시였다. 삶이 이대로 끝나는 것이라 해도, 더는 돌이킬 수 없었다. 그것은 젊음의 마지막 술잔이며, 상처받은 영혼의 마지막 건배였다. 심장 깊숙이 지독한 경련을 초래했던 그 이름을 위하여. 이승에서의 한도 끝도 없었던 아픈 사랑의 종점을 위하여.

하늘 상공을 떠도는 흰 어둠 속에서, 그는 자신에게 몇 번이고 다짐하듯 물었다. 이대로 모든 걸 버려두고 떠날 수 있느냐고, 다시 서울이라는 미래와 동행할 수 있느냐고. 미래라니! 차라리 헛웃음이 나올 지경이었다. 이렇게 지쳤는데, 이렇게 벌써 지겨운데. 그럼에도 조금은 희망을 품고 싶었다. 세월이 가져다줄 망각이란 선물을. 그 어떤 슬픔도 영원하지 않다는 사실을.

하지만 그날 조카 태웅이 가져온 한 통의 편지는 그러한 희망과 다짐들을 단번에 무너뜨렸다. 지나간 삶의 흔적들이 때로는 반란을 일으키고, 무모하게 도전하며 거스르기도 하는 것이다.

연구실 창밖에는 어둠의 장막이 깔려 있었다. 모리스 변호사로부터 온 편지를 책상에 보관하려다가, 결국 양복 안주머니에 넣기로 했다. 마침내 자리를 털고 일어난 지후는 간단히 주변 정리를 마친 후 연구실을 나왔다.

어두침침한 층계를 조심스럽게 내려가고 있는데, 마주 올라오던 한 남자가 멈칫하며 꾸벅 인사를 했다. 최근에 복학한 회화과 3학년 학생이었는데, 갑자기 이름이 생각나지 않았다.

— 어, 시간이 늦었는데 집에 안 가니?

— 학생미전 마감 날짜가 얼마 안 남아서요.

지후는 고개를 두어 번 끄덕였다. 서로 엇갈려서 몇 계단을 내려오려는데, 그 남학생의 이름이 불현듯 머릿속에 떠올랐다. 지후가 희성아, 라고 부르며 돌아서려 했지만, 그는 이미 층계 위 어둠 속으로 사라져 버린 뒤였다.

그때 하나의 프레임 안에서 두 개의 장면이 교차하듯, 층계 위 바로 그 지점에 스무 살의 지후가 서 있었다.

우울한 청개구리

지후의 스물은 늘 우울한 그늘 속에서 서성였다. 봄날의 햇살 속에서 싱그럽게 반짝이는 풀잎들은 그의 삶에 존재하지 않았다. 지옥 같던 입시 전쟁이 끝나고 대학에 입학했지만, 그의 청춘은 여전히 어두웠다.

'청춘'을 기념할 만한 특별한 사건 하나 없이 지후는 또 다른 의식의 경계로 내동댕이쳐졌다. 청소년기도 아니고 성년기도 아닌 회색빛 시대의 중간 정차역에서 머물러 있었다.

유치원 시절부터 지후는 매일 학교, 학원, 도서관을 오가며 쳇바퀴 같은 삶을 버텨냈다. '스무 살만 되면, 대학생만 되면, 그럼, 어디 두고 보자.' 이 땅의 수험생이라면 누구나 되뇌던 그 말을, 지후도 수없이 되새기며 그날만을 손꼽아 기다렸다.

그러나 원하던 미술대학에 합격한 것을 제외하면, 여전히 무료한 일상이 계속되었다. 세상은 천년 주기의 밀레니엄 세대를 향해 질주하고 있었지만, 지후는 오래된 기차에 탑승한 채 흔들리고 있었다.

그때, 두 개의 죽음이 지후의 삶을 덮쳤다. 대한민국 정치사를 뒤흔든 박정희 대통령 암살 사건과 함께, 기업가였던 지후의 아버지가 세상을 떠났다. 태어난 순간부터 지후의 삶에 지대한 영향을 끼쳤던 두 어른이 비극적으로 생을 마감한 것이다.

지후는 중소기업을 운영하는 집안의 막내아들로 태어났다. 형은 지후보다 10살이나 연상이었고, 아버지가 돌아가신 후 집안의 가장이자 회사의 책임자가 되었다.

— 지후야, 일찍일찍 다녀. 이게 뭐냐, 꼴이.

아버지께서 하시던 잔소리를 형을 통해 듣게 되니 참 신기했다. 형도 이제 기성세대가 되어가는구나 싶었다.

박정희 정권 붕괴 이후, 민주화 운동과 인권 시위로 인해 혼란이 지속되었다. 지후는 병역 의무를 마치고, 대학교 4학년 졸업 전시회에서 '공간의 사유'라는 작품을 선보이며 학사 자격증을 받아 대학을 졸업했다. 그러나 그는 아직 화가로 인정받지 못한 채 회색지대에 머물러 있었다.

민주화 운동의 열기는 여전히 거리를 휩쓸고 있었다. 저항세력과 전투 경찰 간의 충돌은 매일 이어졌고, 사람들은 최루탄 연기를 일상처럼 받아들였다. 이런 혼란 속에서 지후는 생의 중심을 잃고 선배들이 운영하는 화실이나 들락거리며 방황했다.

어느 날 형의 부름을 받고 오랜만에 2층 서재에서 마주 앉았다. 나이 차이가 큰 그들은 형제라기보다 부자 관계처럼 보였다.

—언제까지 놀고먹을 셈이냐?

—형, 그게 무슨 소리야?

—이제 대학도 졸업했으니 네 앞가림은 해야지. 입시 미술학원 자리 한번 알아볼까?

—형, 내가 미술학원 차리려고 미대에 간 줄 알아? 안 해.

—네가 세 살배기 어린애냐? 광고회사 취직도 싫다, 내 회사에 들어오는 것도 싫다. 그럼 어쩌자는 거냐?

—작업실 하나 만들어줘. 그림이나 그리게.

—화가로 성공이라도 하겠다는 거야? 네 주제를 알아야지.

—내 주제가 어때서?

—너는 색맹이잖아. 그걸 잊은 거야?

—뭐?

지후는 소리를 지르며 일어났다. 색각이상은 선천적으로 물려받은 유전병이었다. 미술대학에 지원할 때도 입을 다물고 있었는데, 이제 와서 색맹을 문제 삼다니.

—야비하군. 형이 이러는 거 아니지. 내가 모를까 봐? 너는 화실이나 해라. 아버지 회사는 나 혼자 차지하겠다?

— 최지후! 이게 하늘 같은 형님한테 눈깔을 부라리고 난리야!

— 눈깔? 누운깔?

— 그래, 네 눈깔. 색맹한테 색맹이라고 그러는데, 뭐가 어쨌다는 거야?

두 형제는 언성을 높이며 싸우기 시작했다. 형의 입에서 험한 욕설이 쏟아졌고, 지후도 맞섰다. 목소리가 온 집안을 울리자, 부엌에 있던 형수가 발소리를 쿵쿵대며 올라왔다.

— 쌈닭처럼 싸울 거면 둘 다 나가!

형수의 으르렁거림에 분위기는 차츰 누그러졌다.

— 미안, 조용히 할게.

형은 형수 앞에서는 고양이 앞의 쥐처럼 설설 기는 시늉을 했다.

— 형수. 형이 좀 이상해요. 제가 졸업한 지 얼마나 됐다고, 인격 모독을 해요.

그것은 엄마에게 형의 잘못을 일러바치는 어린아이 같은 말투였다. 형수는 시집온 다음 날부터 시어머니의 빈자리를 대신하며 어린 시동생을 돌보았다.

— 그래요? 안 되지. 왜 젊은 사람 기죽이고 그래요? 뭐가 문제야?

— 걱정돼서 그러지.

— 삼촌 그냥 내버려 둬. 알아서 잘할 거야. 그렇지, 삼촌?

— 그럼요. 당연하죠.

— 알았어. 당분간만이야. 항상 널 주시하고 있다는 걸 명심해라.

형은 손가락으로 동생의 두 눈을 찍을 듯이 가리켰다.

지후의 주변에는 미대를 갓 졸업한 젊은 화가들이 많았다. 그들 대부분은 비슷한 처지였다. 명절날 친척들이 모이는 자리에서는 말을 아끼고 투명 인간처럼 행동해야 했다. 오랜만에 만난 친척들은 백수처럼 보이는 그들에게 곧잘 질문을 던지곤 했다.

— 요즘은 어떻게 지내니?

— 취직은 했니?

— 여자 친구는 있니?

— 토플 점수는 얼마나 나오니?

— 앞으로 뭐 해서 먹고살 거니?

그럴 때마다 적절한 대답을 하기가 쉽지 않았다.

— 어제 재미있는 그림을 하나 완성했는데요. 표현적인 것으로 따지면 놀데나 수틴 같으면서도, 색채는 마티스 쪽이죠.

이런 대답에 호응해 주는 친척은 거의 없었다.

— 그래, 요즘 뭐 하면서 사니?

라는 질문은 할 말이 없어서 그냥 던져본 것이었다. 독일 표현주의나 야수파 같은 전문 용어를 들이댈 수도 없었다. 정신 나간 얼치기 소리를 듣지 않으려면 잠시 존 버거의 말을 떠올릴 필요가 있었다.

영국의 작가이자 비평가인 존 버거는《예술 해석Ways of Seeing》에서 이렇게 말했다.

〈사업가들의 만남에서는 주로 예술에 관한 이야기가 오가고, 예술가들의 만남에서는 주로 돈에 관련된 대화가 주를 이룬다.〉

예술가들이 작품 활동만으로도 편히 먹고 살 수 있는 환경이라면 얼마나 좋을까. 하지만 상대방이

—먹고 살기도 힘들면서, 예술을 한다고?

라는 눈치를 준다면 슬슬 자리를 피하는 게 정신건강에 이로울 것이다.

지후의 이십 대는 무기력한 방황의 시기였다. 예술지상주의를 신봉하는 젊은 예술가들은 매일같이 술판을 벌이며 시간을 보냈다.

—예술이 그 시대를 어떻게 정의할 수 있겠느냐!

—정진하는 것이 참 예술을 얻는 길이다.

—똥오줌도 분간 못 하는 세월이다.

— 사방에 똥오줌 냄새가 진동한다.

이런 헛된 대화로 시간을 보내다 보면, 마음이 점점 무거워졌다. 어두침침한 방황의 숲에는 작은 메아리조차 없었다.

계속된 음주 생활로 인해서 지후의 건강에 이상 신호가 나타났다.

— 위에 빵구가 났다고? 그러다 진짜 죽는다.

— 괜찮아.

청춘의 기차는 간이역에 정차해 있었다. 인생의 선로 위에는 아무것도 놓여 있지 않았다.

— 자, 자. 어서 마시자고. 위하여!

그날 밤에도 지후는 막걸릿집에서 술에 취했다. 콧수염을 기른 선배가 갑자기 둥그런 양철 테이블을 치며 서러워했다. 오랫동안 사귀던 여자친구가 이별을 통보해 왔다는 것이다.

— 내가 직장도 없는 백수라고, 집에서 결혼을 반대한대.

— 그럼, 취직하면 되잖아.

— 사랑은 영원하지 않아. 나는 변절자가 될 내 모습이 두려워.

지후는 양은 주전자를 쾅 내려놓았다. 양철 테이블이 삐걱대며 흔들렸다.

— 사랑에는 3단계가 있지.

— 그게 뭔데?

— 열정 단계, 권태 단계, 성숙 단계. 형은 어디 있는 것 같아?

— 나? 숯불 단계인가?

— 아니지. 형은 권태가 두려운 거지. 연애는 좋고, 결혼은 싫은 거야.

콧수염이 벌떡 일어나 지후의 멱살을 잡았다.

— 이 미친놈아. 선배한테 그걸 말이라고 해?

— 에이, 씨발! 선배면 다야.

지후는 콧수염의 손을 뿌리치고 막걸릿집을 나왔다. 깊은 밤의 거리는 북적였다. 취객들이 도로 중간까지 나와 택시를 잡고 있었다.

— 더블! 더블!

신사복을 입은 한 남자가 손가락 두 개를 흔들며 외쳤다. 그의 동작은 나치스 당원들의 인사를 연상시켰다. 개인의 자유를 억압하는 전체주의가 사람들의 영혼에 권태를 가져왔을까. 우리가 원하는 것은 자유가 아니라 형식일지도 모른다. 권태에 맞서는 청춘의 발악이 속을 울렁거리게 했다.

경복궁 근처의 어느 담벼락 밑에서 지후는 나무 둥치를 붙잡고 토했다.

— 열려라 참깨! 열려라 참깨!

그것은 막막한 어둠을 향한 주문이었다. 메스꺼운 상황에서 무작정 달리기 시작했다. 어둠을 향해 저돌적으로 달려가는 그의 모습에 사람들이 비켜섰다.

— 야, 이놈아! 미치려면 곱게 미쳐야지!

뒤에서 누군가 크게 외쳤다. 경복궁에서 이순신 동상까지 이르는 길 어딘가에서, 지후는 철퍼덕 주저앉았다. 풀밭에는 이슬이 맺혀 바짓가랑이가 촉촉해졌다. 우주의 어둠 속에 떠도는 외로운 행성들을 바라보며, 초현실주의자 달리의 '나의 투쟁'을 떠올렸다.

단일성에 대항하여	다양성을 위해
평등주의에 대항하여	계층을 위해
정치에 대항하여	형이상학을 위해
음악에 대항하여	건축을 위해
기계주의에 대항하여	꿈을 위해
기회주의에 대항하여	마키아벨리 광신을 위해
시금치에 대항하여	우렁을 위해
부처에 대항하여	사드 백작을 위해
혁명에 대항하여	전통을 위해
미켈란젤로에 대항하여	라파엘을 위해
철학에 대항하여	종교를 위해
의학에 대항하여	마술을 위해

산에 대항하여
실체 없는 유령에 대항하여
시간에 대항하여
회의주의에 대항하여

해변을 위해
실체 있는 유령을 위해
녹아내리는 시계를 위해
신념을 위해

어느 날, 지후는 '헤어스프레이와 돼지들'이라는 제목의 그림을 그렸다. 제목을 먼저 정한 후, 열정적으로 4주간의 본격적인 작업에 돌입했다. 작품의 의도는 군사정권에 대한 추모와 장례 제의를 돌려 깎기 방식으로 풍자한 것이었는데, 주제의 자극적인 이슈 때문에 그림을 그리는 내내 설레는 마음이었다.

—요즘 같은 세상에 이걸 공개한다고? 검열에 걸려서 남산 지하실로 끌려가고 싶은 거야?

주변에 있던 한 친구가 걱정스러운 얼굴로 손사래를 쳤다.

—변화를 꿈꾸지 않는 자, 그 어떤 변화도 감당할 수 없다.

지후는 천연덕스럽게 대꾸했다. 작품 '헤어스프레이와 돼지들'은 곧이어 열린 '시대의 해프닝'이라는 그룹전에서 처음 소개되었다. 참가 인원이 마흔 명에 달하는 대규모 그룹전이 젊은 작가들을 위해 개최되었다.

지후가 출품한 '헤어스프레이와 돼지들'은 아쉽게도 인사동 길 화랑에 내다 걸린 지 하루 반나절 만에 정부 기관원들에 의해 철거되는 수모를 겪었다. 한 떼거리의 남자들이 전시장에 난입해서 쓰레기를 처리하듯 삽시간에 수거해갔다. 지후의 그림은 그 과정에서 작품 일부가 파손되는 큰 피해를 겪었다. 한국 사회는 여전히 정부의 탄압에 맞서는 시위와 민주화 운동으로 혼란스러웠다. 사회적 변혁을 요구하는 시민들의 투쟁에 대한 정부의 억압은 점점 더 강화되었다.

그때 인사동 길 화랑에서 발생한 작품 철거 사건은 정부가 문화 및 미술 분야에서 강력한 검열 체계를 시행하여 예술가들을 압박했던 대표적인 사례 중 하나였다.

상모춤을 추며 시끌벅적한 꽹과리 소리가 울려 퍼지는 자리에 인파가 모여들었다. '시대의 해프닝' 전시가 당시 감시의 대상으로 떠올랐던 것은 전주에서 올라온 행위예술가 A씨의 공연으로 인한 것이었다.

'시대의 해프닝' 그룹전은 4주 동안 전시될 예정이었다. 신고를 받고 출동한 관계 기관원들은 행위예술가 A씨와 연관된 '시대의 해프닝' 그룹전을 하나부터 열까지 세심하게 조사하기 시작했다. 전국 각지의 많은 작가가 참여한 그 전시회가 무참한 발길에 짓밟히고 있을 때, 지후는 인천에 있는 어느 조각가의 작업실 소파에서 쿨쿨 자고 있었다.

요란한 전화벨 소리에 문득 정신이 들었다. 고무신이라는 별명으로 불리는 그 조각가 선배는 여전히 맞은편 소파에 편히 누워 자고 있었다. 술병들은 바닥에 널브러져 있었고, 작업실 안은 어수선한 흔적으로 가득 차 있었다.

— 어이쿠, 머리가 깨질 것처럼 아프군!

지후는 비틀거리며 전화를 받았다. 수화기에서 후배의 격양된 목소리가 들려왔다.

— 선배, 큰일났어요. 지금 길 화랑이 박살이 났어요.

— 야야, 좀 조용히 말해. 귀청 떨어질 것 같아.

— 좀 전에 화랑 대표하고, 길거리 행위 예술을 하던 분이 구속됐어요. 전시법 위반에다 미풍양속 풍기문란죄래요. 작품들도 몽땅 실어 갔어요. 씨발, 여긴 분위기가 험악해요. 특히 선배는 빨리 몸을 숨기는 게 좋겠어요. 아예 사라졌다가, 정부가 바뀌면 그때 나타나요.

그 순간, 얼음물을 뒤집어쓴 것처럼 술이 확 깨어버렸다. 지후는 결코 민주화 투사 같은 유형의 인물은 아니었다. 대형 걸개그림에 목숨을 거는 민중 화가도 아니고, 자유와 정의를 부르짖는 혁명 전사도 아니었다. 그에게 민중이나 민주주의, 민족적 구호들은 잘 차려진 밥상 위에 놓인 반찬에 불과했다. 지후는 그런 것들을 가져다가 화폭을 구성하기 위한 소재로 사용하였다.

누군가는 지후의 작품을 두고 시대 풍조에 편승해서 날로 먹으려는 수작이라고 비웃을지도 모른다. 그 작품이 결국은 선정성을 강조한 대중적 전략이었냐고 의문을 제기할 수도 있다. 그러나 지후는 노동 현장도 몰랐고, 이론으로 무장한 사상가도 아니었다. 한국 사회는 80년대의 역사적 격동기를 지나고 있었지만, 지후의 의식 수준은 자기 앞가림이나 하면서 겨우 버텨낼 정도였다.

전시회의 강제 철거 소식은 어쨌거나 지후에게 큰 충격을 안겨 주었다. 가슴속에는 분노가 타올랐다. 이런 절망의 시대에 술이나 처먹고 비틀거리는 자신이 한심했다. 지후가 개수대 앞에서 세수하고 있을 때, 고무신이 갑자기 깨어나 캑캑거리며 속을 게워 냈다. 지후가 달려가서 고무신의 등을 문질렀다.

—어제 너무 마셨나 봐요. 우선 해장부터 해야겠어요.

—해장에는 국물 요리가 최고지.

고무신이 입가에 묻은 게거품을 손으로 쓱 문지르며 말했다. 막 잠에서 깬 사람답지 않게 칼칼한 목소리였다.

—양파 소스를 친 덴토스를 제대로 만들려면, 세 종류의 사람이 필요한 기다. 미치광이와 구두쇠, 그리고 천재. 미치광이는 불을 맡고, 구두쇠는 물을 붓고, 천재는 휘젓는 일을 하는 거란 말이지.

—그 얘기 좀 그만 써먹어요. 도대체 덴토스를 먹어나 보고 하는 소리예요?

지후는 휙 돌아서며 말했다. 현실과 동떨어진 이런 식의 대화가 못마땅했다.

— 와, 짜증이고?

— 어제 길 화랑에서 전시한 것, 완전히 개박살 났대요. 반정부 선전물이라고 죄다 압류하고, 전시 기획자는 수갑까지 채워서 끌고 갔다잖아요.

— 썩을 놈들. 이번에 누가 유린당한 거고? 나는 반체제도 아니고, 친체제도 아니고, 그냥 비체제 하련다. 비체제가 가장 순수한 거 아닌가?

순수에 대한 의문은 항상 공허한 울림만 안겨주었다. 무엇이 순수의 본질인지 묻고 또 물었지만, 현실과 동떨어진 허무만이 남을 뿐이었다.

인사동 그림 철거 사건 이후, 지후는 또다시 형의 면담 요청을 받았다. 그때 지후는 형사들의 눈을 피해서 잠시 절에 들어가 고시생 노릇을 하며 지내고 있었다. 형의 특명을 받고 산속 작은 암자까지 찾아온 사람은, 형 밑에서 일하는 기사 아저씨였다.

— 사장님이 병원에 입원하셨어. 지금 당장 서울로 올라오래.

— 어디가 아프신데요?

— 그건 올라가서 직접 확인해. 나도 잘 모르니까.

—안 돼요. 저 지금 올라갔다간 잡혀가요. 남산 지하실 아시죠?

—아이고, 무서워라. 쯧쯧쯧. 그러게 왜 그런 대형 사고를 친 거야?

—그게 뭐 그렇게까지 큰 사고도 아닌 것 같은데….

—아무튼 일단 괜찮아졌대. 사장님이 중간에서 손을 좀 쓴 모양이야.

—정말이요?

—응. 그러니 걱정하지 말고 빨리 올라오기만 하면 된다고 했어.

나중에 알게 된 사실이지만, 길 화랑의 작품 철거 사건은 전시 기획자와 행위예술가 A씨를 구속하는 선에서 적당히 마무리되었다고 한다. 그 전시에 참여한 40명이 넘은 젊은 작가들을 모두 잡아들였다가는 사회적으로 큰 저항을 불러올 게 뻔했다. 게다가 문화예술가 단체들까지 연대적으로 반발하는 상황에서, 정부 기관들도 당분간은 거리를 둔 채 조용히 지켜볼 수밖에 없었다.

그 당시, 지후의 형은 무릎 수술을 받기 위해 세브란스 병원에 입원 중이었다. 병실 문을 열고 들어서자, 지후를 향해 대뜸 베개가 날아왔다.

—너 뭐 하는 인간이야? 왜 이상한 놈들이 나를 자꾸 찾아오게 해? 도대체 뭔 짓을 하고 돌아다닌 거야? 헤어스프레이는 뭐고 돼지들은 또 뭐야?

형은 성난 사자처럼 큰 소리로 포효했다. 눈치를 보아하니 형사들이 피의자의 신원 확보를 위해 회사로 형을 찾아간 모양이다. 지후는 큰 잘못을 저지른 강아지처럼 깨갱거리며 고개를 푹 숙였다. 그 어떤 변명의 말도 용납되지 않는다는 것을 알고 있었다. 부친의 사망 이후, 형은 어린 아우에게 아버지나 진배없는 역할을 해왔다. 그 둘 사이에는 보호자와 피보호자 간의 경계가 명확했다. 더욱이 세대 간의 격차를 극복하는 건 쉬운 일이 아니었다.

—네 호적에 빨간 줄을 긋고는, 나도 죽어서 아버지를 뵐 낯이 없어. 예술을 하려면 그냥 예술만 해. 운동을 하고 싶으면 그냥 운동만 하던지. 뭐냐, 이게? 너 열두 시간씩 미싱 밟아봤어? 배고픔의 설움을 알아? 그렇게 잘났으면 정치를 하든지. 그런데 너라고 별수 있을 것 같아? 뭘 안다고 깝죽대고 난리야?

형은 삿대질까지 해가며 열변을 쏟아냈다. 지후는 더욱 기가 죽어 고개를 숙일 뿐이었다. 침대 옆에 있는 사물함에서 두툼한 서류 봉투가 하나 나왔다.

—잔소리 말고, 몇 년 미국에나 갔다 와.

—갑자기 그게 무슨?

—현실 파악이 그렇게 안 되니?

—내가 뭐?

—아이고, 골치야. 또 무슨 사달을 일으키기 전에 너를 우선 여기서 빼내야 할 것 같다.

—나를? 왜?

—미국에 갈래? 아니면, 감옥에 갈래?

—인사동도 다 괜찮아졌다면서.

—경찰하고 시위대가 매일 바리케이드를 부수고 들어가서 싸우는 판국에 괜찮은 게 어딨어? 그러니까 넌 이럴 때 조용히 공부나 해. 학벌도 실력이야. 투자하는 셈 치고, 잠시 미국 유학을 떠나는 거야. 현대미술의 본토에 가서 제대로 견문을 넓히고 오라는 소리지.

형이 건네준 그 서류 봉투 안에는 예비대학원 입학 허가서, 호적등본, 연대보증서, 학비 보증 서약서, 은행 잔고 확인서 등등 유학 관련 서류들이 잔뜩 들어 있었다.

—내일 미국 대사관에 가면, 총영사가 직접 너를 부를 거야. 무슨 비자 찍어 주느냐고 물으면 F1 학생 비자를 찍어 달라고 대답하면 돼. F1 비자야. 잊지 마.

미국 비자를 받은 과정이 하늘에서 별 따기만큼이나 어렵던 시절이었다. 아직 깜깜한 새벽부터 미국 대사관 앞에서 길게 줄을 서야 했고, 운이 좋아서 그날 정해진 운영 시간 안에 대사관으로 진입해도, 서류 심사에서 온갖 결격 사유로 탈락하는 일이 다반사였다. 한국에서의 어수선한 시국이 언제 끝날지 누구도 예측할 수 없는 상황이었다. 모두가 불안해하던 그때 지후는 여전히 경찰망의 감시 안에 있었다.

지후의 형은 이 난제를 돌파하기 위해서 고민하다가 그동안 집안 대대로 쌓아온 인맥을 최대한 활용했다. 행정부 주요 관직에 있는 관료 몇 명과 미국통 어느 국회의원의 도움이 없었다면, 지후의 출국은 절대로 이루어지지 않았을 것이다. 그런 혜택을 받는 것에 대해, 그는 솔직히 부끄러움을 느꼈다.

이 땅의 젊은이들이 민주화 전선에서 온몸을 다해 투쟁하던 시기였다. 모두가 힘을 모아 반기를 들었던 그 기득권의 힘을 빌려서, 혼자만 '붉은 방'의 춥고 어두운 감옥에서 도망치는 느낌이었다. 부르주아의 썩어 빠진 일탈이 죄스러웠고, 자기 몸에서 나는 부패의 냄새가 역겨웠다. 하지만 내내 간이역 주변만 맴돌 수는 없었다. 새로운 장을 열기 위한 전환을 고려할 때였다. 마침내 지후는 미래를 위한 포석으로 먼 타국의 이름을 받아들였다.

세 개의 수평과 수직 형태들

미국 동부에 있는 볼티모어는 해외 무역선이 드나드는 오래된 항구도시로서, 작가 에드거 앨런 포의 고향으로도 잘 알려져 있다. 지난 1년 동안, 지후는 이 도시에서 대학원 예비 과정을 다니며 낯선 외국 생활에 적응하려고 애써 왔다.

그가 입학한 '마이카'는 1826년에 설립된 오랜 전통을 지닌 예술대학으로, 제프 쿤스 등 세계적으로 유명한 아티스트를 배출한 학교로도 유명하다. 원래 이름은 메릴랜드 인스티튜트 칼리지 오브 아트Maryland Institute College of Art인데 요즘에는 편의상 이니셜만 따서 마이카(MICA)라고 부르는 사람이 많다.

그날도 지후는 대학원생들의 작업실이 모여있는 팍스 빌딩의 3층 작업실에서 작품 제작에 전념하고 있었다. 친구 윤이 지후를 찾아온 건 점심시간이 거의 끝나갈 무렵이었다. 윤은 늦다리 유학생으로 아직 대학 과정을 마치지 못한 상태였는데, 그들은 마이카 한인 학생들 미팅에서 처음 만났을 때부터 서로를 존중한다는 의미로 깍듯이 경어를 사용하며 적절한 거리감을 유지해 왔다.

—아침을 걸렀더니, 배고파 죽겠습니다. 학교 카페테리아에 같이 안 가시겠습니까?

—카페테리아는 거의 문을 닫을 시간입니다. 저도 배가 고픈데, 맥도널드 어떻습니까?

—저는 멀리 갈 수 없습니다. 수업 준비를 해야 합니다.

—학교 식당에 아직 먹을 만한 게 남아있을지 모르겠습니다.

—일단 한번 가보시지요.

—좋습니다. 잠깐만요.

지후는 재빨리 작업대 위를 정리하고는 윤과 함께 밖으로 나왔다. 학생 식당은 길 건너편 백색 신전처럼 보이는 본관 건물 근처에 있었다. 최근 새롭게 단장한 이곳의 영업시간은 오후 2시까지였다. 그들이 식당 안으로 들어섰을 때, 내부는 조용하고 한적한 분위기였다.

주방에 있던 나이 든 흑인 아줌마가 두 사람을 발견하고는 카운터 쪽으로 다가왔다. 윤이 아직 주문할 수 있느냐고 묻자, 아줌마 종업원은 난처한 표정으로 벽시계를 힐끔 보았다. 영업 종료까지는 대략 5분 정도의 여유가 있었다.

—기름에 튀기는 음식은 안 돼요. 방금 튀김용 조리 기구를 꺼버렸거든요,

아줌마 종업원이 퉁명스럽게 말했다.

—햄버거 주문은 가능한가요?

—네, 좋아요.

—햄버거에 치즈와 볶은 양파를 넣어주세요. 양상추와 고

기는 빼주세요. 마요네즈는 빵 한쪽에만 발라주세요.

주문을 받던 아줌마 종업원이 어이없다는 듯 픽 웃었다. 윤은 아랑곳하지 않는 표정으로 계속 말을 이어갔다.

—마요네즈는 아주 살짝만 발라주세요. 그리고 치즈는 프로볼론 치즈로 주세요.

—우린 아메리칸 치즈밖에 없는데요.

아줌마 종업원이 가소롭다는 표정으로 대답했다. 프로볼론 치즈는 미식가를 자칭하는 사람들이 선호하는 치즈 중 하나였다. 저렴한 음식을 공급해야 하는 학생 식당에서는 절대 맛볼 수 없는 고급 유제품이라 할 만했다.

—그렇다면 할 수 없군요. 치즈도 빼주십시오.

아줌마 종업원은 미간을 실룩거리며 주문 내용을 다시 확인하였다.

—고기는 넣지 말고, 양상추 치즈도 빼고. 그럼, 빵에다 볶은 양파만 넣으라는 거죠?

—네, 그렇습니다.

—햄버거가 아니라, 볶은 양파 샌드위치를 원한다고요?

—아닙니다. 제가 원하는 것은 볶은 양파 샌드위치가 아니라 햄버거입니다. 위장을 든든하게 채우려면 햄버거가 최고죠. 그런데 고기와 노란 치즈는 먹고 싶지 않습니다. 오늘은 특히 그런 날입니다.

아줌마 종업원은 고개를 잘래잘래 흔들며 주방으로 들어갔다. 그때 아래층 현관 입구에서 왁자지껄한 소리가 났다. 2층 난간들 사이로 온통 까만색으로 차려입은 사람들의 모습이 보였다. 그들은 새까만 옷차림 외에도 각자 독특한 스타일을 하고 있었다. 그들이 곧장 위로 올라온 것은 식당 한쪽에 마련된 체스 보드 때문이었다.

마르셀 뒤샹의 영향 때문인지, 마이카를 다니는 학생들은 특히 체스 게임을 즐겼다. 마르셀 뒤샹은 철학자이자 다다이스트로서뿐만 아니라, 체스 게임에도 열정을 쏟은 것으로 유명하다. 예술과 체스 게임이 창조적인 두뇌 활동과 어떤 연관이 있는지 궁금하기도 하다. 아무튼 마이카 학생들은 종종 여기에 모여 몇 시간씩 체스 게임에 몰두하고는 했다.

지후가 그들을 주의 깊게 바라보자, 윤이 몸을 앞으로 기울이며 속삭이듯 말했다.

—처음 보십니까? 우리 학교의 명물들입니다. 검은색 마녀들.

—핼러윈 데이에 마녀 복장을 한 히피족 같습니다.

—거의 비슷합니다. 소문에 의하면 신단 같은 것을 차려놓고는 주술도 외우고, 서로 피를 나눠 마시기도 한답니다. 정말 으스스한 히피 마녀들입니다. 그리고 저기 저 여자가 바로 히피 마녀들의 대빵입니다.

윤이 긴 은발 머리를 한 여자를 가리키며 말했다. 그녀는 펄럭이는 까만색 긴 드레스를 입고, 그 위에 검은색 실크 스카프를 길게 두르고 있었다. 옷감이 부드러워서 그런지, 그녀의 걸음걸이가 유독 하늘거리는 것처럼 보였다.

지후의 호기심을 더욱 자극한 것은 그녀의 얼굴이었다. 거의 백색으로 메이크업을 한 그녀의 얼굴은 일본식 가부키 무대에 등장한 여배우를 연상시켰다. 까만 아이펜슬로 진하게 강조된 눈썹과 거의 검은색에 가까운 짙은 립스틱은 마치 초현실주의자의 가면을 뒤집어쓴 듯 다소 충격적이고 생경한 느낌을 주었다.

—어려서 미국에 입양된 한국계 여자라는 소문입니다. 뉴욕에서 학교 다니다가 이곳으로 왔는데, 저 여자가 온 후로 우리 학교에 히피 마녀들이 늘어났습니다. 이름도 특이합니다. 글라스. 창문에 달린 그 투명한 유리 말입니다.

그 순간, 지후의 얼굴이 자신도 모르게 후끈 달아올랐다. 그의 눈에는 오직 그녀만이 보였다. 그녀를 둘러싼 주변 풍경이 흐려지면서 배경 화면처럼 뒤로 물러났다. 그녀에게서 퍼져 나오는 초강력 자장이 지후의 영혼을 강하게 끌어당기는 듯했다.

한국계 입양아에 대한 연민과 호기심이 작용하고 있었을지 모른다. 히피 마녀 같은 유난스러운 차림새와 가부키 가면 같은 메이크업이 너무나 특이해서 관심을 끈 것일 수도 있다. 지후에게 그것은 미국에서 처음 경험한 문화적 충격이자 시각적인 반란이라고 해석할 수 있었다.

그녀는 이전에 본 적 없는 이질적인 색채로 가득했다. 지후에게는 처음 경험하는 빨간색의 영역이자, 이제껏 느껴보지 못한 새로운 차원의 감각이었다. 지후의 내면 깊은 곳에서 '글라스'라는 이름의 '빨강'이 잔잔한 물결처럼 일렁거렸다. 그 조용한 떨림 속에는 가슴을 조이게 하는 어떤 신비가 감춰져 있었다. 글라스. 그 이름을 손바닥에 올려놓고 물끄러미 바라보다가 후 입김을 불어 막막한 허공으로 날려 보냈다.

글라스를 다시 만나게 된 곳은 학생관 근처 학교 서점이었다. 가을 학기가 시작한 지 얼마 되지 않아 가게 안은 학생들로 북적였다. 수업 교재부터 다채로운 물감들, 캔버스 천과 종이 롤 홀더, 학교 로고가 찍힌 기념품까지 다양한 제품들이 학생 손님들의 눈길을 끌며 가게 곳곳에 진열되어 있었다.

지후는 신속히 쇼핑을 마치고 계산대 쪽으로 향했다. 실기 시간에 필요한 그림 도구들과 물감, 오일 파스텔 등이 그의 쇼핑 바구니에 가득 담겨 있었다. 계산대 앞에는 차례를 기다리는 손님들이 일렬로 구불구불 늘어서 있었다. 심드렁하게 주위를 둘러보던 지후의 눈이 한순간 번쩍 떠졌다. 긴 금발 머리가 백발처럼 허옇게 빛나는 여자, 분명히 그녀는 글라스였다.

지후의 입에서 절로 큰 한숨이 흘러나왔다. 가슴이 몹시 두근거리기 시작했다. 그녀는 계산대에서 일을 하고 있었다. 검은색 매니큐어가 돋보이는 가늘고 긴 손가락으로 금전등록기에 거래 내용을 찍고, 현금 거래를 처리하고, 판매된 물품을 빠르고 정확하게 봉투 안에 담는 솜씨를 보였다. 손님에게 물건 봉투를 건네며 땡큐, 굿 바이! 하는 상냥한 인사도 잊지 않았다.

그녀를 바라보는 지후의 눈에는 간절한 열망이 차올랐다. 공연히 숨이 가빠지며 두 볼이 발그레해졌다. 시간이 멈춘 듯, 그녀를 둘러싼 것들은 흐린 배경으로 사라지고 주변 사람들의 움직임도 정지해 버렸다. 모든 게 침잠한 가운데, 그녀 혼자 밝은 빛에 감싸인 모습이었다. 그녀의 몸을 어떤 투명한 막이 에워싸고 있는 듯 느껴졌다.

그녀만의 히피 마녀 스타일은 오늘도 평범한 사람들 속에서 독보적인 존재감을 뽐냈다. 까만색 롱스커트에 멜빵이 달려 있었고, 하얀 블라우스는 레이스가 풍성하게 장식되어 있었다. 하얀 베이스 메이크업과 아이펜슬로 강조한 그녀의 얼굴은 입술까지 까맣게 바르는 특이한 화장술을 보여주었다. 그녀의 독특한 화장 방식은 일반적인 여성들과는 다르게 정형화되지 않은 탐미주의적인 미적 추구를 반영하고 있었다.

그것은 누군가가 새롭게 빚어낸 또 다른 생명체였다. 계산대 위의 밝은 실내조명이 그 새로운 생명체에 지상의 아름다움을 부여했다. 그녀의 새하얀 목덜미를 따라 노란빛 그림자가 흐르고 있었다. 보드랍게 그녀의 피부를 어루만지는 그 불빛 그림자는, 그녀의 신체 내부에서 퍼져 나오는 것처럼 느껴졌다.

계산대 앞의 줄은 계속해서 줄어들었고, 마침내 지후는 그녀와 얼굴을 마주 보게 되었다.

— 헬로우.

그녀가 입꼬리를 살짝 올리며 가볍게 인사했다. 손님들에게 의례적으로 던지는 인사말이긴 했지만, 지후는 순간 얼굴과 목에서 심한 열기를 느꼈다.

— 하이.

지후도 짧게 대답하고는 쇼핑 바구니를 계산대 위에 올려놓았다. 그의 손은 물건들을 자연스럽게 집어내고 있었지만, 정신은 반쯤 넋이 나간 상태에서 어찌할 바를 몰랐다. 그녀는 제품들을 하나씩 집어서 확인한 후, 금전등록기에 상품 가격을 차례로 입력했다. 그녀가 계산대의 엔터 키를 누를 때마다 '쨍그랑' 울리는 소리가 맑게 울려 퍼졌다. 마침내 초록색 쇼핑 바구니가 바닥을 드러냈다.

— 다른 거 또 필요하신 것은 없나요?

그녀가 물었다.

— 아, 아뇨. 땡큐.

지후가 벌게진 얼굴로 고개를 저었다. 그녀가 금전등록기의 합계 버튼을 누른 후 전체 물건값을 확인했다.

— 53달러 49센트입니다. 현금, 아니면 크레딧 카드?

지후의 눈을 바라보며 그녀가 말했다. 짙은 빛깔의 립스틱을 곱게 바른 그녀의 입술이 사탕을 빨고 있는 어린아이의 입술처럼 오물거렸다. 머릿속이 텅 비어버린 듯, 지후는 아무런 생각도 하지 못했다.

— 결제는 어떻게 도와드릴까요? 현금, 아니면 크레딧 카드?

그녀가 조금 높아진 목소리로 같은 말을 반복했다. 곁에서 잡담 중이던 두 학생이 이상하다는 시선으로 지후를 돌아보았다. 지후는 바지 뒷주머니에서 지갑을 꺼냈다.

— 현금으로 하겠습니다.

지후는 당황하여 100달러짜리 지폐 한 장을 내밀었다. 자신을 주시하는 사람들의 눈을 피해 어서 이 자리를 떠나고 싶었다. 그녀가 싸늘한 시선으로 고개를 한번 갸우뚱했다.

— 좀 더 작은 액수의 돈이 없나요?

— 그게 무슨?

— 20달러짜리 화폐요. 우리도 잔돈이 부족해서 그래요.

— 아, 미안합니다.

지후는 덤벙거리며 다시 지갑에서 20달러짜리 3장을 꺼냈다.

— 어디에 담아 드릴까요? 페이퍼 백, 플라스틱 백?

지후를 보며 그녀가 다시 물었다. 이번에도 지후가 선뜻 대답 못하자, 뒤에서 누군가가 쳇 하고 입술을 찼다.

— 페, 페이퍼 백.

지후는 화끈거리는 얼굴로 겨우 대답했다. 그녀가 거스름돈과 영수증을 내밀고는 익숙한 솜씨로 종이봉투에 물건들을 담았다.

— 땡큐, 굿 바이!

물건 봉투를 건네는 그녀의 얼굴은 싸늘한 표정이었다.

'젠장! 이게 무슨 꼴이람!'

지후는 어깨가 축 처진 모습으로 가게를 나왔다. 학생관 앞의 4차선 도로에는 서늘하고도 습한 바람이 불었다. 건물 뒤로 넘어가는 하늘은 어느새 어두침침한 빛으로 변해갔다. 검은 구름 사이로 갑자기 굵은 빗방울이 쏟아져 내리기 시작했다. 발걸음을 재촉하며 작업실로 향하는 동안, 누런색 종이봉투가 빗물에 푹 젖어버렸다. 마침내 봉투의 밑면이 녹아내리듯 찢어지면서, 그 안에 들어있던 물건들이 와르르 쏟아졌다.

— 페이퍼 백, 플라스틱 백. 젠장!

지후는 짜증스럽게 중얼거렸다.

길바닥에 흩어진 64가지 색 파스텔이 빗물에 녹아들어 색색의 빛깔로 번져갔다.

예상보다 빨리 그녀와의 세 번째 만남이 찾아왔다. 토요일에는 정오부터 오후 5시까지 학교 암실을 이용할 수 있었다. 사진학과 지도교수인 헤이그 선생은 학생들이 작업을 더 할 수 있도록 주말에도 암실을 개방하였다.

암실 입구에 있는 사무실에서 연구조교에게 학생증을 맡기면, 인화에 필요한 다양한 렌즈와 필터, 가위, 타이머 등의 물품을 대여받을 수 있었다. 지후는 여러 가지 도구를 챙긴 후 어두운 암실로 들어갔다. 실내에는 이미 대여섯 명의 학생들이 작업에 몰두하고 있었다.

암실 안의 서늘하고 습한 공기는 지하 깊숙한 곳에 있는 수영장을 떠올리게 했다. 싱크대에서 계속되는 물소리와 요란한 환풍기 소음으로 주변이 조금 소란스러운 상태였다. 암실 내부의 어둠은 모든 색감을 왜곡시켰다. 아무리 원색의 높은 채도를 가진 대상이라도 이 안에서는 오직 흑백의 명도로만 분간되었다.

지후는 색채가 상실된 어둠 속에서 언제나처럼 편안하고 안정된 느낌을 받았다. 적어도 이곳에서는 색맹으로 인해 지적을 받거나 열등감을 감추려고 노력할 필요가 없었다.

암실 안에 설치된 확대기는 총 아홉 대였다. 그것은 필름의 이미지를 인화지에 투사하는 기계로, 여섯 대는 이미 다른 학생들이 활용하고 있었다. 지후는 출입구 반대편에 있는 빈자리로 걸어갔다. 네거티브 필름과 인화지를 가방에서 꺼내려고 할 때였다.

한 남자애가 음악이나 들을까? 라고 물었다. 아무도 그 말에 대해 응답하지 않았다. 서로 친하지 않은 사이에 괜한 참견을 원치 않았을 것이다. 남자가 카세트 플레이어의 컨트롤 버튼을 누르자, 낮은 출력의 스피커를 통해 노래가 재생되기 시작했다.

'또 마빈 게이로군!'

지후가 속으로 중얼거렸다. 마빈 게이는 1939년에 워싱턴 D.C.에서 태어난 미국의 전설적인 가수이다. 지난주 토요일에도 여기 이 자리에서, 마빈 게이의 R&B와 소울 풍의 노래를 쉬지 않고 거의 네 시간 동안 들어야 했다.

나도 결국 마빈 게이에게 중독될 것이라고, 지후는 생각했다. 축축하고 어두운 곳에서 수돗물이 졸졸거리는 소리와 함께, 몸 전체에 스며드는 마빈 게이의 음악을 습관처럼 느끼는 것이다. 그는 인간 신체가 음악을 흡수하는 과정이 하나의 연속된 선상 위에서 이루어진다고 생각했다.

어두운 암실 안에서 사진 인화 작업을 준비한다. 타이머를 설정하고 렌즈를 켜 준다. 그 순간 마빈 게이의 'What's Going On'이 흘러나오고, 마침내 몸이 중독이라는 예정된 과정을 밟아 나간다.

'음악 소리의 높낮이에 따라 작업 방식도 변화하는 것이다. 어쩌면 벌써 마빈 게이에게 중독된 것일지도 모르지.'

지후는 그런 쓸데없는 생각들을 밀어내고 사진 인화 과정을 위한 작업 준비를 시작했다. 암실의 어둠 속에서는 손의 감각에 의존해야 할 때가 많았다. 특히 타이머를 플러그와 확대기에 연결하는 일이 쉽지 않았다. 타이머는 확대기의 빛이 노출되는 시간을 조절하기 위한 장치로, 두 개의 플러그를 연결해야 했다. 하나는 전원 연결용이고, 다른 하나는 확대기 뒤쪽에 끼우는 용도였다.

문제는 항상 확대기에 그 플러그를 꽂을 때 발생했다. 확대기 뒷면까지의 거리가 너무 멀어서, 두 손을 동시에 사용할 수 없었다. 손에 플러그를 쥐고, 뒷면에 있는 단 하나의 구멍에 대충 맞춰 끼워야 했는데, 결코 쉬운 일이 아니었다.

고생 끝에 겨우 타이머를 부착한 지후는 마침내 안도의 한숨을 내쉬었다. 지후는 나머지 물품들도 정리했다. 어둠 속에서의 작업이므로 필요한 재료와 도구들이 항상 정해진 위치에 있어야 한다. 이제 작업 준비가 완료되었다.

노란 전조등 불빛에 네거티브 필름을 비춰보았다. 필름의 노출 상태가 좋지 않아 몇 장을 제외하고는 모두 허옇게 뭉개진 상태였다. 같은 장소에서 여러 번씩 카메라 셔터를 눌렀지만, 두 통의 필름 중에서 노출이 제대로 된 것은 고작 여섯 장뿐이었다.

메릴랜드의 오래된 포구로 유명한 아나폴리스로 사진 촬영을 떠난 그날은 처음부터 운이 좋지 않았다. 렌터카를 타고 아나폴리스 하버에 도착한 순간부터 장대 같은 비가 주룩주룩 내리기 시작했다. 그냥 돌아갔다가는 다시 여기에 오지 못할 것 같아, 날씨가 좋아지기를 기다리며 근처 모텔에서 사흘을 머물렀다.

그러나 기후는 더욱 험악해졌고, 세찬 바람을 동반한 폭우까지 몰려와 그 일대를 초토화시켰다. 삼 일째 되는 마지막 날은 정오 무렵에 해가 잠깐이지만 고개를 내밀었다. 지후는 잽싸게 카메라를 들고 나가 정신없이 셔터를 눌렀다.

남북전쟁 시절에도 배들이 드나들던 오래된 포구 주변에는 사진으로 남길 만한 인상적인 장면이 많았다. 카메라를 들고 이리저리 바삐 움직이는 동안, 뽀얗게 피어오르는 물안개 속에서 하얀 물오리 떼가 강 물결을 거슬러 오르고 있었다. 옛 시절의 감수성을 자극하는 낡고 오래된 건물과 항구를 배경으로 드문드문 산책객들이 지나갔다.

계속 동분서주하며 찍고 싶은 장면과 기억에 남을 만한 장소들을 찾아 돌아다녔다. 하지만 날씨가 다시 돌변하면서 빗물 폭탄이 내리기 시작해, 더 이상 사진 촬영을 진행할 수 없었다. 지후는 결국 주차장에 있던 렌터카 뒷좌석에 카메라 가방을 휙 던져 놓고는 다시 볼티모어로 돌아올 수밖에 없었다.

이 세상의 모든 도박사와 예술가들의 속마음에는 기적 같은 행운을 바라는 간절한 소망이 숨겨져 있다. 그것은 뜻밖의 순간에 찾아오는 요행이거나 뮤즈의 여신 같은 것이다. 지후도 인간이 머무는 현상계 어딘가 카메라의 신이 존재할 거라고 믿고 싶었다. 멋진 사진 작품을 찍을 수 있도록 카메라의 신이 허락해 줄 것을 기대했다. 하지만 그런 행운은 쉽게 얻어지지 않았다.

3일간 그가 제대로 촬영한 필름은 단 6장뿐이었다.

재깍재깍.

졸졸.

시간은 계속 흐르고, 수돗물 소리와 환풍기 소음이 재촉하듯 지후의 등을 떠밀었다. 지후는 타이머를 조작하여 확대기에서 불이 2초씩 들어오게 했다. 실험용 인화지로 노출 타이밍을 측정하는 동안, 갑자기 어젯밤 읽은 책의 한 구절이 떠올랐다. 르네 마그리트는 빛에 관하여 이런 이야기를 했다.

'빛은 대상을 보이게 하는 힘을 가지고 있으나, 빛의 존재가 명백해지는 것은 대상이 그것을 받아들이는 한도 내에서의 일이다. 물체가 없으면 빛은 보이지 않는다. 그러니까 비치고 있는 대상이 빛에 생명을 부여하는 것이다.'

지후는 이 대목에서 자신에게 보이지 않는 빨간색의 영역을 대비해 보았다.

'빨간색인 '나'가 없으면 빛은 보이지 않는다. 비치고 있는 대상인 '나'가 빛에 생명을 부여하는 것이다.'

자신의 유전적 결함을 고려할 때, 이러한 인용이 적절한지 잘 판단할 수는 없었지만, 대상이 빛에 생명을 부여한다는 아이디어는 어떤 위안을 주었다. 색채가 사라진 세상은 흑백 텔레비전의 영상과 닮아있을 것이다. 흑백 사진에서 빨간색은 채도에 따라 중간 단계의 스펙트럼을 나타낼 수 있다.

오늘도 지후는 실험용 용지를 살펴보면서 흑백의 기준점으로 활용될 중간 단계의 명도를 확인했다. 가장 선명한 결과를 얻은 노출 시간은 12초였다.

타이머를 먼저 12초로 설정하고, 새로운 8×10 크기의 인화지를 카운터 톱에 놓았다. 확대기 렌즈 안에 불이 켜지자마자, 타이머가 1초 간격으로 뚜뚜 소리를 보냈다.

마침내 12초가 다 되어서 뚜우, 긴 신호음을 울리며 모든 불이 꺼졌다. 지후는 조심스럽게 인화지를 꺼냈다. 계속해서

물이 흐르는 개수대에는 네모나게 생긴 넓은 트레이가 3개 나란히 놓여 있었다. 인화 과정에 필요한 서로 다른 용액들이 담겨 있는 용기들이었다.

오른편의 개발액 'Developer'에 인화지를 담그자, 6초가 지난 후부터 흐린 이미지가 나타나기 시작했다. 암실 안에서는 이미지가 현실보다 어둡게 나타나기 때문에, 시간을 정확히 확인하는 것이 중요했다. 사진을 인화하는 과정에서 타이밍을 정확히 조절하는 것은 매우 필수적인 요소이다.

12초…… 유리창에 반사된 옛날 포구의 풍경이 점차 뚜렷해져 간다.

16초…… 인화지 이미지들이 더욱 선명해지고, 배경에 있는 깃대들도 차례로 드러나기 시작한다. 헤이그 선생이 조언한 대로, 사진의 완벽한 형상화를 위해 5초의 여유가 더 필요하다.

17초…… 손의 강약을 섬세하게 조절해야 인화지에 자국을 남기지 않을 수 있다. 불안하다. 집게로 인화지를 집으려다 떨어뜨릴까 봐 걱정이다.

18초…… 벽에 걸린 초시계를 바라본다. 100미터 달리기 선수가 총소리가 울리는 그 순간을 기다리듯 숨을 멈춘다.

19초…… 속으로 카운트를 세는 중이다. 하나, 둘.

20초…… 마침내 인화지를 살짝 들어 올린다. 뚝뚝 떨어지는 물방울, 나무집게 끝에 딸려 나오는 완벽한 인화지 한 장. 빙고!

다음은 이미지의 안착 과정이다. 두 번째 트레이에는 '정지액Fixer'이 들어 있다. 인화지가 다음번 용기에서 화학반응을 시작한 순간, 두 눈은 다시금 벽에 걸린 초시계를 향해 달려간다. 이 과정에서 필요한 시간은 총 1분 30초. 트레이를 가볍게 흔들어 용액이 인화지에 골고루 스며들도록 한다. 지후의 얼굴에 차츰 흐뭇한 미소가 번진다.

이미지의 명암 대비가 자연스럽게 조화를 이루고 있다. 3.5 필터로 노출 시간을 단축한 효과를 명확하게 확인할 수 있었다.

— 유리창 반사를 활용한 더블 이미지가 아주 멋있게 나온 것 같아.

그 순간 바로 옆에서 들려온 한 여성의 목소리에 지후는 깜짝 놀랐다. 상대방이 약간 서투른 한국어를 구사한다는 것도 흥미로웠다. 머리에 둥근 모자를 쓴 여자가 트레이에 담긴 지후의 인화지를 주의 깊게 살펴보고 있었다.

그녀의 향수 냄새를 맡는 순간, 갑자기 식은땀이 날 만큼 정신이 아득해졌다. 아, 글라스 바로 그녀였다. 글라스는 언제부터 이곳 암실에 있었던 걸까. 출몰하듯 갑작스레 나타난 그녀의 존재가 그의 가슴을 격랑 속에 밀어 넣었다. 그녀가 고개를 들어 지후를 바라보았다.

—나도 언젠가 이런 비슷한 아이디어를 떠올린 적이 있어. 유리창에 비친 풍경을 찍는 거지.

그녀의 목소리는 사근사근한 어린 소녀 같았다. 흐릿한 빛들만 중첩된 어두운 암실 안에서 그녀의 모습은 다른 사람들과 다를 게 없었다. 유별나게 과장된 메이크업과 치렁치렁하게 겹쳐 입은 검은색 히피 마녀 복장은 어둠에 묻혀 잘 보이지 않았다.

그 곱고 부드러운 목소리만이 그녀라는 존재를 뚜렷하게 드러냈다. 그것은 진정으로 히피 마녀에게나 어울릴 법한 음색이었다.

—아, 그렇군요. 그런데 한국말을 하시네요? 반가워요. 난 지후라고 합니다. 최지후.

—무슨 극존칭을 쓰고 그래요? 나는 존댓말까지는 곤란해. 내 이름은 글라스. 만나서 반가워…요.

그녀의 말투는 유창하진 않았지만, 단어 선택과 문법에서 크게 어긋나지 않았다. 흔히 볼 수 있는 한인 교포 1.5세대의 어조와 발음을 사용하였는데, 그런 오묘한 화법이 그녀의 부드럽고 우아한 말씨와 어우러져 귀여우면서도 상냥한 매력을 자아냈다.

— 같은 동포끼리 편하게 반말도 좋지.

— 땡큐. 그런데 지금 네가 사용한 인화지는 어떤 종류야?

— 일포드야.

— 그럴 거라고 짐작했어. 근데 어디서 촬영한 거야? 볼티모어는 아닌 거 같아.

그녀가 지후 대신 인화지가 담긴 트레이를 살살 흔들어 주며 물었다.

— 아나폴리스 하버야. 미 해군사관학교에서 가까운 곳이지.

— 뭔가 사연이 많은 사진 같아. 마음에 들어.

그녀가 고개를 끄떡이며 살짝 웃었다. 지후는 무의식적으로 벽에 걸린 시계를 보았다. 인화지를 다음 단계로 이동하기까지 총 1분 30초가 필요했다. 적어도 그녀가 등장하기 전까지는 시간을 정확하게 카운트하고 있었다. 그런데 이제는 자신이 왜 벽시계를 바라보고 있는지조차 알지 못했다.

그녀도 벽시계를 힐끔 올려다봤다.

— 인화지를 꺼낼 시간이 지나지 않았나?

— 응? 으응.

지후는 신속하게 인화지를 들어 올려 중화제 트레이에 옮겨 담았다.

— 유리창에 반사되는 이미지는 정말 신비로워. 유리로 통

과하거나 다시 반사하는 이미지. 두 개의 세계, 안과 밖이 겹치는 거지. 마치 사람들처럼. 사람들도 다 양면이 있잖아.

사진을 들여다보며 그녀가 종알종알 속삭이듯 말했다. 글라스라는 그녀의 이름이 새삼스럽게 다가왔다. 그녀야말로 투명한 유리처럼, 한국과 미국이라는 두 공간과 문화가 교차하는 중첩된 삶을 살아온 사람이 아닌가.

— 사람들은 반사된 이미지에서 자신이 보고 싶은 것만 보지. 그게 반사된 이미지의 핵심이야. 이 사진에서 네 눈에는 무엇이 보여?

— 글쎄.

지후는 사진을 찍으러 갔던 당시를 회상했다. 오래된 항구의 풍경 속을 거니는 몇몇 산책객들, 하얀 물오리 떼, 그리고 청명한 바람과 살랑이는 물결 등이 선연히 떠올랐다. 언제 또 비가 내릴지 모르는 상황이라서 조금 불안했다. 그는 사진에 담을 만한 것을 찾아 부둣가를 돌아다녔다. 그때 상가 건물에 있는 식당의 출입문이 눈에 띄었다.

유리로 된 출입문에 비친 선착장 주변의 모습이 근사한 풍경 사진처럼 보였다. 유리창 안쪽은 상점이고, 바깥쪽으로는 항구의 풍경이 펼쳐졌다. 유리창이라는 매개체를 통해 두 개의 공간이 동시에 공존하고 있었다. 그는 카메라의 뷰파인더를 들여다보며 재빨리 셔터를 눌렀다. 그때 두 공간의 동시성을 담아낸 증거물이 바로 이 흑백 사진이었다.

—여기 유리창에 비친 여자는 누구야?

그녀가 사진을 살펴보면서 손으로 한 지점을 가리켰다. 그것은 상가 출입문 유리창에 비친 젊은 여성의 모습이었다. 새끼손가락 한 마디 정도의 크기로 사진 속에 포착된 그 여자를 보았다. 그녀는 선착장 공터에서 우산을 쓴 채 이쪽을 바라보고 있었다.

—난 모르는 여자야. 사진에 찍힌 줄도 몰랐어.

—재미있는 콘셉트야.

—어떤 면에서?

—당신이 가게 유리창을 바라보고 있을 때, 여자는 당신을 바라보고 있었어.

—그렇군.

—그 순간에는 아예 존재조차 몰랐던 여자가 사진으로 찍혀서야 비로소 자신의 존재감을 드러냈어. 그러니까 맨 먼저 바라보기를 시작한 여자가, 가장 마지막으로 존재감을 획득한 셈이지.

—서로가 보고, 또 보고 있군.

—맞았어. 이건, '바라보기 릴레이 방정식' 같아.

—바라보기 릴레이라니?

—그 순간에 이 여자를 바라보는 누군가가 또 있었다고

한번 생각해 봐. 그렇게 계속 올라가다 보면, 제일 먼저 바라보기를 시작한 그 누군가가 나타나지 않을까?

—제일 먼저 바라보기를 시작한 사람이라.

—아주 오래전에 인간이라는 피사체를 가장 먼저 바라본 첫 번째 존재.

—글쎄? 인류의 창조자? God?

—그쪽도 교회 다녀?

—그건 아니고. 아아, 이거 하나는 확실한 것 같군.

—그게 뭔데?

—그때 카메라의 신이 다녀간 것 같아. 하하.

—카메라 신이라니?

—아마도, 첫 번째 존재? 가끔 우연처럼 기적의 선물을 가져다주는 분이지. 그분이 그 순간에 개입한 거야. 이 여자가 바로 그 기적의 선물인 것 같네.

—또 카메라의 신이 나타나면 내 안부도 좀 전해줘. 나도 기적의 선물을 받고 싶다고. 아무튼 수고해. 난 그만 가봐야 할 것 같아. 안녕.

조금 전 갑자기 나타났던 그녀는 퇴장할 때도 순식간에 연기처럼 사라져 버렸다. 지후는 아쉬움이 묻어나는 표정으로 두꺼운 커튼이 쳐진 암실 입구를 몇 번이나 돌아보았다. 그녀가 돌아오지 않을 것을 알면서도, 마음에 가득한 공허함 때문에 자꾸만 한숨이 나왔다.

토요일 늦은 오후, 학교 안은 사방이 쥐 죽은 듯이 조용했다. 창밖으로 일몰 직전의 푸르스름한 기운이 나지막이 퍼져 나가고 있었다.

화장실에서 잠시 볼일을 보고 나온 지후는 자판기에서 커피 한 잔을 뽑았다. 휴게실에 혼자 앉아 커피를 마시고 있을 때, 누군가가 불쑥 안으로 들어왔다. 놀랍게도 글라스였다.

그녀는 히피 마녀의 복장에 짙은 화장을 하고, 긴 금발 머리를 천으로 대충 땋아 내린 모습이었다. 어색한 침묵 속에서 그들은 서로를 마주 보았다. 그곳에는 오직 두 사람밖에 없었다. 그녀를 바라보는 것만으로도 지후의 가슴은 터질 듯이 두근거렸다.

그녀가 상냥한 미소를 떠올리며, 지후가 앉은 테이블 앞을 스쳐 지나갔다.

—나는 사진 찍는 건 좋은데, 암실 작업은 좀 부담스러워. 암실에만 들어가면 시간이 그냥 휙휙 날아가잖아.

그녀는 커피 자판기에 동전을 톡톡 집어넣으며 말했다. 작은 종달새처럼 옹알거리는 그 목소리에 지후는 자신도 모르게 빙그레 웃고 말았다.

—나는 헤이그 선생을 존경해. 멋지신 분이야. 내가 사진

과목을 신청한 것은 바로 그 헤이그 선생 때문이거든. 여기 마이카에서 가장 신사답고 양심적인 분이라고 생각해. 당신은 어때?

—응? 나?

—응. 당신. 그냥 너라고 부를까?

—아니, 좋아. 맘대로 해.

—헤이그 선생 어때? 좋아? 싫어?

—으음. 내게도 많은 가르침을 주시는 분이야.

—그렇지? 그렇고말고.

그녀가 자판기의 〈커피+설탕+크림+extra〉 버튼을 눌렀다. 그녀의 긴 치맛자락이 커피잔을 꺼내는 동안 바닥에 쓸렸다. 아무렇게나 툭툭 걸쳐 입은 듯한 그녀의 검은색 복장은 얼핏 보기에도 별로 깨끗해 보이지 않았다.

그녀는 몸치장에는 많은 시간과 정성을 들이지만, 빨랫감 세탁이나 관리에는 무관심한 듯했다. 그럼에도 지후는 그녀의 지금 모습을 자연스럽게 이해할 수 있었다. 그녀는 처음부터 달랐다. 지후라는 이름을 가진 남자와는 완전히 다른 유형의 인류였다. 그가 내면 깊숙이 감추고 있는 수학적 질서와는 대조적으로, 비정형의 일탈과 자유의지에 대한 추구가 그녀의 본질에 깃들어 있었다.

—왜 말이 없어? 나는 암실에 들어가기가 두렵다고 했잖아.

그녀가 다그치듯 물었다.

— 바쁜 일이 많은가 보지? 암실에만 들어가면 시간이 빨리 간다는 걸 보니.

— 바쁜 일이 많지는 않지만, 바쁜 척하는 것도 나쁘지 않아. 근데 넌 주말에 뭐 해? 나는 조금 있다가 친구들과 조지타운에 갈 거야.

— 글쎄. 난 주말에 뭘 하는 사람일까?

지후는 머리를 굴리며 적당한 대답을 찾으려고 애썼다.

— 주말에도 암실에 있는다는 건 심심한 사람이라는 소리지.

그녀는 잡다한 이야기를 재미있게 풀어내는 특별한 재주가 있었다. 비록 어색하고 어눌한 말투였지만, 대화를 이어가는 데는 아무런 문제가 없었다.

— 나는 뉴욕에서 공부하다가 여기 마이카로 학교를 옮겼어. 뉴욕 맨해튼에서 변기와 욕탕이 시커먼 구리로 만들어진 1930년대식 아파트에서 살았지. 그곳은 커다란 쥐들의 아지트였어. 얼마나 크냐면 내 팔뚝만 한 쥐들이지.

그녀가 왼쪽 팔을 들어 보이며 입술을 앙다물었다. 하루는 그녀의 룸메이트가 자다 말고 비명을 지르며 깨어났는데, 그 커다란 왕 쥐가 룸메이트의 종아리를 깨물었다고 한다.

— 쥐가 바글거리는 집에 들어갈 때의 요령을 알려줄까?

—어떻게?

—문소리를 크게 내는 거야. 들어가기 전부터 노크도 쾅쾅하고, 들어가서도 문을 몇 번씩 큰 소리로 여닫는 거지. 그러고 나서 불을 켜면 쥐와 마주칠 일이 벌어지지 않아.

—하, 그렇군! 쥐들이 놀랐겠다.

—그렇지? 그런데 궁금한 게 있어. 너는 어디서 왔어? 가게에서 백 달러짜리를 꺼내는 사람은 미국에 별로 없거든.

그녀는 얼마 전에 학교 서점에서 손님과 점원으로 만났을 때의 일을 기억하고 있었다.

—나는 서울에서 왔어.

—서울이라고? 한국? 사우스 코리아?

—응. 사우스지. 너는?

—나도 같은 동포야. 사우스. 한국에서 태어나서 6살까지 보육원에서 자라다가 미국으로 입양됐어. 어린 시절 한국에서의 기억은 거의 없어.

그녀는 명랑한 표정으로 말했지만 그 안에는 형용할 수 없는 어둠이 감돌고 있었다. 처음 만난 남자 앞에서, 불우했던 시절에 대해 시시콜콜 털어놓을 필요는 없었다. 하지만 그 후에도, 그녀는 자신의 이야기가 나오면 되도록 입을 다물었다. 미국을 떠나기 직전, 지후가 그린필드 요양원에 갔을 때도 찾았을 때도, 그녀는 끝까지 침묵으로 일관했다. 처음 만난 순간부터 두 사람 사이에는 뛰어넘을 수 없는 벽이 존재했던 모양이다.

―또 한 사람의 한국 동포를 알게 되었네. 반갑고 너무 기뻐. 같은 고향 사람이잖아.

그녀가 입술을 오물거리며 자리에서 일어섰다. 그녀가 마신 종이컵에는 엷은 입술 자국이 남아있었다.

―조지타운으로 독일 배를 보러 갈 건데 같이 안 갈래? 100년 전에 독일에서 만들어진 배가 오늘 새벽에 조지타운 항구에 도착했대. 혹시 구경하고 싶지 않아? 네가 하버를 좋아하는 것 같아서 물어보러 온 거야.

―나 때문에 다시 돌아온 거라고?

―응. 주말인데 너무 심심하잖아. 하버를 배경으로 사진을 찍을 수 있을지도 몰라. 같이 갈래? 내 친구들이 곧 학교 앞으로 나를 픽업하러 올 거야.

지후는 순간 당황스러웠다. 오늘 겨우 대화를 나눈 사이인데, 그녀의 제안이 너무 호의적으로 느껴졌다. 아무리 좋은 경우라도 급하게 친해지다 보면 부작용이 생길 수 있었다. 다른 미국인 친구들까지 있는 자리에 굳이 끼어들고 싶지 않았다.

―미안. 다음에 갈게. 난 오늘 바쁜 일이 좀 있어서.

―다음은 없어. 독일 배는 곧 떠나. 그럼 할 수 없지. 난 간

다. 안녕.

조잘거리는 그녀의 목소리가 사라지자, 휴게실 안은 다시 침묵에 빠져들었다. 그녀가 머물다 간 자리에는 아쉬움만이 남았다. 함께 간다고 했으면 좋았을 텐데, 왜 바쁘다고 했는지 못내 후회스러웠다.

지후는 허전한 마음으로 그녀의 입술 자국이 남은 종이컵만 손바닥에 올려놓은 채 하염없이 바라보았다. 여러 번 소리를 내어 글라스의 이름을 불러보는 동안, 억누를 수 없는 감정의 파도가 더욱 거세게 밀려왔다.

마이카 학교의 중간고사 기간 동안 매일 비가 내렸다. 지후의 작업실 창밖에도 흙탕물 같은 하늘이 일상의 배경처럼 낮게 드리워져 있었다. 그날 라디오에서는 엘라 피츠제럴드의 '블루 스카이'가 나지막이 흘러나왔다.

지후는 인물 사진과 오브제를 활용한 작업에 몰두하고 있었다. 인체의 가슴 부위와 연결된 실핏줄 같은 표현을 하기 위해 바늘에 실을 꿰고 있을 때, 누군가 노크하는 소리가 들렸다. 문을 열자, 온몸에 붕대를 칭칭 감은 사람이 서 있었다.

—누구세요?

지후는 깜짝 놀라서 뒤로 몇 발 물러섰다.

—나예요, 나.

그렇게 말한 사람은 한국인 친구 윤이었다. 그는 695 순환도로에서 사고를 당했다고 했다. 차를 운전하던 중 갑자기 커다란 노루가 뛰어들었다. 급하게 브레이크를 밟았으나 이미 덜커덩, 하며 자동차가 노루를 치고 지나갔다.

—노루는 죽었습니까?

— 무서워서 뒤를 돌아볼 수 없었습니다.

— 어쨌든 좀 앉았으면 좋겠습니다.

지후는 윤에게 회전식 의자를 권하고, 자신도 바퀴가 달린 스툴에 엉덩이를 걸쳤다. 윤이 회전의자에서 빙그르르 몸을 돌렸다. 얼굴을 감고 있는 붕대 때문에 그의 표정은 확인할 수 없었다.

—그런데 붕대는 왜 감고 있습니까? 많이 다쳤습니까?

—이건 상처와 무관한 겁니다.

—그럼요?

—솔직한 의견이 필요합니다. 저를 처음 본 순간 어떤 생각이 떠올랐습니까? 현실적인 단어로 솔직하게 말해주면 좋겠습니다.

—너무 순간적인 일이라서… 얼굴이 하얀 마네킹? 피라미드에서 영감을 받은 미라 콘셉트인가요?

—오, 고맙습니다. 또 하나의 흥미로운 답변이었습니다.

윤이 뭔가를 간단히 메모했다. 그가 들고 있는 수첩을 얼핏 들여다보니, 그 안에는 이상한 숫자와 문양들이 가득 적혀 있었다. 윤은 새로운 프로젝트를 계획 중이라고 했다. 그것은 이미지를 통한 연상 작용에 관한 연구라고도 언급했다.

—저의 역할은 사람들에게 자극을 주고, 그 반응을 관찰하는 겁니다. 창작자와 관람자 간의 상호 작용을 전복시키는 거라 할 수 있습니다.

—그쪽이 창작자가 아니라, 관객을 바라보는 관찰자 입장이라는 겁니까?

—이건 미학적으로 복잡한 문제입니다.

윤은 한동안 '시뮬라시옹'에 관해 설명했다. 프랑스 작가 찰스 보들레르가 처음 사용한 이 단어는 시적이고, 형식적이며, 상상력이 풍부함을 의미한다. 문학 작품이나 예술작품을 완성하는 창작자와 관람자 사이에 이루어지는 상호 작용과 관련이 있으며, 관람자의 해석에 의해 창작자의 작품이 비로소 완성된다는 개념을 담고 있다.

복잡한 이야기를 듣고 있으려니 라디오 음악 소리가 귀에 무척 거슬렸다.

—잠깐만요. 음악 좀 줄이겠습니다.

지후는 한쪽 테이블에 놓여 있는 라디오를 아예 꺼버렸다.

—설명이 귀에 잘 안 들어옵니다.

—제 설명이 부족했습니까?

—계속 설명해도 저는 잘 모를 겁니다. 괜히 힘들게 애쓰지 마십시오.

—지금의 미술은 좋고 싫고, 아름답고 추하고, 성숙하고 미성숙하고의 문제가 아니라, 관객에게 이것이 과연 미술이냐 아니냐를 결정하게 할 뿐입니다.

그러면서 윤은 마르셀 뒤샹의 말을 인용하며, 피카소에게 필요한 것은 착상뿐이었다는 말도 덧붙였다.

—1차 대전 당시 많은 예술가들이 중립국인 스위스의 어느 카바레에 함께 모였습니다. 그 모임에서 어느 시인이 잡지에서 오려낸 글자들을 무작위로 집어 들고 시를 읊었지요. 초현실주의 양식의 시를 한 편 낭송한 겁니다. 저도 무작위와 우연을 주요 모티브 삼아 한번 도전해 보고 싶습니다.

—윤 씨는 너무 원대한 꿈을 꾸고 있는 것 같습니다.

—미술가들 중에는 문필가도 많이 있습니다. 저는 언젠가 소설을 쓸 생각입니다.

—미술과 소설 사이에서 양다리 작전을 펼 계획이라… 그건 욕심입니다.

—모두가 욕심을 내면서 사는 게 인생입니다.

—누구에게나 하루는 공평하게 24시간이 주어집니다. 한 가지만 하십시오.

—왜 한 가지만 고집하면서 살아야 합니까? 예술에는 다

양한 장르가 있고, 그 경계선은 자꾸 흐려지고 있습니다. 인생 1막과 인생 2막의 정체성도 점점 희미해지고 있습니다.

—그러니 글을 쓰겠다는 겁니까? 그것도 소설을요?

—누구도 단숨에 읽어치우지 못할 만한 글을 쓰고 싶습니다. 문제는 할 것인지, 말 것인지입니다.

—그게 무슨 소리입니까?

—푹 퍼진 감자처럼 소파 위에 납작 달라붙어 있을 건지, 아니면 꼼지락거리면서 뭐든 만들어 낼 건지. 그러니까 소설은 제 엉덩이를 걷어차 줄 또 다른 동기 부여라 할 수 있습니다.

윤은 머리 뒤에서 얇은 핀을 뽑아내더니 붕대를 풀기 시작했다. 하얀 붕대가 사과껍질처럼 줄줄 풀리자 차츰 윤의 얼굴이 드러났다. 윤의 얼굴은 흠집 하나 없이 아주 멀쩡한 상태였다. 괜한 말장난에 휘둘린 것 같아 뒷맛이 씁쓸했다.

—하나도 웃기지 않습니다. 이상한 말로 저를 놀리지 마십시오.

—본심은 그게 아닌데, 아무튼 기분 나빴다면 사과합니다.

그때 요란한 음악 소리가 들려왔다. 작업실 왼쪽 벽을 뚫고 들려오는 노래였다. 그러자 이번에는 반대편에서 또 다른 음악 소리가 크게 났다. 지후는 어쩔 수 없다는 듯 다시 라디오를 켜고 볼륨을 높였다. 세 가지 다른 장르의 음악들이 충돌하며 서로 뒤섞였다.

—허공에 소리의 장벽을 치는 겁니다. 안 그랬다가는 양쪽 음악 때문에 제 멘탈이 찌그러질 겁니다.

—밖으로 나갑시다.

지후가 소리 높여 말했다. 윤도 수저로 밥을 퍼먹는 시늉을 하며 자리에서 일어났다. 두 사람은 학교 근처에 있는 그리스인 식당으로 향했다. 반지하에 있는 식당 안에서 후덕하게 생긴 중년 남자가 반가운 미소로 두 사람을 맞아주었다. 그는 그리스에서 건너온 1세대 이민자로 이 식당의 주인이자 주방장이었다.

—오, 마이 프렌드! 웰컴!

—헬로우, 해리. 그동안 잘 있었어요?

—비가 심하게 내리는 것만 빼고는 다 좋아. 이쪽으로 앉아. 어서.

작은 모자이크 타일로 마감된 실내 바닥은 울퉁불퉁했고, 목재로 만든 가구들은 세월의 손때가 묻어 낡아 있었다. 그들은 창가 자리에 앉아 메뉴판을 살펴보았다.

—여긴 양고기가 맛있습니다. 저는 그걸 추천합니다.

윤이 말하자, 그리스인 주방장은 '투 데이즈 스페셜'을 권유했다.

—오늘은 송어가 아주 신선하지. 으깬 감자와 사우어크라

우트도 함께 준비되어 있어.

— 좋아요. 그걸로 주세요.

두 사람은 맥주도 한 병씩 추가로 주문했다. 윤은 중세 미술사 리포트 때문에 오늘 밤을 새워야 할 것 같다며 투덜거렸다. 주방장이 직접 맥주를 가져와 뚜껑을 따 주었다.

— 고맙습니다.

윤이 웃으며 말했다.

차가운 맥주를 꿀꺽꿀꺽 마시던 지후의 두 눈이 한순간 의미심장하게 빛났다. 그는 창밖을 응시하고 있었다. 도로 건너편에 우산을 쓴 한 여자가 있었는데, 그녀가 바로 글라스였다. 이렇게 궂은 날씨에도 여전히 검은색 히피 마녀 복장을 하고 있어서, 한눈에 알아볼 수 있었다. 그녀는 우울한 표정으로 비가 내리는 회색 허공을 응시하고 있었다. 그녀의 갑작스러운 등장에 윤도 긴장한 낯빛을 띠었다.

— 왜 저러고 서 있는 걸까요?

— 누굴 기다리나 봅니다.

그들의 대화가 끝나기도 전에 맞은편 상가에서 동양계로 보이는 한 남자가 튀어나와 그녀의 우산 속으로 뛰어들었다. 남자는 당연하다는 듯 그녀의 어깨를 감싸며 와락 끌어안았다.

— 어, 저 녀석이 왜 또 나타난 거야.

윤이 길 건너편에 있는 두 사람을 손으로 가리켰다.

—아는 사람인가요?

—여긴 바닥이 좁아서 소문이 빤합니다. 론이라고 기타리스트예요. 술집 같은 데서 밴드 멤버로 일한다고 하던데, 소문이 별로 안 좋아요. 저 여자는 왜 저런 놈과 어울리는 건지. 참, 글라스는 지후 씨도 알죠? 그때 학교 식당에서 봤잖습니까. 뉴욕에서 왔다던 검은색 마녀 복장의 그 여자 말입니다.

—아, 암실에서 한 번 마주친 적이 있습니다. 그런데 저 두 사람은 뭡니까? 왜 저렇게 끌어안고 있습니까?

—다 아시면서 왜 그러십니까?

—그게, 무슨?

—남녀상열지사입니다. 척 보고도 감이 안 오십니까? 으흐흐.

윤이 음흉한 웃음을 내뱉었다. 지후는 질시 어린 눈빛으로 그들을 주시했다. 두 사람은 서로 다정하게 하나의 우산을 받쳐 쓰고 언덕 아래로 멀어져 갔다. 그녀에게 이미 다른 남자가 있었다니. 가슴 아린 통증이 지후의 심장을 쥐어짰다. 한 여자의 존재가 감당할 수 없는 슬픔과 고통으로 다가왔다. 당장 밖으로 뛰쳐나가 하늘에 대고 삿대질을 하며 욕이라도 퍼붓고 싶은 심정이었다.

그리스인 주방장이 맛있게 생긴 송어 요리를 가져다 놓았지만, 소태처럼 쓰고도 질긴 배반감 때문에 전혀 식욕이 일지 않았다. 포크와 나이프로 생선의 살과 뼈를 발라내는 동안에도, 그녀가 다른 남자의 품에 안겨 사라지던 모습만이 괴롭게 떠올랐다. 지후가 음식을 깨작거리며 먹는 척만 하자, 윤이 고개를 갸웃거리며 걱정스러운 표정을 지었다.

— 왜 그래요? 생선 요리가 입맛에 안 맞습니까?

— 아뇨. 괜찮습니다.

지후는 억지로 음식을 꾸역꾸역 삼키기 시작했다. 그녀에게 매혹된 자신의 처지가 무척 한심하게 느껴졌다. 바보처럼 어쩌자고 자꾸 이러는 것일까. 근본도 모르는 여자 하나 때문에, 왜 이렇게 중심을 못 잡고 흔들리는 걸까. 썩은 게딱지 같은 기둥서방이 그녀 등에 찰거머리같이 붙어 있든지 말든지, 도대체 무슨 상관이란 말인가.

식사를 마친 후에 윤은 이너하버에 볼일이 있다며 지후를 팍스 빌딩 앞에 내려주고는 그대로 차를 몰고 가버렸다. 지후는 터덜거리면서 3층 작업실로 올라왔다. 마음은 혼란스럽게 갈팡질팡하고 있었고, 머릿속은 그녀를 비난하고 부정하는 생각들로 가득했다. 창밖의 어둠 속에서 하나의 세계가 침몰하고 있었다. 그가 이제껏 추구하던 질서 정연한 세계에서 한 여자가 뜨거운 불씨처럼 타올랐다.

2주간의 중간 평가 기간이 지나고, 학교는 다시 일상의 모습을 되찾았다. 윤은 힘든 시간을 무사히 이겨냈으니 자축해야 한다며 지후를 영화관으로 데려갔다. 찰스 거리에는 고전 영화를 주로 상영하는 오래된 극장이 있었다. 그날은 1978년에 성룡이 주연한 홍콩 영화 '취권'을 상영 중이었다.

성룡과 그의 스승이 술병을 들고 펼치는 허허실실 권법은 주말을 즐기러 온 관객들에게 유쾌한 시간을 안겨주었다. 객석에서는 끊임없이 폭소가 터져 나왔지만, 지후는 그 웃음소리에 동참하지 못했다.

영화가 끝나고 거리로 나오자, 윤이 진지한 눈빛으로 지후를 쏘아보았다.

—영화 보면서 무슨 한숨을 그리 쉽니까?

—제가요? 언제요?

—제가 다 들었습니다. 똑똑히.

—그럼, 우리도 성룡처럼 어디 가서 한 잔씩 걸칠까요?

—오늘은 취하고 싶지 않습니다. 집에 돌아가서 할 일이 많습니다.

윤은 고개를 저으며 매정하게 거절했다.

—윤 씨는 뭐든 계획한 대로만 합니까? 제가 할 말이 있는데, 그래서 그런 거죠.

지후의 단호한 어조에 윤도 당황한 눈치였다.

—제게 무슨 중요하게 할 말이 있습니까?

—술은 내가 마실 테니, 윤 씨는 내 말을 듣기만 하면 되는 겁니다.

—알겠습니다. 이 근처에 제가 잘 아는 술집이 있습니다.

영화관에서 두 블록쯤 걸어가자, 히포라는 간판을 내건 술집이 나타났다. 볼티모어 다운타운에서도 오래된 명소 중 하나로 알려진 곳이었다. 원목과 벽돌 등 친환경 소재로 꾸며진 컨트리 스타일의 인테리어는 아늑하면서도 가족적인 분위기를 자아냈다. 실내 한쪽에는 간이 무대가 설치되어 있어, 운이 좋으면 아마추어 음악가들의 공연을 즐길 수도 있었다.

그날, 경첩 소리가 삐거덕거리는 육중한 문을 열고 들어가자, 가장 먼저 홀 중앙에 있는 원형의 커다란 카운터 테이블이 보였다. 손님들은 황동 발걸이가 달린 높은 스툴에 앉아 유리잔을 찰그랑거리며 잡담을 나누고 있었다. 젊은 웨이터 두 명이 소매를 걷어붙인 채, 홀에 있는 테이블 사이를 오가며 주문을 받았다.

—어이, 윤! 오랜만이야. 그동안 잘 지냈나?

히포의 터줏대감인 찰리가 막 술집 안으로 들어온 윤을 향해 반갑게 인사를 했다. 그는 40대 초반의 남성으로, 이곳의 주인장이자 18년 경력의 유능한 바텐더였다.

—찰리, 오랜만이에요. 여긴 내 친구 지후, 찰리는 마이카의 대선배님이십니다.

—대선배는 무슨. 옛날에 좀 다니긴 했지만, 졸업도 못 했는걸. 지후, 만나서 반가워요.

찰리가 손님들의 음료를 준비하는 카운터 안에서 길게 팔을 뻗어 손을 내밀었다. 손님을 맞이하는 그의 태도는 차분하면서도 인간적인 매력이 돋보였다. 미소를 머금은 채, 두 사람은 가볍게 악수했다. 한 남자의 손에서 느껴지는 따스한 온기가, 지후의 마음을 포근하게 어루만졌다.

찰리는 카운터에 있는 빈자리를 권했지만, 윤은 테이블에 앉겠다며 지후를 홀 안쪽 후미진 자리로 안내했다. 두 사람은 둥근 테이블 앞에 마주 앉았다. 웨이터가 그들이 주문한 맥주 두 잔을 금세 가져왔다. 체코의 전통적인 맥주인 보헤미안 라거는 중후하면서도 깔끔한 맛이 느껴졌다. 윤은 맹숭맹숭한 얼굴로 맥주병에 손도 대지 않은 채 지후를 바라볼 뿐이었다.

—진짜로 같이 안 마실 겁니까?

—뭐, 좋습니다. 대신 술값은 그쪽에서 계산합니다.

윤도 결국에는 홀짝거리며 함께 마시기 시작했다. 주크박스에서 빌리 홀리데이의 음악이 흘러나왔지만, 그들이 앉아 있는 곳까지 전달되기에는 음량이 부족했다.

—여긴 일부러 깊이 파 놓은 동굴 같습니다.

—예전 건축물 일부를 그대로 살리느라 이런 모양새입니다. 아무튼 이 집에서 가장 조용하게 대화할 수 있는 장소입니다.

—겨울잠 자는 곰이라도 튀어나올 것 같습니다.

—지금은 가을입니다. 겨울 곰도 없습니다. 자, 하고 싶은 말이 뭡니까?

윤이 뚫어지게 바라보자, 지후는 난감한 표정으로 머리를 쓸어 올렸다. 이 나이에 한심하게 여자 고민이나 하고 있다니! 정말 철딱서니 없는 주책바가지다 싶어, 차마 말을 꺼내기가 부끄러웠다.

—아까는 농담이었습니까? 혼자 술 마시기 싫어서, 그런 겁니까?

—그게 아니라, 그러니까….

그때, 나비넥타이를 한 웨이터가 그들이 앉은 테이블 근처를 지나갔다. 지후가 웨이터를 불러 맥주 두 병을 추가로 주문했다. 웨이터가 가고 나자, 윤이 이상하다는 눈으로 지후를 바라보았다.

—아까 할 말이 있다고 했지요?

—친구라고 생각하고 묻겠습니다. 절대로 비웃으면 안 됩니다.

— 절대로 안 비웃습니다. 약속합니다.

— 그러니까, 그게… 여자를 좋아하는 게 어떤 마음입니까?

— 여자 생겼습니까? 누구요?

윤이 눈을 동그랗게 뜨며 물었다.

— 아니, 아직 좋아하는 건 아니라.

— 좋아하고 안 좋아하고는, 일단 제가 판단합니다. 그 여자가 누굽니까?

— 저기, 그때… 뉴욕에서 온 그 히피 마녀?

— 글라스요? 와, 대박! 미치셨습니까?

— 그게 아니라…….

지후는 난처했지만, 지금 상황을 설명할 수밖에 없었다. 그녀에 대한 떨리는 심정과, 보고 싶어 애타는 마음, 그리고 론에 대한 질투의 감정까지 모두 털어놓았다.

— 혹시 전에 여자를 사귄 적이 있습니까?

윤이 심각한 표정으로 질문을 했다.

— 뭐, 한두 번 있었던 건 맞지만, 심각한 적은 없었습니다.

— 그럼, 첫사랑은 해봤습니까?

— 네? 그게 무슨?

지후는 귓불까지 벌게진 채 고개를 떨구었다. 그런 모습을 보며 윤이 자리에서 일어나 자지러지게 웃어댔다. 지후는 미간을 잔뜩 찌푸린 채 윤의 웃음소리가 그치길 기다렸다. 그녀를 향한 순수한 마음이 고작 남의 웃음거리밖에 안 된다는 사실에, 누구보다도 자기 자신에게 화가 치밀었다.

—아까 절대로 안 비웃기로 약속했잖습니까!

지후의 높아진 목소리가 윤의 웃음소리를 끊어냈다. 윤이 지후의 얼굴을 주의 깊게 살펴보았다.

—혹시 농담하는 거 아닙니까?

—이 나이에 그런 걸로 농담합니까? 밤에는 잠도 안 옵니다.

그 말에 윤이 한숨을 깊이 내쉬며 다시 자리에 앉았다. 지후는 쥐구멍이라도 숨고 싶은 심정이었다. 누구나 자라나는 동안 한 번쯤은 첫사랑을 경험하기 마련이다. 그것은 창백한 청춘에게 선물처럼 주어진 통과 의례 같은 것이다. 그러나 지후는 지금껏 이성에 대한 설레는 감정을 거의 느껴본 적이 없었다.

—민주화 운동은 해봤는데, 첫사랑은 아직 해본 적이 없다? 쯧쯧쯧.

윤이 놀리듯이 혀를 차며 말했다.

—스쳐 가는 소나기일 겁니다.

—소나기를 피할 방법은 없습니다. 구름이 지나가야죠.

지후의 표정은 더욱 어두워졌다. 그녀가 다른 남자와 우산을 함께 쓰고 가던 장면을 목격한 이후로 지후는 깊은 수렁에서 허우적거리며 진흙 같은 어둠 속을 방황했다. 그녀의 이름은 견딜 수 없는 밤들을 떠올렸다. 그 밤의 길고 긴 시간은 오로지 그녀만을 위해 존재했다.

주위를 맴도는 그림자처럼 그녀는 잊을 만하면 한 번씩 지후 곁에 모습을 드러냈다. 마이카 학교의 캠퍼스는 그리 넓지 않은 규모였다. 실기실, 암실, 복도, 식당, 도서관 앞 층계, 학교 전시관 등 여러 곳에서, 그녀는 수시로 나타났다가는 금세 또 어디론가 사라졌다. 가벼운 두통처럼 항상 머리 한쪽을 장악하게 된 그녀는 이제 어디에나 있고 어디에나 없었다.

가끔은 그녀를 찾아 학교 구석구석을 헤매는 자신이 한심스럽게 느껴졌다. 어쩌다 한번 그녀와 마주칠 때마다, 지후는 우연인 양 어렵게 말을 건넸다.

—안녕! 여기서 또 보네.

—어머, 우리 자꾸 만나는 것 같아.

—난 잘 지내고 있어. 너도 잘 지내는 거지?

그렇게 말을 붙인 후에는, 미리 대본 연습을 한 배우처럼 준비된 대사들을 꺼내어 놓았다.

—요즘 작업은 어때? 어려운 건 없어?

—이 학교에서 현대 미술사는 어떤 선생이 잘 가르치는 거야?

—헤이그 선생 다음으로 이 학교에서 마음에 드는 교수님은 누구지?

—식사는 했니? 배 안 고파?

그런 대화들이 늘어갈수록, 그녀의 태도 또한 친근함을 더해갔다. 히피 마녀 복장으로 온몸을 중무장하고 있었지만, 그녀는 천성적으로 상냥한 여자임이 분명했다. 그녀는 여전히 학교 서점에서 일하며, 암실 작업에도 적극적으로 참여했다.

3학년이 된 그녀가 학교에서 배정받은 작업실은 옛 기차역을 개조한 스테이션 빌딩에 자리했다. 석조 건물의 다락방처럼 생긴 작업실에서, 그녀는 매일 자신만의 그림 세계에 빠져 있었다. 지후의 작업실 3층 창가에서도 스테이션 빌딩의 오래된 첨탑과 그녀의 작업실 창문이 보였다. 한밤중에 작품 제작에 몰두하다가도 다락방 창문에 불빛이 비치면 채울 수 없는 간절함으로 가슴이 아려왔다.

여름방학이 시작되자 글라스의 모습은 어디론가로 사라져 버렸다. 스테이션 빌딩의 다락방 작업실 창문도 계속 불이 꺼져 있었다. 본관 건물에 있는 암실은 일시적으로 폐쇄된 상태였고, 학교 서점이나 도서관에서도 그녀를 찾을 수 없었다. 윤은 그녀가 다른 학생들처럼 부모님이 기다리는 본가로 돌아간 것 같다고 말했다.

—가을 학기가 시작되면 산란기를 맞아 돌아오는 연어들처럼, 모두가 다시 돌아올 겁니다.

학교 캠퍼스 안은 어디나 한가하게 텅 빈 모습이었다. 적막한 복도에는 음료수 자판기들의 윙윙거리는 소리만이 떠돌았다. 화장실에 가기 위해 나왔다가 빈 실기실 안을 들여다보면, 철제 이젤들만이 고개를 든 채 그곳에 서 있었다.

— 소나기는 지나갔습니까?

윤이 물었다.

— 아무것도 묻지 마십시오.

지후가 대답했다.

— 그러다 빗물에 빠져 익사할 수도 있습니다.

— 저주입니까?

— 짝사랑입니다. 그거 무척 아픈 거라던데 말입니다.

— 그만 놀리십시오.

— 저도 가끔씩 소나기를 맞고 싶습니다.

— 쯧! 감기나 안 걸리게 조심하시지요.

그렇게 윤과 속절없는 대화를 나누는 동안에도, 환하게 웃는 글라스의 얼굴이 너무나 그리웠다. 립스틱을 짙게 바른 입술을 오물거리며 작은 새처럼 종알대던 그 목소리가 듣고 싶어, 뜬금없이 전화 수화기를 귀에 대본 적도 여러 번 있었다. 고통스러운 기다림이 어서 지나가고, 그녀의 작업실 창가에도 다시 불빛이 비치기를 간절히 소망했다.

그녀 곁에 껌딱지처럼 붙어 있는 떨거지 같은 남자는 그냥 잊어버리기로 작정했다. 처음부터 아예 존재하지 않는 사람이라 여기며, 자신과는 완전히 무관한 세계로 밀쳐 놓았다.

여름을 건너는 작은 조각배 하나가, 끝없는 침묵 속에서 멈춘 듯이 천천히 흘러갔다. 무기력한 청춘의 바다에서 그를 구원할 수 있는 사람은 오직 그녀, 글라스뿐이었다.

1987년, 그해 여름에는 한국 관련 뉴스가 미국 매스컴에 집중 조명될 때가 많았다. 군부 독재에 대항하여 발생한 전국적인 민주화 투쟁이 대통령 직선제 개헌을 성취하기 위한 전국민 운동으로 번져나갔다. 텔레비전 화면 속에서 시위대와 전투 경찰이 무력 충돌을 빚으며 엉겨 붙은 모습은 마치 한 편의 전쟁 영화처럼 미국인들의 많은 관심과 호기심을 불러일으켰다.

들불처럼 번져가는 민주화 항쟁 속에서 한국 사회가 홍역을 앓고 있던 그때, 지후는 집과 학교만을 오가며 유학 2년차의 조용한 일상을 이어가고 있었다. 자신만이 '붉은 방'에서 도망쳐 나왔다는 죄책감을 떨쳐내기 어려웠지만, 지금은 이곳 볼티모어가 현실이었고, 여기 주어진 삶에 최선을 다할 도리밖에 없었다.

미국 독립기념일이 다가오던 어느 날, 윤이 작업실로 찾아와서 난데없이 블루 크랩을 먹으러 가자고 졸라댔다.

윤의 설명에 의하면, 블루 크랩은 미국 동부 해안과 멕시코 연안에 서식하는 갑각류로, 메릴랜드에서는 체서피크 베이가 블루 크랩의 중요 양식지라고 했다. 주로 봄부터 가을까지만 잡을 수 있는데, 그즈음이 가장 활발한 성수기였다.

—메릴랜드에서는 블루 크랩 요리가 아주 유명합니다. 큰 집게발이 파란색을 띠는 게 특징이죠. 그래서 블루 크랩이라고 부르는 모양입니다.

—파란색 게라고요? 저는 파란색 음료도 안 먹는 사람입니다. 혼자 다녀오십시오.

지후는 고개를 절레절레 흔들며 말했다. 찜통 같은 날씨에 이상한 요리를 먹으러 가는 대신, 시원한 곳에서 그림이나 그리는 게 좋을 것 같았다.

—게살 맛이 진짜 끝내줍니다. 같이 가십시다. 일부러 여기까지 데리러 온 사람의 성의도 봐주십시오. 일 년 중에서 이맘때만 먹을 수 있는 특식입니다. 지금 못 먹으면 내년까지 기다려야 한다고요. 자자, 어서 준비하고 갑시다. 어서요.

윤은 결코 물러설 기세가 아니었다. 지후는 이런 상황이 몹시 성가셨지만, 팔레트와 물감에 젖은 붓들을 대충 정리하고는 결국 작업실을 나설 수밖에 없었다.

이너하버 근처에 가족 손님과 쌍쌍이 커플들로 북적거리는 커다란 크랩하우스가 있었다. 두 사람은 문 앞에서 한참을 기다리다가 테라스가 내다보이는 창가에 겨우 앉을 수 있었다. 그들이 자리에 앉자마자 젊은 남자 종업원이 비닐로 된 흰색 식탁보를 테이블 위에 깔아 주었다. 이곳에서는 포크나 나이프 대신 길쭉한 크랩 포크와 나무망치가 손님들에게 주어졌다.

—자, 우리도 한번 달려볼까요?

윤은 남자 종업원에게 크랩 투 다즌과 맥주 두 병을 주문했다. 손님들 테이블마다 스팀으로 쪄낸 게가 산더미처럼 쌓여 있었다. 크랩 한 마리의 몸체가 성인 남성의 손바닥보다 크다는 걸 발견한 지후는 매우 걱정스러운 표정이었다.

—투 다즌이면 24마리인데, 그걸 누가 다 먹습니까? 너무 많이 시킨 거 아닙니까?

—남자 둘이 그것도 못 먹습니까? 전혀 걱정하지 마십시오.

사방에서 쿵쿵대는 나무망치 소리가 요란했다. 테이블마다 사람들이 모여 앉아 열심히 게를 까먹으며, 큰 목소리로 시끌벅적한 대화를 나누고 있었다.

—게를 먹을 때는 조심해서 씹으십시오. 이빨 사이에 잘못 끼면 피를 볼 수도 있습니다.

—게를 이렇게 높이 쌓아놓고 먹다니. 한국에서는 전혀 상상도 할 수 없는 일입니다. 갑자기 식욕이 당깁니다.

잠시 후, 남자 종업원이 다가와 커다란 솥에 들어있던 크랩을 둥근 테이블 위에 왕창 쏟아부었다. 증기로 쪄낸 블루 크랩이 산처럼 쌓여 있는 모습을 보며 지후는 혀를 내둘렀다.

— 와! 이게 우리 몸속으로 모두 들어갈 수 있다는 겁니까?

— 실제로 까 보면 살도 별로 없습니다. 자, 보십시오. 게는 이렇게 먹는 겁니다.

나무망치를 집어 든 윤이 시식 과정을 하나씩 시연해 보였다. 두꺼운 게 등딱지를 따고, 그 안에서 속살을 발라내는 방식은 그리 어렵지 않았다. 딱딱한 껍데기를 부수고 해체한 다음 요령껏 살을 파내어 열심히 먹는 일련의 행위들은 일견 원시적인 야만성을 떠올리게 했는데, 그로 인해 머릿속을 잠식하고 있던 어지러운 생각들이 조금씩 희석되면서 가벼워지는 느낌이었다.

— 그런데 블루 크랩이 왜 이렇게 빨간지 궁금하지 않습니까?

— 네?

윤의 예상치 못한 질문에 지후는 순간적으로 긴장했다. 자신이 붉은색을 볼 수 없다는 뼈아픈 진실이 머릿속을 강타했다. 테이블 위에 쌓인 크랩들 모습이 지후에게는 약간 누런빛이 도는 회색 모노톤으로만 보였다. 그래서 블루 크랩이 빨갛다는 윤의 말을 도무지 이해할 수 없었다.

크랩 포크로 게살을 긁어내던 윤이 지후 얼굴을 뚫어지게 바라보았다.

— 왜 아무런 말이 없습니까? 블루 크랩이 어째서 빨간색으로 변했는지, 이상하지 않습니까?

— 아뇨. 그냥, 이름만 블루 크랩인 겁니까?

— 잘 들어보세요. 어두운 밤에 강과 바다가 만나는 다리 위에서 기다리고 있으면, 게들이 물에 동동 떠내려옵니다.

— 물에 동동 떠내려온다고요? 설마?

— 진짜 그렇다니까요. 아무튼 그때 다리 위에서 긴 잠자리채 같은 도구를 들고 대기하고 있다가, 가까이 다가온 즉시 요령껏 떠올리는 겁니다. 옆에 다른 경쟁자들도 많이 있으니, 잠자리채 손잡이 길이가 길수록 유리하겠죠. 그렇게 잡다 보면 하룻밤 사이에 큰 양동이 하나쯤은 너끈히 찹니다.

— 한 양동이라면 몇 마리쯤 된다는 겁니까?

— 한 삼사십 마리 정도 될 겁니다. 그런데 크기가 작은 게를 잡는 건 불법입니다. 몸체 길이가 한 15cm 정도보다 작으면 그냥 놓아줘야 합니다.

— 15cm면 그거도 상당한 크기 아닙니까?

— 절대로 안 됩니다. 아기 크랩은 놓아줘야 합니다. 안 그러면 벌금을 무는 수모를 당할 수도 있습니다.

— 그렇긴 합니다. 작은 크랩까지 몽땅 잡아서 씨를 말리면 안 될 겁니다.

—그런데 한꺼번에 두 마리를 잡을 수도 있습니다. 야밤에 데이트를 즐기는 크랩들이 있습니다.

—에고, 19금입니까?

—그때 거기서 잡힌 블루 크랩들은 분명히 파란색이지요. 그것도 아주 진한 파란색입니다. 그런데 스팀으로 찌기 시작하면, 집게발까지 몽땅 빨간색으로 변하니 희한하지 않습니까?

윤이 '빨간색'이라는 단어를 다시 말하자, 지후의 얼굴에 긴장한 기색이 스쳐 지나갔다.

—진짜 그렇습니까? 윤 씨는 정말 모르는 게 없습니다. 블루 크랩에 그런 비밀이 숨어 있을 줄이야. 허허허.

지후는 일부러 큰 소리로 웃으며 그 위기의 순간을 넘길 수밖에 없었다. 휴, 안도의 한숨을 내쉬면서도 마음은 여전히 불안했다. 한 가지 비밀을 숨기려면 종종 수많은 것들을 감추고, 변명을 위한 변명과 거짓말들까지 늘어놓아야 할 때가 있다. 색맹이라는 사실 하나가 지후의 온 생애를 볼모로 삼아, 모든 것이 훼손될 때까지 막강한 위세를 떨치고 있는 것이다. 그의 그림자 위에 무겁게 드리워져 있는 그늘을 어떻게 다른 이들은 모른다고 생각할 수 있겠는가. 그 비밀의 본질을 정확히 이해할 수는 없더라도, 어떤 부분이 왜곡되고 있는지는 느낄 수 있는 것이다.

—어서 드십시오. 전혀 진도가 안 나가고 있습니다.

—열심히 먹는 중입니다. 그런데 이거 24마리가 넘는 것 아닙니까?

—여기선 그냥 주는 대로 먹으면 됩니다. 맘껏 드세요.

그때 식당에 있던 사람들이 벽면 높은 곳에 설치된 텔레비전을 심각한 표정으로 주시하고 있는 모습이 보였다. 지후와 윤의 눈길도 자연스럽게 텔레비전 화면으로 향했다. 서울 한복판에서 벌어진 뜨거운 민주화 투쟁 장면이 뉴스 채널을 통해서 특집 방송으로 송출되고 있었다. 소리는 들리지 않았지만, 화면을 통해 시위 현장의 생생한 상황을 지켜볼 수 있었다. 전투 경찰이 시민들을 향해 최루탄과 물대포를 쏘아대는 장면이 펼쳐졌다. 헬멧과 방패로 무장한 그들이 무자비하게 곤봉을 휘둘렀다. 시위대와 경찰이 몸싸움을 벌이며 서로 뒤얽힌 모습이 처절했다. 사람들은 고통스러운 표정으로 비명을 지르며 울부짖었다. 머리에서 피를 뚝뚝 흘리고 있는 시위 대원의 모습이 화면에 클로즈업으로 잡혔다.

그 순간, 화면 속 얼굴 위로 서울에 있는 친구들 모습이 오버랩되듯 지후의 머릿속을 스쳐 갔다. 저기 어딘가에서 몸부림치며 절규하고 있을 친구들 생각에, 지후는 갑자기 숨이 막힐 것만 같은 참담함을 느꼈다.

—한국 상황이 점점 더 복잡해지려는 모양입니다.

—저러다가 전쟁이라도 날까 두렵습니다.

—조금씩 나아지고 있다는 증거겠지요. 새로운 걸 받아들이려면 빈자리가 필요합니다. 뭔가 부서져야 새살이 돋는 거 아닙니까. 그게 세상 이치죠.

—저렇게 조그만 나라가 이 지구상에서 사라지지 않고, 오래오래 버텨온 건 아마도 이런 저력 때문인 것 같습니다.

테이블 위에 쌓여 있는 크랩들은 아무리 먹어도 줄어들지 않았다.

—내, 참! 이걸 언제 다 먹으라고!

지후는 손에 들고 있는 나무망치로 크랩의 마름모꼴 등딱지만 괜히 쾅쾅 내리쳤다. 이곳에서 느낄 수 있는 평화와 풍요로움은 한국이 처한 엄한 현실과는 너무 대조적이었다. 이 순간, 사람들이 왁자지껄 떠들며 음식과 술을 즐기는 모습을 지켜보면서, 그들이 이 땅에서 누리고 있는 낭만과 자유의 분위기가 무척이나 부러웠다.

—서울에 있는 친구들에게 미안해요. 나만 우물에 빠진 돼지처럼 살고 있는 것 같습니다.

—한국 친구들이 그쪽 현실과 싸우듯이. 우리는 이쪽 현실과 투쟁하고 있을 뿐입니다.

각자의 이유로 한국 땅을 떠나야만 했던 두 청년은, 서로를 위로하며 복잡한 마음을 달랠 수밖에 없었다.

여름 중순의 고온 다습한 날씨가 지속되면서, 불쾌지수가 상승하는 날들이 한동안 이어졌다. 습도가 높고 끈적거리는 볼티모어 날씨는 실제 온도보다 2~3도는 더 뜨겁게 느껴졌다. 그래도 어둠이 깔리기 시작하면 무더운 열기도 점차 가라앉고, 여름밤의 평온한 분위기 속에서 조금이나마 안정을 취할 수 있었다.

지후는 종종 일과가 끝난 후에 윤과 저녁 시간을 함께 보내곤 했다. 렉싱턴 마켓이나 이너하버 근처에서 맛집 순례를 다니기도 하고, 가볍게 한잔 걸칠 수 있는 술집에서 스포츠 방송을 시청하기도 했다.

— 여긴 아프리카보다 더 더운 것 같습니다. 온몸이 끈적거려서 죽을 지경입니다. 아침저녁으로 찬물 샤워를 하지 않고는 도무지 견딜 수가 없습니다.

윤이 투덜거리며 이 항구도시의 여름 날씨를 탓하자, 지후가 에어컨이 있는 자신의 콘도에서 당분간 같이 지내자고 말했다. 윤은 손을 내저으며 단호하게 거절했다.

— 남에게 신세를 지는 건 딱 질색입니다. 부잣집 도련님이나 에어컨 팡팡 트십시오.

다행히 8월 말이 되자, 서늘한 기운이 감돌기 시작했다. 여름의 끝을 알리기라도 하듯, 커다란 말매미들이 어디선가 나타나 폭격기가 추락하는 것처럼 여기저기 나뒹굴었다.

9월이 시작되면서 무더위에 지친 사람들에게 새로운 희망이 찾아왔다. 새 학기를 맞아 학교 건물과 캠퍼스 주변이 점점 활기로 북적거렸다. 지후는 지루했던 어학연수와 대학원 예비 과정을 무사히 마치고, 이번 학기부터 정식으로 마이카 학교의 석사과정에 등록하게 되었다. 윤이 예언한 대로 산란기를 맞은 연어들처럼 학생들이 속속 돌아오기 시작했다.

9월 첫째 주가 되면서 글라스도 다시 학교 북 스토어에 모습을 드러냈다. 지후는 초록색 쇼핑 바구니를 들고 계산대 앞으로 다가갔다. 앞에 있는 대기 줄이 조금씩 짧아질수록, 무슨 말을 해야 할지 몰라 가슴만 두근거렸다. 우선 인사를 건넨 후, 최근 잘 지냈는지 묻고, 그동안 고향 집에 다녀온 건지 자연스럽게 질문을 이어가면 좋을 것 같았다. 식사를 함께할 것을 제안하는 건 어렵겠지만, 나중에 암실에서 또 보자는 말 정도는 괜찮을 것도 같았다.

하지만 운이 좋지 않았다. 앞에 있는 손님 세 명만 빠져나가면, 곧 지후가 계산할 차례였다. 다른 알바생이 나타난 건 바로 그때였다. 그녀와 자리를 교대할 시간이 된 것이다. 글라스는 자신이 맡고 있던 금전등록기의 수납 칸을 챙겨 사무실로 걸어갔다.

—안녕, 잘 지냈니?

지후는 그녀의 등 뒤에서 조용히 중얼거리는 것만으로 만족해야 했다. 스테이션 빌딩 그녀의 다락방 작업실에 다시 불빛이 비치기 시작했다. 그 사실만으로도 마음이 들뜨고 몹시 기뻤지만, 그 외에 특별히 기억에 남을 만한 사건은 없었다. 그녀와 적당한 거리를 유지한 채로, 한동안 따분하고 답답한 시간이 흘러갔다. 먼발치에서 그녀를 볼 적마다 달려가서 말을 걸고 싶었지만, 그녀 앞에 있는 높은 장벽으로 인해 어떤 행동도 취할 수 없었다.

혼자만의 창백한 고독을 마주하던 9월 말의 어느 날, 글라스가 그 건달 같은 놈과 함께 있는 장면을 또다시 발견했다. 그날 지후는 스테이션 빌딩 2층에 있는 도서관으로 책을 반납하러 가는 길이었다. 그 책은 알렉산더 헤인즈가 옐로스톤을 그린 화보집이었는데, 대여 기간의 마지막 날이라 반환을 미룰 수 없었다. 학교 북 스토어 앞에서 길을 건넌 다음에 완만한 구릉지를 따라 돌계단을 한참 내려가야 스테이션 빌딩 앞에 도착할 수 있었다. 늘 그랬듯이 오래된 석조 건물 앞에는 많은 차들이 빽빽하게 주차돼 있었다. 지후가 마지막 돌층계를 내려와 건물 쪽으로 걸어갈 때였다.

크왕.

요란한 엔진 소리와 함께, 까만색 트랜스 앰이 그의 곁을 아슬아슬하게 스쳐 지나갔다. 80년대 미국 젊은이들 사이에서 트랜스 앰은 폰티액 브랜드의 모델 중에서도 선풍적인 인기를 누렸던 스포츠카라 할 수 있었다. 머플러를 제거하여 엔진 소음을 극대화한 그 트랜스 앰 안에 놀랍게도 글라스가 타고 있었다. 운전대를 잡은 남자는 검은 뿔테 레이밴 선글라스를 쓰고 있었는데, 이전에 그리스인 식당 앞에서 목격한 그 건달 녀석과 똑 닮은 모습이었다.

책을 반납하고 다시 작업실로 돌아오던 지후의 발걸음은 유난히도 무겁게 느껴졌다. 그의 내면에서 뜨겁게 피어오르던 불씨는 이제 처량한 빛으로 사그라들고 있었다. 그녀에 대한 어떤 기대도 현실에서는 용납되지 않았다. 이제는 그녀를 마음에서 떠나보내야 할 것 같았다.

해가 질 무렵, 윤이 작업실을 찾아왔다. 윤의 얼굴에는 침울한 기운이 감돌았다. 몸은 피로에 지쳐 축 처져 있고, 마음에도 무거운 시름이 가득했다.

—오늘은 우리 둘 다 맥주가 필요한 날인 것 같습니다.

—저도 그렇게 생각합니다.

두 사람은 학교 근처에서 저녁을 먹고, 곧장 찰스 거리에 있는 히포로 향했다. 술집 안은 손님들로 북적거리며 여전히 활기차게 돌아가고 있었다. 바텐더 찰리도 이제는 지후를 반가운 친구처럼 대하며 따뜻하게 맞이했다. 손님을 환대하고 상대방의 마음을 편안하게 하는 그의 놀라운 능력은 이 오래된 술집 안 풍경에 더 많은 따스함과 정감을 불어넣었다. 오늘따라 이런 분위기들이 지후의 마음에 큰 위로가 되었다.

—뭘 준비해 줄까? 윤은 저번처럼 보헤미안 라거로 줄까? 지후는 레몬 조각을 얹은 코로나 맥주였나? 오늘은 라임 조각을 추천하지.

—찰리. 대단해요. 그런 것도 다 외우고 말입니다.

—뛰어난 기억력으로 고객을 상대하는 게 나의 유일한 취미이지.

—인정합니다. 수완이 탁월하신 바텐더님에게 저번과 똑같은 드링크를 부탁하겠습니다.

—좋았어. 어서 안으로 들어가 가 앉게나.

두 사람은 오늘도 실내 안쪽에 있는 동굴처럼 생긴 자리로 가서 앉았다. 실내에서 반사된 빛이 윤이 눈동자에 푸른 빛으로 번들거렸다. 맥주를 마시는 동안, 윤이 신세 한탄하듯 넋두리를 늘어놓았다.

—이 학교의 커리큘럼은 유학생들이 따라가기에는 너무 빡셉니다. 무슨 미술대학에서 숙제가 그렇게 많고, 쪽지 시험은 왜 그렇게 자주 보는지 모르겠습니다. 교수님들은 또 얼마나 꼬장꼬장한지 숨을 쉴 수가 없습니다. 대학은 낭만도 좀 살아 있고, 서로 어울리는 것도 있어야 하는 것 아닙니까? 학교 수업을 쫓아가느라 이제는 원형탈모까지 생길 지경

입니다.

윤은 졸업 학점을 채우기 위해 그간 미뤄왔던 까다로운 과목들을 한꺼번에 듣느라 많이 지쳐 보였다. 굳이 설명은 하지 않았으나 전공과목에서도 뭔가 중대한 문제가 발생한 것으로 보였다.

—세상에 쉬운 일이 어디 있겠습니까?

—내일 또 쪽지 시험이 있습니다. 유학 온 게 잘한 일인지 모르겠습니다.

—제 사정도 만만치 않습니다. 자, 시원하게 한잔 드시죠.

—에잇! 인생이 별겁니까? 학점이 안 나와도 어쩔 수 없습니다.

두세 모금 쭉 마시자, 12온스짜리 맥주병은 금방 바닥을 보였다. 웨이터가 그들이 주문한 두 번째 맥주병을 가져다 놓았다. 잠시 화장실에 다녀왔던 윤이 다시 자리에 앉으며 깊은 한숨을 쉬었다.

—제 지도교수 벤저민 교수가 저를 못살게 굽니다. 음과 양, 불교의 선 사상 등을 늘어놓으며 저를 정말 골치 아프게 합니다.

—저도 벤저민 교수님을 압니다. 지금은 보수적인 꼰대 같지만, 젊은 시절에는 히피들과 많이 어울리셨다고 들었습니다.

—그 히피 문화가 요즘에는 동양 철학과 요가로 옮겨붙은

것 같습니다. 태권도 수련도 직접 받고 있다고 합니다. 그나마 대학원 수업을 안 하시는걸, 무척 다행이라 생각하십시오.

—그렇습니까? 그런데 윤 씨는 대학을 졸업하면 한국으로 돌아가실 생각인가요? 아니면 대학원에 진학하실 계획인가요?

윤은 잠시 침묵을 지켰다. 그는 자기 신상에 대해 시시콜콜 늘어놓기를 좋아하는 남자가 아니었다. 한 번도 자신에 대해 허심탄회하게 이야기하는 것을 본 적이 없었다. 이번에도 그는 어물쩍하게 적당히 피해 가려는 눈치였다.

—모르겠습니다. 저에게는 무계획이 계획입니다.

—뭐, 잠시 쉬어 가는 것도 나쁘지 않겠지요.

—참, 그 소나기는 어찌 되었습니까? 계속 쏟아지는 중입니까?

—그게 아니라.

이번에는 지후가 머뭇거리며 선뜻 말을 이어 나가지 못했다.

—왜 그러십니까? 지금, 그 표정은 뭡니까?

—스포츠카를 한 대 사면 어떨까요? 이왕이면 오픈카로.

—소나기가 오픈카가 필요하답니까?

—미치셨습니까?

—소나기가 오픈카가 있어야만 데이트를 해준답니까?

—진짜 미치신 거 같습니다. 오늘 맥줏값은 그쪽에서 내십

시오. 농담 아닙니다.

지후는 그 순간을 장난스럽게 웃어넘겼지만, 며칠 후에는 실제로 중고차 판매장에 가서 스포츠카를 몇 대 시험 운전해 보았다. 마침 새로 들어온 까만색 트랜스 앰이 있어서 시승하게 되었는데, 옆자리 조수석에 앉은 딜러가 그 차를 특히 강력하게 추천하였다.

— 이건 카우보이 마초 같은 화끈한 차종이랍니다. 이걸 타고 가면 여자들이 깜빡 죽습니다. 요즘에 젊은 신사분들이 가장 선호하는 스포츠카라고 할 만합니다.

그 말을 들은 지후는 입술을 삐쭉거리며 손바닥으로 대시보드 위를 한 번 쓱 문질렀다.

— 뭐, 그렇게 대단한 스포츠카도 아니잖아! 겉만 번지르르하니, 싼 티가 줄줄 흘러넘치는구먼.

겨울 독감은 또 다른 시련의 파도를 의미한다. 일 년 내내 멀쩡하던 몸 컨디션이 한순간에 추락하면서 최악의 상태로 곤두박질친다. 이런 건강의 이상 신호는 매해 12월 연례행사처럼 반복된다. 갑자기 체온이 39도까지 치솟고, 편도선이 붓고, 뼈마디가 쑤시며, 마침내는 눈이 벌겋게 충혈된 채 이불 속 두더지처럼 변해 쉴 새 없이 콜록대며, 화장지 통을 끌어안은 모습으로 수돗물처럼 줄줄 쏟아지는 콧물을 하염없이 풀어대는 것이다. 이런 증세는 최소 열흘 정도 지속되고, 그 이후에 조금씩 호전되기 시작한다. 그렇게 두 볼이 핼쑥하도록 지독하게 앓고 나면, 혹독하게 시린 겨울바람이 어느새 문밖에 와 있다. 올해라고 특별히 달라진 것은 없었다.

한동안 심한 몸살을 앓고 난 뒤, 다시 팍스 빌딩의 일상으로 돌아왔다. 작업실 양쪽 벽에서 스테레오로 울리던 음악 소리도 차츰 잦아들던 12월 하순이었다. 겨울방학이 시작되면서 학생들은 대부분 고향으로 돌아가고, 마이카 캠퍼스는 겨울잠을 자는 곰처럼 깊은 숙면에 빠져들었다. 그 사이 친구 윤은 학부를 졸업하고, 이미 학교 울타리를 떠난 상태였다. 크리스마스가 지난 후에도 학교 주변을 오가는 사람은 지후와 건물 경비를 맡은 알바생, 그리고 청소회사 직원들뿐이었다.

건물 관리를 담당한 회사는 매일 하도급 직원들을 동원하여 새 학기가 시작되기 전에 학교 전체를 청소하는 작업에 착수했다. 바닥에 붙어 있는 오물이나 물감 등을 벗겨내는 작업이 진행되었고, 미술 수업을 위한 실기실 벽면에는 새롭게 하얀색 페인트가 칠해졌다. 대리석 바닥에서 묵은 때를 벗겨내고 새롭게 광을 입히는 기계 소리와 철제 이젤들이 옮겨지며 부딪히는 소리가 멀리서 간헐적으로 들렸다.

새해가 시작되자 며칠 동안 계속해서 눈이 내려, 거리마다 설국 나라의 아름다운 풍경이 펼쳐졌다. 그날 지후는 느지막이 아침을 먹고 어슬렁거리며 팍스 빌딩을 향해 걸어가고 있었다. 그때 저쪽에서 한 여자가 비틀거리며 불안한 걸음으로 다가오는 모습이 보였다. 하얀 눈밭을 배경으로 까맣게 돋아오른 그 모습은 뜻밖에도 글라스, 바로 그녀였다. 까만색 일색의 의상과 강렬한 메이크업, 그리고 길게 흐트러진 금발이 오늘따라 초현실주의자의 그림 속 주인공처럼 더욱 신비로웠다.

그녀는 넥카라가 넓은 블랙 카본의 반코트를 입고 있었다. 까만색 두툼한 스타킹에 굽이 높은 하이힐을 신고 있었는데, 빙판길에서 중심을 못 잡고 휘청거리다 미끄러지듯 넘어졌다. 그 순간, 지후의 눈앞이 환히 빛나면서 흐드러지듯 핀 까만색 꽃 한 송이가 하얀 눈밭 위로 낙화하는 듯한 비현실적인 환영이 떠올랐다. 그것은 너무도 아름다운 흑백 필름의 한 장면 같았다.

— 어머, 괜찮아?

지후는 쏜살같이 달려가 그녀를 부축해 주었다. 귀족 가문의 영애처럼 글라스는 지후에게 한 손을 맡긴 채 정중한 태도로 자리에서 일어났다.

— 안녕, 지후! 고마워.

— 다친 데는 없니?

— 괜찮아. 난 멀쩡해.

그녀는 쌩끗 웃으며 옷과 스타킹에 묻은 눈을 손끝으로 톡톡 털어냈다. 눈가루가 묻은 그녀의 가느다란 손가락은 마치 투명한 긴 유리관처럼 보였다. 그 손가락의 섬세한 움직임을 바라보던 지후는 자신도 모르게 꿀꺽 침을 삼켰다. 혈기 왕성한 남성의 욕망이 꿈틀거리며 그의 귓불이 벌겋게 달아올랐다. 그녀가 젖은 손가락을 장난스럽게 지후의 옷에 문지르며 수줍게 웃었다.

— 스테이션 빌딩까지 나를 에스코트 해줄래? 길바닥이 너무 미끄러워. 이러다가 발목이 부러질 것 같아. 어! 그런데 네 얼굴이 왜 그래? 어디 아팠어?

— 아냐. 괜찮아.

— 많이 아팠나 봐.

— 안 아파. 전혀.

— 다행이다. 근데 바쁜 거 아냐?

— 아니. 안 바빠. 다리를 다치면 큰일이지. 오랫동안 입원하고, 지팡이 짚어야 하거든. 내가 데려다줄게.

— 정말 고마워. 여기까지 오는 동안 백 번도 넘게 넘어진 것 같아. 엉덩이가 아파 죽겠어. 큐.

그녀가 지후의 팔짱을 끼며 화사하게 웃었다. 아름다운 미소를 머금은 그녀의 눈동자 안으로 한 남자의 얼굴이 비쳐 보였다. 너무나 익숙해서 따분하기만 했던 그 얼굴이, 그녀의 눈망울에 곱고 화사한 빛으로 반짝였다. 두 개의 눈동자에 담긴 두 개의 얼굴이라니. 이 나이가 되도록 친밀한 이성 관계가 거의 없었던 지후는, 미칠 듯이 떨리고 사랑스러운 이 순간에 현기증이 일었다.

—미끄러지면 큰일이니 꽉 잡아.

—알았어. 꽉 잡을게. 둘이 걸어가면 한 사람이 미끄러져도 다른 사람이 잡아 줄 수 있을 거야. 사람들이 왜 함께 사는지 알겠어. 그렇지, 지후?

—응. 조심해.

두 사람은 서로를 꽉 끌어안은 채로 스테이션 빌딩을 향해 천천히 나아갔다. 그녀의 두꺼운 겨울 코트 안으로 보드랍고도 따스한 감촉이 느껴졌다. 겨드랑이 부근의 볼록한 가슴이 그의 팔꿈치에 닿았다. 여자의 신체에서만 느낄 수 있는 신비로운 느낌에 그의 남성이 예민한 반응을 보였다. 그것은 사랑에 빠진 남자만이 향유할 수 있는 성숙한 터치의 방식이었다.

—이렇게 미끄러운 날에 하이힐을 신다니. 나 정말 바보 같잖아.

그녀는 스스로를 나무랐다.

—이런 빙판길에는 운동화나 농구화 같은 걸 신으면 좋지.

—맞아. 나도 그렇다고 생각했어. 그런데 사정이 있었어.

다른 데서 오는 길이라 신발을 바꿔 신지 못했잖아.

그녀가 하는 말 중에 '다른 데'라는 표현이 몹시 귀에 거슬렸다. 눈은 며칠째 계속 내렸지만, 길바닥이 제대로 얼어붙기 시작한 건 그저께 오후부터다. 그렇다면 이틀이나 그 떨거지 같은 놈 집에서 지내며 한 침대에서 동침까지 하다가 여기 오는 길이란 말인가. 그런 생각이 머리를 스치자, 어쩔 수 없는 분노와 함께 싸늘한 질투의 감정이 등줄기를 타고 흘러내렸다.

— 지후. 너는 학교에 웬일이야?

— 응? 나? 왜?

— 방학인데 어디 안 가냐고?

— 나는 유학생이잖아. 작업실밖에는 갈 곳이 없어. 미국에 다른 친척도 없고.

— 맙소사. 그럼, 크리스마스도 혼자 보낸 거야?

— 응. 그렇게 됐어.

— 쯧쯧, 그래서 이렇게 말랐구나. 못 챙겨 먹어서. 잠깐 한국 집에라도 다녀오지 그랬어.

— 학교 졸업하면 곧 돌아갈 텐데 뭐.

— 졸업까지 얼마나 남았는데?

— 앞으로 2년.

— 그럼 아직도 크리스마스가 두 번이나 더 남은 건가?

— 그렇군. 앞으로도 두 번 더 남았네.

앞으로 두 번의 크리스마스와 두 해 동안의 계절 변화가 기다리고 있었다. 그 '두 번'이라는 숫자는, 그녀와의 이별을 암시했다. 쓰라린 질투의 감정을 떨쳐내기 어려운 상황에서도, '이별'이란 단어만큼은 감당하기 힘든 과업처럼 느껴졌다.

— 여긴 더 미끄러울 것 같아. 어떻게 내려가지?

그녀가 걱정스럽게 말했다. 스테이션 빌딩 주차장으로 가는 돌계단이 완전히 얼어붙어 두 사람이 내려갈 수 있을지 확신할 수 없었다. 차도로 가려면 길을 한참 우회해서 돌아가야만 했다. 글라스는 끝까지 돌계단을 고집했다.

— 조심조심 내려가면 될 거야.

— 그렇다면 여기부터는 난간을 잡고 따로따로 움직이는 게 안전할 것 같아.

지후는 글라스가 신고 있는 하이힐을 걱정스럽게 내려다보았다. 여기서 넘어지면 바로 응급실로 실려 가야 할지도 모를 일이었다.

— 지후, 네가 먼저 가. 난 뒤에서 조심조심 따라갈게.

— 좋아. 일단 시도해 보자.

지후는 자신의 가죽 장갑을 벗어서 그녀의 손에 끼워주고, 한 발짝 먼저 층계를 내려가기 시작했다. 그녀는 뒤에서 지후의 허리를 꼭 붙잡고, 지후와 함께 한 발씩 내려가기 시작했다. 맨손으로 난간을 잡을 때마다 손이 쩍쩍 달라붙었다. 얼음처럼 차고 시린 느낌조차도 지후에게는 즐거운 고통으로 다가왔다. 그녀와 이토록 가까이 있다는 사실만으로도 가슴이 크게 부풀어 올랐다.

조심스레 앞뒤로 달라붙은 채 층계를 내려오던 중, 갑자기 지후가 웃음을 터뜨렸다. 지난여름에 크랩하우스에서 윤이 했던 말이 떠올랐기 때문이었다.

—한밤에 다리 위에서 기다리고 있으면 암수 크랩 두 마리가 서로 꽉 끌어안은 채 동동 떠내려오는 게 보입니다. 지금 찐한 사랑을 나누고 있는 겁니다.

체서피크 베이에서 서로에게 몸을 맡긴 채 야간 수영을 즐기고 있는 블루 크랩 커플들의 다정한 모습이 눈앞에 선연히 떠오른 느낌이었다.

—왜 웃는 거야? 나 이상해? 뒤에 뭐 묻었어?

걸음을 멈춘 그녀를 보며, 지후도 그 자리에 우뚝 섰다.

—아냐. 그런 게 아니라… 블루 크랩 커플이 생각나서.

—블루 크랩 커플이라니? 그게 뭔데?

—데이트하다가 잡히면 더 억울할 것 같아서.

—지후, 뭐야? 지금 엉큼한 생각한 거야? 이제부터 나 혼자 갈 거야. 이거 놔.

—미안, 미안.

지후는 그녀와 다시 몸을 밀착시킨 채 한 발씩 천천히 이동했다. 블루 크랩 커플 같은 모습으로 계속 전진하다 보니, 어느새 스테이션 빌딩의 주차장 앞이었다. 장갑을 벗은 그녀가 지후의 손에 직접 끼워주었다. 그녀의 눈동자에 비친 그의 얼굴이 오랜만에 활짝 웃고 있었다. 거기에는 한 남자의 순수한 환희의 순간이 담겨 있었다.

— 지후, 도와줘서 고마워. 너 아니면 정말 큰일 날 뻔했어.

스테이션 빌딩 앞에서 그녀가 현관 카펫 위에 신발 바닥을 문지르며 말했다.

— 여기까지인가 보네. 이제 내가 돌아갈 차례인가?

지후는 아쉬움이 가득한 표정이었다. 오늘 그녀를 만난 건 행운이었으나, 이렇게 빨리 헤어져야 한다는 것이 안타까웠다. 그녀가 현관문에 달린 청동 문고리를 잡으려다가 다시 돌아섰다.

— 내 작업실 구경하고 갈래?

— 응?

— 거절해도 좋아. 내 작업실은 이 건물 꼭대기에 있어. 바쁘면 할 수 없고.

— 아니야. 안 바빠. 오늘은 그냥 쭉 노는 날이야.

1층 전시실 입구 좌측에 관계자들만이 드나들 수 있는 좁다란 통로가 뚫려 있었다. 지후는 그녀의 뒤를 따라 구불구불 3층까지 이어진 좁은 돌층계를 올라갔다. 3학년 스튜디오 출입문은 두툼한 검은색 철문으로 되어 있었다.

— 전에 여기 와 봤어?

그녀가 출입문에 달린 번호 키를 누르며 물었다.

— 안에 직접 들어가 본 적은 없어.

— 그럼, 실망할지도 몰라.

출입문을 열고 안으로 들어가 전등 스위치를 켜니, 숲속 일곱 난쟁이의 집을 연상시키는 아담하고 소박한 실내가 보였다.

— 여기 오니 옛날 화가들의 공방에 온 것 같은 기분이 들어.

— 맞아. 분위기는 좋은데, 25명이 함께 쓰기에는 너무 좁고 불편해. 우리 학교에서 근처에 건물 두 채를 매입했다는데, 거기에 학생 기숙사와 아파트를 짓는다는 소문이야. 우리가 더 필요로 하는 건 작업실과 실기실인데 말이야.

캔버스 그림들과 드로잉 보드, 물감 테이블 등이 실내 곳곳에 어수선하게 흩어져 있었다. 통로에 널브러져 있는 물건들을 발로 가볍게 툭툭 차면서 그녀는 안으로 깊숙이 들어갔다. 가장 끄트머리에 위치한 그녀의 자리 옆에는 싱크대가 있었고, 그 위로는 작은 창이 하나 뚫려 있었다.

— 애들이 수돗물을 쓸 때마다 왔다 갔다 해서 좀 번거로워. 그래도 나는 여기가 좋아. 이 스튜디오 안에서 유일하게

창문이 있는 자리거든.

그것은 나무틀로 만든 아주 작은 창문이었다. 구닥다리 방식으로 제작된 투박한 모양새에는 오랜 세월의 흔적이 묻어 있었다.

―이 창문은 이 건물이 기차역이었던 시절부터 여기에 있었을 거야. 따라서 햇수로 따져 볼 때, 나이가 200년 가까이 되는 창문이라고 할 수 있어.

―그렇다면 마이카 학교에서 가장 오래된 유물이라고 할 수 있겠네.

―어쩌면 볼티모어에서 가장 오래된 창문일지도 몰라.

―그렇겠네. 우리가 떠나도 이 창문만은 여기에 오래오래 남아있을 것 같군.

스테이션 빌딩의 주차장과 오페라 하우스가 창문 밖으로 내려다보이고, 왼편으로는 멀리 지후의 작업실이 있는 팍스 빌딩이 보였다. 자신이 매일 작업실 3층 창가에서 바라보던 것이 바로 이 창문이었다는 게 신기했다. 그리고 그 창문 앞에 서서 이번에는 거꾸로 자신의 작업실 건물을 바라본다는 사실도 감격스러웠다.

―여기가 이렇게 깨끗하게 정돈된 건, 내가 방학 동안에 거의 작업을 하지 않았다는 증거야.

그녀가 작업 테이블 의자에 앉으며 말했다. 지후도 그 옆으로 다가가 바로 옆 의자에 앉았다. 맞은편 벽에는 흰 도화지 두 장이 나란히 붙어 있었다.

—저 도화지는 뭐야? 뭔가 드로잉을 할 생각인가?

—글쎄.

자리에서 일어난 그녀가 도화지들을 찬찬히 들여다보고는 다시 자리로 돌아왔다.

—가장 큰 것과 가장 작은 것에 관해 생각 중이야. 현미경과 망원경 없이는 볼 수 없는 것들이지. 거대한 별자리나 아주 작은 세포 같은 것들 말이야.

—거대한 별자리와 아주 작은 세포라고?

—세포와 별자리는 둘 다 사람 눈으로는 볼 수 없어. 그런데 그 둘을 비교하는 건 가능해. 아무리 큰 것도 작은 것과 비교해야 크게 보이는 법이야. 그렇지만 완벽해지려면 비교하지 말아야 해. 비교 체험은 아주 위험한 거야. 저 두 장의 도화지는 서로 비교할 것이 없으니, 둘 다 완벽한 도화지인 셈이야.

—비교하지 않으면 완벽해질 수 있다는 거지? 아름다움이나 사랑도 그런 것일까?

지후는 무심코 그런 질문을 던지고는 얼굴이 화끈 달아올라 어쩔 줄 몰라 했다. 어쩌자고 그녀 앞에서 '사랑'이라는 단어를 함부로 꺼내 놓았단 말인가. 그녀가 까르르 웃자, 지후도 당혹스러움을 감추기 위해 어깨를 흔들며 크게 웃었다.

— 그동안 어디 있었어?

— 왜?

— 학교에서는 통 안 보여서.

— 또 나를 찾아다닌 거야?

— 그게 무슨 소리야?

지후가 정색한 표정을 짓자, 그녀는 지후 쪽으로 상체를 기울이며 속삭이듯 말했다.

— 지후, 나도 다 알고 있어. 내가 가는 곳마다 네가 나타났잖아. 언제나 내 모습을 찾고 있는 거잖아, 맞지?

지후는 얼굴이 벌게져서 흠흠, 헛기침만 했다. 어색한 이 순간을 해소하기 위한 어떤 대책이나 방법이 필요했다.

— 아름다움과 사랑의 운동 범위는 어디까지 일 거라고 생각해?

그것은 화제의 초점을 흐리기 위한 임시방편의 질문에 불과했다.

— 운동 범위라니? 그게 무슨 뜻이야? 운동의 가능성을 말하는 거야? 아니면 방향성을 의미하는 건가?

— 으음, 둘 다.

지후는 자신의 뜬금없는 질문에, 그녀가 어떻게 대응할지 궁금해졌다. 그녀는 고개를 갸우뚱하며 곰곰이 생각하는 눈치였다.

— 글쎄, 뭔가 생명에 관계되는 것이 아닐까?

— 생명이라고?

— 응. 생명 같아.

그날 밤, 집으로 돌아온 지후는 국어사전을 펼치고 생명이라는 단어를 찾았다.

생명(生命): 명사

1. 목숨, 수명

2. 살아가는 원동력

3. 사물의 유지되는 기한

4. 사물의 요소, 중요한 부분.

그리고 생명에서 뻗어 나오는 잔가지에는 생명감(生命感), 생명권(生命權), 생명력(生命力), 생명보험(生命保險), 생명선(生命線), 생명소(生命素), 생명수(生命水), 생명체(生命體), 생명형(生命刑, 사형), 그리고… 생모(生母)가 있었다.

수선화의 변형

글라스는 6살까지 김포의 어느 보육원에서 자라다가 미국 올랜도의 한 침례교 가정으로 입양되었다. 그녀의 양부모는 국제결혼 커플로, 엄마는 한국계였다. 젊은 시절 이태원 근처에서 일했던 엄마 송옥순은 미군 부대에서 근무하던 백인 남자와 결혼하여 미국으로 이주했다. 이들 부부는 시댁이 있는 올랜도에 정착했다.

남편 데이비드는 막 올랜도에 자리를 잡은 벨 컴퍼니에 취직하게 되었고, 아내는 집안일을 하며 가끔씩 한인 사회의 침례교 교인들과 교류를 즐겼다. 그 당시 국제결혼은 한인 커뮤니티에서 큰 결점으로 여겨질 수 있었다. 그녀가 교회 집사로서 누구보다 열정적으로 일한 것에는 자신의 장애를 보완하고자 하는 측면도 있었을 것이다.

종교계 신자들 중 일부는 뒤에서 숙덕거리기를 즐기는 사람들이 있었다. 초반에는 송옥순을 두고 교인들 사이에서 이러쿵저러쿵 말들이 많았다.

— 무슨 작정으로 남편만 믿고 여기까지 온 걸까요?

— 미국 오기 전에 어디서 무슨 일을 했을까요?

— 어떻게 하여 멀쩡한 한국 여자가 미군과 결혼해서 여기까지 오게 됐지?

— 이번이 첫 번째 결혼일까요?

— 혹시, 한국에 두고 온 아이는 없을까요?

그런 궁금증은 많은 오해와 불확실한 판단을 초래했다. 남의 뒷말을 한다는 건 그만큼 관심이 있기 때문일 것이다. 송옥순은 뚜렷한 이목구비와 세련된 옷차림으로 눈에 띄었다. 남편은 비록 나이도 많은 뚱뚱한 백인이지만, 탄탄한 직장에 경제적으로도 풍족한 상황이었다.

미국에 정착하는 과정에서 힘들었던 이민 1세대들은 그녀가 누리는 풍요와 안정된 삶을 부러워하면서도 질투했다. 그녀는 자신의 과거에 대해 연예계 출신이라고 간단히 언급했지만, 일부 아줌마 교인들은 그것이 화류계 출신을 의미하는 것은 아닌지 의심했다. 보수적인 교포 사회에서 더 이상 성가신 눈초리를 받고 싶지 않았던 그녀는, 열성적인 교인이자 살림 잘하는 가정주부로 인정받기 위해 최선을 다했다.

배불뚝이 백인 남편도 종종 그녀를 따라 한인교회에 모습을 드러냈다. 누구보다도 행복한 부부이자 사랑받는 아내로 보이고 싶었지만, 오랫동안 해결되지 않은 한 가지 문제가 그녀를 괴롭혔다. 결혼 직후 한 번 유산을 한 이후로, 아이를 가질 수 없는 애석한 현실이 계속되었다. 남편은 점점 늙어가고 있었고, 자신도 더 이상 젊지 않았다.

먼 타국에서 남편과 교회 사람들을 제외하고는 의지할 곳이 없었던 그녀는 남편을 어렵게 설득한 끝에 한국계 여아를 입양하기로 합의했다. 남편은 그녀보다 나이도 10살이나 많고, 건강 상태도 별로 안 좋았다. 이러다 혼자 남게 된다면 그녀는 혼자 살아갈 일이 암담했다. 그녀에게는 미래를 위한 자신만의 울타리가 필요했다. 아이를 하나 입양한다면 노년기를 쓸쓸하지 않게 보낼 수 있을 것 같았다.

미국 생활 십여 년 만에, 그녀는 아이를 입양하기 위해 한국행 비행기에 올랐다. 송옥순이 김포 보육원에서 만난 글라스에게 유달리 관심을 보이게 된 것은, 그 아이의 독특한 옷차림과 더러운 위생 상태 때문이었다.

송옥순이 보육원 원장 수녀님에게 말했다.

—저 꼬마 여자애는 좀 더 관리가 필요한 것 같네요. 얼굴은 꼬질꼬질하고, 머리카락은 수세미 같고, 옷에서는 때 구정물이 뚝뚝 떨어지고 있잖아요.

—모르는 소리 마세요. 저 아이는 일부러 자기 몸과 얼굴을 더럽히는 거예요. 옷도 새 옷으로 갈아입히면 울고불고 난리가 난답니다.

—왜요? 무슨 사연이라도 있나요?

—자기를 낳은 부모가 반드시 자기를 데리러 올 거라 믿고 있는 것 같아요. 친부모가 올 때까지 다른 가정에 입양되지 않도록 저러고 버티는 중이죠. 자기가 예뻐 보이면 누군가 데려갈 것 같으니, 일부러 못생기고 지저분한 척 구는 거예요. 저도 마음이 아파서 더는 참견할 수 없답니다. 저 아이가 얼마나 예쁜지 아시면 아마도 깜짝 놀라실 겁니다.

원장 수녀님의 설명에 송옥순은 침을 한번 꼴깍 삼켰다.

그 뒤로 일주일 동안, 그녀는 보육원을 매일 찾아가 아이들을 위한 봉사 활동을 하면서 그 6세 여자아이를 주의 깊게 살펴보았다. 비록 더러운 수수깡 같은 몰골에 때 구정물이 흐르는 옷을 겹겹이 입고 있었지만, 차츰 그 여자아이가 샤를 페로의 재를 뒤집어쓴 공주와 같이 보이기 시작했다.

아이는 더러움을 방패로 삼아 자신의 본모습을 감추려 했지만, 그로 인해 외모가 오히려 더 눈에 띄게 되었다.

—이 여자아이에게는 아주 특별한 구석이 있군요. 제가 미국으로 데려가겠습니다.

글라스의 어린 시절에 대해 알려진 것은 많지 않다. 그녀의 친부모가 누구며, 왜 보육원에 맡겼는지도 아직 밝혀지지 않았다. 그녀의 출생에 얽힌 미스터리를 밝히기 위해서는 결정적인 단서를 가진 사람들의 증언이 필요하다. 하지만 그녀는 어린 나이에 미국으로 건너왔고, 한국과의 인연이 완전히 단절된 채 플로리다 중부 올랜도 시티의 리 스트리트에 사는 송옥순과 데이비드의 아이로 자라게 되었다.

송옥순이 어린 글라스를 어떤 방식으로 훈육하며 키웠는지는 잘 알 수 없지만, 함께 사는 동안 글라스의 외모에 대한 편집증이 더욱 심해진 것은 분명하다. 글라스의 양모(養母)는 어린 글라스를 시기하고 질투했다. 그녀가 죽기 전에 남긴 일기장에는, 남편 데이비드가 어린 딸이 예쁘고 좋아서 어쩔 줄 몰라 한다는 구절이 여러 차례 기록되어 있다.

보육원에서 처음 만났을 때 원장 수녀님이 〈저 아이가 얼마나 예쁜지 아시면 아마도 깜짝 놀라실 겁니다〉라고 한 말이 현실 속에서 그대로 입증된 것이다. 남의 이목을 끌고 관심의 대상이 되는 것을 은근히 좋아했던 송옥순은, 자신의 양녀가 자기 대신 사람들의 주목을 받는 것을 몹시도 싫어했다. 글라스로 인해 평소에도 인간관계에서 소외감을 느껴왔던 그녀는 남편이 사망하자 그 죽음의 원인을 글라스에게 덮어씌웠다.

—네년이 우리 집에 악운을 몰고 온 거야. 네 몸에 악귀가 붙어 있었던 거야. 보육원에서 처음 봤을 때부터 뭔가 이상했더니, 결국 네가 내 남편을 잡아먹었어!

그것은 슬픔과 절망에 빠진 양모가 어린 글라스에게 쏟아부은 잔인한 저주였다. 양부 데이비드가 교통사고로 사망한 것은 글라스가 미국에 온 지 4년째 되던 해였다. 송옥순의 증오에 찬 악담과 정신적, 육체적 학대는 글라스에게 새로운 각성을 일깨웠다. 핼러윈데이 복장 같은 검은색 마녀 옷과 짙은 화장으로 본래의 모습을 감추기 시작했다.

핼러윈데이는 매년 10월 31일 열리는 축제로, 죽은 영혼과 악귀들이 지상에 내려온다고 여겨지는 날이다. 사람들은 악령을 쫓기 위해 괴상한 분장으로 자신들을 보호한다. 얼굴에 마스크를 쓰고 무서운 복장으로 모습을 가리면, 악귀는 결코 그 사람을 찾아낼 수 없다는 켈트족의 연례 풍속을 적극적으로 차용한 셈이다. 김포 보육원 시절에는 친부모를 기다리기 위해 더러움으로 포장된 가면을 썼다면, 이번에는 양모를 비롯한 여러 악귀로부터 자신을 보호하기 위한 진짜 가면이었다.

글라스의 양모 송옥순 씨가 사망한 것은 다음 해 스프링 브레이크 직후였다. 장례식 때문에 며칠간 올랜도에 다녀온 글라스가 한밤중에 지후를 찾아왔다. 그녀는 분노에 찬 표정을 지으며 거친 숨소리를 내고 있었다. 투 베드룸 콘도 안은 여기저기 흩어진 물건들과 찌그러진 맥주 캔들로 발 디딜 틈도 없이 어질러져 있었다. 그때 지후는 제대로 서 있을 수도 없을 만큼 술에 취해 있었다. 서울을 떠나온 이후로 이렇게 많이 마신 적이 없었다.

—미쳤지? 미친 거야! 이게 다 뭐야? 온 집안이 쓰레기통이네.

그녀가 집안을 둘러보며, 성마른 목소리로 소리쳤다.

—앉아, 앉아. 아무 데나 마음 내키는 대로 앉으란 말이야.

지후의 혀가 반쯤 풀려 있었다.

—지후. 왜 그러는 건데? 너 미쳤어. 작업실에도 안 가고, 술만 처마시기로 한 거야?

—그러는 너는 왜 죽어도 론, 그 자식인데? 왜 양다리를 걸치느냐고?

—네가 술을 마시는 이유가 오로지 론 때문이라고? 론을 왜 여기에 끌어다 붙여. 네게 그럴 권리가 있어?

—왜, 없어. 내가 너의 남자친구인데. 내가 너 보이프렌드잖아.

—보이프렌드 좋아하시네. 같이 잠 좀 잤다고, 다 보이프렌드야?

—그럼, 난 뭐야? 지나가는 똥개야? 솔직히 말해봐. 나한테 싫증이 났다! 최지후한테 싫증이 났다!

—돌았네. 완전히 머리가 빠가사리가 됐네.

—뭐, 빠가사리? 이게 어디서… 네가 그런 말도 알아?

—난 다 알아. 조선 욕도 알고, 미국 욕도 알고. 넌 빠가사리 절크 고추 꼴뚜기야.

—뭐! 고추 꼴뚜기? 그래서 그 자식에게 간 건가? 너 양다리지? 이참에 포르노 배우로 나서보는 건 어때? 추천서는 내가 써 주지. 아주 끝내준다고.

—네가 뭔데 포르노 배우를 모욕해? 나쁜 새끼. 꼴뚜기 덤바스 미친놈. 시발, 두퍼스. 더러운 놈. 멍청이 절크, 고추 빠

가사리!

그녀가 마구 손가락질을 하며 욕설을 퍼부었다. 지후는 지긋지긋하다는 표정으로 다시 버드와이저 캔맥주를 따서 꿀꺽꿀꺽 마셨다.

—여기 사는 애들은 다들 그러니? 양다리도 좋고, 세 다리도 좋고, 뭐 그냥, 아주 자유분방하고 좋네. 그렇지?

그때 손에 들고 있던 맥주가 울컥 쏟아지면서 바짓가랑이를 적셨다. 그는 반사적으로 맥주 캔을 잡아채고는, 그녀가 서 있는 방향을 향해 집어 던졌다. 맥주가 긴 포물선을 그리며 날아가다가, 벽에 부딪혀 퍽 소리를 내며 사방으로 튀었다. 순간, 글라스가 움찔 떨면서 두 손으로 얼굴을 가렸다.

그토록 사랑하던 글라스에게 맥주 캔을 집어 던지다니. 이토록 무자비한 행동은 얼마 전까지만 해도 상상조차 할 수 없었다. 하지만 지금은 무엇이든 가능했다. 그녀가 먼저 금기의 선을 넘었고, 이제 지후가 그 경계를 넘을 차례였다. 아무것이나 분풀이 대상이 필요했다. 그 상대가 글라스라 해도 어쩔 수 없는 노릇이었다.

—도대체 론이 뭐니? 너희들 나한테 왜 이러는 거야?

지후의 얼굴 근육이 경련으로 움찔거렸다. 그는 지금 안팎으로 한계에 도달한 느낌이었다. 학교는 어느 교수와의 갈등으로 그만둬야 할지 말지 혼란스러운 상황이었고, 다음 주

예정된 교수 평가 미팅에서는 졸업 논문을 위한 새로운 작품이 전혀 준비되지 않은 상태였다.

마이카에서 석사과정을 시작한 이후, 단순한 노력만으로는 극복하기 어려운 문제들이 지뢰처럼 곳곳에 숨어 있다는 사실을 점차 깨달았다. 그것은 한국과 미국의 서로 다른 문명의 차별성에서 비롯된 것이었다. 교육에 대한 근본적인 접근법과 문화적인 차이가 가장 큰 영향을 미쳤다. 과거로부터 습득된 주입식 사고 패턴들로부터 영원히 벗어날 수 없을 것 같은 두려움이 수시로 가슴을 억눌렀다.

언젠가 글라스가 스테이션 빌딩 작업실에서 두 장의 도화지를 앞에 두고 했던 말을 몇 번이나 반복해서 떠올려 보았다.

—비교 체험은 위험해.

그녀가 미리 알고서 한 말은 아니었지만, 지후에게는 뼈아픈 소리이기도 했다. 그는 끊임없이 자기 작품과 타인의 작품을 비교하고 있었다. 남과 비교하는 것이 위험한 이유는 한 사람의 내면을 계속해서 비난하고 상처를 입히기 때문이다. 불안과 초조함에 시달리는 자아는 점차 중심을 잃어가고 헤매다가, 결국에는 부패한 생선처럼 역겨운 냄새만 풍길 수도 있다.

그런 상황에 글라스와의 관계도 삐딱한 방향으로 어긋나기 시작했다. 개학 직전까지 두 사람은 결코 떨어질 수 없는 연인이 되어, 서로의 사랑을 확인하는 꿈같은 시간을 함께 보냈다. 그 모든 순간을, 서로에게 체서피크 베이의 블루 크랩이 되어 늘 처음인 것처럼 항상 뜨겁고도 달콤한 경험들로 가득 채웠다. 지후는 처음으로 한 여인으로 인해 또 다른 세상을 경험했다. 서로 손이 스치기만 해도 전기가 흐르고, 눈길만 마주쳐도 가슴이 환해졌다.

그것은 진정한 기쁨이자, 그 무엇과도 바꿀 수 없는 충만함이었다. 영원히 지속될 것만 같았던 행복한 순간들은 봄학기가 시작되면서 잠시 휴지기에 접어들었다. 글라스는 이제 집으로 돌아가 개강 준비를 시작했다. 사랑하지 않고서는 밤을 보낼 수 없었던 그녀가, 지후를 떠나 자신만의 둥지로 돌아간 것이었다.

글라스는 어느새 4학년이었다. 마이카 학교에서 마지막 해를 무사히 보내기 위해서는 자신만의 시간이 필요했다. 졸업전을 준비하고 최종 졸업 논문을 통과하려면, 더욱 정신을 바짝 차리고 최선을 다할 필요가 있었다. 봄학기가 시작한 지 한 달이 지난 즈음이었다. 소중한 순간이 연속되던 그들의 사랑에, 갑작스러운 어둠의 그림자가 드리워졌다.

한동안 뉴욕의 술집에서 밴드 일을 하며 오디션을 보러 다니던 론이, 불쑥 볼티모어에 다시 나타난 것이다. 녀석은 시도 때도 없이 글라스의 아파트를 들락거리기 시작했다. 더 견딜 수 없는 것은 그녀가 지후의 전화를 피하기 시작했다는 사실이다. 집에 있으면서도 전화도 잘 받지 않고, 어쩌다 통화가 된다 해도 왠지 목소리가 시큰둥했다. 지후의 마음은 질투와 분노, 그녀에 대한 배신감으로 검게 타들어 갔다.

— 이건 사랑이 아니야! 도대체 사랑이 뭐니?

끝내는 그녀를 향해 소리치던 지후의 목소리가 울먹이고 있었다. 결국 이런 식으로 그녀와의 관계를 끝내야 하는 걸까. 쓰라린 절망감만을 곱씹는 날들이 한동안 이어졌다. 그러던 중, 론 역시 어디론가 홀연히 자취를 감추었다.

어느 하루, 학생 식당에서 밥을 먹고 나오다가 1층 로비에서 글라스와 마주쳤다.

— 안녕, 지후. 왜 나를 못 본 척해?

— 뭐?

— 내 이름이 글라스라서 그런 건가? 너무 투명해서 안 보이는 거야?

— 투명하다고? 유리창에 때가 많이 묻어서 좀 닦아야 할 것 같은데.

— 이 유리창에 론은 더 이상 반사되지 않을 거야. 론은 떠났어. 급한 일거리가 생겼대.

— 그래서 나보고 어쩌라고?

— 헤어질 거면 정식으로 헤어지자고. 그런 다음에 친구

관계를 다시 회복하는 거야.

— 왜 자꾸 이래? 날 가지고 노는 거야?

지후의 목소리가 높아지자, 로비에서 서양장기를 두고 있던 학생들이 놀란 표정으로 돌아보았다. 글라스는 인상을 찡그리며 지후를 안쪽에 있는 음료수 자판대 앞으로 끌고 갔다.

— 잘 들어. 나는 너를 한 번도 배신한 적이 없어.

글라스는 손가락으로 지후의 가슴을 정확히 가리키며 말했다. 그 어떤 변명이나 사과도 더 이상 기대할 수 없었다. 그녀는 자신의 약점을 쉽게 드러내는 여자가 아니었다. 자신이 불리하다고 느끼면 차라리 입을 굳게 다물어버렸다. 그녀의 침묵은 자신을 보호하기 위한 안전장치 같은 거였다.

— 지독하군.

지후는 고개를 절레절레 흔들었다. 그때 한 학생이 다가와서 자판기에서 캔 음료를 하나 가져갔다.

— 이너하버 쇼핑몰에서 둘이 같이 있는 걸 봤어. 포옹도 하고, 입도 맞추던데.

— 그건 포옹 아니고 허그. 키스 아니고 뽀뽀. 둘 다 확실히 다른 거잖아.

— 다르긴 뭘 달라. 남남끼리는 절대로 그런 거 안 하지. 그러니까 그놈은 네 전 남친! 이제 나도 전 남친이 되는 건가?

— 미쳤나 봐. 돌았어? 내가 아니라면 아닌 거야.

그녀는 뾰로통한 얼굴로 입술을 잘근잘근 씹었다. 새침해진 모습조차 사랑스러운 그녀를 바라보고 있으려니, 자신이 뭔가를 크게 놓치고 있는 것은 아닌지 의심이 들었다. 그녀에게는 가증스러운 위선의 냄새가 나지 않았다. 양심의 가책을 느끼는 사람이 보일 수 있는 어떠한 흔적도 없었다. 그렇다면 론과 글라스는 어떤 사이란 말인가.

지후는 부루퉁한 표정으로 노려보다가, 결국은 그녀를 와락 끌어안았다. 지후야말로 사랑에 중독된 환자처럼 단 한 순간도 그녀 없이는 견딜 수가 없었다. 지금 세상에서 두 남자가 한 여자를 공유할 수 있는 것일까. 비록 이 관계가 세상의 금기를 넘어서는 치명적인 것이라도, 그녀가 원한다면 목숨을 걸고 무엇이든 해주고 싶었다. 한 여자의 존재가 그에게는 세상 전부이자, 세계의 끝이었고, 운명의 시작이었다. 그녀로 인해 이 삶이 지독한 파국을 맞는다 해도, 마지막 순간까지 온 힘을 다해 버티겠노라 다짐했다.

조용한 일상이 얼마 동안 계속되었다. 점차 두 사람의 서먹했던 관계가 회복되었고, 같은 집에서 밤을 보내는 날들이 점점 많아졌다. 그녀를 껴안고 있는 동안에는 불안이나 두려움이 전혀 느껴지지 않았다. 그들이 함께 한 시간은 그 자체로 완벽했고, 그 완벽한 순간들로 세상은 온통 화사했다.

글라스의 양모 송옥순 씨의 부고 소식이 전해진 것은 4월 첫째 주의 일이다. 지후는 집에서 미술사 세미나를 위한 프레젠테이션을 준비하고 있었다. 오후 3시경, 글라스가 전화를 걸어왔다.

— 지후, 나 잠깐 이야기할 수 있을까?

— 글라스? 무슨 일이야?

— 양엄마가 돌아가셨어. 나… 올랜도로 가야 해.

— 뭐라고? 글라스, 괜찮아?

— 병원에서 연락이 왔는데, 조금 전에 돌아가셨대.

전화기 너머에서 들려온 그녀의 목소리는 의외로 차분했다. 서로 피가 섞이지 않은 관계라 해도, 오랫동안 먹여주고 키워준 분의 죽음이었다. 그녀가 너무 냉랭한 반응을 보이는 것은 아닌가 싶어 조금 염려스러웠다.

— 내가 뭐 도와줄 건 없어?

— 없어. 아무것도. 장례식 참석하고, 양엄마 집까지 정리하려면, 시간이 좀 걸릴 거야. 그동안 전화도 잘 못할지 몰라.

— 조심해서 다녀와. 아무런 걱정하지 말고. 혹시 필요한 거 있으면 연락하고.

— 어서 세미나 준비나 마저 해. 이건 내가 감당해야 할 일인 것 같아. 그래도 고마워.

지후는 마음이 아팠다. 그녀를 도와주고 싶었지만, 글라스는 스스로 해결해야 할 문제들이 있다고 말했다. 그녀가 떠난 후, 볼티모어 전체가 텅 빈 것처럼 마음이 쓸쓸해졌다.

올랜도로 떠난 글라스는 어머니의 장례를 치르고 돌아오지 않았다. 지후는 매일 그녀 아파트로 전화를 걸었지만 응답이 없었다. 지후는 그녀의 부재 속에서 점점 더 깊은 상실감을 느꼈다. 섭섭하게도 글라스에게서는 전화 한 통 없었다. 평소에도 전화 통화를 선호하지 않는 스타일이었지만, 자신이 잊힌 사람이 된 것 같아 몹시 불안했다.

그녀가 떠난 지 보름째 되던 날, 지후는 혹시나 하는 마음에 그녀의 아파트로 직접 찾아갔다. 택시에서 내렸을 때였다. 거짓말처럼 그녀의 모습이 나타났다. 그녀는 론과 함께 트랜스 앰에서 짐을 옮기는 중이었다. 순간, 지후의 눈에서 불꽃이 튀었다. 천둥 번개를 맞은 듯이 머릿속이 새하얗게 변했다. 그는 미친 듯이 고함을 지르다가 급기야 길거리 쓰레기통을 들어 올렸다.

그 밤, 지후의 콘도를 찾아온 글라스는 바로 이 부분을 지적하고 있었다.

―무슨 짓을 저지른 거야? 왜 그 더러운 쓰레기통을 집어 던졌어? 지금 트랜스 앰이 어떤 상태인 줄 알아? 냄새나는 쓰레기 범벅이라고. 그걸 누가 청소할 건데? 손해배상이라도 해야 할 판에, 비겁하게 도망을 쳐? 넌 정말 어쩔 수 없는 멍

청이야, 루저야.

— 내가 비겁했다고? 나도 죽을 뻔했어. 그건 정당 방어야.

론이 다시 트랜스 앰에 올라타 시동을 걸고 부릉부릉 위협적인 소리를 내더니, 깔아뭉개기로 작정한 사람처럼 지후를 향해 돌진했다. 그 자리에 그대로 있었다면 분명 차 바퀴에 깔리는 참사가 일어났을 것이다. 론은 체포 즉시 경찰서로 끌려가고, 자신은 현재 장례식장에 누워 있게 되는 진짜 막장 드라마가 펼쳐졌을지 모른다.

— 엄마 장례식장에 왜 론을 데리고 간 거야? 올랜도까지 갈 차편이 그렇게 없었어? 비행기도 있고, 앰트랙도 있고, 그레이하운드도 있고, 내게 부탁하면 렌터카로 데려다 줄 수도 있는 거잖아.

— 아냐. 론도 올랜도 집에 관련이 있으니까.

그녀가 팔짱을 끼며 싸늘하게 말했다. 화가 날 때 그녀는 입술을 뾰족하게 내미는 이상한 버릇이 있었다.

— 그 당당하던 글라스는 어디 가셨나? 차라리 좀 솔직해져 봐. 옛날식으로 으응, 해보고 싶었겠지.

— 옛날식? 말을 그따위로밖에 못 해? 왜 론만 나타나면 으르렁거리고 길길이 날뛰는 거야? 왜 못 잡아먹어서 안달이냐고?

— 둘 다 죽이고 싶어. 찢어발기고 싶어.

그것이 단순히 술 때문이었을까. 혀끝에서 미끄러지던 말들이, 그 분노가, 오직 술기운 때문으로만 치부할 수 있을까. 인생에서 가장 중요한 것들을 부러트리고 싶은 충동을 느꼈다. 영원히 훼손되어 다시는 복구할 수 없게 만들어 버리고 싶었다. 심장을 찢어놓을 듯한 미움을, 잔혹한 통증으로 덮어버리고 싶었다.

—뭘 오해하는지 알겠는데, 나와 론은 네가 생각하는 그런 사이가 아니야. 왜 날 안 믿어?

—내가 바보야, 그걸 믿게. 어떻게 널 믿어.

—네가 못 믿는 것은 내가 아니라 바로 너 자신이야. 너는 지금 나를 보는 게 아니라, 내게 반사된 이미지만 보고 있는 거야.

갑자기, 아나폴리스 하버에서 찍은 흑백 사진이 떠올랐다. 처음 암실에서 만난 날, '바라보기' 릴레이 방정식으로 지후를 이끌었던 사진이다. 상점가 유리문에 비친 여자는 우산을 쓰고, 지후의 뒷모습을 바라보고 있었다. 거기에 있는지조차 몰랐던 그녀가 우연히 카메라 앵글에 포착되었다. 지후를 향해 맨 먼저 '바라보기'를 시작한 그녀는, 가장 마지막으로 사진 속에서 그 존재감을 인정받았다.

'바라보기' 릴레이 방식은 계속 이어져 왔고, 같은 이유로 최초의 목격자까지 거슬러 올라갈 수도 있다. 그 순간, 지후의 머릿속에는 다양한 의문들이 떠올랐다. '바라본다'는 것은 과연 무엇일까. 우리는 계속해서 바라보려고 노력하지만, 정작 아무것도 보지 않는 것은 아닐까. 앞에 있음에도 보이지 않는 것들은, 정확히 무엇을 의미하는 걸까. 그녀가 말한 대로 나는 유리창에 투영된 그녀의 이미지만을 응시하고 있었던 것은 아닐까. 내 시야에는 없는 빨간색의 영역처럼, 끝내 글라스를 볼 수 없는 것은 아닐까. 그녀의 실제 모습을 언제쯤 제대로 확인할 수 있을까. 어쩌면 그것은 영원히 만져볼 수 없는 불가능한 꿈이 아닐까. 현세에서는 이룰 수 없는 그림자 같은 환영이 아닐까.

—볼 수 없으면 존재하지도 않는 거야. 네가 말하는 사랑 속에 나는 없는 것 같아.

그녀는 그렇게 말하고는 가방에서 뭔가를 꺼냈다.

—내가 이 늦은 시간에 널 찾아온 건 이거 때문이야. 쓰레기통 때문도 아니고, 사랑 타령 때문도 아니고, 바로 이 공책 때문이야.

그녀는 낡은 노트를 소파 앞의 커피 테이블에 올려두었다.

—한번 읽어보라고. 엄마 장례식 끝나고 집 정리를 하다가 이걸 찾았어. 근데 한국어로만 쓰여 있어서, 도저히 읽을 수가 없잖아. 난 해독이 안 돼.

—이걸 왜 나한테 가져왔어? 론도 한글을 못 읽는다는 말

이야?

그녀가 팔짱을 낀 채 입술을 앙다물었다.

—지금 우리가 한글을 못 읽는다고 비웃는 거야? 너는 나만큼 영어 잘해? 잘 읽고, 쓸 수 있어? 나보다 유창하게 말할 수 있어?

그녀는 지후를 잡아먹을 듯이 노려보다가, 출입문을 쾅 닫고 나가버렸다.

소파에서 그대로 잠이 들어버린 것 같다. 다음 날 정오쯤, 극심한 두통을 느끼며 깨어났을 때 커피 테이블 위에 놓인 낡은 노트 한 권이 눈에 들어왔다.

—한번 읽어보라고. 엄마 장례식 끝나고 집 정리를 하다가 이걸 찾았어.

그 노트에는 오랜 세월의 흔적이 고스란히 남아있었다. 갈색 비닐 표지는 낡아 나달거리고, 노랗게 탈색된 속지는 약간 부푼 모습이었다. 푸른색 볼펜으로 쓴 글자들이 페이지마다 가득했는데, 종이에 깊이 배어든 글씨체가 조금씩 번지듯 뭉개진 상태였다.

—내, 참! 나더러 이걸 왜 읽어보라는 거야.

지후는 깨질 듯한 두통을 가라앉히기 위해 타이레놀 한 알을 삼키고 화장실에 다녀왔다. 양파 캠벨 수프를 끓여 쓰린 속을 달래고 나서, 식탁에 앉아 그녀가 가져온 노트를 펼쳤다. 첫 페이지부터 성경 구절을 베낀 내용들이 담겨 있어서 조금 의아했다.

— 이게 뭐지?

지후는 고개를 갸우뚱하며 노트의 페이지들을 빠르게 넘겨보았다. 그것은 송옥순 씨가 손으로 직접 성경을 필사한 노트였다. 한동안 성서에서 옮겨 적은 문장들이 이어지다가, 갑자기 이상한 내용의 글들이 섞여 있음을 발견했다. 처음에는 그 의미를 이해할 수 없어 당황했지만, 점차 송옥순의 일기임을 깨닫고는 고개를 끄덕일 수밖에 없었다.

그러니까 성경 문구를 한 글자씩 정성스럽게 베껴 쓰다 말고, 갑작스레 떠오른 사념이나 실제 경험한 내용들을 바로 아래 칸부터 두서없이 쭉 이어서 기입해 놓은 것이다. 서로 다른 내용이 뒤섞여 있어 혼란스러웠지만, 계속 읽다 보니 나름의 패턴을 파악할 수 있었다. 성경을 필사하다가 의식의 흐름처럼 적어 내려간 개인적인 기록들은, 그녀가 낯선 타국에서 겪은 분투와 서러움을 엿볼 수 있게 해주었다.

미국에 이주한 초기에는 미주 한인 사회와 미국인 커뮤니티 양쪽에서 이방인 취급을 받았다. 시댁에서는 먼 동양의 제3세계에서 온 외국인 며느리를 은근히 무시하며 따돌렸다. 당시 교포들 사이에는 미군과 국제결혼 한 동포 여성들에 대한 편견이 심했다. 식민지와 6.25 전쟁의 잔재와 같은 차별적 시선은 미주 한인 사회에서도 여전히 따돌림의 형태로 나타났는데, 이를 당하는 쪽은 억울해도 드러내놓고 따질 방법이 없었다.

처음 10년 동안, 그녀는 두 번이나 가출을 시도한 적이 있었다. 한 번은 남편 데이비드가 같은 직장의 여자 직원과 바람을 피운 직후였고, 또 다른 한 번은 남편에게 죽도록 맞아서 아이를 유산한 뒤였다. 사실 한국으로 다시 돌아갈 수 있는 처지도 아니었다. 미군과 결혼한 딸을 집안의 수치로 여기던 친정 어른들이 빈털터리 이혼녀로 돌아온 그녀를 따뜻하게 맞아줄 리 만무했다.

한동안 치욕과 수치로 얼룩진 시기를 견뎌내야 했던 그녀는, 위기의 순간마다 눈물 젖은 통한으로 기도하며 마음을 안정시켰다. 송옥순이 김포 보육원에서 만난 6세 어린 글라스에게 마음이 끌린 것은, 어떤 상황에서도 굴하지 않는 고집스럽고 당찬 모습 때문이었다. 그 작은 계집아이의 수세미 같이 더럽고 앙상한 몰골이, 어느 날인가 눈부신 아이리스처럼 피어날 거라 기대하였다. 하지만 환한 아침 햇살 속에 피어난 그 아름다운 꽃송이가 결국 자신을 향한 질시와 소외의 고통으로 이어질 줄은 상상하지 못했다.

사막을 건너는 낙타처럼, 답답하고 지루한 날들이 한동안 이어졌다. 그러는 사이 지후는 먼발치에서 글라스를 딱 한 번 볼 기회가 있었다. 그녀는 그때 다른 히피 마녀들과 함께 쉼 없이 수다를 떨며, 본관 뒤쪽에 있는 언덕길을 올라가고 있었다. 그곳에는 마이카 학생들을 위한 기숙사와 같은 주택들이 많았다.

혹시 그녀가 친구를 방문한 후 다시 돌아올지 모른다는 생각에, 지후는 길모퉁이에 있는 우체통 주변에서 오랫동안 서성거렸다. 아무리 기다려도 그녀는 나타나지 않았다. 밤이 깊어 몇 번이나 수화기를 들었다가 다시 내려놓은 것은, 또다시 그녀에게 쓰라린 상처를 받을까 봐 두려워서였다.

그로부터 열흘 정도가 지난 금요일 오후였다. 과사무실 앞 복도에서 오랜만에 글라스와 마주치게 되었다. 지후는 학과장으로부터 지시받은 사항을 전달하고 나오는 길이었고, 그녀는 복사실에서 다른 히피 마녀와 함께 깔깔대며 나오는 중이었다. 지후를 본 글라스의 얼굴이 금세 싸늘해졌다. 히피 마녀 친구는 심상치 않은 기류를 감지하고 먼저 가버렸다.

두 사람 사이에 어색한 침묵이 흘렀다. 글라스가 지후를 언짢다는 듯 흘겨보았다.

— 왜 그런 눈으로 보는 거야? 재수 없어.

— 나도 마찬가지야. 나한테 아직 화났지? 어디 가서 잠깐

얘기나 할까?

— 무슨 얘기? 난 듣고 싶은 이야기가 없어.

— 잠깐이면 돼.

— 좋아. 어디로 가면 되지?

계단을 내려간 그들은 2층의 빈 실기실로 들어갔다. 실내 한쪽에는 물감 테이블과 철근 이젤, 의자들이 배치되어 있었고, 바닥에는 오후 햇살이 창살을 따라 긴 사선으로 드리워져 있었다. 중앙에 있는 정물대에는 빈 의자만이 쓸쓸하게 놓여 있었다. 인물화 수업 시간에 사용하기 위해서 마련된 좌석 같았다. 두 사람은 적당한 간격을 유지한 채 창문을 향해 나란히 앉았다.

글라스는 지후가 먼저 말을 꺼내기를 기다렸다. 침묵으로 버티는 건 지후도 웬만큼 자신이 있었다.

— 그래서 뭐? 무슨 얘기를 하자는 거야?

마침내, 그녀가 따지듯이 먼저 질문을 던졌다.

— 그 노트, 다 읽었다고.

지후의 목소리는 약간 주눅이 들어 있었다. 심장 박동이 쿵쾅거리는 것은 너무 긴장한 탓이었다.

— 그런데? 뭐? 어쩌라고?

— 나한테 읽으라고 갖다줬잖아. 그래서 읽었다고.

— 허, 그런 말은 또 잘 듣네!

그녀는 말은 톡톡 잘도 받아주면서, 지후 쪽으로는 눈길 한번 주지 않았다. 지후는 머쓱한 표정으로 머리칼을 쓸어 올리며 한숨을 내쉬었다.

—무슨 이야기가 들어 있는지 안 궁금해?

—아니, 전혀. 그 노트에 관해서 아무것도 듣고 싶지 않아. 그러니까 입 꼭 다물고 있어.

—그게 무슨 말이야? 나보고는 읽어 보라면서.

—모든 걸 다 알게 되면, 이 세상에는 비밀이란 존재하지 않아. 그건 그냥 비밀이야. 꽝꽝, 땅속에 묻어 두는 거야.

—나한테는 왜 읽어 보라 한 거야? 그거 다 읽는데, 삼 일이나 걸렸잖아.

날카로운 눈빛이 허공에서 교차했다. 지후가 자리를 박차며 벌떡 일어났다.

—너를 길러준 양엄마께서 쓴 노트잖아. 조금도 안 궁금하다는 거야?

—난 그 여자를 좋아하지 않아. 그 여자는 나를 오랫동안 미워했지.

—그런데 그걸 왜 여기까지 들고 온 거야?

—그냥 버릴 수가 없잖아. 그래도 누군가 읽어 주면 좋겠지. 다 읽었으면, 이제 태워버려. 쓰레기통에 버려도 괜찮아.

—너 참 이상한 애다. 기껏 읽으라고 해놓고 이제 버리라니.

—그래, 버려. 그녀의 증오를 나도 이런 식으로 되갚아 주는 거야. 나도 한번은 그럴 수 있잖아. 안 그래?

그녀의 목소리가 조금 격양되어 있었다.

—아, 알았어.

지후는 대답했다.

—지후, 너는 한국 사람이고, 한글도 잘 읽고, 한국에 너를 기다리는 가족도 있고, 그래서 네가 부러워.

—너도 한국 사람이야.

—아니, 나는 반쪽만 한국인이지. 너를 볼 때마다 네가 한국이라고 생각했어. 내가 잃어버린 고향, 나를 버린 고향이기도 하지만. 그래서 너는 내게 아주 중요하고, 특별한 가치를 가진 사람이야.

그녀의 목소리가 살짝 떨리는 것 같았다.

지후는 단 한 번도 그녀가 입양아라는 사실 때문에 동정한 적이 없었다. 그녀는 마이카 학교에서 누구보다도 잘 나가는 주목 받는 히피 마녀였고, 고유한 예술가로서 자신만의 창의적인 방식을 씩씩하게 모색해 왔다. 그런 그녀가 불현듯 생의 쓸쓸함이 묻어나는 표정으로 허공을 응시했다.

—올랜도를 떠나기 전날 밤, 양엄마가 내 꿈에 나타났어.

지후는 놀란 듯이 그녀를 바라보았다. 그녀는 지금까지 자기 양부모 이야기를 거의 꺼낸 적이 없었다. 올랜도 장례식

장까지 데려다준다는 말을 먼저 꺼내지 못한 이유도 아마 그런 이유 때문일 것이다.

—일부러 설명할 필요 없어. 하기 힘든 말은 안 해도 돼. 그 노트는 내가 태워 버릴게.

—괜찮아. 오늘은 나도 옛날이야기를 하고 싶어. 한국 기억은 잘 나지 않지만, 미국에 살 때부터는 거의 기억하고 있어.

그녀의 어린 시절은 플로리다의 지평선을 따라 펼쳐진 어둠의 심연 같은 늪을 배경으로 하고 있다. 6세에 뿌리째 뽑혀 미국으로 건너간 어린 소녀가 처음으로 가족이 된 사람들과 함께 살게 된 집이 바로 그곳에 있었다.

—집 뒤에는 악어들이 우글거리는 늪이 있고, 여름에는 모기가 많아 항상 긴팔을 입고 다녀야 했어. 양아버지는 나를 너무 사랑했고, 양엄마는 나를 너무 미워했지. 양아버지가 죽은 후, 양엄마는 나를 함부로 대하기 시작했어. 내 몸에 악령이 붙었대. 양아버지가 죽은 게 나 때문이래. 아니라고 울면서 말해도 소용이 없었어. 양엄마가 나를 기도실로 끌고 가서 참회의 기도를 하라고 가두곤 했어. 언젠가 나를 악어들의 먹이로 늪에 던져넣을 것 같아 끔찍했지. 그래서 결국 집을 떠나게 되었어.

그녀를 생각하면 광활한 지표면 어딘가에서 조용히 숨을 쉬고 있는 늪지대의 모습이 떠오른다. 드넓은 회색 지면이 저 멀리 끝까지 펼쳐져 있고, 그곳에는 길쭉한 형태의 구조물들이 여기저기 흩어져 있다. 늪 속에는 머리 위까지 자란 갈대와 수풀이 빽빽하게 우거져 있고, 모기와 날벌레가 들끓는 수면 아래에는 오래된 뼈들이 잠들어 있다. 저녁노을이 늪지대 저편에서 차츰 짙은 푸르름으로 잠겨 들면, 비행기 한 대가 늘 같은 시간에 꼬리 불을 깜빡이며 어둠 속으로 날아간다. 천계의 은하수들이 회오리치는 우주를 향해, 더 깊은 슬픔을 안고 사라져 가는 것이다.

여름이 끝나갈 무렵, 론은 볼티모어 외곽에 위치한 나이트클럽 글렌 버니에서 밴드 일을 다시 시작했다. 떠돌이처럼 여기저기 불려 다니며 연주 활동을 하던 그가, 마침내 뜻 맞는 사람들끼리 모여 그룹을 결성하게 되었다. 글렌 버니 나이트클럽은 볼티모어 교포 사회에서 오랫동안 도매상 세일즈맨으로 일해온 50대 남성이 큰 결심을 내리고 개업한 유흥 업소였다. 오픈한 지도 얼마 안 된 터라 주말마다 인근 지역에서 모여든 한국계 젊은이들로 술집 앞은 문전성시를 이루었다.

지후는 한인 사회에서 이미 명소로 자리 잡은 글렌 버니에 한 번도 가본 적이 없었다. 그곳까지 갈 차편도 없었고, 동행할 만한 친구도 없었으며, 또한 론이 일하는 술집이라는 말을 듣고는 진저리를 쳤던 것이다. 기타리스트로서의 론에 대해서는 그다지 설명할 수 있는 말이 없다. 그가 기타 케이스를 어깨에 메고 지나가는 모습을 목격한 적도 없고, 기타 줄을 튕기며 연주하는 소리를 직접 들은 적도 없다.

그린필드 요양원에서 처음 마주한 론의 기타는 지후의 가슴에 다시금 질투의 불씨를 일으켰으나, 그 이외에는 다른 의미를 찾을 수 없었다.

— 빨간색이야. 기타의 몸체가 빨간색이라고.

글라스는 죽은 론의 기타를 가리키며 말했다. 지후가 빨간색을 못 본다는 것을 알았는지 모르겠으나, 지금도 그 순간을 생각하면 얼굴이 화끈거릴 지경이다.

론이 글렌 버니에서 밴드 활동을 시작하고 나서, 지후도 그녀와 적당한 거리를 유지하며 지내기 시작했다. 그것은 글라스와 지후, 그리고 론이 얽혀서 만들어 내는 트라이앵글의 불협화음이면서도 완벽한 밸런스였다. 론은 지후가 맞붙어서 겨룰 만한 상대가 아니었다. 무엇보다도 글라스가 그걸 원하지 않았다.

지후에게는 볼티모어에서 지낼 시간이 얼마 남지 않았다. 이제부터는 대학원 졸업 청구전을 위한 개인전을 준비해야 했고, 졸업 논문도 쓰기 시작해야 해서 시간과 정신적 여유가 부족했다. 대학원 이후의 일을 생각하면, 자신도 모르게 긴 한숨이 나왔다. 사랑하는 그녀를 이곳에 남겨두고 홀로 서울로 돌아가야 한다는 사실이 끔찍하게 느껴졌다. 하지만 그녀를 한국으로 데려갈 수도 없고, 자신이 여기 남아 정착할 수도 없는 일이었다.

글라스와는 서서히 멀어지면서 정을 떼는 것만이 최선이라 여겨졌다. 때마침, 지후 앞에 앤이라는 여자가 등장했다. 그녀는 생김새부터 말하는 것까지 모두가 지극히 평범한 미국 여자였다. 두 사람이 처음 만난 곳은 학교 영화 상영장이었다. 금요일 밤마다, 마이카 학교는 스테이션 빌딩 주차장 한쪽에 스크린을 설치하고 학생들에게 실험 영화를 관람하게 해주었다. 우연히 지후와 앤이 나란히 앉게 되었다. 둘 다 동행이 없는 터라 쉽게 대화가 이뤄졌다.

영화를 보고 나서, 지후는 그녀를 학교 인근의 술집으로 데리고 갔다. 앤은 그래픽 아트를 전공하는 시니어 학생으로, 한동안 직장 생활을 하다가 대학원 진학을 위해 이번 학기에 다시 학교로 돌아왔다. 그녀는 한국인 남자와 이렇게 마주 앉은 건 처음이라고 말했다. 지후도 현지인인 백인 여자와 함께 술을 마신 건 그때가 처음이었다. 그날 이후, 두 사람은 종종 주말 시간을 함께 보내기 시작했다.

앤이 운전하는 쉐보레 카마로를 타고 워싱턴 스미스소니언 박물관에 가서 다양한 미술 작품을 감상하거나, 조지타운에 있는 크레이지 호스 같은 클럽에 가서 춤을 추며 시간을 보냈다. 아직 두 사람은 잠자리를 함께 한 적이 없었다. 그러나 앤을 핑계 삼아 글라스에 대한 애착에서 벗어나고 싶었다.

마이카는 캠퍼스가 작고 건물이 많지 않은 학교였다. 교내에서 이동하는 동안 가끔 글라스와 마주칠 때가 있었다. 글라스도 지후가 다른 여자와 함께 있는 모습을 보고 큰 충격을 받았을 것이다. 하지만 두 사람은 서로를 모르는 척 스쳐 지나갔다. 상대방을 투명 인간처럼 대하며 시선도 마주치지 않았다.

그러던 어느 날이었다. 지후는 본관 건물에 있는 암실에서 오후 늦게까지 사진 작업에 몰두하고 있었다. 찬물에 담가두었던 인화지를 들고 암실을 나오려는데, 갑자기 한 여자가 건조대가 있는 사무실로 불쑥 들어왔다. 글라스였다. 지후는 그녀가 완전히 다른 스타일로 변신한 모습에 놀랄 수밖에 없었다. 항상 길게 기르고 다녔던 은백색의 금발 머리를 거의 남자 머리처럼 짧게 쳐낸 모습이었다. 발목을 덮는 검은색 스커트와 치렁치렁 늘어진 스카프 대신에, 란제리 원피스 무드를 풍기는 검은색 미니 드레스를 착용하고 있었다. 긴 가죽 장화가 무릎까지 올라와 그녀의 타이트한 외모를 더욱 강조했다. 마른 체형을 그대로 노출하는 부드러운 스타일링 탓에, 그녀의 몸이 순식간에 절반으로 줄어든 것처럼 보였다. 창백하게 메이크업한 얼굴은 얇은 창호지를 바른 듯 푸르스름한 실핏줄이 오늘따라 더 도드라져 보였다.

—무슨 일이야? 이런 스타일이 요즘에 유행인가?

—내가 유행이나 쫓아다니는 사람으로 보여? 그 바보 같은 누구처럼 안 보이려면 자신만의 스타일이 필요하지. 나는 언제나 예쁘고, 멋지고, 그 자체로 완벽한 여자야. 몰랐어? 아! 몰랐으니까 그런 촌뜨기랑 같이 다니지. 어휴, 창피해.

그녀의 거들먹거리는 말투에 지후는 기가 막혀서 입을 다물 수가 없었다. 여기서 그녀가 '촌뜨기'라고 지목한 사람은 바로 앤이었다.

—쳇! 혼자서 잘난 척은 다 하는군.

지후는 젖은 인화지를 종이수건이 깔린 건조대 위에 올려놓으며 혼잣말로 중얼거렸다. 그녀가 힐끔 사진을 들여다보았다.

—이건 뭐야? 능선을 여성의 보디라인처럼 암시하고, 그 여체를 다시 산등성이처럼 둔갑시킨다? 뻔한 속임수잖아. 이런 사진들은 쌔고 쌨어. 필름이 아까워.

—산 능선도 아니고 여자 몸은 더욱 아니야. 길을 가다가 우연히 찍었을 뿐이야.

—그래? 이 부분은 노출이 좀 부족한 것 같은데. 쯧쯧쯧! 헤이그 선생에게 한 소리 듣기 전에 어서 갖다 버리는 게 좋

겠어.

지후는 화가 부글부글 치밀었으나 입을 꽉 다물었다. 그녀는 손을 뒤로 짚으며 건조대가 놓인 테이블 위에 휙 걸터앉더니, 가죽 장화를 신은 두 다리를 엑스 자로 꼬았다. 그 제스처는 짧은 치마 아래 핑크 레이스 언더웨어가 드러날 정도로 과감했다. 지후는 당황해서 헛기침을 하고 다시 암실로 들어가려고 했다.

— 잠깐만!

다시 아래로 폴짝 뛰어내린 그녀는 지후의 앞을 가로막았다.

— 에이즈 환자들을 위한 자선 모금 전시회를 준비 중인데, 너도 작품 하나 기부할래? 작은 소품도 괜찮아.

— 갑자기 전시회라니? 난 관심 없어.

지후가 지나가려고 하자, 그녀가 다시 막아섰다. 상체를 적극적으로 바짝 들이미는 바람에, 지후는 어쩔 수 없이 뒤로 밀려나게 되었다.

— 갑자기라니? 절대로 아니지. 재수 없으면 너도 죽을 수 있어.

— 내가? 왜?

— 에이즈가 퍼져서 온 세상이 난리가 났는데, 이럴 때 아무나 하고 막 자고 그러면 안 된다는 소리야.

— 아무나, 라고? 내 참!

이번에도 앤을 염두에 두고 한 말이라는 걸 지후가 모를 리 없었다.

— 지난주에 친구들하고 '예술이 없는 하루Day without Art' 행사를 했어. 반응이 뜨거웠지. 많은 작가와 화랑들이 참여해 주었어.

— 예술이 없는 하루라니?

— 넌 신문도 안 보는구나. 그날 하루는 전시를 중단하고, 갤러리 조명도 끄고, 모두 경건하게 보냈단 말이야. 에이즈로 죽어가는 예술가를 애도하는 뜻에서.

— 그랬었군.

— 이번 전시회는 하워드 카운티에 있는 기차역에서 하기로 했어. 오프닝 리셉션도 그쪽에서 차린다고 했고. 퍼포먼스도 있어. 짧은 공연이지만 꽤 볼만 할 거야.

지후는 불안한 눈으로 벽시계를 쳐다봤다. 앤이 암실로 오기로 한 시간이 점점 다가오고 있었다. 두 사람은 찰스 스트리트의 샌드위치 가게로 저녁을 먹으러 가기로 했다. 여기서 글라스와 앤이 부딪칠 걸 생각하니 등골이 서늘했다.

— 아무래도 안 되겠다. 우리 나가자.

지후는 작업하던 자리를 대충 정리한 후, 그녀와 함께 밖으로 나왔다.

— 암실에만 처박혀 있기에는 아까운 날씨야. 그렇지?

그녀가 건물 입구에서 허공을 바라보며 말했다. 볼티모어의 가을은 눈부시게 아름다웠다. 햇빛이 가득한 바람과 파란 하늘, 그리고 노란 나뭇잎들이 어우러져 풍요로운 화음을 이루었다.

— 난 뉴욕에 갔다가 어제 돌아왔어. '예술이 없는 하루'를 첼시와 소호에 있는 화랑들에게 홍보하느라고 아주 바빴지.

— 짧은 머리와 짧은 치마는 뉴욕에 다녀온 탓인가?

— 아냐. 어떤 멍청이가 담뱃불로 내 머리카락을 홀라당 태워버렸어. 재수 없이 내 머리에 불똥이 튄 거야. 그래서 가발 가게로 가서 이번에는 가장 짧은 스타일로 고른 거야. 어때? 멋있어? 나 좀 어울리는 것 같지?

지후는 어처구니가 없다는 듯이 웃고 말았다. 그녀에게 긴 머리도 짧은 머리도 모두 어울린다고 말했더니, 그녀가 눈을 찡그리며 귀엽게 웃었다. 그새 두 사람 사이의 긴장감은 상당히 누그러져 있었다. 글라스는 그 친밀한 분위기에 자신감을 얻은 듯 갑자기 꽃을 구경하러 가자고 졸라대기 시작했다. 앤이 지금쯤 암실 앞에서 기다리고 있을 걸 생각하니 마음이 불안했다. 글라스는 물러서지 않고 계속 지후를 설득했다. 천국처럼 아름다운 꽃이라고 어찌나 장황하게 설명하는지 결국 따라나서지 않을 수 없었다.

생폴 거리의 오래된 주택가 앞에서 택시 한 대가 멈춰 섰다. 차에서 내린 두 사람은 구불구불한 골목길을 따라 한참을 걸어갔다. 막다른 길 끝에 이르자, 마침내 수은등 아래에 높이 솟은 거대한 벚꽃 나무가 나타났다. 어둑한 밤에 하얗게 반짝이는 꽃잎들이 너울거리며, 마치 천사의 깃털처럼 부드럽게 떨어졌다.

— 예쁘지! 정말 예쁘지!

— 응. 예쁘군. 그런데 이상해. 벚꽃은 봄에 피는 것 아닌가?

—가을에도 드물게 꽃이 피는 경우가 있대. 기후 이상 현상일 수도 있고, 특정 품종의 벚꽃 나무는 가을에도 꽃을 피울 수 있다는 거야.

— 글라스. 정말 희한한 장면이야. 멋있는 거 같아.

며칠 전에 우연히 이 벚꽃 나무를 발견했어. 지후, 너에게도 꼭 구경시켜 주고 싶었어.

— 그렇게까지 생각했다니 고마워. 정말이야.

— 거봐. 내가 천국처럼 예쁜 꽃이라고 했지? 나는 거짓말은 안 한다니까.

그녀는 철부지 작은 소녀처럼 겅중겅중 나무 주변을 뛰어다녔다. 그 모습을 지켜보고 있으려니 어느새 가슴이 뭉클하게 느껴졌다. 지후가 기억하는 한 그녀가 그때보다 더 많은 즐거움을 표현한 적은 없었던 것 같았다.

— 너와 이렇게 예쁜 꽃구경을 하게 되어 기뻐.

— 지후, 나도 마찬가지야. 너와 함께 있어서 너무 좋아.

지후는 살며시 그녀의 손을 잡았다. 그녀는 어린 아기처럼 따뜻하고 부드러운 손을 갖고 있었다. 여리면서도 감미로운 감촉이 너무나 익숙해서 눈물이 날 것 같았다. 글라스의 눈동자에 하얀 꽃비가 내리고 있었다. 지후는 간절한 마음으로 그것을 지켜보았다. 한참을 그렇게 서 있다가 두 사람은 다시 골목을 빠져나왔다.

— 글라스. 바쁜 일 없으며 같이 저녁을 먹을까?

— 내게 가장 중요한 사람은 언제나 지후 너였어. 이렇게 헤어질 수는 없어.

그녀가 사랑이 가득한 눈으로 지후를 바라보았다. 지후의 마음속에도 보름달처럼 생긴 풍선 하나가 부풀어 올랐다. 얼마 후, 두 사람은 택시를 잡아타고 지후의 콘도 앞에 도착했다. 둘은 다정하게 팔짱을 끼고 있었다. 어색한 감정은 이미 어디론가 사라져 버렸다.

— 이리 와.

— 여기서.

집안에 들어서자마자 두 연인은 서로의 귓가에 대고 속삭였다. 그리하여 온밤을 미친 듯이 사랑하면서도 결코 채울 수 없는 갈망과 갈증 속에 전율하였다. 서로를 향한 뜨거운 탄식으로 영원처럼 느껴지는 순간들이 스쳐 갔다. 창밖에서 차츰 새벽 여명의 창백한 빛이 스며들기 시작했다. 지후는 여러 번 사랑을 나누느라 완전히 지쳐 있었다.

잠깐 선잠에 들었던 그녀가 잠꼬대처럼 말했다.

—가지 마.

침대에서 내려서려던 그는 다시 그녀에게 다가갔다.

—잠깐 마실 것 좀 가져오려고.

—네가 날 버리고 가는 줄 알았어.

그녀가 지후의 목을 와락 끌어안았다. 겨우 한 줌도 안 될 것 같은 앙상한 어깨가 파르르 떨렸다. 지후는 왠지 그녀가 가엾어져 눈물이 날 것만 같았다. 때가 꼬질꼬질한 몰골로 자신의 본모습을 가린 채 보육원 창가에서 무작정 누군가를 기다리던 6세 어린 소녀가 떠올랐다. 자기를 버리고 간 부모를 끝없이 기다려야 했던 어린 가슴의 상처를 어찌 달래 줄 수 있을까. 그 상실감을, 그 깊은 슬픔을 어떻게 보듬어 줄 수 있단 말인가.

그녀의 가녀린 등을 다독이며, 이것은 어쩔 수 없는 일이라 생각했다. 서로를 떠나서는 이제 단 하루도 견딜 수 없다는 것을 깨달았다. 쉬운 일은 전혀 아니었지만, 지후는 둘만의 관계를 회복하기 위해 최선을 다하기 시작했다. 앤에게도 솔직하게 상황을 설명하고 용서를 구했다. 옛 여자친구를 다시 만나게 되었다는 말에, 앤은 화를 내면서도 깨끗하게 물러나 주었다.

지후는 여전히 삼각구도 안에 갇혀 있는 듯했다. 글라스와 론과 지후로 이뤄진 그 관계는 서로의 운명마저 삼켜버릴 만한 버뮤다 삼각지대였다. 지후는 이제 론과 관련된 문제에 대해 더 이상 개입하지 않기로 했다. 글라스와의 관계를 계속 유지하기 위해서는 현재 상황을 받아들이고 인정할 수밖에 없었다. 그것이 가시덤불 우거진 지옥의 길이라 해도, 사랑이라는 이름으로 기꺼이 감당할 것이라 믿었다.

추수감사절이 다가오고 있었다. 그날, 지후는 직접 주문한 피자를 들고 글라스의 아파트로 찾아갔다. 둘이 함께 간단한 저녁을 먹은 후, 최근 개봉한 007 시리즈 영화라도 한 편 볼 생각이었다. 영화 상영 시간을 맞추려면 조금 서둘러야 했는데, 그녀와 통 전화 연락이 되지 않았다. 택시에서 내려 그녀가 사는 아파트 앞에 도착했을 때였다. 지후는 건물에서 그녀가 한 남자와 팔짱을 끼고 나오는 모습을 발견했다. 상대가 론임을 깨달은 순간, 가슴이 벌렁거리면서 피가 거꾸로 솟았다.

— 어, 지후!

그녀는 당황한 듯 더 이상 말을 잇지 못했다.

— 씨, 제기랄!

삼각 구도의 공존을 위해 모든 걸 감수하리라 여겼는데, 막상 둘이 붙어 있는 꼴을 보니 눈이 뒤집힐 지경이었다. 피자를 조금이라도 따뜻하게 먹이고 싶어서 여기까지 황급히 달려온 자신의 모습이 처량하게 느껴졌다.

—허, 허, 허!

지후는 고개를 내저으며 허탈하게 웃다가, 급기야 피자가 든 종이상자를 냅다 던져버렸다. 그저 힘껏 던졌을 뿐인데, 그 넓적한 피자 상자가 플라잉 판처럼 빙글빙글 회전하며 날아가는 모습이 기이했다. 론은 반사적으로 몸을 피해버렸지만, 글라스는 그럴만한 여유가 없었다. 골판지 배달 상자는 유감스럽게도 글라스의 머리를 정통으로 가격했다.

—아!

그녀가 비명을 지르며 쓰러지려 하자, 론이 민첩하게 팔을 뻗어 그녀의 몸을 부축했다. 종이상자의 뚜껑이 열리면서 아직 온기가 남아있는 피자가 왈칵 쏟아졌다. 다채로운 토핑이 풍성하게 올려진 둥근 피자는 땅바닥에 패대기쳐진 비참한 신세로 변했다. 론은 글라스를 진정시키고는, 지후를 향해 뚜벅뚜벅 걸어왔다. 그는 키도 크고, 몸집도 꽤 좋은 편이었다. 약간 거무스름한 그의 얼굴이 성난 짐승처럼 일그러져 있었다. 그의 입에서 거친 욕설이 쏟아져 나왔다.

지후는 멱살을 잡힌 채, 순식간에 물컹거리는 피자 위에 메어 꽂혔다. 뜨거운 치즈와 갖가지 토핑들이 얼굴 전면에 닿아 물컹거렸다. 신체적인 고통보다 더 힘들었던 것은 바로 그 수치심이었다. 글라스 앞에서 이렇게 험한 꼴을 보여주고 있는 것이 너무나도 부끄러웠다. 또 한 번의 미국식 쌍욕이 날아오고, 잔인한 발길질이 시작되었다. 무자비하게 옆구리를 차는 발질이 수차례 이어지더니, 이번에는 멱살을 잡아 일으켜 세우고는 주먹질을 해댔다. 지후도 주먹을 휘두르며 몇 번이고 대항했지만, 그것은 헛스윙이나 다름없는 공격이었고, 그것만 가지고는 결코 상대를 위협할 수 없었다.

어느 동네이든 특출난 싸움꾼들이 한둘은 존재하기 마련이다. 론의 주먹은 빠르면서도 정확했다. 그것은 사람을 패는데 이골이 난 사람만이 쓸 수 있는 폭력의 기술이었다. 지후의 얼굴에서 뜨거운 코피가 터져 나왔다. 그의 모습은 삽시간에 피투성이로 변했다.

—그만해, 그만!

두 사람을 뜯어말리며 글라스가 소리쳤다. 씩씩대는 모습으로 론이 한발 물러섰다.

—지후, 그만 돌아가는 게 좋겠어.

글라스가 냉랭한 어조로 지시하듯 말했다. 론이 현관 근처에 서 있는 혼다 중형 오토바이에 올라탔다.

—컴온!

론이 헬멧을 머리에 쓰고 글라스를 불렀다. 그녀는 지후를 두고 론을 향해 걸어갔다. 헬멧을 쓰는 동안 그녀는 한 번도 이쪽을 돌아보지 않았다. 오토바이 뒤에 그녀를 태운 론은, 심장을 저격하는 엔진 소리를 붕붕 날리며 어딘가로 사라졌다. 두 사람이 떠나간 자리에 홀로 남겨진 지후는 이를 박박 갈았다.

— 죽일 거야. 죽여버릴 거야.

그토록 가까운 거리에서 론과 마주한 것은 그때가 처음이자 마지막이었다. 그날의 피자 사건은 사랑하는 여자 앞에서 씻을 수 없는 수치와 모욕을 안겨주었다. 하지만 론에게 복수할 기회는 끝내 찾아오지 않았다. 그로부터 며칠 후, 론이 사망했다는 소식이 전해졌다. 그는 누군가가 쏜 총에 맞아 참혹한 죽음을 맞이했다.

론의 죽음이 긴급 속보로 전해지기 하루 전날이었다. 지후는 혼자 학교 근처 술집에 앉아서 술을 마시고 있었다. 그때 글라스가 험상궂게 생긴 몇 명의 남자들과 함께 가게 안으로 들어왔다. 지후는 창가에 앉아 두 잔째 화이트 러시안을 마시는 중이었다. 아직도 그의 얼굴은 론에게 얻어터진 상처가 아물지 않은 상태였다. 지후를 발견한 그녀는 순간 당황한 표정을 지었다. 그녀는 친구들과 함께 안쪽에 있는 테이블에 자리를 잡았다. 지후는 술잔을 한 번에 쭉 마시고, 그녀를 향해 걸어갔다.

— 우리 말 좀 하지?

지후는 그녀에게 무뚝뚝하게 말했다. 그러자 함께 들어온 동료들이 눈꼬리를 치뜨며 지후를 쏘아보았다.

— 얘 누구야? 혹시 론이 말하던 그 얼간이 아냐?

가죽점퍼 사내가 독사 같은 눈으로 지후를 살피며 영어로 말했다. 함께 있던 다른 떨거지들 입에서 야유가 쏟아졌다.

— 야, 칭키, 그만 꺼져!

가죽점퍼가 자리에서 벌떡 일어나며 언성을 높였다. 다시 조롱하는 말과 함께 휘파람 소리가 터져 나왔다.

— 샘, 조용히 해. 이 사람은 내 친구야.

글라스가 가죽점퍼에게 쏘아붙이고 자리에서 벌떡 일어섰다.

— 지후, 미안하지만 첸에 가서 기다려 줄래.

그녀가 지후의 귀에 대고 속삭이듯 말했다. 첸은 학교 근처에 있는 재즈 바의 이름이었다. 지후는 첸으로 자리를 옮긴 후, 화이트 러시안을 한 잔 더 마셨다. 그녀가 가게에 나타난 건 그로부터 20분쯤 후였다. 두 사람 사이에 서먹한 침묵이 흘렀다.

— 지후, 미안해. 진심이야.

그녀가 그 특유의 어린 소녀 같은 사근사근한 목소리로 말했다. 지후는 말문을 열기가 쉽지 않았다. 뭔가 할 말이 있었던 것 같았는데, 그녀의 얼굴을 보니 아무런 생각도 떠오르지 않았다. 그녀가 손을 뻗어 지후의 얼굴에 난 상처를 만지려 했다. 지후는 그녀의 손을 피하며 얼굴을 돌렸다.

— 왜 저렇게 위험한 사람들과 어울리는 거야?

— 이 세상 사람들은 다 위험해. 네가 제일 위험해.

— 말도 안 되는 소리야.

— 변명은 안 하겠어.

그녀의 말에 지후는 픽 코웃음을 쳤다.

— 무슨 말을 해도 소용없지. 기대도 안 했어.

그녀가 절망에 찬 표정으로 미간을 찌푸렸다.

— 너는 늘 비교만 했지. 그래서 자꾸 화나고 질투하게 되고. 나는 그냥 너라는 사람을 사랑해. 우리가 사랑하는 방식이 그렇게 차이가 났던 거야.

그녀가 언급한 '사랑의 방식'이라는 말에 지후는 다시 분개했다.

— 나는 이 세상에서 두 가지를 믿지 않아. 하나는 사랑이고, 또 하나는 여자의 눈물이야.

그녀라는 존재로 인해 그의 가슴은 더 이상 환해지지 않았다. 그녀와 함께 소유했지만, 함께 소외되었던 지난 순간들이 가슴에 사무쳤다. 한 여자의 세계 안에 잠시 머물렀던 그의 청춘은 온통 폐허였다. 어느 순간, 스피커를 통해 흘러나오던 음악 소리가 뚝 끊어졌다. 나비넥타이를 한 노년의 흑인 신사가 피아노 앞에 앉아 있었다. 흑인 신사가 악보를 들치고, 물을 한 모금 들이켰다.

글라스가 조금 슬픈 표정으로 지후를 쳐다봤다.

— 지후, 벚꽃의 꽃말이 뭔 줄 알아?

— 몰라. 궁금하지도 않아. 네가 하는 소리 하나도 귀에 안 들어와.

— 그래도 너에게는 벚꽃의 꽃말을 알려주고 싶었어.

— 어째서지? 그 골목길에 있던 벚꽃 나무와 관련이 있나?

— 맞아. 내가 너에게 꼭 하고 싶었던 말이 그 꽃말에 있어.

— 뭐라고? 그게 그렇게 네게 의미가 있는 거라면 한번 말해봐.

— 벚꽃의 꽃말은 아름다움, 순결, 덧없음이야.

— 글라스, 뭘 말하고 싶은 거야? 나는 우리의 사랑이 너무 덧없게 느껴져.

— 지후, 너는 항상 네가 보고 싶은 것만 보는 것 같아. 그래, 너는 그런 사람이지. 언제나 그랬어.

조용한 실내에 그녀의 목소리가 크게 울려 퍼졌다. 손님들 중 몇몇이 이쪽을 돌아보았다. 그녀의 눈동자에 슬픔이 가득했다.

— 왜 우리는 거대한 코끼리나 개미처럼 살 수 없는 거지?

그녀는 눈물을 훔치며 자리에서 일어섰다. 자신이 꺼낸 말에 대해 어떤 부연 설명도 없었다. 손가방을 챙긴 그녀는 아무런 작별 인사도 없이 가게를 빠져나갔다. 그녀가 마지막으로 한 그 말을, 지금도 지후는 잘 기억하고 있다. 하지만 코끼리나 개미처럼 살아가는 것이 의미하는 바에 대해서는 아무런 감이 없다. 아마도 크고 작은 것이나, 혹은 그녀의 다락방 작업실에서 본 '두 장의 도화지'와 연관된 것인지 모르지만, 그 또한 확실하지 않다.

그날 밤, 재즈 바를 나서던 그녀의 뒷모습을, 지후는 마지막 예감처럼 오랫동안 지켜보았다. 그녀는 나지막하게 설치된 창틀 너머에서 어둠이 깔린 2차선 도로를 건너고, 원형 오페라 하우스 앞을 지나, 피바디 음대의 돌담이 얼핏 보이는 길을 따라 희미하게 사라져 갔다.

색채의 반격 2

늦은 밤, 지후는 연희동 자택으로 돌아왔다. 창가에 놓인 분재 화분들이 어둠 속에서 푸른 야광 빛으로 번들거렸다.

전등 스위치를 켜고 거실로 들어서자 아내와 나비의 빈자리가 순간 떠올랐다. 소파 위에는 여전히 세 개의 쿠션이 다이아몬드 형태로 배치되어 있었다. 아내는 인테리어 디자인과 정리 정돈에 신경을 많이 썼다. 그런 아내의 자존심이라 할 만한 쿠션들을 한꺼번에 와락 밀쳐서 바닥에 떨어트리고는 소파에 털썩 앉았다.

한동안 무릎에 얼굴을 묻고 있던 지후는 드디어 수화기를 집어 들었다. 미국 워싱턴 D.C.에 있는 레니 모리스 변호사에게 전화를 걸기 위해서였다. 상냥한 목소리의 여자가 전화를 받더니 모리스 변호사에게 연결해 주었다. 지후는 자신의 신분을 밝히고, 오늘에야 그쪽에서 보낸 편지를 받았다고 설명했다.

—계속 소식이 오기만을 기다리고 있었습니다. 혹시 연락이 닿지 않으면 어쩌나 몹시 걱정했습니다. 제이티는 아직 제가 보호하고 있습니다.

—다행이군요.

—편지에서 미리 밝힌 것처럼 법률 규정에 따라 최지후 씨가 글라스 씨의 아들 제이티의 법정 후견인이 되는 겁니다. 물론 그 전에 법정 후견인 자격 심사가 있을 겁니다.

모리스 변호사는 후견인 절차에 대해 간략하게 설명해 주었다. 제이티의 생부가 아직 나타나지 않아 법적으로 처리할 문제가 복잡하다면서 어려움을 호소하기도 했다. 이제 고아나 다름없는 제이티를 곁에서 돌봐줄 만한 사람이 있다는 게 얼마나 다행인지 모르겠다는 그의 말에 지후도 고개를 끄덕일 수밖에 없었다.

—혹시 제이티의 생물학적 아버지가 누구인지 알고 계십니까?

모리스 변호사가 물었다.

—아이 아버지는 나타나지 않을 겁니다. 그 사람은 죽었으니까요.

지후는 잠깐 망설이다가 대답했다.

—그렇습니까? 저는 몰랐습니다.

—이름이 론이라고 한참 전에 죽었습니다. 살인 사건의 피해자입니다.

—지금 론이라고 했나요?

모리스 변호사는 놀란 듯이 목소리를 높였다. 전화선 저편에서 급한 움직임 소리가 전해졌다. 잠시 후, 모리스 변호사가 다시 수화기를 들었다.

—아, 찾았습니다. 여기 있네요. 론 알렉산드리아. 6년 전에 의문의 총격 사고로 사망했군요. 그런데 이상합니다. 글라스와 론은 한 식구, 한 가족입니다.

—네, 그게 무슨 말이죠?

— 여기 서류에 명확하게 기록되어 있습니다. 론은 글라스보다 삼 년 후에 알렉산드리아 집안으로 입양되었습니다. 론은 글라스의 남동생입니다.

그 말을 들은 지후는 자리에서 벌떡 일어났다. 론이 글라스의 남동생이었다니! 두 사람은 올랜도 양모의 장례식장에 함께 다녀왔다. 지후는 그녀에게 왜 론을 데려갔느냐고 따져 물었다.

— 론도 올랜도 집에 관련이 있으니까.

양모가 남긴 노트를 가져왔던 그날 밤, 글라스는 분명히 그렇게 말했다.

— 모르고 계셨습니까?

— 전혀 몰랐습니다.

버지니아의 그린필드 요양원에서 헤어지던 마지막 순간까지도, 글라스는 끝내 론의 정체를 밝히지 않았다. 두 사람 사이의 사연과 관계 설명의 부재는, 현재에 와서도 정확히 파악하기 어렵다. 다만, 그것이 그녀만의 사유 방식이었고, 자신을 보호하기 위한 창과 방패였으며, 그녀가 말한 코끼리와 개미였을지 모른다고 추측할 따름이다. 단 한 번도 자신을 배신한 적 없다고 말하던 글라스의 목소리가 아직도 귀에 생생했다. 모리스 변호사의 다음 발언은 지후에게 더 큰 충격을 안겨 주었다.

—한 가지 더 알아보고 싶은데, 론도 색맹이었나요?

—네?

—학계 논문에 따르면, 색각이상이 부계로 유전되는 경우는 드물지만, 전혀 없는 것도 아니라고 합니다.

—그게 무슨 말이죠?

—제이티가 빨간색을 구별할 수 없다는데, 이것이 유전적으로 관련이 있는지 확인하고 싶어서 질문을 했습니다.

—제이티가 색맹입니까? 그 아이가 진짜로요?

—네. 그렇습니다.

—아!

지후 털썩 소파에 주저앉았다. 그의 손에서 전화 수화기가 굴러떨어졌다. 두 눈을 감자, 버지니아의 그린필드 요양원에서의 장면들이 떠올랐다. 글라스는 지후에게 맞은 뺨을 두 손으로 감싼 채 한동안 멍한 표정이었다. 지후가 괴로운 마음으로 돌아서려는 순간, 그녀의 목소리가 들려왔다.

—네 눈에는 내가 안 보이는 거야. 너는 네가 보고 싶은 거만 보잖아. 내가 너를 평생 후회하게 만들어 줄 거야. 나는 그럴 수 있어! 나만은 그럴 수 있어!……

모차르트가 살아 있었다면

분명 기타를 치면서 록 밴드에서 활동했을 거라나.

클래식 음악도 당시에는 현대 음악이었으니까.

3

면

◆◆◆

양산을 든 앞소

창밖에 저녁노을이 번지고 있다. 연청색 하늘이 붉게 변해가는 모습이다. 땅거미가 짙어질 무렵이면, 오케스트라 현악기들이 일제히 울려 퍼지는 듯하다. 어둠과 핏빛 석양이 공존하는 하늘은 파가니니의 라 캄파넬라의 '주제에 의한 광시곡'을 떠올린다. 볼티모어의 노을빛 향연은 언제 봐도 감동적이다. 붉어진 하늘과 깊어지는 어둠으로 내 마음은 어느새 애잔한 슬픔에 휩싸인다.

한때 나의 마이카 시절의 동무였던 지후가 이렇게 물은 적이 있다.

「윤 씨. 당신은 왜 볼티모어를 떠나지 못하는 겁니까?」

나는 그때 저녁놀이 뒤섞인 파가니니의 클라이맥스와 가슴을 움켜쥐게 만드는 서늘한 고요에 관해 말해주었다. 그러자 옛 친구 지후는 내게 이렇게 말했다.

「당신도 언젠가 이 도시를 떠나게 될 겁니다. 우리는 모두 그런 운명을 지닌 슬픈 짐승들이니까요.」

쿠키는 나의 생명보험 담당자이자, 6년 동안 내가 다녔던 마이카 학교의 동문이다. 그녀가 먼저 대학을 떠난 뒤로 우리는 얼굴을 볼 기회가 없었다. 그러다 마이카를 졸업한 직후, 단골 술집 히포에서 우연히 재회했다. 당시 그녀는 뉴욕 라이프 인슈런스 회사에 막 채용된 상태였다. 실적에 따라 커미션이 나오는 직업이라 그런지, 그녀는 만나는 사람 모두를 잠정적 고객으로 간주하는 것 같았다. 한참 이야기를 나누다 그녀는 대화의 맥락을 생명보험 주제로 자연스레 몰아갔다.

「자본주의 사회에서 생명보험은 기본적인 예의야. 네가 죽고 나서 남은 가족들에게 피해를 주면 안 되잖아.」

'가족'이라는 단어에 가장 먼저 떠오른 얼굴은 서울에 계신 엄마였다. 아버지가 돌아가신 후, 다른 남자의 아내로 살면서 주위의 시선을 견디며 나를 키우느라 힘드셨던 엄마의 생이 그 순간 천근의 무게로 다가왔다.

「내가 죽으면 이 보험금이 우리 엄마에게 간다는 거야?」

「당연하지. 보험금 수혜자는 언제든 바꿀 수 있어.」

쿠키와 나의 인연은 학교 동문에서 고객과 클라이언트 관계로 새롭게 정립되었다. 나는 그녀가 권유한 생명보험에 가입했고, 그녀는 그날 이후 내가 혹시 죽을까 염려하며 지금껏 지내왔다. 그날, 마감이 임박한 삽화 작업 때문에 마음이 초조했다. 오후 늦게 내 집을 방문한 쿠키는 창밖 저녁노을을 바라보며 삽화 작업이 얼른 끝나기만을 기다렸다.

내가 5년째 살고 있는 이 집은 길쭉하게 생긴 원룸 스튜디오였다. 출입구 쪽에는 작은 욕실과 옛날 옷장을 개조해 만든 부엌이 자리하고 있었다. 나는 탁상용 디자인 보드 앞에서 삽화 원고에 전념하는 중이었다. 삽화 작업은 내 전공이나 적성과는 전혀 관련이 없는 일이었다. 그럼에도 4년째, 쿠키의 이름을 빌려 일러스트레이터로서의 길을 걸어왔다. 마이카를 졸업한 뒤, 비자 갱신이 어려운 상황에서 쿠키가 보험료를 핑계로 도움을 주기 시작했다.

「윤 씨, 보험료 밀리지 않고 꼬박꼬박 내려면 개미처럼 열심히 일해야 해. 우리 모두 그렇게 살아가고 있어.」

한동안 한인 가게에서 야간 아르바이트를 하다가 어느 순간부터 쿠키가 가져온 삽화 작업을 떠맡았다. 그 후 그녀가 노력한 덕분에 최근에는 일감이 끊이지 않고 들어오게 되었다. 순수 예술을 포기하고 선택한 삽화 작가의 삶은 고난의 연속이었다. 나는 현재 법적 보장이 없는 불법체류자 신세다. 언젠가 서글픈 청춘의 창고에도 따스한 봄날이 찾아오기를 바라고 있다.

삽화가의 탁상은 험난하다. 나는 지금 탁상용 디자인 보드 앞에 앉아 지난 15일간의 노력을 마무리하고 있다. 그동안 완성된 결과물을 바라보자니 불현듯 자부심과 만족감이 솟아났다. 앞으로 두 컷만 그리면 이 자리를 털고 일어날 수 있다는 생각에 마음이 더욱 초조해졌다.

「별이 하늘에서 떨어지는 걸 봤어?」

창밖을 바라보던 쿠키가 나를 향해 돌아서며 낮게 웅얼거렸다. 나는 못 들은 척 아무런 반응도 보이지 않았다. 괜한 일에 신경 쓰다가 그림을 망칠 수도 있는 노릇이었다.

「별이 하늘에서 떨어지는 거 봤냐고?」

쿠키가 이번에는 더 큰 소리로 목소리를 높였다. 깜짝 놀란 나는 손에 쥐고 있던 드로잉 라이너를 원고지 위에 떨어트릴 뻔했다. 삽화를 그릴 때는 깔끔한 마무리가 무척 중요하다. 원고에 얼룩이 지면 처음부터 다시 그릴 수밖에 없다.

「왜 그래? 뭐? 뭐?」

나는 신경질적으로 반문했다. 최근 주량이 많이 늘어난 쿠키는 이미 와인병 하나를 거의 비운 상태였다.

「하늘에서 별이 떨어진단 말이야.」

그녀의 뜬금없는 말이 나를 짜증스럽게 했다.

「뭐? 으응?」

「응은 뭐가 응이야?」

쿠키가 갑자기 깔깔 웃기 시작했다. 나는 인상을 찌푸리며 손가락 관절을 우두둑 꺾었다. 펜을 온종일 손에 쥐고 있으면 손가락이 안으로 말려 들어가는 느낌이 든다. 손을 자주 풀어주고 손바닥 마사지를 해야 한다.

「그러니까 하고 싶은 말이 뭐야?」

「지금 하늘에 빛나고 있는 별 중에는 사실 옛날에 이미 사라진 별도 있다는 거야.」

「그래서, 어쩌라고?」

「어떤 별은 별빛이 지구에 도달하는 데 수십만 년이 걸려. 별이 하늘에 떠 있는 것처럼 보이지만 실제로는 이미 수백 년 전에 사라진 상태일 수도 있어. 우리는 그 별의 별빛만 지금 보고 있을 수 있다는 거지.」

「뭔 소리야? 조금 아까는 하늘에서 별이 떨어진다면서?」

「자다가 남의 다리 긁는 소리 하고 있네. 내가 기껏 말했더니 겨우 한다는 소리가, 쯧쯧!」

「그럼 뭐야?」

「내가 말하고 싶은 건 1년 전에 사라진 지니가 사실은 실종이 아닐 수도 있다는 거야.」

「뭐, 지니가 실종된 게 아니라고? 그럼?」

나는 어쩔 수 없는 호기심에 사로잡혀 귀를 쫑긋 세웠다. 1년 전에 발생한 지니의 실종 사건은 여전히 해결되지 않은 미스터리로 남아 있었다. 오랜 유학 생활을 마치고 한국으로 돌아가기 위해 주변을 정리하던 중, 그녀는 갑자기 허공으로 증발해 버린 듯 행적이 묘연해졌다. 지니는 쿠키의 친한 친구이기도 했다. 그녀는 한동안 사라진 친구 걱정 때문에 안절부절 일상생활을 제대로 유지하지 못했다. 이 사건이 사회적인 이슈로 크게 대두된 것은, 한때 그녀와 연인이었던 한인 치과의사가 포토맥강 인근 주차장에서 잔인하게 살해된 채로 발견되었기 때문이다. 치과의사 소유의 차량은 이미 도난 신고가 되어 있었고, 사건 발생 이틀 만에 완전히 폐차된 상태로 발견되었다.

지니와 나는 비슷한 시기에 마이카 학교를 다닌 동기생이라 할 수 있지만, 개인적으로는 아무런 친분이 없었다. 우리는 같은 수업을 들은 적도 없으며, 한인 학생 모임에서도 거의 마주친 적이 없다. 그러니까 같은 시간대에 같은 공간 안에 머물렀으나, 한 조각의 인연도 없이 서로 스쳐 지나간 사이였다. 내가 지니라는 이름에 주목하게 된 것도 바로 그 실종 사건 때문이었다. 같은 학교 동문이자 한국인이라는 점에서, 이 사태가 불러온 사회적 파장에 대해 더욱 관심을 기울일 수밖에 없었다.

지니가 실종된 게 아닐 수도 있다는 말을 들은 순간, 내 가슴은 알 수 없는 예감으로 두근거리기 시작했다. 그것은 미술 영역이 아닌, 소설에 대한 창의적인 흥분 때문이었다. 1년 전에 발생한 그 미제 사건으로 인해, 내 머릿속에 반짝 불이 켜지면서, 진공관 필라멘트가 부르르 떨리기 시작했다. 나는 오랫동안 소설 창작에 대한 갈망을 품고 있었다. 언젠가 쉽게 해독되지 않는 소설을 한 편 쓰겠다고, 친구 지후 앞에서 큰소리를 떵떵 쳤던 적이 있는데, 나조차 잊고 있던 다짐이 갑자기 떠오른 것이다.

「그래서 어떻게 됐는데?」

나는 몸을 앞으로 기울이며 침을 한 번 꼴깍 삼켰다.

「지니가 볼티모어에서 사라진 다음 날 뉴욕에 나타났어. 쌍이 전화를 받고 나가서 잠깐 만났다는 거야.」

「누가 그런 소리를 해?」

「아, 맞아! 나 지난주에 뉴욕에 다녀왔잖아. 쌍이 시그마에서 개인전을 열었거든.」

「시그마는 네임 밸류가 상당한 갤러리잖아?」

「누가 아니래. 우리 친구인 쌍이 뉴욕 일류 화랑에서 단독으로 초대전을 하게 된 기념비적인 사건이지. 그런데 오프닝

때 누가 왔는지 알아?」

「누구?」

「제프 쿤스. 마이카의 자랑스러운 대선배님을 내가 거기서 영접한 거야. 후광이 정말 장난이 아니야! 잘생겼더라. 기자들도 쫓아왔고.」

「와! 진짜? 사인 받았어? 카메라로 인증샷은 찍었고?」

「왜 흥분하고 난리야? 그냥 악수 정도는 했지. 내가 또 심하게 엉겨 붙는 스타일은 아니라서.」

「나도 갔어야 했는데. 이건 내 인생 최대의 실수야.」

「윤, 너는 인생 전체가 실수야. 그리고 이번 일 때문에 바빠서 꼼짝할 수 없었잖아.」

「그렇다고 혼자 갔다 와? 배신자. 쯧쯧!」

윤은 쿠키를 노려보았다. 마이카 학교의 대선배로 알려진 제프 쿤스는 1986년에 '숫자 일곱'이라는 이름의 스테인리스 스틸로 만든 대형 토끼를 뉴욕 센트럴 파크에서 전시해 현대 미술계에 큰 반향을 불러왔다. 따라서 1986년은 제프 쿤스가 국제적인 인지도를 확보한 기념비적인 첫해라 볼 수 있었다.

「쌍하고 아주 친한 것 같았어. 얼마나 보기 좋던지, 내 어깨가 막 우쭐거렸다니까.」

「쌍, 그 자식 신수가 훤해졌겠구먼?」

「우리 제프 쿤스 님의 소중한 후배 님인데 어련하겠어. 아트 갤러리 리뷰 섹션에도 쌍의 작품에 대한 극찬이 쏟아졌어. 이로써 올해의 주목받는 아티스트 대열에 합류한 거지.」

「와, 부럽다. 그 자식 그렇게 고생하더니만 결국 해냈네.」

「그런데 말이야. 제프 쿤스가 가고 난 후에 쌍이 나를 따로 부르더니, 지니 얘기를 하는 거야. 작년 크리스마스 전날 뉴욕에 와서 쌍을 만났대. 그런데 그날 이상한 말을 하더래.」

「무슨 말?」

「만약에 고액권 돈이 가득 든 가방이 하나 생겼는데, 이 세상에서 그 가방과 바꿀 수 없는 것이 뭐냐고 물었대.」

「무슨 개뼈다귀 같은 소리야?」

「이 세상에서 돈으로 안 되는 건 뭘까? 돈으로 바꿀 수 없는 것?」

「돈으로 안 되는 것? 바꿀 수 없는 것?」

「응.」

「그럼, 넌 지니가 실종된 것이 아니라 일부러 자취를 감췄다는 거야? 그 돈 가방 때문에?」

「윤 씨, 그걸 알면 내가 형사를 하지, 여기서 왜 이러고 있겠니?」

나는 고개를 저으며 다시 렌더링 펜을 집어 들었다. 제프 쿤스 선배의 이야기도 궁금하고, 쌍과 지니의 스토리도 흥미진진했지만, 지금은 내 발등에 떨어진 불부터 끄고 볼 일이었다.

「쿠키야, 네가 지금 내 일을 몹시 방해하고 있다는 걸 알아? 이 삽화 작업은 반드시 오늘까지 끝내야 한다고 했잖아. 오늘까지 안 해도 돼?」

「미안, 미안. 소인은 이제부터 입을 꼭 다물고 있겠습니다.」

그녀가 입에 지퍼를 채우는 시늉을 하며, 와인잔을 들어 올렸는데, 약간 비틀거리는 모습이 나사가 조금 헐거워진 듯 불안해 보였다.

「그만 마시지 그래. 운전해야 하잖아.」

「택시 부를 거야. 어서 일이나 끝내. 출판 담당자가 퇴근도 못 하고 기다리고 있을 거야.」

「알았어.」

나는 다시 렌더링 펜의 뚜껑을 열었다.

디자인 보드 위에는 삽화 작업에 필요한 다양한 재료들이 펼쳐져 있다. 지난 15일 동안, 나는 이 자리를 거의 벗어나지 않았다. 매일 똑같은 자세로 마감에 대한 압박감에 시달리며 스스로를 혹독하게 채찍질했다. 내 수고의 결과물인 삽화 용지가 한쪽 테이블에 수북이 쌓여 있었는데, 그것들을 한꺼번에 바라보는 건 꽤 인상적이면서도 고통스러웠다.

삽화를 한 컷씩 담고 있는 원고 용지가 무려 600장이 넘었다. 하루에 12시간씩, 18분마다 꼬박 한 장씩 그려낸다는 것은 거의 불가능에 가까운 일이었다. 그중 하루는 피치 못한 사정으로 반나절 동안 일을 쉬어야 했다. 덕분에 사흘 동안은 거의 15시간씩 전력투구하여 부족량을 채워야만 했다. 어깨는 빠질 듯이 아프고, 펜을 쥔 손가락은 벌겋게 부어올랐으며, 엉덩이와 등줄기도 심각한 통증을 호소했다. 하지만 나는 물러서지 않았다. 작업에 몰두하느라 내 자신을 갈아 넣는 동안, 세상의 모든 것이 멈춘 듯 멀어진 느낌이었지만, 나는 지금 이 자리에서 한 컷이라도 더 그리려고 끊임없이 노력했다.

이번 프로젝트는 미국에 새로 온 외국인들을 위한 영어 회화책에 포함될 자료로, 정확히 책 한 권 분량이었다. 회화체 문장을 시각적 언어로 바꾸는 작업은 기술과 경험이 필요하다. 삽화를 그리려면 숙련된 드로잉 기법과 이미지 표현력이 중요하다. 출판사에서 원고를 받으면, 주요 아웃라인을 설계하고 등장인물들의 캐릭터와 시간적, 공간적 배경을 설정한다. 가족 관계의 주요 인물들은 주로 집안 배경을 사용하며, 거실, 부엌, 침실 등이 대표적인 공간이다. 동물원 등 외부로 나가는 상황에서는 더 활기찬 장면으로 전환될 수 있다. 책의 내용 전개에 따른 혼란을 방지하기 위해 일정한 배경을 유지하는 것은 독자와 작가 모두에게 중요하다.

삽화를 그릴 때는 인물과 배경 외에도 무엇을 어떻게 표현할지가 중요하다. 이 지점에서 프로와 아마추어의 차이가 드러나며, 삽화료와 일거리 수준이 결정된다. 원고가 완벽할수록 좋은 평가를 받을 수 있기 때문에 작업 중 실수가 생기면 처음부터 다시 그릴지 빠르게 판단해야 한다. 종이 위의 2차원 연극 무대를 구현하는 일은 감독이 된 것처럼 흥미롭지만, 수없이 실패하고 다시 시작해야 하는 고된 작업이다. 이런 어려운 일을 4년째 이어나가고 있다는 사실이 종종 믿기지 않는다.

순수미술을 하려고 미국으로 유학까지 온 내가 마침내 먹고살기 위한 삽화가로 전락하였구나. 불경스러운 마음이 들어 처음엔 삽화 일이 꺼려졌지만, 일단 한 발을 담그고 나서부터는, 이것도 라이선스가 있는 밥벌이라 여기며 그럭저럭 버티게 되었다.

다행히 일거리는 끊이지 않고 들어왔다. 내 솜씨가 다른 삽화가들에 비해서 과히 나쁘지 않다는 증거이며, 일감을 물어오는 쿠키의 능력이 날로 향상되고 있다 할 수 있었다. 이제는 삽화를 그려서 생계를 유지하는 것에 대해 아무런 불만도 없다. 매일 사다리를 타고 다른 사람의 집 천장에 오르는 목수와 같은 직업보다 천 배는 나은 일이라고 생각한다.

솔직히 말하자면, 나는 심한 고소공포증 환자다. 길에서 지나가는 사다리만 봐도 울렁증이 날 정도로 심각하다. 남들은 가볍게 넘길지 모르지만, 나에게는 심각한 호흡 장애와 근육 경직으로 이어질 수 있는 절박한 상황이다.

한번은 어느 친구가 농담처럼, 미국의 건물들은 죄다 우리 미대생들이 짓는 모양이라고 말한 적이 있다. 남자 미대생들은 손재주가 좋아서 건축 공사장에서 환영받은 인력이다. 일자리를 구하기도 쉽고, 시간당 보수도 높아서, 학교를 다니는 동안 짬짬이 하는 일거리로 나쁘지 않다. 하지만 고소공포증 환자인 나에게는 전혀 해당되지 않는 사항이었다. 차라리 무명의 삽화가로 살아가는 일이 더 적성에 맞는다고 볼 수 있다.

예술의 순수성과 상업성에 대한 거창한 담론을 늘어놓고 싶지는 않다. 요즘 같은 세상에 제 한 몸 책임지는 것보다 중요한 일이 어디 또 있겠는가.

「아직 멀었어?」

소파에 털썩 주저앉은 쿠키가, 채찍을 든 마부처럼 채근했다.

「금방 끝나. 부엌에 가서 커피라도 끓여. 냉장고 문을 열면 저번에 네가 가져온 커피가 그대로 있을 거야. 그 옆에 네가 좋아하는 아이리시 크림도 있어.」

쿠키는 내 집에 올 때마다 늘 한 보따리씩 뭔가를 챙겨왔다. 그녀는 내가 죽는 것도 싫고, 배를 곯는 것은 더욱 싫다고 했다. 그녀의 강한 모성애에 의해 내가 점점 더 의존적인 인간으로 변하는 것은 아닌지 의심스러울 때가 있다.

「윤, 내가 커피 끓여 올 때까지 다 끝내야 해.」

「알았어.」

나는 고개를 끄덕이며 막 작업을 끝낸 삽화를 다시 점검했다. 본문은 「Well, it's great news.」라는 내용으로 이루어져 있었다.

「어쨌든 굉장한 소식이고 말고.」

인물 표현이나 배경 설정 모두 나쁘지 않았다.

「됐어. 이 정도면 된 거야.」

차곡차곡 쌓아 올린 삽화 용지들 위에 마지막 원고를 올려놓고 보니, 절로 기지개가 켜졌다.

주변을 주섬주섬 정리한 후 의자에서 일어서려는데, 쿠키가 머그잔을 들고 주방에서 나왔다.

「이 집 부엌은 너무 좁아. 컵을 양손에 들고 돌아서려다가 냉장고 손잡이에 꼬리뼈를 다쳤어.」

「글쎄, 조심 좀 하지. 쯧쯧!」

「다 끝났어?」

「응. 끝났어.」

쿠키가 건넨 머그잔에는 내가 좋아하는 디즈니 캐릭터 도널드 덕이 그려져 있었다. 콜롬비아 블렌드 원두커피는 꽃향기와 견과류가 어우러진 맛에 초콜릿 맛을 받쳐주는 깔끔한 산미로 뒷맛이 산뜻했다.

「이제 파티를 열어야겠어. 윤 씨, 그동안 정말 고생 많았어.」

쿠키는 내가 커피를 한 모금 넘기자 기다렸다는 듯이 말했다.

「쿠키, 제발 이렇게 마감일이 빠듯한 일은 맡지 마. 나를 아예 말려 죽일 생각이 아니라면.」

「대신 보수가 두 배잖아.」

「돈도 좋겠지만, 체력이 먼저지. 돈이 더블이면, 내 기력은 따따블로 갈아 넣어야 한다는 거야.」

「어휴, 또 저 엄살! 지금껏 잘 해왔잖아.」

「이 의자에 나처럼 하루만 앉아 있어봐. 그럼 무슨 의미인지 알 거야.」

나는 머그잔을 옆으로 치우고, 쌓여 있던 삽화 용지들을 뒤집어 첫 번째 삽화를 맨 위로 올린 다음 다시 정돈했다. 쿠키가 선반 위에서 종이상자를 들고 왔다. 나는 삽화 용지들을 두 번에 걸쳐 상자 안에 집어넣었다. 이동 중에 원고 뭉치가 움직이지 않도록 상자 안에 신문지를 몇 장 넣어 조심스럽게 고정했다.

쿠키가 종이상자를 닫으면서, 나를 향해 불만스러운 시선을 던졌다.

「윤, 이번 일은 너를 생각해서 특별히 가져온 거야. 여유가 되면 여행을 떠나고 싶다고 했잖아.」

「여행은 무슨. 지겨우니까 그냥 한 번 해본 소리지.」

「농담이었어?」

「그래. 농담이었다.」

나는 뻔한 거짓말을 하고 있었다. 돈이 생기면 여행 좀 하고 싶다는 말은 진심이었다. 내가 말한 '여행'이라는 단어는 은연중에 '서울로의 귀향'이라는 의미를 함축하고 있었다.

서울로의…… 귀향.

이 한 구절은 내 안에 오랫동안 잠들어 있던 그리움을 대변하고 있다. 김포 공항에서 이륙한 비행기가 나를 태우고 태평양을 가로지르던 그때부터 내 마음에 항상 새겨져 있던 문구였다. '서울'과 '귀향'이라는 단어 사이에는 늘 여섯 개의 말줄임표가 찍혀 있다. 그 각각의 점들은 각기 다른 동경과 추억을 의미한다. 그 말줄임표들이 하나씩 사라지기를 기다리고 있다. 그때쯤에는 다시 서울로 돌아갈 수 있을지도 모른다.

「앞으로는 우리 쪽 단가를 좀 더 올려야겠어. 이제 그럴 때가 된 것 같아.」

쿠키가 종이상자 뚜껑에 테이프를 붙이면서 말했다.

「그게 무슨 말이야?」

「생폴 스트리트 근처에 새로 문을 연 출판사가 있는데, 그곳에서 먼저 쿠키라는 이름의 삽화가를 찾는다면서 연락했대. 일러스트 일을 좀 맡겼으면 좋겠다는 거야.」

「희한한 일이네. 전에는 한 번도 그런 적이 없었잖아.」

「이 업계에서 내 이름을 기억하기 시작했다는 거지. '쿠키가 그린 일러스트레이션이 아주 마음에 듭니다. 아이들 눈높이를 정확하게 파악하고 있는 것 같습니다. 이번에 우리 회사에서 기획 중인 동화책 일러스트를 쿠키에게 맡기고 싶습니다. 직접 만나서 특별히 부탁할 것도 있습니다. 당장 쿠키 연락처를 주세요.' 그러더라는 거야. 호호호.」

「설마 프랭크가 직접 그런 얘길 했다고?」

프랭크는 북 에이전트다. 출판 산업 비즈니스 인맥을 연결해 주고, 수수료를 받는다. 잊지 말아야 할 것은 그가 자기 잇속부터 챙기는 악덕 업자 같은 캐릭터라는 사실이다. 가끔 모욕적인 발언도 서슴지 않는 파렴치한 인간으로도 잘 알려져 있다.

「프랭크 비서한테 들었지. 내가 화장실에 있는데 따라와서 슬쩍 귀띔을 해주더라고.」

「프랭크는 저쪽에 뭐라고 그랬대?」

「모르긴 몰라도 중간에서 삽화 고료를 올리고, 그 차액을

착복하려는 술수를 부릴 거야. 내가 다른 사람에게 들은 이야기가 있거든. 그러니까 이쪽에서 먼저 고료를 올리는 게 좋겠어. 그 밑의 액수로는 절대로 일을 맡지 않겠다고 먼저 선수를 치는 거지.」

「일러스트 고료 문제는 좀 더 심사숙고해 보자. 프랭크와 관계가 껄끄러워져서 좋을 건 없지. 일을 한 번만 할 것도 아닌데. 그렇지만 이번처럼 마감이 급한 일거리는 곤란해. 하루하루 지날수록 내 몸의 세포들이 쪼그라드는 느낌이야. 생존의 위협을 느낀다는 소리지.」

「앞으로 유념할게. 그리고 삽화료 문제는 내가 알아서 처리할게. 너는 걱정하지 말고, 그림이나 집중해.」

쿠키가 누런색 숄더백의 지퍼를 열었다.

그 안에서 아메리카 뱅크의 스탬프가 찍힌 하얀 봉투가 하나 나왔다.

「이건 시티 페이퍼에서 나온 삽화료야. 그 신문사의 삽화 담당자가 바뀐 것 내가 얘기했던가?」

「아니.」

「하여튼 이번에 새로 바뀐 담당자가 나를 처음 만난 자리에서 그러는 거야. 당신은 텔레비전도 안 보고 살아요? 내, 참! 기가 막혀서.」

「갑자기 텔레비전은 왜?」

「자기네 삽화에 나오는 캐릭터 얼굴이 좀 더 개성적이었으면 좋겠대. 앞니도 더 과장되고, 왜 그거 있잖아, 텔레비전에 나오는 희극배우 같은 얼굴.」

「요즘은 앞니 큰 연예인이 대세인가 보군. 저번에 있던 삽화 담당자는 돌리 파튼의 젖가슴만 찾더니만.」

「갑과 을의 관계잖아. 누구에게 삽화를 맡기느냐는 결국 시티 페이퍼가 결정하는 거니까. 이쪽에서는 주문받은 대로 그려주기만 하면 되는 거지. 표정도 더 희극적으로, 앞니도 더 과장된 모습으로.」

더 이상 옳고 그름을 따질 필요는 없다. 이해득실도 중요하지 않다. 모든 상황에서 의뢰인의 의견이 최우선이다. 나는 그저 그들 입맛을 충족시켜 주면 그만이다.

「돈을 세 봐. 이번에도 반띵이야.」

「세어보긴 뭐. 맞겠지.」

쿠키와 내 수익 배분율은 정확히 50대 50이었다. 일감을 맡아온 그녀가 삽화료의 반을 챙겼다. 삽화를 그린 내 몫은 그 나머지 절반이었다.

마포구 아현동의 오래된 적산 가옥은 내게 고향 같은 장소이다. 나의 어린 시절은 그 집에서 부모님과 함께했던 소중한 추억들로 가득 차 있다. 중학교 1학년 때, 아버지가 교통사고로 돌아가셨다는 소식을 듣고 나는 큰 충격을 받았다. 가정이라는 울타리 안에서 주부 역할에만 충실했던 엄마는 경제적 어려움을 극복할 만한 능력이 거의 없었다. 주변에서는 아현동 집을 팔아서 그걸로 음식 장사라도 하라고 충고했다. 사회생활 경험이 전혀 없는 엄마는 결정을 쉽게 내리지 못했다.

아버지는 생전에 신문사 문화부 기자였다. 아버지의 서가에는 문학에 관련된 책들과 소설책들이 상당히 많았다. 나는 시간 날 때마다 그 책들을 차례로 꺼내어 읽었다. 아버지의 부재로 인한 슬픔과 상실감을 그 속에서 위로받았다.

중학교 3학년이 시작될 즈음, 어머니가 재혼한다는 말이 흘러나왔다. 상대가 하필이면 아버지의 오랜 친구이자 출판업을 하던 사람이라 나는 몹시 분개했다. 결혼한 엄마는 곧 사내아이를 낳았다. 그때까지는 엄마가 양쪽 집을 오가며 살림을 돌봤지만, 이제는 그럴 수 없었다. 나도 더 이상 엄마의 도움을 기대하지 않았다. 나는 기숙사가 있는 고등학교로 진학했고, 서울에서 전문대를 다니다가 마침내 미국으로 유학을 왔다.

아현동 집을 매각한 덕분에 내게는 이 모든 일들이 가능했다. 고향집을 잃은 대신, 최종 학력 졸업장을 얻게 된 셈이다. 마이카 학교 졸업식은 5월에 볼티모어 오페라 하우스에서 거행되었다. 우리 모두는 자주색 테가 둘린 검은색 가운에 베레모를 착용했다.

스테이션 빌딩 앞에서부터 졸업생들의 긴 행렬이 시작되었다. 오페라 하우스 음악당 안으로 들어간 순간, 1층 좌석 중간에 놓인 커다란 비치볼이 눈에 띄었다. 누군가 그것을 토스하듯 가볍게 띄워 올렸다. 곧이어 졸업식이 이미 시작되었다. 하늘색 비치볼은 졸업생들의 손에서 손으로 이어지며 계속 붕붕 떠다녔다.

장내가 점점 산만한 양상을 보이기 시작했다. 학생들이 동요했다. 위쪽 객석에서 지켜보고 있던 학부형들이 킥킥거리며 웃었다. 급기야 진행을 맡고 있던 여성 부총장이 마이크에 대고 큰 소리로 주의를 주었다.

「자자, 공놀이는 이제 그만하고 여기에 집중 좀 하세요. 다들 졸업부터 해야겠죠.」

3층 높이의 넓은 음악당 안에서 웃음소리가 파도처럼 번져 갔다. 졸업식 식순은 1시간 정도 진행되었다. 마지막으로 총장의 '졸업식 축사'가 있었다.

「여기까지는 우리가 모두 함께 왔습니다. 이제부터는 여러분들 스스로 대양을 향해 힘껏 헤엄쳐 나가야 합니다. 모두에게 신의 가호와 행운을 빕니다.」

마침내 학사 졸업장 수여식이 있었다. 부총장이 졸업생 이름을 한 명씩 호명하였다. 우리는 단 한쪽에 대기하고 있다가 차례로 나가서 졸업장을 건네받았다. 음악당 안에는 계속해서 박수 소리가 울려 퍼졌다.

식이 끝난 후, 모두가 스테이션 빌딩 앞 주차장에서 기념촬영을 했다. 마침내 졸업식이 끝났지만, 그 모든 순간에 나는 혼자였다. 졸업식 꽃다발을 안겨줄 사람도, 기념사진을 찍어 줄 사람도 없었다. 모두가 흥겨워하는 축제 속에서 나만 혼자 고아처럼 떠돌았다.

예전 아현동 집에서 살던 시절이 문득문득 떠올랐다. 엄마, 아버지, 나. 우리 세 식구가 정답게 오손도손 지내던 모습들이 그리웠다. 돌이킬 수 없는 옛 추억들에 대한 상념으로 내 마음은 온종일 어두웠다.

'어머니, 그동안 고마웠습니다. 이제부터는 저 혼자 잘 살아볼게요.'

이 편지는 마이카를 졸업하던 그날, 내가 엄마에게 쓴 편지의 일부분이다. 그 편지는 내 인생에 대한 독립 선언이 아니었다. 거기에는 아직 미성숙한 자아의 하소연이 담겨 있었다. 마침내 대학을 졸업했다는 안도감보다, 모친에 대한 원망이 크게 자리를 잡고 있었다. 대학을 졸업한 후, 더 이상 유학생 신분을 유지할 수 없었다. 외국 학생을 위한 비자도 연장되지 않았다.

내게는 이제 두 가지 선택지가 남아 있었다. 계속 여기서 버티는 방법을 찾거나, 아니면 본국으로 돌아가는 것이었다. 내겐 돌아갈 고향집이 없었다. 서울에서 나를 기다리는 사람이 아무도 없을 것 같았다. 졸업식장에서 목격한 비치볼처럼, 나는 여기저기 붕붕 떠돌 뿐이었다.

내게는 대양을 향해 힘차게 뻗어나가는 것이 그저 꿈같은 일이었다. 어쨌든 버티려면 취직이 급선무였다. 결국 입사 원서를 여기저기 돌리기 시작했다. 취업비자를 줄 수 있는 직장은 그리 많지 않았다. 그런 곳에 취직하는 것은 하늘에서 별을 따는 것보다도 어려웠다. 유학생 비자의 만료 시점이 점점 다가오고 있었다. 나는 취업 준비 과정에서 또 한 번 좌절을 맛보았다.

「윤 씨. 저번에 보낸 서류는 연락이 왔어?」

쿠키가 전화 속에서 걱정스럽게 물었다. 그녀는 기분 내키는 대로 내 이름을 윤, 혹은 윤 씨라고 부르곤 했다. 그녀에게 나는 오늘 윤이 아닌, 윤 씨였다. 나를 부르는 그 목소리에 왠지 마음이 울컥했다.

「윤 씨, 왜 그래? 말 좀 해봐.」

그녀의 목소리가 안타깝게 떨렸다.

「웨스팅하우스에서 편지가 왔어. 올해는 더 이상 사람을 안 뽑는데. 일자리가 필요하면 내년에 다시 지원하래.」

「내가 거긴 안 된다고 했지? 그런 회사에서 필요한 사람은 전문 산업 디자이너야. 윤 씨 같은 순수 페인팅이 아니야.」

「이제는 어쩌지? 진짜 우울하다.」

「내가 뭐랬어. 시민권자와 결혼하는 방법 외에는 없어. 여자 꼬시는 게 취직보다 빠르다고 했잖아. 영주권 받기까지 6개월밖에 안 걸린다니까.」

「여자? 너도 내 사정 잘 알면서. 으흐흐.」

「뭐가 으흐흐? 정말로 여자를 봐도 그게 안 선단 거야? 일시적인 거 아니었어?」

아무리 속속들이 아는 친구라도 이런 대화는 피하고 싶었다. 여자인 그녀가 어째서 내 성적 능력에 관심을 보이는지 이해할 수 없었다.

「윤 씨, 혹시 과민성 아닐까? 옛날에 성적인 트라우마 생긴 적 있어?」

「트라우마? 아마 그럴 수도.」

「물리치료 한번 받아볼래? 어디서 봤는데 남자가 그거 할 때마다 빳빳이 서는 건 아니래. 너만 그런 게 아니야.」

「흠흠! 말 좀 가려서 해주면 고마울 것 같은데.」

「왜? 윤 씨 지금 부끄럽구나?」

「그게 아니라.」

「걱정하지 마. 그거 안 서는 남자도, 장가 가서 애 낳고 잘만 살더라. 그런 남자 많아. 날 믿어. 내가 누구야? 나, 쿠키야.」

「그래, 쿠키야. 너 이런 얘기 들어본 적 있니?」

「어떤 얘긴데?」

「옛날에 국제 정치범 남자가 감옥에서 탈옥을 한 거야. 남자는 대도시로 도망을 갔지. 그런데 계속 미행이 따라오는 거야. 이크, 잡히면 죽음이다. 요리조리 도망치지만 따돌릴 수 없었어. 어떤 놈이 이렇게 끈질긴 거야? 남자는 일부러 가게 쇼윈도로 다가갔어. 유리창에 미행자 모습이 비쳤지. 중절모를 쓴 멀끔한 놈이었어. 그 중절모가 가까이 바짝 붙어 서더래. 정치범은 달달 떨면서 물어봤어. Are you with the FBI? 혹시 FBI인가요? 중절모가 고개를 설레설레 젓더래. 정치범이 다시 물었지. Are you with the KGB? 그럼, KGB? 그때 중절모가 뭐라는 줄 알아?」

「몰라. 그걸 내가 어떻게 알아?」

「중절모가 정치범 귀에 대고 속삭였지. I'm GAY.」

「지, 에이, 와이? 게이?」

「맞아. 그게 바로 나야. 지. 에이, 와이.」

「소문이 진짜였구나.」

「소문? 무슨 소문?」

「너 동성연애자, 요즘엔 성소수자라고 하던가?」

「정확히 말하면 난 동성애자도 성소수자도 아니야. 아직은 경험이 없어.」

「모태 솔로?」

「그렇지. 100퍼센트 순결무구 백설 같은 존재. 내가 바로 그런 사람이지.」

「아직, 한 번도?」

「해본 적 없다니까.」

「아직 딱지도 못 뗀 천연기념물? 너 미쳤구나? 그게 가능해? 우하하하!」

나의 치명적인 비밀을 폭로한 순간, 그렇게 마음껏 웃어댄 사람은 쿠키가 처음이었다. 그래, 웃어라. 웃는 자에겐 복이 넘쳐나니! 나조차도 그 웃음소리에 전염이 되어 낄낄거리며 웃고 말았다.

「윤 씨. 사정이 참 딱하네. 취직은 안 되고, 결혼은 불가능하고. 보험료 지급을 미루면 계약이 파기된다는 걸 명심해. 그렇다면 방법을 딱 한 가지뿐이네.」

「뭐? 뭔데?」

「한국으로 돌아가는 거지.」

「싫어, 그건.」

「왜? 고소공포증 환자라 비행기가 무서운가?」

「내가 원해서 미국에 왔으니, 한국에 돌아갈 때도 내가 원할 때 돌아갈 거야. 범죄자처럼 쫓겨나긴 싫어.」

「여기서 법적 지위가 불안하면 삶이 고달파. 네가 언제까지 젊을 것 같니? 현실과 타협하는 것도 용기야. 그거 아무나 하니?」

미국 정부로부터 받은 F1 비자가 만료되었다. 사회의 법 테두리를 벗어난 불법체류자의 삶은 고립무원 그 자체였다. 나의 정체성은 희미했다. 이것도 저것도 아니었으며, 이것이나 저것이 될 수도 있었다.

고향으로 돌아갈 길이 없는 무명 삽화가이자, 상상력의 한계를 깨닫는 발기불능 환자. 생의 의지와 목적의식은 점점 아득해졌다. 욕구와 희망을 잃은 채 혼자 떠도는 외로운 그림자 하나. 인생의 막다른 골목에 나 혼자 서 있는 기분이었다. 그때 쿠키가 옆에 없었다면, 나는 버텨낼 수 없었을 것이다.

「드디어 끝났어. 그동안 수고 많았어. 우리 천연기념물!」

쿠키가 삽화가 든 종이상자를 챙기며, 괜히 내 엉덩이를 툭툭 때렸다.

「성추행과 성희롱은 삼갔으면 고맙겠어. 부탁이야.」

나는 불쾌한 표정으로 손가락 관절을 우두둑 꺾었다.

「알았쪄요. 이 누나가 미안해용.」

그녀는 내 엉덩이를 다시 툭툭 치며 크게 깔깔 웃었다. 그

히스테리컬한 웃음소리에 속이 울렁거렸다. 때로는 팥쥐 엄마 같고, 때로는 마귀할멈 같은 웃음소리였다. 나는 짜증스러웠지만 그녀가 건네준 돈봉투에 감격했다. 화폐의 묵직한 부피감은 안정과 위로를 상징했다.

나는 생의 여정에서 방향을 잃은 자이다. 이런 내게 일거리가 있다는 것은 너무나 다행스러운 일이었다. 이름을 잃어버린 자, 성 정체성마저 모호한 나에게도 삶은 지속되고 있었다. 그녀가 삽화 고료 중 절반 이상을 떼 간다고 해도 나는 감수할 것이다. 그녀 도움으로 하루하루 연명해 가는 것만으로도 감사한 일이었다.

「일단 나가자. 먼저 출판사에 들렀다가, 저녁을 먹고, 술도 진탕 마시는 거야. 오늘 밤은 내가 거하게 한탕 쏠게.」

우리는 삽화 원고가 들어 있는 종이상자를 들고 밖으로 나왔다. 어둠이 깔린 도로 한편에 쿠키의 빨간색 폭스바겐 자동차가 주차되어 있었다.

「넌 취했어. 열쇠 줘봐. 운전은 내가 할게.」

시동을 걸자 부드러운 엔진 소리와 함께 차내에 울려 퍼졌다. 폭스바겐 자동차는 골목을 빠져나온 후, M 스트리트를 향해 빠르게 달려 나갔다.

당나귀와 그 밖의 것

미국 비자의 만료 시점이 거의 다가오던 어느 날, 쿠키에게 전화가 왔다. 그날은 비가 내리고 있었고, 공기가 축축했다. 쿠키는 중국 식당에 가서 저녁을 먹자고 말했다.

「곧 데리러 갈 테니 준비하고 있어.」

「그만둬. 나는 지금 외출할 기분이 아냐.」

그녀는 보험회사에 입사한 지 얼마 안 된 상황이었다. 매번 그녀에게 밥을 얻어먹는 게 부담스러웠다. 그런데 얼마 후, 그녀가 직접 먹을 걸 싸 들고 나를 찾아왔다. 나는 출입문을 막아선 채 인상을 찡그렸다.

「젊은 아가씨가 주말에 데이트나 하지, 왜 쓸데없이 남자 혼자 사는 집에 자꾸 들락거려.」

「금 밖에 사는 청춘은, 토요일에 어떻게 사는지 구경 좀 하려고.」

「뭔 소리야?」

「윤 씨, 법적인 라인 안쪽이 아니라, 그 라인의 바깥쪽 산다고 당신이 그랬잖아?」

「그래그래, 들어와서 많이 구경해라.」

어쩔 수 없이 그녀를 안으로 맞아들였다. 그녀가 들고 온 쇼핑백 안에는 먹을 것들이 잔뜩 들어 있었다.

「뭘 이렇게 많이 사 왔어?」

「내가 가진 게 돈뿐이라. 허허허!」

그녀는 음식이 든 테이크아웃 상자를 세 개씩이나 꺼내 놓았다. 뚜껑을 젖히자, 중국 요리 특유의 기름진 냄새가 번져갔다. 나는 우울한 표정으로 그것들을 바라만 볼 뿐이었다.

「나는 배가 안 고파.」

「그게 무슨 소리예요? 벌써 저녁때인데. 윤 씨가 좋아하는 에그 푸영과 서천 비프와 새우볶음밥이잖아. 아이고, 진짜 맛있겠어요. 식기 전에 얼른 먹어야지. 냠냠!」

쿠키는 혀가 반토막밖에 없는 사람처럼 말했다. 징징거리는 막냇동생을 달래는 누이처럼 유치한 말투였다. 그녀는 돌봄 욕구가 강한 여성으로서 모성애적인 성향이 높았다.

「오늘은 먹으면 체할 것 같아.」

「정말? 먹기 싫어?」

예의상 조금이라도 먹어보고 싶었지만, 전혀 그럴 기분이 아니었다. 그녀도 몇 번 더 권유하다가 결국 포기했다. 우리는 대신 옥수수 칩을 앞에 두고 앉아 맥주를 마시기 시작했다.

「비자가 만료되면 어떨 것 같아?」

「글쎄. 기분이 좀 묘하긴 해. 그게 뭐라고.」

쿠키는 맥주를 한 모금씩 두 번에 걸쳐 들이켰다. 매번 두 번씩 홀짝거리는 것은 그녀만의 특이한 습관 중 하나였다.

「혹시 두렵거나, 불안하거나 그렇지는 않아?」

「왜 자꾸 묻는 건데?」

「혹시라도 네가 죽을까 봐 걱정되어 말하는 거야. 보험료는 매달 계속 내야 해. 안 그러면 계약이 파기되거든. 생명보험 가입자가 자살하면 보험금은 지급되지 않아. 네 엄마에게 돌아갈 돈도 없다는 걸 명심해.」

「보험금 때문이 아니라, 혹시 날 좋아하니? 경고하는데, 절대로 좋아하지 마라.」

「미쳤나 봐. 나도 남자라면 지긋지긋해. 진짜, 질렸어!」

쿠키가 두 번째 맥주 캔을 따려다 말고 눈을 부라렸다. 빈 속에 맥주를 마신 탓인지 감정이 쉽게 격양되었다. 나는 테이블 서랍 속에 있던 패스포트를 꺼내, 저만치 떨어져 있는 철망 쓰레기통 속에 던져 넣었다. 대한민국 여권과 미국 비자가 들어 있는 그 패스포트는, 공중에서 크게 회전을 하며, 한 치의 오차도 없이 쓰레기통 안으로 굴러떨어졌다. 그 장면은 나의 법적 증명서가 한 줄기 빛이 되어, 마법처럼 암흑 속으로 빨려드는 것 같은 환상을 불러일으켰다. 합법적인 이름을 상실한 순간의 내 선택은, 불법체류의 삶을 겸허히 수용하는 것뿐이었다. 나의 부표 같은 청춘은 또 다른 공허를 향해 천천히 선회를 시작했다. 쿠키가 내 얼굴을 뚫어지게 바라보았다. 나는 조금 무안한 기분이었다.

「너 좀 애 같다.」

「내가 뭘? 어째서?」

「여권을 버린다고 달라질 것 같아? 저건 그냥 종이 쪼가리일 뿐이야.」

「누가 아니래. 나도 알아.」

「그걸 안다니 다행이네. 넌 여전히 너야. 법적인 이름도 너고, 한국 국적을 가진 것도 너야.」

「알아. 그래서 뭐?」

나는 맥주 캔을 손으로 와락 쭈그러뜨렸다.

「바보처럼 왜 그래? 한심하군. 이 쿠키가 지상에서 너를 꽉 붙잡고 있잖아. 누군가 한 사람이라도 붙잡고 있으면, 아무도 함부로 날아가지 못해. 그 사람은 절대로 쓰러지지 않아.」

그녀는 혀를 끌끌 찼다. 중학교 상담교사 같은 말투였다. 법률적인 테두리 내부와 외부의 삶은 얼핏 보기에 큰 차이가 없었다. 여전히 나는 정해진 속도로 하루의 루틴을 반복했다. 그러나 삶의 형태가 조금씩 어긋나면서, 또 다른 양상으로 전개되었다. 자동차가 움직이는 데 기름이 필요한 것처럼, 사람도 삶을 이어가기 위해서는 에너지가 필요했다. 생활비를 최대한 줄이고, 허리띠도 꽉 졸라맸지만, 통장 잔고는 점점 바닥을 드러냈다. 가난한 사람들의 겨울은 더 춥고 혹독했다. 12월 한파가 강타하면서 볼티모어의 풍경들이 꽁꽁 얼어붙기 시작했다.

2월 말경, 쿠키와 친분이 있는 최 집사님의 소개로 40번 간선도로에 있는 주유소에서 면접을 보았다. 한인 교포가 운영하는 사업체라 세금 문제를 피할 수 있었고, 밤에만 일하는 조건이어서 낮 동안 자유롭게 지낼 수 있을 것 같았다.

주유소 사장은 이민 경력 20년째인 50대 중반의 배불뚝이 남자였다.

「유학생이라면서?」

말을 툭 내뱉는 그의 태도가 약간 불쾌했다. 나는 잠시 망설였다. 얼마 전까지만 해도 내 신분은 유학생이었지만, 지금은 아니었다. 나를 소개한 최 집사님이 중간에서 편하게 유학생이라고 한 것 같았다. 나도 모른 척 설명하지 않았다.

「밤에 일하고, 낮에 공부하고. 학교생활은 제대로 할 수 있겠어?」

주유소 사장이 다시 물었다. 대화가 이미 첫 번째 질문부터 엇나갔기 때문에, 두 번째 질문에도 나는 그냥 함묵했다. 주유소 사장이 말끝마다 유학생이라는 단어를 거론한 데에는 그럴만한 이유가 있었다. 임금 문제에 대한 얄팍한 셈법이 따로 있었기 때문이었다.

메릴랜드주에서는 당시 연방법에 따라 최저임금이 시간당

3달러 80센트로 책정되어 있었다. 나를 이곳으로 보낸 최 집사님도 넌지시 언급했다.

「야간 수당도 있고 하니 최소한 4불 이상은 받지 않을까 싶은데.」

주유소 사장은 시간당 3달러 80센트를 제시했다. 내가 유학생 신분이라 최저임금 이상을 주지 못한다고 설명했다.

「집사님이 직접 소개하신 거라, 내가 25센트 동전 하나 더 생각한 거야.」

나는 소셜 시큐리티 번호조차 갖고 있지 않았다. 아무리 그래도 야간 근무에 시간당 3달러 80센트는 야박하다는 생각이 들었다.

「다시 한번만 생각해 보시죠.」

나는 조심스럽게 말했다. 주유소 사장은 단호하게 고개를 저었다.

「우선 일을 하는 걸 봐서 주급은 다시 조정하도록 하지. 일을 가르쳐 놓기가 무섭게 학생이 그만두면, 나만 손해가 너무 큰 것 아닌가.」

주유소 사장의 말을 믿고 한번 기다려 보는 게 좋을 것 같았다. 고작 시간당 3달러 80센트의 일자리였지만, 나에게는 첫 직장이었다. 최선을 다해 열심히 일할 것을 다짐했다.

주유소에서 하는 일은 어렵거나 복잡하지 않았다. 내 주요 업무는 카운터에서 손님들을 맞이하고, 기름값을 정산하는 것이었다. 야간에는 주유구도 셀프서비스로만 작동했다. 성가시게 핫도그나 샌드위치를 만들어 판매하는 일 따위도 없었다. 매장 안에는 음료수나 간단한 스낵, 각종 담배가 준비되어 있었다. 가끔 손님들이 들락거릴 때를 제외하고는, 나는 하품을 삼키며 어서 날이 밝기를 기다릴 뿐이었다.

주유소의 야간 근무는 나의 야행성 기질과도 잘 맞았다. 육체적으로 시달릴 일도 별로 없었고, 옆에서 잔소리하는 사람도 없었다. 주유소 사장도 처음에 한 약속을 지켰다. 3개월 후부터 나의 급료는 매달 정확히 10센트씩 오르기 시작했다. 나는 오후 10시에 출근하여 오전 6시까지 근무했다. 새벽에 다른 종업원이 출근하면, 현금 등록기를 마감한 후에 가게를 나섰다.

루트 40에 있는 주유소에서 패터슨 파크 근처에 있는 내 집까지는 차로 20분 거리였다. 덜덜거리는 뷰익을 몰고 곧장 집으로 돌아와서, 간단한 식사를 챙겨 먹은 후에는 곧바로 잠자리에 들었다. 나의 하루는 8시간으로 세 등분 되어 있었다. 8시간의 노동과 8시간의 숙면, 그리고 8시간의 자유시간이었다. 그 안에서 적절하게 균형을 유지하며, 최대한 평온한 일상을 지속하기 위해 노력했다.

그렇게 하던 중에 결국 사고가 터졌다. 어느 눈 오는 날 밤이었다. 밖에는 눈발이 심하게 몰아쳤다. 주유소 주변에는 지나다니는 차들도 거의 없는 쓸쓸한 풍경이었다. 새벽 2시쯤, 스키 모자를 뒤집어쓴 강도 두 놈이 갑자기 가게 안으로 뛰어 들어왔다.

「움직이지 마. 움직이면 쏜다.」

놈들은 내 머리에 총구를 들이댔다. 매장 안에는 나 외에는 아무도 없었다. 차에 기름을 넣으러 오는 손님들도 일찌감치 끊긴 상태였다. 점포 안은 순식간에 난장판으로 변해버렸다. 내 정수리에 꽂힌 차가운 쇳덩어리가 나의 현실 감각을 마비시켰다. 그들은 지옥에서 온 저승사자였다. 내 정신은 두려움에 젖어 아득해졌다. 오른손 바로 밑에 비상벨 스위치가 있었는데도 누르지 못했다. 경찰이 출동하기도 전에 내 골통이 먼저 박살이 날 게 뻔했다. 나는 이 세계의 끝에서 소멸의 쓴맛을 보게 될 것이다.

살, 아, 야, 한, 다.

그 다섯 글자에 혼신의 힘을 다해 매달렸다. 나의 뇌리에는 오직 그 다섯 개의 음소만이 메아리쳤다.

「머니, 머니! 돈통 열어!」

오른쪽에 있던 놈이 내 얼굴에 총을 겨누며 소리쳤다. 남부 지방의 악센트가 섞인 말투였다. 그 순간의 나는 아무것도 느끼지 못했다. 그들이 무슨 말을 했는지조차 아직 내게는 전해지지 않았다. 그저 본능적으로 두 손을 추켜들고 사시나무처럼 떨고 있을 뿐이었다. 왼쪽에 있던 놈이 계산대로 들어와 나를 확 밀치고는 금전 등록기를 열었다. 놈은 동전은 그냥 놔둔 채 지폐만 몽땅 챙겼다.

그들이 야단법석을 떨며 소란을 피우는 와중에도, 나는 고개를 깊이 숙인 채 바닥만 응시했다. 그것은 '살, 아, 야, 한, 다'라는 다섯 글자가 내게 제시한 유일하고도 절대적인 명령이었다. 여기서 아무것도 목격하지 마라. 그들의 범행을 입증할 만한 사소한 그 무엇도 기억하지 마라. 내가 보고, 듣고, 느끼는 것을 모두 삭제시켜 버려라. 그리하여 놈들에게 내가 진술할 자격이 전혀 없는 목격자임을 인지하게 하라. 아무것도 듣지 않은 자, 보지 않은 자만이 생존할 수 있을 것이다.

그 밤에 내 목숨을 지킬 유일한 방법은 오직 그것뿐이었다. 언젠가 이런 형태의 끔찍한 경험을 한 그 누군가의 증언이 있었다. 그 경험담이 내 귀에까지 전해져서 결국은 내 목숨을 살린 것이다.

그 밤에 나는 지옥문 앞까지 갔다가 다시 돌아왔다. 놈들은 결국 달아났다. 어떠한 총소리도 들리지 않았다. 처음 겪어보는 폭력적인 사건에서 다행히 목숨을 건졌지만, 이제 주유소의 야간 근무는 단 하루도 감당할 자신이 없었다. 계속

공포의 그림자가 나를 쫓아다녔다. 나는 결국 주유소 일자리를 그만둘 수밖에 없었다.

은행 잔고가 다시금 바닥을 드러내기 시작했다. 생활을 유지하기 위한 생계 전선에도 빨간 비상등이 깜박거렸다. 먼저 전화 통신 서비스가 중단되었다. 전기회사에서도 삼 일 후에 전력 차단을 예고하는 통지를 보내왔다. 나는 차가운 바닥에서 석유난로 하나를 끌어안은 채 오돌오돌 떨었다.

「집세도 내야 하는데. 돈이 다 떨어져 가는 군.」

내가 믿고 기댈만한 구석이라고는 오로지 쿠키와 최 집사님뿐이었다. 쿠키는 한동안 연수를 받아야 한다며 어딘가로 멀리 떠나 있었다. 나는 한인 교포사회의 유지라 할 수 있는 최 집사님에게 전화를 걸었다. 전화선 너머에서 들리는 집사님의 목소리는 너무나도 싸늘했다.

「일자리가 필요하다고? 젊은 사람이 염치가 없군. 주유소를 갑자기 관두는 바람에 내 얼굴이 뭐가 됐나? 일을 그만둘 때는 미리 노티스를 주는 게 상식 아닌가? 최소한 보름 전에는 사전 통보를 해야 고용주도 대처를 하지. 이 사회에서 신용이 자기 얼굴인 거 아직 모르나? 좀 배웠다는 사람이 왜 그러나?」

「변명 같지만…」

「변명? 갑갑한 노릇이로군. 대체 잘못을 뉘우치긴 한 건가?」

젠장! 나도 모르게 속에서 욕설이라도 튀어나올 판이었다. 주유소 사장은 강도가 난입했다는 사실을 끝내 밝히지 않은 것이다. 그날 밤에 목숨을 건진 것은 정말 기적이었다. 그것이 나의 절박한 해명이었지만, 결국 뱉어내지 못했다. 불평불만은 손에 쥔 게 많은 자들만이 누릴 수 있는 특권이었다. 당장 밥 한 끼가 급한 형편이면, 무조건 참고 수긍하는 도리밖에 없었다.

「다시는 실망시켜 드리지 않겠습니다. 제 목숨을 걸고 약속드리죠.」

「그런 일에 목숨까지 걸건 없고. 나중에 쿠키랑 우리 교회에 한 번 나오지. 쿠키는 내 조카딸 같은 아이야. 쿠키 부탁도 있고 하니, 일단 한 번 더 믿어보도록 함세.」

두 번째 일자리는 도넛 가게였다. 여기에서도 나는 야간에 일을 했다. 내 근무 시간은 밤 9시부터 새벽 5시까지였다. 가게 주인은 한인 사회에서 김 선생으로 통하는 점잖은 분이었다. 한국에서는 고등학교에서 수학을 가르쳤다고 했는데, 이제는 머리가 희끗희끗한 도넛 도매상으로 변모했다.

도넛 가게는 길거리 상점들이 모여 있는 작은 쇼핑몰 안에 자리 잡고 있었다. 상가 주차장 바로 앞을 4차선 도로가 가로지르고, 그 너머로는 수풀 우거진 한적한 풍경이 펼쳐져 있었다. 가게 안은 오륙십 평 정도의 넓은 공간으로 약간 휑한 느낌을 주었다. 홀과 주방은 스탠드바처럼 생긴 긴 테이블을 경계로 분리되어 있었다. 카운터 안에는 상업용 냉장고들과 도넛 진열대가 질서 있게 배치된 모습이었다. 더 안으로 깊이 들어가면 갖가지 요리 도구들이 갖춰진 주방이 나타났다. 가게 안에는 항상 막 뽑아낸 신선한 커피 향이 기분 좋게 감돌았다.

나의 주된 임무는 주방장 홍 씨가 퇴근할 때까지 주방을 보조하거나, 가끔씩 들리는 손님들에게 도넛과 커피를 제공하는 것이었다. 주방에서 도넛을 기름에 튀겨 아이싱을 입히다가도, 딸랑, 가게 문의 종소리가 울리면, 손바닥을 앞치마에 쓱쓱 문지르며 냉큼 밖으로 나가 손님을 맞이했다.

「헬로우! 뭘 도와드릴까요?」

「커피하고, 프레쉬한 도넛 주세요. 지금 막 나온 따끈한 걸로요.」

금방 만들어 낸 야들야들한 도넛들은 확실히 맛이 좋았다. 이 가게를 오랫동안 찾아온 단골손님들은 그 사실을 잘 알고 있었다. 어쩌다 가끔 찾아오는 동네 손님들만을 대상으로는 비즈니스를 오래 유지하기 어려웠다. 김 선생은 이미 20년 가까이 이곳에서 도넛 가게를 운영해 왔다. 여기에서 생산된 많은 도넛들은 주로 소상공인들이 운영하는 그로서리 마켓을 통해 판매되었다. 마켓들마다 위치한 자리가 워낙 광범위하다 보니, 도넛을 직접 배달하기보다는 그쪽에서 가지러 오는 경우가 대부분이었다.

주방에서는 대략 열여섯 가지 종류의 도넛이 만들어졌다. 매일 밤, 70개가 넘는 사각형 트레이들에 도넛이 꽉 채워졌고, 그것들은 이동식 프레임으로 옮겨져서 차곡차곡 줄줄이 쌓여갔다. 각각의 은쟁반 트레이에는 네 다스의 도넛들이 가득 차 있었다. 12개짜리 한 묶음을 넷으로 곱한 후, 거기에 다시 70을 곱한 값이 한밤에 생산되는 도넛의 수량이었다.

12×4×70=3,360

밀가루 반죽에서부터 최종 생산물을 뽑아내는 과정은 거의 중노동에 해당했다. 노동 강도 측면에서 볼 때, 주유소에서의 업무는 거저먹기와 다를 바 없었다. 이곳에서는 하루에 9시간 일하는 동안, 한가롭게 여유를 부릴 틈이 거의 없었다. 주방 보조인 나에게는 무엇보다도 청결이 중요했다. 밤 11시경 제빵사 홍 씨가 퇴근한 후에 나는 설거지를 시작했다. 조리 도구와 제빵 기계 장비들을 하나하나 깨끗이 닦아내고, 커피잔 소독과 가게 청소까지 해야 할 일이 아주 많았다.

그래도 이 가게에서 가장 마음에 드는 점은 비교적 안전한 구역에 위치한다는 사실이었다. 도넛 가게의 특성상 한밤중에도 경찰관들이 수시로 들락거렸다. 그들은 순찰차를 타고 주변을 순회하다가 종종 이 가게에 들러 공짜 커피를 마셨다.

「지난 20년 동안 단 한 건의 불미스러운 사고도 없었지.」

이곳에 처음 왔을 때, 김 선생이 자랑스럽게 했던 말이다. 권총 강도를 더 이상 걱정하지 않아도 되겠구나 싶어 마음이 놓였다.

도넛 가게에서의 밤은 정신없이 지나갔다. 손님들 테이블을 닦고, 바닥에 물청소까지 끝마칠 즈음이면, 어느덧 깜깜했던 창밖으로 새벽 여명이 조금씩 밝아왔다. 가게 안 한쪽에는 도넛들을 빼곡히 실은 이동식 프레임들이 우뚝우뚝 서 있었다. 그것들은 마치 이른 새벽에 물을 마시러 나온 코끼리 떼처럼, 장엄한 침묵 속에서 하루의 시작을 조용히 응시하고 있었다.

가게의 통유리창 밖으로 차츰 희붐한 아침 햇살이 번져갔다. 우거진 수풀 너머로 뽀얀 아침 안개가 피어올랐다. 어디선가 새들이 지저귀는 소리가 들리고, 새벽길을 달리는 자동차 소리가 점점 높아졌다. 그때쯤이면 나도 앞치마를 벗고는 커피잔을 앞에 놓고 앉아, 반쯤 눈이 감기는 몽롱한 최면상태에 빠져들곤 했다. 한밤의 피로는 물에 젖은 습자지처럼 나의 의식을 빨아들이고, 서늘한 새벽빛에 나 자신조차 투명해진 순간을 만끽했다.

내 운명의 눈금줄 어디에 도넛과 얽힌 인연이 있었단 말인가. 그런 생각에 괜히 서글퍼지면서도 한편으로는 쓸쓸한 미소가 떠올랐다. 나는 그때의 모든 아침을 성스럽게 기억하고 있다. 동터 오는 새벽의 조용하면서도 눈부셨던 한 날의 시작을, 그 도넛 가게에서 모닝커피를 홀짝거리며 가슴에 새기고 있었다.

도넛 기술자인 홍 씨 역시 한국에서 온 유학생이었다. 지금은 대학에서 경영학 박사과정을 밟고 있었는데, 이미 아내와 두 자녀를 둔 유부남이었다. 그는 가게 주인과 번갈아 가며 일주일에 사흘만 일을 했다. 생활이 넉넉한 편은 아니었지만, 얼마 후에는 이 가게 일을 아예 그만둘 계획이었다. 박사 논문을 마무리하기 위해 내린 어쩔 수 없는 결정이었다.

내가 이 도넛 가게에서 일을 시작하게 된 건 순전히 홍 씨 덕분이었다. 주방 보조로 일하는 나에게 그는 종종 도넛 만드는 기술을 전수해 주었다. 그는 자리를 대신할 직원이 도넛 제조 기술을 습득할 때까지만 여기에 남기로 했다.

하루는 내가 밀가루 반죽을 하고 있는데 홍 씨가 다가왔다.

「내일은 모처럼 쉬는 날이니, 저녁에 우리 집에 와서 식사나 함께 하시죠.」

그의 제안이 따뜻하게 느껴졌지만, 정중한 태도로 거절했다.

「제 차가 고장이 나서, 발이 묶인 상태입니다. 마음만 고맙게 받겠습니다.」

나는 내일 온종일 그림이나 그릴 생각이었다. 피아니스트가 매일 피아노 연습을 하는 것처럼, 화가들도 수시로 재충전할 시간이 필요했다.

홍 씨가 고개를 내저으며 껄껄 웃었다.

「차편이라면 걱정하지 말아요. 내가 픽업할게요.」

「혹시 따로 무슨 할 말이 있어서 그러는 건 아닙니까?」

「아뇨. 이것도 인연인데, 나 여기 그만두기 전에 같이 식사라도 한번 하고 싶어서 그래요. 집 주소가 어떻게 되죠?」

그가 종이와 펜까지 꺼내 들고 재촉하는 바람에 어쩔 수 없이 내 주소와 약도를 알려주었다.

「아! 집이 패터슨 파크 근처로군요. 그 동네라면 제가 잘 알죠. 저도 한동안 거기 성 미카엘 성당 앞에 살았거든요. 내일 5시쯤 데리러 갈게요.」

「네, 감사합니다.」

나는 엉겁결에 그의 저녁 초대를 받아들였다. 다음날, 홍 씨의 낡은 세비가 약속 시간보다 5분 일찍 도착했다. 그는 내가 사는 붉은 벽돌색 건물 앞에서 경적을 두 번 울렸다. 창밖을 내다보니 홍 씨가 차 안에서 손을 흔들고 있었다. 나는 급히 밖으로 나가서 홍 씨를 내 원룸형 스튜디오로 불러들였다.

「여기까지 오셨는데, 제가 어떻게 사는 지도 한번 봐야지요.」

말은 그렇게 했지만, 홍 씨를 집안으로 초대한 이유는 따로 있었다. 그날 낮에 작업 중이던 작품을 누군가에게 보여주고 싶었다. 홍 씨를 첫 번째 관람객으로 초대한 것이다. 그는 집 안으로 들어와서 초라하고 어수선한 실내를 둘러보았다. 그의 시선은 내가 공유하고 싶어 했던 작품 위에 잠시 머물렀다. 하지만 그 시간은 5초를 넘지 않았다.

오랫동안 인정 욕구에 시달려 왔던 나는 너무나 실망스러웠다. 나는 그 작품에만 3개월이라는 시간을 투자했다. 완성단계까지는 그리 멀지 않았다. 지난 석 달간의 노력이 모두 그 한 폭의 그림 속에 녹아있었다. 그것은 내 인생의 석 달이었고, 어쩌면 삼 년 치의 의미일 수도 있었다. 하지만 홍 씨가 그 작품을 감상한 시간은 단 5초에 불과했다.

「아, 자유의 냄새! 윤 씨는 여기서 혼자 살아 정말 좋겠습니다. 싱글일 때가 좋아요. 싱글일 때가.」

홍 씨의 그 말은 나를 더욱 허탈하게 만들었다. 내가 노력한 3개월의 시간이 허무했다. 가뜩이나 자존감이 낮았던 나는 급격한 피로감을 느꼈다. 얼마 후, 도넛 가게를 떠난 사람은 홍 씨가 아니라 내가 되었다. 우래옥이라는 한인 식당에서 웨이트리스로 일하던 홍 씨의 아내가 과로로 쓰러졌기 때문이었다.

「이건 애 엄마한테도 정말 못 할 짓이에요. 그런 험한 일을 할 사람이 절대로 아닌데, 내가 여기까지 끌고 와서 이 고생을 시키고 있는 겁니다. 다 먹고 살자고 하는 짓인데, 돈에 무슨 꼬리표가 있나요? 가방끈 긴 사람이 버는 돈은 더 우월하다고 누가 그래요. 이참에 박사 학위 때려치우고, 본격적으로 돈이나 벌어보고 싶어요. 진짜 도넛 전문가로 나서볼까도 생각 중이에요.」

홍 씨는 도넛 가게에서의 일을 계속하기를 희망했고, 그 결과로 나는 다시 실업자 신세가 되었다.

도넛 가게 일을 그만두고 얼마 후의 일이었다. 하루 종일 추적추적 비가 내리는 스산한 날씨였다. 이런 날은 커피 냄새만으로도 마음이 울적해졌다. 연필로 그린 소묘처럼 온 세상이 흐릿해진 느낌이었다. 저녁 무렵, 에릭 사티의 짐노페디를 듣고 있는데 누군가 내 집 문을 노크하는 소리가 들렸다. 창밖을 내다보니 쿠키가 비를 맞고 서 있었다. 초췌하게 젖어가는 그 모습이 더욱 안쓰러웠다. 음악이나 들으며 혼자 있고 싶었지만, 결국 문을 열어주었다.

「무슨 음악 소리가 이렇게 우울해. 비 오는 날에는 차라리 댄스곡이지.」

쿠키는 외투에서 빗물을 털어내며 신경질적으로 말했다. 왜 이렇게 꾸물대다 문을 열었느냐는 항의 섞인 말투였다.

「왜 이렇게 비가 찔끔찔끔 내리는 거야?」

「아무렴. 봄비가 여름 소낙비 같을까.」

「하! 맞다. 봄이지. 근데 앞으로 어떻게 살아갈지 궁금해서 전화했더니, 이놈의 전화가 계속 불통이더라고. 뽑았지? 또 뽑아놓은 거야.」

쿠키가 전화선을 잡아당기자, 콘센트에 꽂혀 있어야 할 전화 플러그가 힘없이 끌려 나왔다.

「이것 봐. 이것 봐. 뽑았어. 뽑았어.」

그녀 손에서 전화 플러그가 덜렁덜렁 흔들렸다.

「도넛 가게로 전화했더니 일을 관뒀다던데. 어떻게 된 거야? 또 복면강도라도 만난 거야? 게네들이 거기까지 쫓아왔니?」

나는 그녀와 적당한 거리를 유지하며 침묵이라는 바리케이드를 쳤다. 상대가 누구라 해도 구차한 변명 같은 건 늘어놓고 싶지 않았다. 지난 며칠 동안 나는 점점 더 의기소침해지고 있었다. 거센 파도가 한꺼번에 내 인생을 휩쓸어 간 것처럼 느껴졌다. 쿠키가 오디오를 확 꺼버렸다.

「또 우울증 도졌네. 나 그냥 가면 좋겠지? 왜 도넛 일을 관뒀냐고?」

「넌 왜 이렇게 나를 걱정해 주는 건데?」

「네 걱정을 한다고? 내가? 허, 안 해! 내가 무슨 걱정을 해?」

「너, 나 좋아하니?」

「으응? 미쳤나 봐! 돌았니?」

「좋아하는 거 맞네. 얼굴에 다 쓰여 있네.」

「네가 맞아 죽고픈 거지. 응?」

쿠키가 으르렁거리며 달려들었다.

「잠깐! 알았어. 일자리는 또 구하면 되지.」

나는 손사래를 치며 그녀를 밀어냈다.

「윤 씨, 무슨 일자리?」

「걱정하지 마. 네 신세는 더 이상 안 질게. 집사님한테도 절대로 전화 하지 마. 또 전화하면 죽는다.」

「뭐야? 무슨 일자리? 공항에서 화장실 청소하는 일?」

「못할 건 또 뭐야? 돈에 꼬리표 달린 건 아니라던데. 술 마실래?」

나는 자리에서 일어났다. 생각해 보니 집안에는 술이 조금도 남아 있지 않았다. 딱히 대접할 만한 것이 없는 것 같았다. 갑자기 뱃속에서 꼬르륵 소리가 났다. 쿠키가 일어서며 내 앞을 가로막았다.

「밥은 먹었니? 얼굴이 해쓱해 보여.」

「난 괜찮아. 아무렇지도 않아.」

그녀가 고개를 갸우뚱거렸다.

「근데 도넛 가게는 왜 관뒀냐고? 그 이유를 알고 싶어.」

「심각한 일은 아니야. 누구 잘못도 아니야. 삶이 비극이라 그런 거지. 커피 마실래?」

나는 그녀를 피해 주방을 향해 걸어갔다. 쿠키가 다시 내 앞을 막아섰다.

「내가 한번 널 꼬셔볼까?」

「무슨 소리야. 그거 진심으로 하는 소리야?」

「엉. 아직 정확히 모른다면서. 모태 솔로. 오늘 그 딱지를 떼자. 네가 진짜로 지, 에이, 와이, 인지 아닌지 내가 확인하겠다고.」

「나 좋아하는 거 맞네, 짝사랑은 아픈 거라던데. 그만둬라!」

「확인 들어가기 전까지는 아직 모르는 거야. 사람 마음이 그렇잖아.」

「참아주세요. 제발.」

「그래서 말인데 그때 말한 삽화 일거리 다시 가져왔어. 지금 내 차 안에 있어.」

「뭐라고?」

「나한테 확인 안 당하고 싶으면, 그 일을 해. 이렇게 앉아서 굶어 죽을 수는 없잖아?」

「취미 없다고 했지? 먹고 사는 일에 내 예술을 팔아먹을 수는 없어.」

「무슨 오지랖이야?」

「예술로 돈벌이한다는 그 죄의식이 싫어.」

「유치하게 순수 타령이야? 진짜 애 같네.」

「순수는 무슨. 그건 아니고.」

「화장실 청소가 일러스트 작업보다 한 수 위라는 거야? 화장실 청소로 번 돈은 깨끗하고, 일러스트 그려서 번 돈은 더럽다는 그 차별 의식을 버려.」

「아무튼 싫어. 싫다고.」

나는 강하게 거부하였다. 그것은 내가 처한 현실에 대한 거부반응이기도 했다. 나는 순수미술 전공자였다. 순수 회화와 일러스트는 화학과 물리학과 비슷한 관계다. 얼핏 비슷한 분류로 보이지만, 사실은 전혀 다른 학문이라는 뜻이다. 형식과 재료는 물론이고, 작품에 대한 접근과 평가 방식까지도 완전히 다르다.

쿠키가 삽화에 관한 얘기를 처음 했을 때, 나는 조금 당황했다. 내 인생 어딘가에 엇박자가 나고 있는 것 같았다. 그렇다고 궁지에 몰린 짐승처럼 이대로 포기하고 싶지는 않았다.

「윤 씨. 그냥 한국으로 돌아가. 날 자꾸 신경 쓰이게 하지 말고.」

한국. 이 단어는 항상 가슴 뭉클한 그리움을 안겨주었다. 한동안 잊고 지냈던 옛 추억들이 새록새록 떠올랐다. 나의 유년 시절과 부모님의 젊은 시절 모습이 하나의 프레임 안에 아득한 풍경처럼 담겨 있었다. 내가 이대로 무릎을 꿇는다면 두 분은 많이 슬퍼하실 것이다. 젊은 시절의 당찬 패기 같은 건 애초부터 내 몫이 아니었다. 그렇지만 '좌절'보다 더 무서운 게 '포기'라는 걸 알고 있다.

내게는 아직 싸울 만한 힘과 용기가 남아 있지 않은가. 나는 아직 이 세상에서 최선을 다해 싸워보지 않았고, 모든 걸 내려놓아야 할 정도로 완전히 깨져본 적도 없었다. 현실과 타협하는 것이 반드시 백기를 들고 투항하는 것만은 아닐 것이다. 내 안에서 새로운 에너지가 솟아올랐다.

「쿠키, 일러스트 일거리를 가져 와.」

「모태 솔로. 나한테 확인당하는 게 진짜 싫구나? 내가 그렇게 매력이 없진 않을 텐데.」

「쉰 소리 그만하고. 일감이 지금 네 차에 실려있다는 거지?」

「좋았어. 이제부터 개미처럼 빡세게 사는 거야. 정글에서 살아남으려면 뭐든 물어뜯어야지. 모두가 눈이 벌게서 달려들잖아. 순수 타령은 사치야. 더 이상 노닥거릴 시간 없어. 우린 약아빠진 여우처럼 굴어야 해. 나비처럼 날아올라서, 벌처럼 쏘는 거지.」

「아무튼 그렇다 치고. 조건이 뭐야?」

「너는 노동 허가증이 없잖아. 일거리는 내 이름으로 계약하고 받아 왔어. 네가 내 이름을 빌려 쓰는 대신, 삽화 고료는 반띵이야. 정확히 5:5.」

「악덕 사채업자처럼 벼룩의 간을 빼 먹을 셈이로군.」

「그래, 나는 악덕 사채업자이자 폰지 사기꾼이야. 이번 달에도 나의 고객님만큼은 보험료를 절대로 미납할 수 없지. 나는 이 아름다운 자본주의 시스템 안에서 종이꽃을 빨아먹고 사는 기생충이라는 걸 명심해. 으하하!」

쿠키는 큰 웃음소리를 터뜨리며 만족스러운 표정을 지었다.

술잔을 든 두 개의 초상

그날 영어 회화책 삽화 원고를 출판사에 넘긴 후, 우리가 마지막으로 들른 곳은 술집 히포였다. 우리가 안으로 들어서자 둥근 카운터 테이블 안에서 손님들의 주문을 처리하고 있던 찰리가 반갑게 맞아주었다.

「어이! 오랜만이야. 그동안 어디에 있었어? 두 사람 다 좋아 보이는군. 자, 이쪽으로 앉으라고.」

「고마워요.」

쿠키와 나는 카운터 테이블 앞에 나란히 앉았다.

「요즘 일러스트레이션 작업을 한다면서?」

「아, 네에.」

「어때, 힘들지는 않아?」

「그저 그래요.」

「뭐든 필요하면 부탁해. 내가 출판사에 인맥이 좀 있거든.」

「고마워요, 찰리.」

찰리는 볼티모어 출신으로 주변에 아는 사람들이 많았다. 여기 오는 단골손님 중에는 그의 동창도 있었고, 같은 교회의 교인, 동네 이웃, 심지어 사돈의 팔촌 같은 다양한 사람들이 포함되어 있었다. 그들은 골칫거리가 생길 때면 습관처럼 이곳 터줏대감인 올드 베어를 들먹거리곤 했다.

「아무래도 올드 베어에게 물어봐야겠어.」

「올드 베어는 이 문제에 관해 뭐라고 할까?」

「이건 올드 베어에게 부탁해 보는 게 좋겠어.」

올드 베어는 모든 이들의 친구인 찰리의 애칭이었다. 마이카 학생들 사이에서도 '올드 베어'는 고급 정보망 역할을 했다. 찰리는 마이카의 나이 든 선배로서, 학교 커리큘럼이나 교육 과정 전반에 걸친 학제를 훤히 꿰고 있는 능력자였다.

어린 후배의 학점에 찰리의 친절한 조언 한마디가 큰 영향을 미칠 때도 있었다. 찰리가 제시한 데이터들은 졸업 논문 작성이나 시험 준비에도 큰 도움이 되었다.

그는 마이카와 관련된 선생님들이나 재단 측과의 밀접한 인연을 가지고 있었다. 학교 행정과 직원들조차 급할 때는 찰리를 찾아와서 돌파구를 뚫을 만한 묘수를 얻어가곤 했다. 사람들은 그렇게 찰리에게서 도움을 받아왔고, 그는 볼티모어 안에 뻗어 있는 다양한 인맥들로부터 필요한 정보를 취합했다.

그의 친구들이 찰리를 특별히 신뢰하는 이유 중 하나는, 그의 입이 매우 무겁다는 것이다. 그는 필요한 때가 아니면 수집된 정보를 절대로 드러내지 않았다. 히포의 단골손님들이 찰리를 이야기 상대 1순위로 꼽는 것은 너무나 당연한 일이었다.

쿠키와 함께 오랜만에 히포를 찾은 그날, 모두의 친구이자 조언자인 찰리가 나에게 뜻밖의 소식을 전해주었다.

「한국에 오면 꼭 연락하라더군. 언제든 마음 내킬 때, 전화해도 좋다고 했어.」

찰리가 건네준 메모지에는 예전에 함께 마이카를 다녔던 지후의 서울 집 주소와 전화번호가 적혀 있었다.

히포 안은 만취한 남자 손님 하나로 인해 잠시 소란이 발생했다. 남자는 이미 상당히 취했음에도 불구하고 계속 술을 요구했다. 웨이터는 더 이상 주문을 받을 수 없다며 거절했다. 남자는 난동을 피우며 큰소리를 지르다가 갑자기 제풀에 쓰러져 기절해 버렸다. 잠시 후, 응급구조대가 구급상자를 들고 급히 출동했다. 남자가 들것에 실려 나가자, 가게 안은 다시 평소의 분위기를 회복했다.

「음악이나 들어야겠어.」

자리에서 일어난 쿠키는 주크박스로 걸어갔다. 그녀는 동전 몇 개를 투입구에 넣고 R.E.M의 음악을 선곡했다. 친숙한 만돌린 사운드와 함께 마이클 스탭의 'Losing My Religion'이 흘러나오기 시작했다. 찰리가 음악 소리에 맞춰 고개를 까딱거리더니, 왼팔을 번쩍 들어 올리고 주위를 둘러보았다.

「맥주 더 주문하실 분?」

홀 테이블에 앉은 양복쟁이가 빈 맥주잔을 쳐들었다.

「여기 한 잔 더 줘요, 찰리.」

「오케이.」

찰리는 여전히 리듬을 타며 생맥주 디스펜서의 손잡이를 잡아당겼다. 길쭉한 유리잔 가득 노란 맥주가 거품과 함께 차올랐다. 웨이터가 다가와 맥주잔을 홀 테이블에 앉은 양복쟁이 남자에게 가져다주었다. 찰리는 맞은편 카운터 아래에 있는 냉장고에서 하이네켄을 한 병 꺼냈다. 초록색 맥주병이 그의 손에서 한 바퀴 공중제비를 돌았다. 병따개는 카운터 테이블 아래쪽에 부착되어 있었다.

딸깍. 쉬이. 맥주병 뚜껑이 회전하면서 생긴 압력 차로 시원한 소리를 내며 쉽게 열렸다.

「윤, 한잔 마셔. 모처럼 내가 사는 거야.」

「왜요? 나도 돈 있어요.」

「미래의 유명한 삽화가에게 내가 미리 대접하는 거야.」

찰리가 엄지손가락을 하나 추켜세우며 말했다.

「고마워요, 찰리.」

나는 빙그레 웃으며 맥주병을 집어 들었다. 쿠키는 여전히 주크박스 앞에서 음악을 골라내고 있었다.

「참, 지난주에 지후가 와서 윤 너의 소식을 묻던데?」

「뭐요? 지후?」

나도 모르게 입에서 맥주가 뿜어져 나왔다. 사레들린 사람처럼 캑캑 심한 기침이 쏟아졌다.

「윤, 왜 그래? 무슨 일이야?」

쿠키가 급히 다가와 사각 종이 냅킨을 건네주었다.

「찰리, 지금 지후가 볼티모어에 와 있다는 거예요? 어디 있어요?」

나는 냅킨으로 입가를 닦으며 물었다.

「벌써 한국으로 돌아갔어. 직장 때문에 더 이상 지체할 수가 없다잖아. 그런데 연락할 방도가 있어야지. 윤의 연락처는 내가 알 수가 없고, 쿠키는 통 전화를 안 받더군. 쿠키, 넌 그동안 왜 그렇게 바빴던 거야?」

「아, 지난 주말에 뉴욕에 갔었어요. 쌍이 시그마 갤러리에서 개인전을 오픈했거든요.」

「그랬어? 시그마라니! 대단하군. 쌍도 예전엔 여기 단골이었는데.」

「쌍도 히포가 그리울 거예요. 그런데 찰리. 쌍이 재미있는 질문을 하던걸요.」

「무슨 질문인데?」

「여기 커다란 돈 가방이 있어요. 고액권이 가득 든 가방이죠. 그런데 이 세상에서 그 가방하고 바꿀 수 없는 것이 뭐냐고 묻잖아요.」

「쌍이 그런 질문을 했다고? 그게 무슨 말도 안 되는 같은 소리야?」

「아무튼 한번 생각해 보세요. 돈이 아무리 많아도 바꿀 수 없는 건 뭘까요?」

「글쎄, 나에게 돈하고 바꿀 수 없는 건 꿈이야. 꿈은 나를 두고 떠나갔지. 한번 스쳐 간 꿈은 다시 돌아오지 않아.」

허공을 응시하는 찰리의 눈이 그윽하게 빛났다.

「기회도 마찬가지잖아요. 기회도 한번 떠나가면 그걸로 끝이에요. 그런데 참, 아까 말한 그 지후가 누구예요?」

「마이카 다닐 때 내 친구야. 그런데 찰리, 지후가 다른 말은 없었어요?」

「아이고, 내 정신 좀 봐. 그걸 어디에 두었더라?」

찰리가 계산대 뒤쪽을 뒤적거리더니 반듯하게 접힌 메모지 하나를 꺼냈다. 옛 친구가 남긴 흰색 메모지 안에는 친구의 연희동 집 주소와 함께 연락처가 기재되어 있었다. 나는 한국어 문자로 쓰인 그 글자들을 손끝으로 쓸어 보며 감상적인 느낌에 빠져들었다. 한글이 전하는 따스한 정감이 내 안 깊숙이 울려 퍼지는 것을 느꼈다. 한동안 잊고 살았던 아현동 고향집과 그곳에서 부모님과 함께 보냈던 시절에 대한 아쉬운 추억이 가슴 속에 맴돌았다.

아현동 집에는 방이 모두 4개 있었다. 가장 안쪽으로 안방과 부엌이 있고, 대청마루를 건너면 방 두 개를 터서 만든 길쭉하게 생긴 건넌방이 나왔다. 중문 밖 문간방에는 항상 세를 든 사람들이 거주하고 있었다. 우리 집에서 아버지는 가장 작은 화장실 옆방을 서재로 활용했다. 아버지가 돌아가신 후, 나는 그 방을 공부방으로 물려받았다.

매일 새벽, 엄마는 그 방에 들어와 내가 졸지 않고 제대로 새벽 공부를 하는지 감시했다. 나는 그 방에서 틈날 때마다 아버지가 남겨둔 책들을 읽었다. 겨울방학 내내 뜨거운 온돌 바닥에 배를 깔고 누워 책을 읽다 보면, 창호지 문이 환해지면서 마당에 소리 없이 쌓인 하얀 눈을 볼 수 있었다.

세월의 먼지가 켜켜이 앉아 노랗게 변한 책들은 아버지의 숨결을 담고 있었다. 낡은 책장을 한 페이지씩 넘길 때마다, 나는 아버지의 따스한 온기를 느꼈다. 당시의 기억들이 내 온몸에 깊은 자국을 새겨 놓은 듯했다. 그때 아버지의 서재에서 보냈던 순간들과 그때 읽었던 책들은 영원한 그리움처럼 나를 보듬고 있었다.

내게 모국어는 영원한 고향이자 안식처였다. 작가들은 시간의 흐름에 따라 사라져가는 기억을 안타까워하며, 추억의 우물물을 계속해서 길어 올리는 사람들이 아닐지 문득 궁금했다.

내가 맥주를 마시며 추억의 상념을 길어 올리는 동안, 찰리는 손님들의 주문 몇 건을 처리하고 다시 내게로 왔다.

「지후는 무슨 일로 볼티모어에 온 거래요?」

「얼마 전에 죽은 글라스의 아들을 데리러 왔지. 글라스 아들이 글쎄 지후의 아들이었다는 거야.」

「정말이요? 글라스 아들이 지후 아들이라니요?」

이 놀라운 사실에 나는 정신이 번쩍 들었다. 지후와 글라스의 안타까운 사연을 누구보다 가까이서 지켜본 사람이 바로 나였다. 한때 미친 듯이 사랑했지만, 애증의 갈등으로 고통받았던 두 연인의 비극적인 사랑은 결국 론이라는 남자의 죽음으로 파국을 맞았다.

서울로 떠나기 전, 나를 마지막으로 만난 지후는 참으로 쓸쓸한 미소를 지어 보였다.

「한 여자로 인해 저는 무너졌습니다. 이게 저의 한계입니다. 다시는 그 어떤 여자도 사랑하지 못할 것 같습니다.」

누구도 그때의 지후처럼 글라스를 사랑하지 못했을 거라 짐작했다. 그렇지만 결국 그는 떠났고, 글라스는 혼자 남겨졌다.

「지후가 한국으로 간 후 두 사람의 관계는 끝났어요. 그런데 어떻게 둘 사이에 아들이 생긴 거죠?」

「삶은 반전의 연속이라 더욱 흥미로운 것 같아. 지후가 떠난 후 글라스가 아들을 낳았어. 그 아이 제이티가 바로 지후의 아들이었어.」

「맙소사! 이럴 수가!」

나는 잠깐 일어섰다가 다시 철퍼덕 주저앉았다. 웨이터가 다가와 찰리에게 새로운 주문 전표를 건네주었다. 찰리는 손님이 주문한 술을 순식간에 만들어 주고 다시 내 앞으로 돌아왔다.

「단지 네가 지후하고 친했다는 이유만으로 이런 얘기를

하는 건 아냐.」

「그럼요?」

「글라스가 유모차를 끌고 우리 가게에 몇 번 놀러 온 적이 있어. 아기가 얼마나 귀엽고 사랑스러웠는지 몰라. 나도 무조건 결혼하고 싶은 생각이 들 정도였어.」

「그랬군요. 저도 제이티를 본 적이 있어요. 그때도 글라스는 아이 아빠에 관해서는 아무런 말을 안 했어요.」

「그 어린 게 한국에 가서 잘 적응할 수 있을지 모르겠군.」

「어쩐지 마음이 아파요. 이런 것도 인연이겠죠.」

「무슨 인연을 말하는 거지?」

「글라스는 어려서 한국에서 미국으로 왔잖아요. 이젠 제이티가 자기 엄마 대신 미국에서 한국으로 돌아간 거네요.」

「그렇군. 사람 사는 게 참 오묘하다는 생각이 들어. 지후와 연락되거든 제이티 소식을 내게도 알려줘. 글라스는 내게도 아주 특별한 사람이거든.」

찰리는 허리에 걸친 수건을 만지작거리며 허공을 응시했다. 그날 밤, 찰리가 들려준 또 하나의 충격적인 진실은 지후가 그토록 증오했던 론이 사실은 글라스의 남동생이었다는 것이다.

글라스는 한동안 히포에서 웨이트리스로 일한 적이 있었다. 그때 론도 이곳에 나와 가끔 무대에서 기타를 연주하며 노래를 부르곤 했다.

「론은 훌륭한 뮤지션이었지. 자작곡도 많았고, 멜로디 감각이 뛰어난 노래들이었어. 어떻게 그토록 부드럽고 달콤한 목소리가 나오는지 손님들한테 인기가 많았어. 얼굴만 잘생긴 게 아니라 기타 솜씨도 수준급이었지. 피바디 음대에 다니는 어느 학생이 론을 현대의 모차르트라고 부르더군. 모차르트가 살아 있었다면 분명 기타를 치면서 록 밴드에서 활동했을 거라나. 클래식 음악도 당시에는 현대 음악이었으니까. 어쨌든 글라스는 동생을 끔찍하게 사랑했어. 론도 글라스 말이라면 끔뻑 죽었지. 그렇게 사이좋은 오누이는 다시 없었을 거야.」

론의 죽음 이후 글라스는 정신적으로 피폐해져 입원과 퇴원을 반복하다가, 마침내 그린필드 요양원에서 건강이 회복될 때까지 지내야만 했다. 찰리가 전해준 두 한인 입양아의 애달픈 사연은 내 마음을 아프게 만들었다. 그들은 서로에게 유일한 보호자였고, 유일한 가족이었다. 어두운 과거와 치명적인 상처를 함께 공유한 두 사람은 피보다도 진한 유대감으로 서로 연결되어 있었다.

그런데 왜 글라스는 끝까지 제이티에 대한 출생 비밀을 숨겼을까. 자신을 버리고 떠난 지후에 대한 원망과 분노 때문이었을까. 어쩌면 태어날 아이가 자신처럼 버려질까 봐 두려웠을지도 모른다. 자신이 생모에게 받지 못한 사랑을 그 아이에게 대신 주기 위해서 최선을 다해 노력한 것일 수도 있다. 론의 사망 이후, 글라스에게는 뱃속에 든 아이만이 유일한 가족이었기 때문이다.

만약 론이 살아 있었다면, 글라스도 그렇게 쉽게 무너지지 않았을 거라고 찰리가 말했다.

「그때 토니가 나타났지. 이 모든 비극은 토니 때문에 생긴 거야.」

「토니라고요? 처음 듣는 이름인걸요.」

「그래, 토니 그 녀석이 이 모든 사건의 원흉이었지.」

볼티모어 중심가 근처에 있는 올드타운은 흑인들이 많이 모여 사는 지역으로 유명하다. 토니는 올드타운 안에서 활약하던 약쟁이로 흑인 아버지와 한국인 여성 사이에서 태어난 혼혈아였다. 찰리는 아주 오래전부터 토니를 알고 있었다. 가끔 녀석이 건들거리며 히포에 나타날 때마다, 인생 선배로서 쓴소리도 하고, 간간이 공짜 술을 나눠주기도 했다. 그러니까 론이 토니와 얽히게 된 사건의 중심에는 히포가 있었고, 찰리와 토니의 오랜 인연이 거기에 한몫 기여하고 있었던 셈이다.

술집 히포의 실제 오너는 찰리의 숙모이다. 별명이 하마였던 숙부가 급성 폐암으로 사망한 후, 이 가게는 숙모에게 상속되었다. 미망인 혼자 술집을 운영하는 것은 정말 쉽지 않은 일이었다. 그때 근처 마이카 대학에 다니던 찰리는 시간이 날 때마다 히포에 와서 숙모를 돕기 시작했다. 자식이 없는 숙부는 여러 조카 중에서 특히 찰리를 좋아했다. 겨울에 스키 여행을 갈 때마다 데려가고, 비싼 대학 등록금도 여러 번 지원해 주었다. 숙부에게 그토록 은혜를 받았으니, 숙모의 일을 돕는 것은 너무도 당연했다.

처음에는 대학을 졸업할 때까지만 히포에서 일할 계획이었다. 졸업 후에는 곧바로 짐을 싸서 캘리포니아로 떠날 작정이었다. 찰리는 어려서부터 영화에 관심이 아주 많았다. '스위스 패밀리 로빈슨'이나 '플리버' '빌리 더 키드의 모험' 같은 영화들은 서른 번도 넘게 봤을 것이다. 그에게 할리우드는 꿈이자 새로운 기회를 의미했다. 그곳에서 자신만의 멋진 미래를 펼쳐 보일 생각을 하면 언제나 가슴이 두근거렸다. 재능 있는 영화인들과 함께 영화 제작에 참여하고, 기회가 주어진다면 오디션을 통해 배우로서의 경력도 쌓고 싶었다.

그러나 그의 인생 항로를 가로막는 뜻밖의 사건이 찾아왔다. 아직 쉰 살도 안 된 숙모가 갑자기 치매 증상을 보이기 시작하여, 찰리가 히포를 떠맡을 수밖에 없는 상황이 펼쳐진 것이다. 캐나다 출신인 숙모는 시댁 식구 외에는 주변에 다른 일가친척이 없었다. 그런 숙모를 무작정 요양원에만 내

버려둘 수 없어, 히포를 대신 책임지며 숙모의 건강까지 돌보게 되었다.

술집을 운영하는 데 있어 가장 어려운 점은 사람 관리였다. 술에 취해서 난동을 피우는 손님이 하루에도 두세 번씩은 나타났다. 수시로 바닥에 토를 하는 취객 손님들 때문에, 언제든 청소 도구를 들고 달려 나갈 준비를 해야 했다. 종업원들을 관리하는 일 또한 복잡하고 난해한 문제였다. 종업원들이 자꾸 바뀌면 손님들이 이를 먼저 느끼고 안 좋게 반응했다. 히포는 주로 인근에 사는 젊은이들이나 근처 대학에 다니는 학생들을 파트타임으로 고용했다.

글라스가 처음 히포에 찾아와서 웨이트리스 일을 하겠다고 했을 때, 찰리는 그녀가 엄한 곳에 와서 뻘짓을 하고 있다고 생각했다. 그녀는 필요 이상으로 얼굴을 커버한 이상한 메이크업과 검은색 일색의 히피 마녀 같은 복장으로 주변에 위화감을 조성했다.

「우리 가게에서 일하려면 그렇게 진한 화장은 곤란해. 손님들이 싫어하거든.」

「죄송합니다.」

그때 가게 안에 있던 다른 남자 직원 하나가 그녀를 변호하고 나섰다.

「찰리, 그건 시대에 뒤떨어진 말이에요. 이게 바로 요즘 뉴욕에서 떠오르는 아방가르드 스타일이잖아요.」

볼티모어 시내에는 예술대학이 두 곳이나 있었다. 피바디 음대생과 마이카의 미술생들도 히포의 매상을 올려주는 주요 고객이었다.

「아방가르드라! 원더풀하군. 글라스라고 했나? 당분간 여기서 같이 일해보지. 손님들과 마찰이 없도록 조심하도록.」

글라스는 키치적이면서 전위적인 차림새와는 대조적으로 착한 모습과 명랑한 성격을 지니고 있었다. 눈치도 빠르고 일머리도 좋아서, 혼자 두세 사람 몫의 일을 척척 해냈다.

글라스와 함께 히포에 등장한 또 다른 인물은 바로 론이었다.

「제 동생이에요. 밤길이 위험하니까, 저를 에스코트해 주려고 온 거예요.」

론은 그때 기타 케이스를 한쪽 어깨에 메고 있었다. 찰리는 손으로 가게 한쪽에 설치된 간이 무대를 가리켰다.

「연주가 가능하다면 한번 부탁해 볼까?」

즉흥적으로 꺼낸 말이었는데, 론이 선선히 고개를 끄덕이며 기타를 꺼냈다. 로컬 음악가들이나 피바디 음대생들의 즉흥 연주를 위해 꾸민 간이 무대는 조명이 세 개씩이나 달려있고, 마이크까지 설치되어 있어 초라한 규모임에도 불구하고 사운드 시스템이 꽤 양호한 상태였다.

론은 키도 크고 잘생긴 데다 체격도 상당히 훌륭했다. 손님들은 멋지게 생긴 동양 남자가 무대 위로 올라가는 것을 호기심 가득한 눈으로 지켜보았다. 그가 기타 코드를 맞추고 연주를 시작하자 실내가 돌연히 조용해졌다. 아름다운 기타 선율과 함께 론이 노래를 부르기 시작했는데, 그의 섬세하고도 서정적인 목소리는 듣는 이들의 마음을 감동시켰다.

「멋져요. 앙코르!」

「앙코르! 브라보!」

손님들은 노래가 끝나고도 한참이나 감탄의 박수를 보냈다. 그날 이후 론은 가끔 이 간이 무대에서 기타 연주와 함께 노래를 부르며 작은 록 콘서트 같은 분위기를 선사했다. 그때 론이 불렀던 노래들은 자작곡인 경우가 많아서 모두 기억하기는 어렵다. 하지만 찰리의 귓가에는 여전히 안달루시아 지방의 아르페지오 선율이 흐르는 그의 노래 몇 곡이 맴돌고 있었다.

론이 기타를 꺼내 들고 스르렁, 스르렁, 기타 줄을 튕기면, 찰리는 신속하게 실내 전등을 낮추고 무대 조명을 밝혔다. 그런 순간마다 글라스는 하던 일을 멈추고, 사랑과 애정이 넘치는 눈빛으로 동생을 지켜보았다.

두 사람이 모두 한국인 입양아라는 사실과 함께 친부모가 서로 다르다는 것을 알게 되자, 찰리는 마음이 아프고 아련

한 느낌이 들었다.

「지금은 제가 론의 엄마 노릇을 하고 있어요. 혹시 아프지는 않은지, 식사는 잘하는지 항상 걱정이에요. 한동안 뉴욕에서 함께 살았는데, 론이 일 때문에 볼티모어로 옮기는 바람에 저도 함께 오게 되었어요.」

글라스의 시선은 아이를 키우는 엄마 같은 따뜻한 모성애로 가득 차 있었다. 그들 오누이의 볼티모어에서의 아름다웠던 시절은 그리 오래 가지 못했다. 론이 노스캐롤라이나에서 누군가의 총에 맞아 잔인하게 살해되는 사건이 발생했다. 이 끔찍한 비보를 접한 글라스는 너무 큰 충격에 빠져 전혀 다른 사람처럼 변해 버렸다.

글라스는 절벽 끝에 홀로 서 있었다. 한발 아래 검은 계곡을 응시하며 자기도 죽어야겠다고 마음먹은 사람 같았다. 피보다도 진한 인연으로 맺어졌던 두 오누이의 안타까운 이별은 찰리에게도 서글픈 멜로디처럼 가슴 아픈 통증으로 남아 있었다. 찰리도 론의 죽음에 대해 어느 정도 책임감을 느꼈다. 그날 토니를 만나지 않았다면 론은 아직 살아 있을 거라는 생각이 찰리의 마음을 무겁게 짓누르고 있었다.

토니 집안의 일원인 엉클 타이론이 히포에서 일을 시작한 것은 토니가 12살 때였다. 어린 토니는 몇 번인가 엉클 타이

론의 잔심부름을 하느라 히포에 온 적이 있었다. 어린 시절의 토니는 약간 까불거리는 성격이었지만, 나름 귀엽고 상냥한 구석이 있었다. 토니는 어려서부터 친할머니 집에서 살았다. 아버지는 암으로 사망하고, 한국계 출신인 어머니는 일찌감치 행방불명된 상태였다.

할머니 집에는 방마다 각기 다른 가구들이 세 들어 살고 있었다. 할머니는 매일 아침 토니에게 1달러를 주면서 이것으로 끼니를 대신하라고 말했다. 그때부터 토니는 거의 길거리에서 살다시피 하면서 안 좋은 무리들과 어울리기 시작했다. 십 대 초반에 벌써 용돈을 벌기 위해 건물 코너에서 마약 거래를 하기도 하고, 상점에서 물건을 훔치다 걸려 소년원에도 몇 번 다녀왔다. 길거리에서 보낸 시간들은 토니에게 삶의 혹독한 모습을 가르쳐 주었다.

가끔 토니는 자신도 정상적인 가정에서 제대로 된 보호를 받고 자랐다면 훨씬 나은 사람이 되지 않았을까, 하는 생각을 했다. 어느새 토니는 20대 중반의 장성한 청년이 되었다. 더 이상 엉클 타이론은 이곳에 없지만, 가끔 토니는 이곳에 들러 술을 마셨다. 토니는 히포의 떠들썩하면서도 친구처럼 다정한 분위기를 좋아했다. 그에게 히포는 태어나 한 번도 본 적 없는 아버지를 떠올리게 하는 장소였다. 이 세상에서 토니에게 유일하게 잔소리를 하는 사람이 바로 이곳에 있었기 때문이었다. 그 사람이 바로 찰리였다.

찰리는 그를 볼 때마다 성실한 노동과 깨끗한 돈을 강조했다.

「너 요즘도 약쟁이들과 어울려 다니는 거니? 언제까지 네가 젊을 것 같니? 지금부터라도 건실하게 일해서 돈도 모으고, 가정에 뿌리를 내리고 살 궁리를 해야지.」

토니는 자신을 걱정해 주는 그런 말들이 좋아 괜히 히죽거리며 찰리에게 엉겨 붙었다.

「찰리, 나의 형제님! 제가 잘 알아서 할게요. 너무 걱정하지 마세요.」

하루는 주류 도매상에서 배달 사고가 나는 바람에 직접 동네 매장으로 술을 사러 가야 할 일이 생겼다. 때마침 론이 히포 안으로 들어왔다.

「론, 마침 잘 왔네. 날 좀 도와주겠나?」

「무슨 일인데요, 찰리?」

「근처 리커 스토어에 가서 술을 좀 사 와야 해서.」

「무거운 것 옮길 거면 제 차로 가시죠?」

「아냐. 오늘 당장 필요한 것만 사 오면 돼. 술 가게가 아주 가까워. 한 블록만 걸어가면 되거든.」

초여름 해 질 녘의 거리에는 부드러운 훈풍이 불고 있었다. 모처럼 히포의 답답한 실내 분위기를 벗어난 찰리는 발걸음이 가벼웠다. 찰리가 언급한 대로 신호등 하나를 건너자, 건물의 반지하처럼 생긴 위치에 주류 전문 매장이 나타났다.

「이런 곳에 술 가게가 있네요? 저는 처음 봐요.」

「장사가 아주 잘 되는 곳이야. 아, 여기 가게 주인도 한국 사람이야. 가끔 우리 가게에 들러 매상을 올려주지.」

잠시 후, 두 사람은 묵직한 종이상자를 하나씩 가슴에 안고 가게에서 나왔다. 종이상자 안에는 위스키 술병과 캔맥주들 외에도 호일로 싼 김밥 두 줄이 들어 있었다. 론이 한국인이라는 걸 알고, 가게 주인의 와이프가 반갑다면서 먹으라고 준 것이었다.

「친절하신 분들이네. 같은 한국 사람이라고 먹을 것까지 챙겨줬어.」

「김밥도 좋지만, 술값이나 좀 깎아 주시지.」

「술값도 좀 깎아 준 것 같아. 내가 오늘 너의 덕을 좀 본 것 같다.」

그렇게 이런저런 잡담을 주고받으며 히포로 돌아오고 있을 때였다. 두 사람은 철물점 주차장에서 조폭처럼 생긴 깡패들에게 한 남자가 무참하게 얻어맞고 있는 장면을 목격했다. 폭행의 피해자는 다름 아닌 토니였다. 그의 얼굴은 이미 피투성이가 되어 흉측하게 변해 있었다. 몸은 바닥에 널브러져 있었고, 팔다리도 온전치 않아 보였다.

「토니잖아? 저런, 저런, 몹쓸 놈들! 어쩌지? 어떻게 해야 돼지? 경찰? 911?」

어린 시절부터 늘 걱정스러운 눈으로 지켜봐 온 토니였다. 찰리가 당황해서 어쩔 줄 몰라 했다.

「잠깐만요. 제가 살짝 손 좀 볼게요.」

「안돼. 나서지 마. 저런 놈들은 우리가 상대할 수 없어. 위험한 놈들이야.」

「제가 태권도와 쿵후를 좀 해요.」

「운동과 실전은 전혀 다른 거야. 여기 애들은 치명적인 흉기를 쓰잖아.」

「걱정하지 마세요. 총을 꺼냈다가는 그 총에 자기가 죽을 테니까요.」

론은 바닥에 종이상자를 조심스럽게 내려놓았다.

「찰리, 여기서 잠깐 기다리세요. 곧 돌아올게요.」

론이 손으로 목덜미를 꾹꾹 누르더니, 어깨의 회전근을 풀어주며 주차장을 향해 걸어갔다. 이날 이후 론의 현란한 무술 실력에 관해 전설처럼 떠도는 말들은, 바로 이곳 철물점 주차장에서 벌어진 격투 장면으로부터 유래했다고 해도 과언이 아닐 것이다.

론은 어느 면에서도 완벽한 신체 조건을 유지하고 있었다. 그는 동양인치고 키가 컸으며, 강한 주먹과 기민한 민첩성을 가지고 있었다. 오랫동안 운동으로 다져진 몸은 잘 벼려진 단검처럼 치명적이었다. 낡은 포드 자동차를 도움닫기 삼아 그의 몸이 허공으로 날아올랐는가 싶었는데, 다음 순간에는 무차별적으로 한 놈씩 나가떨어지거나, 처참하게 얼굴을 땅바닥에 처박히며 고꾸라졌다. 그중 한 놈은 칼을 꺼내서 휘두르다가 더 심한 몰골로 죽사발이 된 채, 결국 눈물까지 짜면서 무릎을 꿇고 용서를 빌었다는 소문이 지금도 풍문처럼 떠돌았다.

론 덕분에 구사일생으로 살아난 토니는, 싸움을 잘하고 의협심이 강한 론을 생명의 은인으로 여기며, 이 세상에 둘도 없는 죽마고우처럼 대하기 시작했다. 론을 만나기 위해 뻔질나게 히포에 들락거리던 토니는, 어느새 론의 음악을 사랑하고 지지하는 열혈 팬으로 변한 모습이었다.

「론! 론! 론!」

찰리는 아직도 토니가 손가락 두 개를 입에 넣고 불어대던 현란한 휘파람 소리를 선명하게 기억하고 있었다.

「두 사람은 만나지 말았어야 했어. 내가 술을 사러 가자고 부탁하지 말았어야 했는데. 론이 죽은 게 벌써 6년 전의 일이야. 세월이 너무 빨리 흘러가는 것 같아.」

찰리가 쓸쓸한 목소리로 말했다. 내가 영어 회화책을 위한 삽화 원고를 넘기고 히포에 갔던 그날 밤에, 찰리는 그동안 숨기고 있던 많은 이야기들을 털어놓았다. 론과 토니에 관련된 사건들은 나의 상상력을 자극했다. 찰리가 엉클 타이론에게 전해 들었다는 그 이후의 이야기들은 특히 나의 소설 쓰기 열정에 큰 영향을 주었다. 지금 와서 생각해 보니, 내가 쓰고자 했던 첫 번째 소설의 첫 페이지는 아마도 그날 밤 히포에서 시작된 것 같다.

그날 철물점 주차장에서 있었던 일은 단순한 폭행 사건이 아니었다. 토니는 그때 이미 규모가 꽤 큰 마약상들의 하수인 노릇을 하고 있었다. 도매상으로부터 약을 받아 조직에 넘기는 역할이었으며, 이런 일에는 늘 위험이 따랐고, 세력 간의 충돌로 인해 목숨이 위태로운 경우도 많았다. 그 시절 볼티모어 마약 딜러들 사이에서는 엉덩이에 총을 쏘고 도망치는 경우가 많았다. 상대를 완전히 제거하지 않고, 적당한 위협을 주어 그들을 현장에서 쫓아내려는 것이 목적인 것 같았다. 만약 론이 토니를 구해주지 않았다면, 토니는 평생 사내 구실도 할 수 없는 처지가 되었을지 모른다.

토니는 론의 음악을 사랑하는 열성팬처럼 행동하면서, 실제로는 음흉한 속셈을 감추고 있었다. 토니가 론을 콜롬비아 루트의 마약 운반책으로 유인한 것은 아마도 주차장에서 보여준 론의 무술 실력을 직접 근접 거리에서 목격했기 때문이라 추측해 볼 수 있다.

「위험한 일을 하려면 저 정도 실력자는 필요할 것 같군.」

철물점 주차장에서 처참한 몰골로 쓰러져 있던 토니의 한 쪽 입꼬리가 올라간 순간이었다. 마이애미를 통해 들여온 마약을 미국 동부지역에 유통하기 위해서는 경찰의 눈을 피할 수 있는 조직망을 따라 신중하게 움직여야 했다. 히포를 들락거리면서 론과 자연스럽게 친해지게 된 토니가 하루는 큰 돈을 벌 수 있는 일거리가 있다는 얘기를 조용히 흘렸다. 마이애미에서 물건을 싣고 오는데, 자신과 교대로 차를 운전할 사람을 찾고 있다고 말했다. 한 번 왕복하는 대가로 3천 달러의 보수를 챙길 수 있다는 말에 론의 눈이 휘둥그레졌다.

「볼티모어에 돌아온 즉시 현금으로 3천을 준다는 거야?」

「물론이지. 마이애미까지 딱 두 번만 갔다 오면 돼.」

「두 번이면, 6천 달러라고?」

「그렇지. 그 정도면 당신 누이의 한 학기 등록금은 되지 않겠어?」

론의 얼굴에는 갈등하는 기색이 역력했다. 그렇지 않아도 누이와 함께 볼티모어에서 잘 지내려면 여윳돈이 필요한 상황이었다. 글라스가 뉴욕에서 공부하던 도중 볼티모어로 학교를 옮긴 이유는 순전히 론 때문이었다. 그는 뉴욕에서 살 때, 한곳에 오래 머물지 못하고 뜨내기처럼 떠돌아다니며 일거리를 찾았다. 계속 오디션을 봐야 하는 상황이라 한곳에 정착하기가 어려웠다. 그러던 중 우연히 볼티모어에서 새로 개업한 나이트클럽인 글렌 버니를 소개받게 되었다.

한인 교포 출신인 글렌 버니 사장이 제시한 페이는 상당히 만족스러웠다. 오디션에서 쓰라린 좌절을 거듭 맛보았던 론은 당분간 볼티모어에서 지내기로 마음먹었다. 론은 밴드를 결성하고는 매일 밤, 글렌 버니에서 일을 시작했다. 남동생의 소식을 전해 들은 글라스는 그 즉시 이삿짐을 쌌다.

「론, 기다려. 이 누나도 곧 볼티모어로 갈 거야.」

글라스는 뉴욕에 있을 때 헌터 칼리지에서 장학금을 받았지만, 볼티모어로 학적을 옮긴 후에는 같은 혜택을 기대할 수 없었다. 학자금은 고사하고 당장 아르바이트를 구하는 것도 수월하지 않았다. 볼티모어는 일자리 수나 근무 환경이 뉴욕에 비해 현저히 열악했다. 마이카 학교 북 스토어에서의 일거리는 기본 시급에, 근무 시간도 짧았다. 이런저런 아르바이트 자리를 알아보다 결국 히포까지 가게 된 것은 이번 학기의 학비를 전액 납부하지 못했기 때문이었다.

글라스는 아직 3학년 과정에 있었다. 다음 학기 초까지 등록금을 완납해야만 4학년 수업을 들을 수 있는 것이다. 히포에서는 원하는 대로 근무 시간을 조절할 수 있어 좋았다. 웨이트리스의 시간당 페이는 최저임금보다 낮았지만, 손님들로부터 받는 팁이 큰 도움이 되었다.

「볼티모어가 마음에 들어. 뉴욕보다 물가도 싸고, 인간적인 여유도 있는 것 같아.」

글라스가 듣기 좋으라고 한 말이라는 걸 론은 누구보다도 잘 알고 있었다. 글렌 버니 나이트클럽에서 받는 출연료는 밴드 멤버끼리 똑같이 나눠야 해서 실제로 손에 쥘 수 있는 액수는 그리 많지 않았다. 음악가로서 아티스트 경력을 쌓으려면 자주 음악 오디션 프로그램에도 참여하고, 좀 더 제대로 된 음악 수업도 필요했다.

글라스는 이제 곧 졸업반이었다. 누이를 뒷받침해 주기 위해서라도 추가로 일자리가 필요한 상태였다.

「론, 다른 사람이 딜리버리 일을 하고, 3천 달러짜리 쿠폰 두 장을 모두 차지할 수도 있어. 넌 어떻게 생각해?」

토니가 론의 눈을 쏘아보며 은밀하게 말했다.

「마이애미까지 하루 반나절이면 갔다 오잖아. 이 일에 낄 거야, 말 거야?」

「으음? 글쎄. 단기 아르바이트라 생각하고, 내가 하지 뭐.」

「좋았어. 론, 난 너에게 도움을 주고 싶었을 뿐이야.」

「토니, 고마워. 날 그렇게까지 생각해 줘서.」

「내가 고맙지. 넌 내 생명의 은인이잖아.」

하나의 선택은 다음 선택으로 이어지고, 그 결과는 우리의 운명이 되는 법이다. 그때 론은 자신의 말 한마디가 그들 오누이의 삶을 치명적인 결과로 이끌 수 있다는 것을 결코 상상하지 못했다. 본인이 배달해야 할 물건의 정체가 무엇인지 그 또한 묻지 않았다. 오로지 그의 관심은 3천×2=6천이라는 숫자에만 꽂혀 있었다. 딜리버리 작업을 두 번만 성공시킨다면, 누이의 한 학기 학비를 충당할 수 있을 것이다. 그동안 고생한 누이에게 줄 뜻밖의 선물을 생각하니, 입가에 절로 미소가 번졌다.

「약속은 꼭 지키는 거다. 볼티모어로 돌아온 즉시 현금 3천이야.」

「걱정하지 마. 내가 누구인지 알지? 나 토니잖아. 친구를 안 믿고 누굴 믿겠어.」

론이 소유한 트랜스 앰은 많은 물건을 운반하기에는 적합하지 않았다. 마이애미로 떠나던 그날 아침, 토니는 낡은 쉐보레 실버라도를 끌고 나타났다.

「어렵게 구한 차야. 론. 이쪽으로 와서 운전해. 네가 이제부터 이 밴의 드라이버야.」

1980년대 말, 미국 동부에서 잠시나마 마약 운반책을 담당했던 두 남자의 모습은 어딘가 희극적인 면모가 돋보였다. 한 사람은 말끔한 모습의 키가 큰 동양 남자였고, 다른 한 사람은 왜소한 체격의 수다쟁이 흑인 남성이었다. 남자 둘이 공동 주연으로 등장하는 버디 영화의 주인공처럼, 그들은 서로의 약점을 두고 자주 티키타카를 주고받으며, 미국 동부를 남북으로 가로지르는 95번 도로를 따라 볼티모어에서 마이애미까지 왕복하는 긴 여정에 올랐다.

물건을 배송하는 일은 그리 어렵지 않았다. 15시간 운전해 마이애미로 갔다가, 어느 공장 창고에서 상자 몇 개만 실어 볼티모어 창고로 옮기면 끝이었다. 돌아오는 길에는 노스캐롤라이나에 들러, 세금 혜택을 받아 가격이 저렴해진 담배를 몇 상자 구입했다. 볼티모어에 있는 클럽 멤버나 팀 동료들에게 나눠주기 위해서였다. 토니와 론이 두 번씩이나 마이애미에 다녀오는 동안, 주변 사람들은 그들이 무슨 일을 하는지 전혀 알아차리지 못했다. 클럽에서 함께 일하는 밴드 구성원들만이 그의 부재를 알고 있었는데, 몸이 아픈 이유로 며칠 쉬어야 한다는 말에는 그냥저냥 수긍할 수밖에 없었다.

마침내 두 번의 배송이 모두 마무리된 상황이었다. 토니가 이번에도 두툼한 돈 봉투를 론에게 건네주며 말했다.

「마지막으로 한 번만 더 했으면 좋겠어. 이번에는 단위가 좀 더 커. 보수도 두 배로 쳐줄 수 있어.」

두 배라면 6천 달러를 의미했다. 론은 그 액수에 깜짝 놀랐고, 그제야 자신이 하는 일이 결코 옳은 일이 아니라는 사실을 분명히 깨달았다.

「뭘 나르는 거야? 나도 좀 알아야지.」

론이 걱정스럽게 물었다.

「마약이야.」

론은 당황하지 않았다. 어쩌면 은연중에 토니의 그 대답을 상상하고 있었는지도 모른다. 다시 6천 달러에 대해서만 주목했다. 그 정도면 글라스는 졸업할 때까지 아무런 걱정이 없고, 자신도 틈나는 대로 음악 오디션을 보러 다닐 수 있을 것 같았다.

「알았어. 마지막으로 한 번만 더 배달일을 할게.」

론에게 6천이라는 숫자는 또 다른 두 장의 쿠폰을 의미했다. 이제 모두 넉 장의 쿠폰을 손에 쥔 셈이니, 누이의 대학 졸업식 선물로 충분하다고 여겨졌다. 그들이 탄 낡은 쉐보레 실버라도는 얼마 후에 다시 길을 떠났고, 그 이후로 볼티모어에서 두 남자를 목격한 사람은 아무도 없었다.

헤어질 결심

그즈음, 대학 시절 나의 은사이자 지도교수였던 벤저민 교수가 세상을 떠나셨다. 나에게 그 비보를 전해준 사람은 쿠키였다.

「집에서 천장에 목을 매셨대. 선생님이 오랫동안 혼자 살던 아파트는, 선생님의 죽음과 함께 불이 나서 완전히 타버렸어. 전에 사다리에서 떨어져 다리를 다치셨다고 했는데, 그때도 비슷한 시도를 하다가 실패하신 것 같아.」

나는 수화기를 든 채 정신이 멍해졌다. 벤저민 교수는 오랫동안 마이카에서 학생들을 가르치며, 로컬 화가로도 나름의 명성을 얻은 분이셨다. 지도교수로서 학생들에게는 다소 까다롭고 엄격한 측면도 있었다. 하지만 예술 철학에 대한 확고한 신념과 동양 사상에 대한 폭넓은 이해를 갖춘 그분을 나는 오랫동안 존경해 왔다. 그런 분이 왜 스스로 목숨을 끊었는지 나는 도무지 이해할 수 없었다.

천재 예술가들에 대한 세간의 관심은 주로 명성과 비극적인 스토리에 집중되어 있다. 로컬에서 활동하는 평범한 예술가들이라고 해서 그 굴레를 쉽게 벗어날 수 있는 것은 아니다. 벤저민 교수의 죽음은 나에게 큰 충격이었고, 예술가들의 비극적인 삶과 죽음에 대한 인식이 새삼 현실적인 자각으로 다가왔다.

벤저민 교수의 추모식은 토요일 오전에 열렸다. 스테이션 빌딩 앞의 구릉 모양을 띤 잔디밭 위로 많은 추모객들이 모여들었다. 오랜만에 만난 사람들의 얼굴은 반가우면서도 조금은 어색했다. 예의 바르게 검은색 정장을 입은 사람은 거의 보이지 않았다. 원색적인 옷을 입은 사람이나 구멍 난 청바지 차림도 거의 눈에 띄지 않았다. 넥타이를 한 양복 차림의 사람들도 몇몇 있었지만, 나이 든 남자 선생들을 제외하면 대부분이 평상복을 입었다. 그것이 평생을 마이카 대학에 헌신해 온 벤저민 교수에게 보내는 우리들의 마지막 예의였다.

근처 풀밭에 앉아 있는 사람들을 조심스럽게 둘러보았다. 추모식장 앞에서 만나기로 한 쿠키의 모습은 찾을 수 없었다.

「윤 씨. 오랜만이야.」

누군가 내 어깨를 툭 건드렸다. 깜짝 놀라 돌아보니 대학교 때 친하게 알고 지냈던 쌍이 서 있었다.

「그동안 잘 있었나?」

「쌍! 이게 누구야? 나야 늘 그렇지 뭐. 어서 앉아.」

내가 손바닥으로 옆자리를 툭툭 치며 말했다. 쌍이 털썩 내 옆에 주저앉았다.

「어쩌다 벤저민 선생이 이렇게 된 거야? 그동안 건강이 안 좋으셨나?」

「쌍, 나도 벤저민 선생님을 뵌 지 오래됐어. 갑자기 연락받고 얼마나 놀랐는지 몰라.」

「그렇군. 난 워싱턴에 잠시 볼일이 있어서 내려왔다가 이 소식을 들었어. 그래서 일정을 좀 늦추고는 여기로 바로 달려왔지.」

「벤저민 교수님이 옛날 제자들을 한꺼번에 다 불러 모으고 계시는 것 같아.」

「마지막으로 출석 체크라도 한 번 더 하실 생각인 거 아냐?」

「충분히 그럴 수도 있는 분이지. 하하.」

그때 어떤 남자가 나에게 가볍게 목례를 하며 아는 척을 했다. 인상이 조금 낯이 익으면서도, 전혀 낯선 얼굴 같기도 했다. 마이카 학교의 동기생일 거라 짐작하며, 나도 고개를 살짝 숙여 인사를 했다.

「시그마에서 개인전 했다면서? 쿠키한테 전해 들었어. 쌍, 축하해.」

「뭘. 운이 좋았지. 뉴욕 화단에서 외국 출신 작가들에게도 조금씩 기회를 주는 것 같아.」

「아무튼 대단해. 혹시 제프 쿤스 선배님 뵈면 우리가 많이 응원한다고 전해 드려.」

「알았어. 꼭 그럴게. 하하.」

모처럼 만난 옛 친구가 작게 웃음을 터트리면서, 내 어깨를 한번 꽉 쥐었다가 놓았다.

추도식이 거행되는 동안, 자꾸만 옛날 일이 떠올랐다. 대학교 2학년 때 수강한 풍경화 수업에서 나는 처음으로 벤저민 교수를 만났다. 마이카에서 오랫동안 풍경화 과목을 맡아온 벤저민 교수는, 수업 시간마다 예시 작품을 슬라이드로 소개하며, 다양한 관점에서 심도 있는 강의를 진행했다. 학기 초반에는 풍경화 작업에 필요한 구도, 색채, 채광법, 원근법 같은 기본적인 것들을 강조해서 설명했다. 학기 중반부터는 각 시대별 작가들의 특징을 살펴보고, 후반부에 가서는 동양의 산수화까지 소개해 주었다.

한국 미술대학에서는 서양화와 동양화가 전혀 다른 전공 과목으로 분리되어 있었다. 서양화와 동양화를 전공하는 학생들과 그 과목을 담당하는 교수들도 서로 다른 그룹으로 구성되었다. 하지만, 벤저민 교수에게는 동서양 간의 구분이 무의미했다. 조선 후기의 산천을 소재로 한 진경산수화를 벤저민 교수가 보여주었을 때, 나는 너무 놀라 자리에서 벌떡 일어섰다.

「윤, 무슨 일인가? 질문이 있나?」

「저건, 한국의 산수화입니다.」

「그건 나도 잘 알고 있네. 내가 몰랐다면 이 시간에 여기서 보여줄 이유도 없었겠지. 그러니 그만 자리에 앉게나.」

「네, 죄송합니다.」

나는 무안해하며 다시 자리에 앉았다. 그때 벤저민 교수가 보여준 그림은 겸재 정선의 '인왕제색도'였다. 서양에서는 인상파 이전까지 풍경화 장르를 별로 중요하게 취급하지 않았다. 화가들도 인물화나 역사화 작업을 주로 하다가, 가끔 취미 삼아 풍경화를 그릴 때가 많았다. 그러나 동양에서는 도가 사상의 영향으로 인해 자연이 오래전부터 중요한 그림 소재로 쓰였다. 특히나 겸재 정선이 처음 선보인 진경산수화는 풍경화 장르에 새로운 지평을 열었다.

정선의 '인왕제색도'는 비가 내린 뒤 인왕산을 먹으로 그린 수묵화로, 강렬한 흑백 대비가 어떤 표현주의 그림보다도 인상적이었다. 원경에는 인왕산의 거친 바위들이 시커먼 빛깔로 뒤덮여 있었다. 그 아래쪽에는 안개와 수목을 활용하여 여백의 미학을 적극 사용함으로써, 흑백의 대비가 강조되는 단순하면서도 대담한 구도를 볼 수 있었다. 무엇보다도 내 마음을 사로잡은 것은 산의 울퉁불퉁한 골짜기를 나타내는 힘찬 붓질과 옆으로 슬쩍슬쩍 스친 듯이 표현된 갈필이었다. 자신만만하면서도 독보적인 개성을 자랑하는 이 산수화는 보는 이의 감탄을 자아내기에 충분했다.

「이런 경지의 그림은 과연 어떻게 그려진 것일까? 누가 한번 자신의 의견을 말해 보겠나?」

벤저민 교수가 좌중을 둘러보았다. 학생들은 서로의 눈치만 살필 뿐 묵묵부답이었다. 몇몇 아이들은 당황한 표정을 지으며 괜히 나를 힐끔거렸다. 위대한 진경산수화의 나라에서 온 이방인에게 처음으로 깊은 관심을 보이는 것 같아 나는 더욱 머쓱해졌다.

「눈에 보이는 것만 그리는 건 아마추어지. 관찰하고, 성찰하고, 그리고 발견해야 하는 거야. 자, 그럼 다시 질문하겠네. 독창적인 화법은 어디에서 유래되는지, 누구 한번 말해 볼 사람?」

학생들은 무안한 낯으로 서로의 시선을 피했다.

「쯧쯧쯧! 본인의 느낌과 해석이 담긴 풍경을 그려야 하지. 자신만의 경험과 통찰을 담은 그림은 그 자체가 독창적인 예술이 되는 것일세.」

어쩌면 그 말은 형식적인 풍경 묘사가 아니라, 마음으로 느끼고 감상할 수 있는 심상화 경지의 풍경화였을지도 모른다. 그것은 서구적인 사고 구조에 익숙한 학생들에게는 쉽게 다가갈 수 없는 또 다른 차원의 예술적 담론이었기에 강의실 안은 고요한 침묵만이 감돌 뿐이었다.

풍경화 수업은 매주 수요일, 오전 9시에 시작하여 오후 3시에 끝났다. 이론 강의는 주로 오전에 이뤄지고, 오후에는 각자 흩어져서 그림 그리는 시간을 가졌다. 하루는 스테이션 빌딩 근처 잔디밭에서 그림을 그리고 있을 때였다. 갑자기 등 뒤에서 「풍경은 공식이 아니야!」 라고 외치는 벤저민 교수의 카랑카랑한 목소리가 들려왔다. 나는 길 건너편 교회의 뾰족한 탑을 중심으로 주변 경치를 화폭에 담고 있었다.

「이 캔버스 안에 자네는 어디 있다는 말인가? 나는 자네를 볼 수가 없어. 여기 보이는 건 죄다 다른 화가들뿐이야.」

그 말에 나는 울컥해서 한마디 하지 않을 수 없었다.

「이 그림을 그리고 있는 사람은 바로 저입니다. 그런데 이 그림 속에 제가 없다니요?」

「이 그림 속에는 순 다른 사람만 있어. 자네 정도의 테크닉이면, 보고 베끼기는 아주 쉽겠지. 그러나 실제의 풍경이 존재하려면 자네가 바로 그 풍경 속으로 걸어 들어가야 한다는 거야.」

「전 무슨 소리인지 이해할 수 없어요. 풍경 속으로 어떻게 들어가는 건가요? 좀 더 자세히 말씀해 주세요.」

「머리로 궁리할 생각 말고, 마음으로 풍경을 보라는 소리야. 내가 보고 싶은 걸 보는 게 아니라, 풍경이 말하는 것을 들을 수 있는 능력이 중요하지. 이 세상은 점과 선과 면으로 이루어져 있어. 자네는 그것들을 발굴하고 조심스럽게 연결하는 솜씨 좋은 정원사가 되어야 해. 그런데 지금 그 표정은 뭔가? 무슨 소린지 아직도 모르겠나? 이, 멍청이!」

과연 어떻게 해야 풍경 속으로 걸어 들어갈 수 있고, 어떻게 해야 솜씨 좋은 정원사가 될 수 있다는 말인가. 하지만 나는 더 이상 대화를 이어나갈 만한 재간이 없었다. 아직 유학 초기 단계여서 속사포처럼 쏘아대는 선생님과의 대화에서, 토론을 대등하게 할 수 있을 만큼 내 영어가 유창하지 않았다. 나는 왠지 서러운 마음에 자꾸만 눈앞이 흐려졌다. 혹시 눈물이라도 떨어질까 봐, 입을 꼭 다문 채 눈만 끔뻑거렸다.

선생은 그때 분명히 나를 '이, 멍청이!'라고 불렀다. 이제는 전보다 영어 실력이 많이 향상되었지만, 풍경의 심상으로 걸어 들어가는 방법을 영원히 알 수 없게 되었다. 그 시절 나를 '이, 멍청이!'라고 불렀던 벤저민 교수가 이 지구라는 별에 더 이상 살고 있지 않기 때문이다.

일주일 후에야 쿠키와 다시 전화 통화를 나눌 수 있었다.

「어디 갔었어? 벤 교수님 추모식장에서 한참 찾았잖아.」

「사람들은 많이 참석했어?」

「근데 아는 사람은 별로 없었어. 참, 쌍이 왔더라. 워싱턴에 전시가 있어 왔다가, 소식을 듣고 잠깐 들른 거래.」

「여전히 잘 나가고 있군. 현대 미술의 메카에서 한국인의 이름을 날리는 기특한 애국자일세.」

「추모식 끝나고 커피 한잔 마시며, 잠깐 대화를 나눴어. 작년 크리스마스 때 지니가 뉴욕에 왔었다고 하더라.」

「너한테도 그 말 했어? 돈 가방 얘기는? 지니는 왜 그 돈과 바꿀 수 없는 건 뭐냐고 물었을까?」

「글쎄? 쿠키야, 넌 뭐인 것 같아?」

「난 아무것하고도 안 바꿔. 난 자본주의가 좋아.」

「그럼, 벤저민 교수님한테는 돈으로 바꿀 수 없는 게 뭐였을까?」

「세상이 점점 이상해지는 것 같아. 벤저민 교수님, 흰머리 포니테일을 기르시고, 태권도 유단자에, 나름 깐깐한 완벽주의자셨잖아. 완벽주의자들이 살기 힘들어진 세상이 된 걸까?」

「아, 그럴지도 모르겠군.」

나는 잠결에 깨어나 그녀의 전화를 받고 있었다. 전화선이 잘못 꼬이는 바람에 수화기가 바닥으로 굴러떨어졌다.

「아얏! 귀청 나갈 뻔했잖아. 너 지금까지 잔 거야?」

핑크색 전화기 속에서 쿠키가 외쳤다. 나는 급히 수화기를 집어 귀에 댔다.

「아냐. 수화기를 떨어뜨렸을 뿐이야.」

「멀쩡한 수화기가 왜 갑자기 떨어져? 잠이 덜 깼으니까 떨어뜨리지. 창밖을 보라고. 열두 시가 넘었어.」

사실 뒷골도 당기고 눈앞도 흐릿하게 보였다. 수화기를 움켜쥔 손으로 침대 옆 커튼을 걷었다. 어두운 방 안에 잔인한 햇살이 쏟아졌다. 나는 손바닥으로 눈을 가리며 상체를 일으켜 세웠다.

「윤, 정신 좀 들었어? 이건 중요한 거야. 지금 제정신이냐고?」

「왜 그러는데? 뭐가 또 있구나?」

「이번엔 시시한 삽화 나부랭이가 아니야. 크게 한 건수 올릴 기회가 찾아왔어. 윤 씨, 지금 듣고 있어?」

「으응. 말해봐.」

「그때 말한 출판사 기억하고 있어? 프랑크 사무실로 연락이 왔는데, 당장 글라스와 계약을 하고 싶대. 크리스마스 시즌에 맞춰 어린이들을 위한 동화책 시리즈를 만들고 싶다고 하더라고. 삽화 원고료도 최고 수준으로 쳐준대.」

「어느 출판사라고?」

「생폴 스트리트에 새로 문을 연 출판사가 있다고 했잖아. 거기 사장이 직접 전화했다는 거야. 내 이름을 언급하면서, 꼭 쿠키가 그리지 않으면 안 된다고 했대. 으하하. 이번에는 정말 큰 기회를 잡은 거야. 축하해, 윤.」

나는 침묵했다. 입안이 마르고, 심한 갈증이 느껴졌다.

「왜 아무 말이 없어? 충격을 받았어? 아무튼 지금 당장 일어나서 세수하고, 이 닦고, 옷 입고, 준비하고 있어. 내가 금방 데리러 갈 테니까. 밖에 나가서 점심 먹으면서 천천히 얘기하자고.」

쿠키는 내가 다음 말을 하기도 전에 전화를 딸깍 끊었다. 그리고 얼마 후에는 기다렸다는 듯이 내 집의 출입문을 쿵쿵 두드렸다. 나는 칫솔을 입에 문 채로 급하게 욕실에서 나와 출입문을 열었다.

「아, 휴! 이 홀아비 냄새. 내 코가 썩을 것 같아.」

쿠키가 실내 공기를 환기하기 위해 출입문을 활짝 열어젖혔다. 다가구 주택의 1층에 위치한 내 집은 창문들이 모두 처음부터 열리지 않는 상태로 고정되어 있었다. 열린 출입문으로 녹음이 짙은 신선한 바람이 새어 들어왔다. 나는 양치질을 하던 입안을 대충 헹구고, 소파 주변에 어지럽혀진 것들을 주섬주섬 집어 들었다.

「이번 일을 끝내고 나서, 우리도 베짱이처럼 실컷 놀아보자. 파리에 가는 건 어때? 한밤에 타는 센 강변의 유람선은 진짜 낭만적이라더라.」

나는 말없이 쿠키의 얼굴을 바라보았다.

「왜? 내 얼굴에 뭐 묻었어?」

「……」

「윤 씨, 갑자기 꿀 먹은 벙어리네. 빨리 준비해. 나가서 점심 먹고, 곧장 계약하러 가야 해.」

그녀가 호들갑스럽게 말했지만 나는 움직이지 않았다. 그녀가 말한 어떤 지시 사항에도 전혀 대응하고 싶지 않았다.

그 순간에 갑자기 떠오른 어떤 한 가지 생각에 내 가슴이 일렁이며 파르르 떨렸다.

「이번 일, 나는 안 할 거야.」

「윤, 그게 무슨 소리야? 내가 너무 시끄럽게 떠들어서 짜증이 난 건가? 단행권이 6권이면 단위가 얼마나 되는 줄이나 알고 그러는 거야? 요즘 동화책들은 잘만 만들면 영원히 마르지 않는 우물이 되는 거야. 돈벼락까지는 아니라도 매달 나오는 연금 정도는 될 거야.」

「영원한 우물이고 연금이고 관심 없어. 난 안 할 거야. 하고 싶지 않아.」

「얘가 또 사람 질리게 만드네. 갑자기 그게 무슨 소리야. 어디 아픈 거 아냐?」

쿠키는 냉장고에서 꺼낸 물을 벌컥벌컥 마시고는 욕실로 들어갔다. 잠시 후 요란한 물소리가 들렸고, 그녀가 다시 나와 소파에 털썩 주저앉았다.

「이 세상에서 그 돈 가방하고 맞바꿀 수 없는 건 뭘까? 넌 뭐라고 생각해?」

쿠키는 대답 대신 나를 빤히 쳐다보았다.

「고액권 가득 들었다던 그 돈 가방 말이야.」

「갑자기 무슨 소리야? 우린 삽화 이야기를 하는 중이잖아.」

「지니가 사라지기 전에 뉴욕에 있는 쌍에게 와서 그렇게 물었다면서. 이 세상에서 거대 자금이 들어 있는 그 돈 가방하고 바꿀 수 없는 게 뭐냐고.」

「그런 이야기를 지금 왜 꺼내는 건데? 너의 의도가 좀 수상해.」

그 순간, 내 안의 〈나〉가 불현듯 내게 말을 걸었다. 〈나〉는 소설을 쓰기로 했어. 깜짝 놀라 주변을 두리번거렸다. 쿠키가 답답하다는 듯 고개를 저었다.

「윤 씨, 지금 말하려는 요점이 뭐야? 지금 그 돈 가방에 대한 결론이라도 얻었다는 거야?」

그러자 내 안의 〈나〉가 또렷한 목소리도 다시 말했다. 지금 〈나〉는 소설을 쓰고 싶어 미칠 지경이야.

「윤, 너 왜 그래? 정신이 나간 거니?」

쿠키에게 처음 그 돈 가방 이야기를 들었을 때, 내 머릿속에는 전구가 하나 켜졌고, 필라멘트가 부르르 떨렸다. 히포의 올드 베어인 찰리는 나에게 또 한 번의 강력한 화력을 불어넣었다. 내 머릿속에는 상상력이라는 장작불이 거세게 타오르고 있었다. 이 소설적인 흥분은 밝은 빛으로 환히 빛났다.

「윤 씨, 너는 정말 사람 속을 뒤집어 놓는 데는 일가견이 있구나. 이게 벌써 몇 번째니? 내 인내심도 한계가 있는 거라고. 여기 삽화 일거리가 있어. 네가 해야 할 일이 있잖아. 그런데 그 일을 안 하겠다고? 그럼, 이제부터 뭘 할 거야? 앞으로 어떻게 살아갈 거냔 말이야?」

미래는 〈나〉도 알 수 없어. 사실 미래를 아는 사람은 아무도 없다. 〈나〉도 이제 바로 여기, 이 순간에만 집중할 것이다. 지금 〈나〉 앞에는 소설밖에 없다.

「아예, 내 말에는 대꾸도 안 하는구나. 난 정말 널 이해할 수가 없어.」

쿠키는 결코 이해할 수 없을 것이다. 나도 〈나〉를 이해할 수 없는데, 누가 〈누구〉를 이해할 수 있단 말인가. 어쩌면 〈나〉 내면의 〈점〉 〈선〉 〈면〉을 끄집어내다 보면 뭔가 깨닫게 될 수 있을지 모른다. 소설을 쓰는 동안 과거의 상처 속에서 지우개로 지워버렸던 〈나〉와 다시 재회하게 될지도 모른다.

「머리가 어지러워. 내 마음도.」

「그게 무슨 뜻이야? 두통이 왔다는 거야? 약 줄까?」

「아니 그게 아니라. 내 인생 전체가 어지럽고 혼란스러운 것 같아.」

「사는 건 원래 그렇잖아. 나도 사는 게 어지럽고 혼란스러워.」

「나를 가장 혼란스럽게 만드는 건 바로 너야.」

「그게 무슨 소리야? 지금 나를 원망하는 거야?」

「맞아. 넌 왜 내 이름을 윤이었다가, 윤 씨였다가 그렇게 부르는 건데? 그렇게 부르지 마. 나 자꾸만 내 정체성에 혼란을 느껴.」

「그게 뭔 소리래? 너 잠이 덜 깼구나? 그러니까 술 좀 작작 마셔.」

이것은 정체성을 잃어버린 나를 찾아가는 첫 발자국일 수도 있다. 책 표지는 소설의 얼굴이다. 〈보이지 않는 풍경〉 이것은 책 표지에 새겨질 내 소설의 제목이다. 첫 번째 소설이 마지막까지 완성될 수 있을지는 확신할 수 없다. 〈보이지 않는 풍경〉 그래도 지금은 오직 이것뿐이라, 그래서 괜찮다.

「이번 일거리를 따내느라고 그동안 내가 얼마나 노력했는지 알아? 그런데 싫다고? 맙소사! 네 맘대로 해. 진짜 황당하다.」

쿠키는 더 이상 참지 못하고 자리에서 일어났다.

「윤, 난 갈 거야. 오랫동안 널 보고 싶지 않을 것 같아. 나한테 전화하지 마. 알았지?」

쿠키는 내게 등을 돌리며 울먹이듯 말했다. 〈나〉도 나를 향해 웅얼거렸다. 잘 있거라. 한때 얼치기 화가였고 삽화가였던 너, 정말로 잘 있거라. 쿠키는 굿 바이 인사도 없이 출입문을 쾅 닫고 사라졌다. 그때 〈나〉의 귀에서는 말러의 교향곡 5번 아다지에토가 울려 퍼지고 있었다. 〈나〉가 내게 결별을 선언하고 돌아선 순간, 쿠키도 나를 두고 멀리 떠나버렸다……

이 세상에 홀로 남겨진다는 것이 어떤 기분일지 문득 궁금해졌다. 어쩌면 우리는 처음부터 모두 혼자였는지 모른다. 그래서 가까운 누군가를 늘 찾아 헤매는 것은 아닐까. 가까워지면 또 멀어지면서도, 다시금 따스한 온기를 구하게 되는 것이다.

4

보이지 않는 풍경

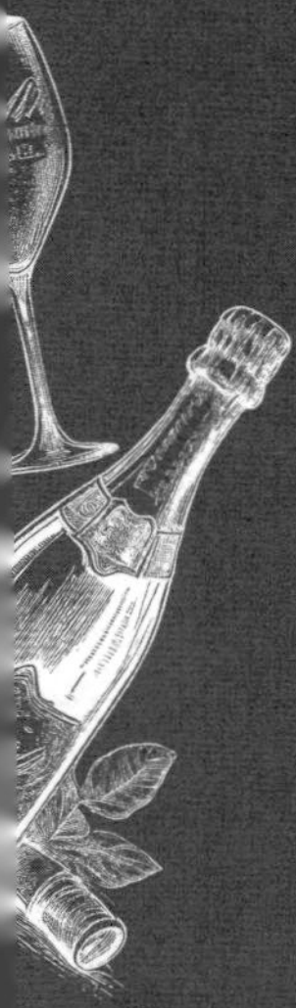

◆◆◆◆

SCHOOL 33

볼티모어 시내에서 찰스 거리를 따라 북쪽으로 20분 정도 운전하면, 찰스 카운티 샛길 입구에 있는 오래된 3층 벽돌 건물이 보인다. 이 건물은 예전에 소방서로 쓰였으며, 소방차 출입구를 그대로 보존하고 있다. 80년대 초반에 시민들을 위한 아트 스쿨로 변모한 이 건물의 정면에는 〈SCHOOL 33〉이라는 현판이 붙어 있다. 현재는 볼티모어 시민들을 위한 문화센터이자 젊은 예술가들의 작업 공간으로 활용 중이다.

지니는 지난 2년 동안 이곳 〈SCHOOL 33〉에서 객원 작가 겸 미술 강사로 활동했다. 첫해에는 동네 어린아이들을 대상으로 유치원 수준의 아동 미술 수업을 진행하였다. 그녀는 단지 아이들만 가르치려고 이곳 작가 프로그램에 지원한 건 아니었다. 하지만 이 자리를 원하는 젊은 작가들이 많아서 불만을 제기할 수 없었다.

객원 작가들에게는 생활비와 창작 지원금이 제공되었고, 개인 작업실도 무료로 사용할 수 있었다. 두 군데의 전시 공간을 통해 작품을 선보일 기회도 있었다. 〈SCHOOL 33〉의 객원 작가 경력은 나중에 도움이 될 거라 여겨졌다.

그녀는 두 가지 면에서 운이 좋았다. 첫째, 피터 선배가 이곳에 아트 디렉터로 근무하고 있었다. 피터는 그녀가 졸업한 마이카 학교의 선배로, 그녀가 객원 작가 프로그램에 참여할 수 있도록 도움을 주었다. 둘째, 어린아이들을 가르치다가 드디어 성인반 미술 수업을 담당하게 된 것이다. 이전에 성인반을 맡던 작가가 고향으로 돌아가면서 그녀가 그 자리를 대신하게 되었다. 물론, 피터 선배의 입김이 작용했다.

그녀의 작업실은 〈SCHOOL 33〉 건물의 3층에 있었다. 실내는 10평 규모의 정사각형 구조였다. 창문 밖으로는 볼티모어 미술관과 존스 홉킨스 대학 캠퍼스가 내려다보였다. 그녀는 이곳에서 작업에 몰두하며 두 해에 걸친 계절의 변화를 지켜보았다. 이제 2년간의 객원 작가 계약이 만료될 때가 다가왔다.

그녀는 거의 10년 만에 귀국을 앞두고 있었다. 한국행 비행기 표도 이미 예약했고, 큰 이삿짐들은 배편으로 먼저 보냈다. 지난 십 년의 세월은 허무한 꿈처럼 순식간에 흘러가

버렸다. 이제 볼티모어를 떠날 생각을 하니 아쉬운 마음만이 가득했다.

크리스마스가 이틀 앞으로 다가왔다. 정물화 수업이 끝나갈 즈음, 피터 선배가 강의실 문을 열고 얼굴을 내밀었다. 그의 뒤에는 처음 보는 백인 남자가 서 있었다. 이번에 새로 프로그램에 참여하게 된 객원 작가, 오스트리아 출신의 화가 오스카 클림트 씨였다. 창백한 얼굴빛과 부스스한 머리를 한 그의 모습이 어쩐지 친근하게 느껴졌다.

오스카 씨. 직접 만나 뵙네요. 제가 그때 전화로 말씀드렸던 지니예요.

안녕하십니까. 제가 좀 빨리 왔습니다.

괜찮아요.

오늘 그를 만나서 작업실을 인계하기로 되어 있었다. 다음 학기 수업 진행에 관해서도 미리 알려줄 계획이었다. 우리는 전화로 약속 시간을 정했는데, 오스카가 정해진 시간보다 30분이나 일찍 도착한 것이다.

교실 안에는 8명 정도의 학생들이 그림을 그리는 중이었다. 정물 받침대를 중심으로 이젤들이 동그랗게 배치되어 있었다.

안으로 들어오세요.

그녀는 문가에서 한발 옆으로 비켜섰다.

아니, 나는 집에 사정이 생겨서 그만 가봐야 해. 나 대신 오스카 씨를 부탁할게. 그리고 크리스마스 행사에 관해서 전화로 연락할게.

피터 선배는 그녀에게 오스카를 떠넘기고 급히 사라졌다. 오스카에게 수업을 참관시키고, 건물을 둘러볼 수 있도록 도와달라는 당부도 잊지 않았다.

그녀는 지난봄에 우연히 오스카 클림트의 작품 슬라이드를 본 적이 있었다. 1층 사무실에서 우편물을 챙기러 갔을 때였다. 자료실에 있던 피터가 갑자기 고개를 내밀며 그녀를 불러 세웠다.

지니, 잠깐 시간 있어요?

왜요?

지금 위원회에 보낼 객원 작가 지원 서류들을 1차로 선별하고 있는데, 함께 보지 않겠어요? 어쩌면 이번 건 당신도 아는 사람일지 몰라요.

수업이 시작되기까지 아직 십여 분 정도 여유가 있었다. 자료실 안에는 33학교 위원회 임원들이 앉아 있었다. 어두컴컴한 실내에 슬라이드 램프의 불빛만이 켜진 상태였다. 그녀는 한쪽 구석에 자리를 잡았다.

자, 시작하겠습니다.

피터가 환등기의 재생 버튼을 눌렀다. 하얀 스크린에 오스카 클림트의 첫 작품이 떠올랐다.

우우!

임원진들이 흥미롭다는 반응을 보였다. 스크린에 비친 작품에는 아랫도리를 벗은 두 명의 유명 정치가가 매우 자극적이면서도 사실적으로 묘사되어 있었다.

이 그림이 작년 가을에 큰 스캔들을 일으켰던 바로 그 작품 맞죠?

당신도 신문을 보셨군요. 맞아요. 오스카라는 화가의 작품이에요. 오스트리아 출신인데, 매스컴의 생리를 잘 알고 있는 것 같아요.

부시와 레이건도 이 작품을 봤을까요?

정치가들의 포르노그래피가 너무 적나라하네요.

임원진들 사이에서 작은 웃음소리가 번져갔다.

오스카 클림트가 33학교에 보낸 슬라이드 필름은 모두 24개였다. 사진과 오브제를 결합한 양식의 작품들이 많았다. 작품들은 대부분 사회적 이슈를 직설적으로 표현하고 있었다. 〈동성연애자의 이야기〉, 〈초록색 환경에 관한 보고서〉, 〈핵폭탄에 대한 초현실적 자아〉 같은 작품들은 어쩐지 보는 이의 마음을 불편하게 만들었다.

여러 번의 심사 과정을 통해 결국 오스카 클림트 씨가 객원 작가로 선정되었다. 피터 선배를 비롯한 33학교 임원진들은 약간은 꺼림칙해하면서도, 오스카 클림트의 날카로운 시사성에 기꺼이 찬성표를 던진 듯했다.

올해의 마지막 정물화 수업이 끝나가고 있었다. 그녀는 손뼉을 치며 학생들의 이목을 집중시켰다.

여러분! 다음 학기부터 33학교 성인반을 맡게 된 새로 오신 선생님을 소개합니다. 오스카 클림트 씨입니다.

안녕하세요. 여러분을 만나게 되어 매우 기쁩니다. 앞으로 잘 부탁드리겠습니다.

오스카는 이런 일에 익숙한 사람처럼 느긋하고 편안해 보였다. 학생들은 열렬한 박수로 그를 환영했다. 지니의 얼굴에도 만족스러운 미소가 감돌았다. 오스카가 능란한 릴레이 선수처럼 부드럽게 바통을 넘겨받은 것이다.

학생들이 당신을 좋아하는 것 같아요.

그녀가 웃으며 낮게 속삭였다.

정물화 수업은 오후 3시부터 6시까지였다. 학생들이 자리에서 일어나 실기 도구들을 챙기기 시작했다. 그녀도 주변을 정리하며 수업 시간에 사용한 정물들을 바구니에 담았다.

우리 같이 기념사진 찍어요. 다들 이쪽으로 모이세요.

지난주에 쌍둥이 손자를 본 케이시가 크게 말했다. 그녀는 정물화 학급에서 나이가 가장 많은 할머니 학생이었다. 어느새 카메라와 받침대가 준비되어 있었다.

오스카 선생님도 같이 찍어요.

그, 그럴까요?

오스카도 다가와 학생들과 함께 포즈를 취했다. 케이시가 카메라의 자동 셔터를 누른 뒤, 비대한 몸을 뒤뚱거리며 달려왔다. 번쩍, 카메라 플래시가 터졌다.

모두 주소를 적어주세요. 사진을 편지로 보내드릴게요.

학생들은 종이에 주소를 적어 케이시에게 건넸다.

지니 선생님! 이번에 본국으로 돌아가신다면서요? 한국 주소를 주시면 사진을 보내드릴게요.

한국까지요? 그거 너무 번거로울 텐데 그러지 마세요.

걱정하지 마세요. 아무리 먼 곳이라도 우표만 붙이면 잘 도착할 거예요.

그녀는 케이시에게 한국 주소를 적어주었다.

볼티모어를 이대로 떠날 수 있겠어요?

케이시가 아쉬운 표정으로 물었다.

10년 동안 지내다 보니 여기도 고향 같아요. 그렇지만 떠나온 곳으로 돌아가야죠. 제 진짜 고향으로 돌아가는 거예요.

혹시 알아요. 떠나기 전에 사랑하는 남자가 생기면 떠나기 힘들 수도 있죠.

맙소사! 그런 일은 진짜 절대로 없을 거예요.

그새 정이 많이 든 모양이었다. 서로를 안고 등을 토닥거리려니 코끝이 찡해졌다.

학생들이 떠난 교실에는 그녀와 오스카만이 남았다. 라디에이터 그릴이 팽창하는 소리가 요란하게 울렸다. 형광등 불빛 아래에서 불투명한 빛의 입자들이 쏟아져 내렸다. 그녀는 사물함을 챙기다 말고 흐흐, 웃고 말았다. 이젤과 의자들을 정리하던 오스카가 의아한 표정으로 돌아보았다.

미안해요. 갑자기 딴생각이 나서요. 이제 모든 것에 '마지막'이라는 단어를 붙여야 할 것 같아요. 마지막 인사, 마지막 수업, 마지막 아침 식사, 마지막 공원 산책, 마지막 전화.

그리고 '마지막 순간'이라는 거창한 표현도 남아있죠.

정말 그렇네요.

오스카는 영국식 악센트가 섞인 독특한 억양을 사용했다. 그는 사람의 마음을 편하게 하는 묘한 재주가 있었다. '인생의 새로운 무대가 펼쳐진다'라는 식의 표현이 특히 마음에 들었다.

앞으로 한 달 후면, 저는 한국에 완전히 익숙해져 있을 거예요. 여기서 그랬던 것처럼, 한국에서도 비슷한 시간이 흐르겠죠.

오랜만에 고향으로 돌아가니 좋겠어요.

잘 모르겠어요. 고향을 떠날 때는 확실한 목표가 있었어요. 그렇지만 결국 졸업장만 따서 돌아가는 기분이에요. 한국에 돌아가는 게 조금 무섭기도 해요. 그동안 많이 변했을 거예요.

행운을 빌어요. 모든 게 잘될 거예요.

그녀의 표정은 밝아 보이지 않았다. 10년 동안 떠나 있던 조국은 그녀에게 또 다른 낯선 타국이었다. 앞으로 어떤 일들이 펼쳐질지 지금으로서는 상상도 할 수 없었다.

〈SCHOOL 33〉의 3층은 작가들만을 위한 공간이었다. 그녀의 작업실은 복도 끝에 있었다. 전등 스위치를 올리자, 어수선한 실내 모습이 드러났다.

스튜디오가 꽤 넓군요.

여긴 맨 끝방이라 다른 작가들 작업실보다 약간 더 커요. 3층에서 햇빛이 가장 잘 드는 방이지만, 겨울에는 시끄러운 걸 참아야 해요.

그녀가 창문에 설치된 온풍기의 스위치를 켰다. 그러자 팬이 요란한 소리를 내며 돌기 시작했다. 확실히 누구에게나 신경 쓰일 만한 소음이었다. 실내 한쪽에는 작업하다 남은 여분의 물자들이 무질서하게 쌓여 있었다.

버리자니 아깝고, 한국으로 가져갈 수는 없는 것들이에요.

혹시 필요한 게 있으면 챙기셔도 좋아요.

필요 없는 것들이면 그냥 놔두세요. 나중에 제가 알아서 정리할게요.

이 책꽂이랑 의자도 필요하면 그냥 사용하세요. 저도 전에 이 방을 쓰던 작가에게서 물려받은 거예요. 필요 없으면 지하 창고로 옮기면 돼요.

여기 이 가구들도 2년에 한 번씩 세습되는 셈이네요.

오스카는 의자에 앉아 엉덩이로 쿠션을 몇 번 들썩거렸다.

처치 곤란한 것이 있으면 뭐든지 다 두고 가십시오. 어차피 처치 곤란한 것들 때문에 예술이 존재하는 것 아니겠습니까.

그녀는 빙긋 웃으며 속으로 다행이라고 생각했다. 이삿짐을 꾸리는 일은 언제나 너무 벅차고 힘에 겨웠다.

오스카는 벽에 걸린 작은 유화 그림을 바라보았다. 젊은 동양 남자의 얼굴이 그려진 초상화였다.

여기 있는 다른 그림들과는 어쩐지 느낌이 달라요. 혹시 남자친구인가요?

왜 그렇게 생각하세요?

저 그림에서는 삶의 기쁨과 행복한 에너지가 느껴져요. 인물에 대한 친밀함과 따뜻한 마음이 담겨 있는 것 같아요.

그런 느낌을 단번에 알아채다니 놀랍네요.

아직도 잊지 못하고 있는 거군요. 맞죠?

오스카의 말에 그녀는 약간 충격을 받은 표정이었다. 그동안 지워졌거나 생각했던 기억들이 순식간에 되살아나 그녀의 내면을 휩쓸었다. 그녀는 오스카를 바라보고 있었지만, 마음속은 지난날의 거친 격랑 속으로 빠져들었다. 과거의 순간들이 스크린에 투영된 스냅사진처럼 떠올랐다. 여러 장소와 서로 다른 추억의 장면들이 스쳐 갔다. 그 안에는 한 남자의 다양한 모습들이 교차하며 나타났다. 그러한 이미지들로 시간이 거슬러 올라가다가, 결국 하나의 장면, 인연의 첫 순간에서 멈춰 섰다.

안녕. 내 이름은 류인이야.

한 남자의 목소리와 함께 강렬한 비트의 음악 소리가 사방에서 터져 나왔다. 그곳은 글렌 버니 나이트클럽의 화장실 앞 복도였다. 그녀를 이곳으로 데려온 사람은 마이카 학교 동기인 쿠키였다. 루트 40에 한국인이 새로 오픈한 디스코 클럽이 있다며 쿠키가 같이 가자고 계속 졸라댔다. 클럽 안에는 한국계 젊은이들이 아주 많았다. 그녀가 이런 유흥업소에 온 것은 아주 오랜만이었다.

그녀는 쿠키와 함께 스탠드바에 앉아서 맥주를 마셨다. 많은 사람이 댄스 플로어에서 신나게 춤을 추고 있었다. 무대에서는 5인조 남성 밴드가 흥겨운 노래를 연주했다. 잘생긴 리드 싱어가 특히 눈길을 사로잡았다. 그는 아래위로 흰옷에 검은색 부츠를 신고, 긴 머리를 뒤로 묶고 있었다. 매력적인 외모에 노래 실력도 무척이나 인상적이었다. 그는 본 조비의 'You Give Love a Bad Name'과 'Livin' on a Prayer'를 연이어 불렀다. 그의 노래는 젊은 춤꾼들을 열광의 도가니로 몰아넣었다.

저기 유전자가 특별할 것 같은 남자가 보이지?

응. 완전 최곤데. 왜 저런 사람이 이런 변두리 나이트클럽에서 노래를 부르는 걸까?

아직 때를 못 만난 거지. 근데 저 남자, 글라스하고 잘 아는 사이야.

진짜로? 글라스가 남자를 보는 눈이 굉장히 높은가 봐. 휴, 부럽다.

저 남자 이름이 뭐라더라? 론. 맞아. 론이야. 글라스하고 뉴욕에서 함께 왔다더라.

진짜 글라스 남자친구 맞아?

나도 잘 몰라. 근데 가끔 글라스를 만나러 우리 학교 근처에 출몰한다는 소문이야.

어머머! 어쩐지 두 사람 분위기가 다른 것 같아. 완전 딴판인데.

완전히 내 스타일이지. 노래도 잘하고. 전생에 나라를 구한 거야.

두 여자는 리드 싱어 론을 보며 계속해서 감탄사를 쏟아냈다.

그때 웨이터가 그녀들 앞에 나타났다. 그는 돔 페리뇽 샴페인 한 병과 목이 긴 유리잔 두 개를 쟁반에 받쳐 들고 있었다.

저쪽 테이블에서 보냈어요.

웨이터가 실내 안쪽에 있는 테이블을 가리켰다. 두 명의 남자가 웃으며 손을 흔들고 있었다.

어머머! 미쳤나 봐. 얼른 그냥 보내. 웨이터한테 다시 돌려주라고 해.

아냐, 아냐. 괜찮아. 이런 건 마셔주는 게 예의지. 여기서는 다들 그러는 거야.

쿠키가 남자들에게 유리잔을 들어 보였다. 샴페인에는 상큼하면서도 우아한 풍미가 가득했다. 쿠키가 유리잔에 샴페인을 채웠다.

쿠키야. 천천히 해. 왜 이렇게 많이 따르는 거야?

오늘 같은 날은 마셔도 괜찮아. 축하하러 온 거잖아.

친구 쿠키는 마이카 학교를 다니다 중도에 그만둔 상태였다. 밤길에 차 사고가 나서 그 후유증으로 잠시 쉰다고 했는데, 얼마 후 생명보험 회사에 취직해 보험을 판매하게 되었다. 그날은 새 직장을 얻은 쿠키가 크게 한 턱을 쏘겠다고 마련한 자리였다.

쿠키. 너 이제 사회인이잖아. 대단해. 정말 축하해. 돈도 많이 벌어. 파이팅.

고마워. 너밖에 없다. 난 벌써부터 고생길이 훤히 열린 거야.

쿠키는 9세에 부모님을 따라 미국으로 이민을 왔다. 아버지는 얼마 후, 의료 사고로 사망했다. 주위에는 그들 모녀를 도와 줄 사람이 하나도 없었다. 모녀는 어떤 영문인지도 모르는 상황에서 아버지 장례를 치렀다. 젊은 나이에 과부가 된 쿠키 어머니는 그때부터 20년 넘게 바느질 공장에 다니며 어린 딸을 키웠다. 쿠키는 엄마의 희생을 생각하면 자신의 결정이 옳았다고 자조적으로 말했다.

나는 학교 그만두길 잘한 것 같아. 울 엄마 매일 아침 6시에 버스를 타고 출근하셨어. 이제는 힘에 부치는 나이지. 요샌 매일 나한테 시집가라고 하셔. 그게 엄마의 유일한 소망이래. 근데, 지니야. 엄마는 나 하나밖에 없는데, 그런 엄마를 두고 내가 어떻게 시집을 가겠니? 그렇지 않니, 지니야?

쿠키는 이미 혀가 반쯤 풀린 상태였다.

안 되겠다. 이제, 그만 마셔. 너 취했어. 여기, 물 마셔.

그녀는 쿠키에게 술 대신 얼음물을 권했다. 음악은 계속 바뀌었다. 무대와 댄스 플로어의 광적인 열기도 식을 줄을 몰랐다.

쿠키. 꼼짝 말고 여기서 기다려. 나 화장실 좀.

그녀는 자리에서 일어나 급히 화장실 쪽으로 걸어갔다. 변기가 두 개밖에 없어서 줄이 길었다. 급하게 볼일을 보고 다시 밖으로 나왔을 때였다. 화장실 앞 어두운 복도에 한 남자가 벽에 기댄 채 서 있었다. 남자는 그녀를 보며 빙긋이 웃었다.

안녕. 내 이름은 류인이야. 아까 돔 페리뇽 보낸 사람.

아! 샴페인 고마웠어요. 감사합니다.

그녀는 당황한 얼굴로 고개를 살짝 숙였다. 술과 음악이 넘쳐나는 유흥 업소 안이었다. 이런 곳에서 낯선 남자와 말을 섞는 건 별로 유익한 일이 아니었다. 그녀는 재빨리 그곳을 지나치려고 했다. 남자가 한쪽 어깨를 슬쩍 내밀며 그녀 앞을 막아섰다.

나 그렇게 나쁜 사람 아닌데.

네?

그쪽 분들 술 마시고, 운전하면 안 될 것 같아서.

아, 괜찮아요. 전 술 안 마셨거든요.

그래도 걱정되는걸. 친구가 많이 취했던데.

근데 왜 자꾸 반말이세요?

아, 미안. 내가 그쪽보다 나이 많은 것 같아서.

아까 그 샴페인 정말 고맙긴 한데요, 제 친구가 오늘 좀 기분이 안 좋아서 그냥 마셨어요. 원하시면 샴페인값을 돌려드릴게요.

그건 아니고. 난 그 쪽한테 관심이 있어서.

저요? 왜요?

갑자기 음악 소리가 귀청이 찢어질 듯 크게 울렸다. 그녀는 인상을 찡그리며 두 손으로 양쪽 귀를 막았다. 시끄러운 소음 속에서 그가 목소리를 높여 말했다.

내 이름은 류인이야. 사람들은 그냥 류라고 부르지. 그러니까 거기도 나를 그냥 류라고 불러도 돼. 내 이름, 류. 잊지 마. 류.

지금도 류를 생각하면 여러 장면이 한꺼번에 떠올랐다가, 결국 남는 것은 돔 페리뇽 샴페인 한 병과 본 조비의 노래, 그리고 핑크빛 카펫이 깔린 글렌 버니의 어두운 복도뿐이다. 그는 왜 자신의 이름을 그렇게 강조했을까. 누군가에게 오래도록 기억되고 싶었던 것은 아닐까. 세월이 많이 흐른 지금, 글렌 버니의 화장실 앞 통로는 텅 비어 있다. 동양계 춤꾼들이 밤늦도록 젊음을 발산하던 댄스 플로어와 색색의 조명들이 가득했던 스테이지도 이제는 텅 빈 모습이다. 한때 미친 듯이 사랑했던 그 남자도 이제는 그곳에 없다. 처음부터 그는 거기에 없었을지도 모른다. 그의 목소리는 허무한 메아리처럼 울릴 뿐, 서로 엇갈린 운명 속에서 영원한 평행선을 그리며 사라져 버렸다.

어둠은 붕기한다

아파트 출입문을 열기 전까지 그 어떤 예감조차 없었다. 〈SCHOOL 33〉에서 그녀의 집까지는 차로 15분 거리였다. 건물 앞 주차장에 차를 세운 후, 아파트 현관을 지나 계단을 올라가는 동안 고소하면서도 달콤한 냄새가 풍겨왔다.

1층 사람들이 케이크를 굽는 모양이군.

그녀는 입맛을 다시며 다시 걸음을 옮겼다. 2층으로 가는 계단 중간부터 토마토소스와 치즈 냄새가 짙게 맡아졌다.

이건 미트볼 스파게티인가? 아니, 피자를 굽는 걸지도 모르겠네.

꼬르륵.

갑작스러운 허기가 밀려왔다. 그녀는 문득 걸음을 멈추었다. 테이크아웃 음식을 사 오는 게 나을 것 같았다. 귀국 날짜가 가까워지면서 집 안 냉장고에는 먹을 만한 것이 거의 없었다. 남은 음식을 처리하기 싫어 마트에도 가지 않은 지 벌써 2주가 넘었다. 배에서 다시 꼬르륵 소리가 났다. 다시 차를 몰고 나갈 생각을 하니 귀찮기만 했다.

햄버거는 질렸어. 라면이나 끓여 먹어야겠다.

20세기 최고의 발명품인 쫄깃한 면발과 얼큰한 국물이 구세주처럼 떠올랐다.

그녀의 아파트는 2층에 있었다. 출입문의 열쇠 구멍이 이상하게 잘 맞지 않았다.

오늘따라 왜 이러는 거야? 자꾸 헛돌잖아. 맙소사!

간신히 문을 따고 안으로 들어갔다. 전등이 켜진 순간, 그녀는 자기 눈을 의심했다. 집안이 폭탄을 맞은 폐허처럼 변해 있었다. 그곳은 또 다른 세계의 문턱이었다. 더 이상 그녀가 살던 익숙한 공간이 아니었다. 태풍에 휩쓸린 듯 가재도구들이 온 사방에 흩어져 있었다. 산산조각이 난 식탁 유리와 바닥에 흩어진 책들, 칼로 난도질 된 쿠션과 침대 매트리스, 깨진 액자와 튀어나온 스프링, 브라운관이 박살 난 텔레비전까지. 누군가에 의해 의도적으로 파괴되고, 깨지고, 짓밟힌 폭력의 잔재들이었다.

맨살에 직접 닿는 속옷은 여자들에게 자존심이요, 품격이었다. 여성성의 가치 그 이상이라 할 수도 있다. 서랍장 안에 정갈하게 쟁여 두었던 속옷들이 여기저기 아무렇게나 흩어진 모습이었다. 그녀는 처참한 몰골로 변한 그 속옷들을 바라보며 이제껏 경험해 본 적 없는 절대의 악을 떠올렸다.

충격이 너무 크면 사람의 뇌도 일시 정지하는 것 같았다. 그녀의 의식을 깨운 것은 부엌 전화벨 소리였다. 집안에 아직 누군가 있을지도 모른다는 생각이 강박적으로 떠올랐다. 전화벨은 잠시 울리다 끊어지더니 다시 울리기 시작했다. 그녀는 출입문을 활짝 열어둔 채, 부엌까지 겨우 걸어갔다. 전화선 너머로 반가운 쿠키의 목소리가 들려왔다.

지니야, 우리 집에 와서 저녁 먹을래? 울 엄마가 너한테 전화 한번 걸어보랬어. 우리 집에 맛있는 거 많아. 얼른 와.

쿠키야. 우리 집에 도둑 들었어.

도둑이라고? 언제 그런 일이 생긴 거야?

집에 와 보니 이 모양이야. 완전히 난장판이야. 쓰레기통 같아.

어머머, 쓰레기통이라니? 그게 무슨 소리야? 너는, 너는 괜찮아?

응. 난 괜찮아. 많이 놀란 것만 빼면.

어떤 죽일 놈이 그런 거야! 망할 놈들! 근데 도둑이 들어왔다가 훔쳐 갈 게 아무것도 없어서 섭섭했겠다. 가만히 있어봐. 기다려. 내가 곧 그리로 갈게.

아냐, 아냐. 됐어. 괜찮아. 네가 온다고 달라질 것도 없어. 내가 어떻게 해볼게.

벨에어에 있는 쿠키 집에서 여기까지는 1시간 이상 걸리는 거리였다. 쿠키가 와 준다면 고맙지만, 그녀도 내일 아침 출근을 해야 할 몸이었다.

경찰에 신고부터 하고, 자신이 벨에어로 가겠다고 지니가 말했다.

운전은 제대로 할 수 있겠어. 많이 놀란 상태에서 운전하면 위험해

괜찮아. 찬물 마시고, 좀 누워서 진정되면 바로 출발할게. 그런데 뭐 필요한 것 없어? 갈 때 뭐 좀 사갈까?

아무것도 사 오지 마. 이런 상황에 뭘 사 오겠다는 거야? 그냥, 운전이나 조심하고 와.

아무것도? 그럼, 와인은?

와인? 글쎄? 와인까지는 오케이. 우리들의 정신 건강을 위해서 오늘 밤에 술 한 잔은 필요할 것도 같아.

알았어. 곧 와인 가지고 갈게.

그녀는 전화를 끊었다.

911에 전화를 걸어 도난 사건을 신고했다. 15분 정도 지나자 저벅저벅 군홧발 소리가 들리더니 백인 경찰이 나타났다. 그는 어깨에 걸린 워키토키에 대고 계속해서 상황을 설명했다. 검은색 제복 위에 완전 무장을 한 그의 모습은 커다란 흑곰을 연상시켰다.

경찰은 도둑의 침입 경로를 조사하고 도난 목록을 기록했다. 집안에는 값비싼 물건이 없었기에 증거로 수집할 만한 것도 거의 없었다.

다치신 곳은 없나요?

저는 괜찮아요. 외출하고 돌아와 보니 이 꼴이네요.

집이 엉망이 되었네요. 큰일 날 뻔했습니다.

경찰은 사건 보고서를 작성하다 말고 그녀를 바라보았다.

오늘은 너무 늦었으니, 내일 아침에 열쇠를 바꾸는 것이 좋겠어요.

아파트를 비워줄 날이 얼마 남지 않은 상황이었다. 생각지 않은 추가 경비를 지출해야 하는 상황이 난감했다.

이 집에 같이 사는 사람은 없습니까?

아뇨, 저 혼자 있어요.

그렇군요. 오늘 밤에는 다른 곳에서 자는 것이 좋겠습니다. 도둑이 다시 오지는 않겠지만 혹시 모르니까요.

경찰은 자신의 이름과 전화번호가 적힌 쪽지를 주면서 위급한 상황이 생기면 즉시 연락하라고 말했다.

전화 받으면 제가 바로 출동할 겁니다.

경찰은 출입문의 열쇠 구멍을 다시 앞뒤로 살펴보았다.

강제로 문을 딴 흔적은 보이지 않는데요. 최근에 아파트 열쇠를 잃어버린 적이 있습니까?

아뇨. 그런 적 없어요.

이상하군요. 밤에도 열쇠를 고치는 곳이 있습니다. 필요하다면 전화번호를 알려드리죠. 낮에 부르는 것보다는 비용이 더 비싸긴 합니다.

내일 할게요. 오늘 밤에는 어차피 친구 집에 가서 잘 텐데요. 조금 아까 전화로 제가 친구 집에 간다고 했어요.

네, 그러는 게 좋겠습니다.

경찰은 걱정스럽다는 표정이었다. 그러나 근무 중에는 한 곳에 오래 머물 수 없었다.

수고하십시오.

경찰은 다시 군홧발 소리를 저벅저벅 내며 멀어져 갔다. 마침내 혼자 남겨진 그녀는 황폐해진 집안의 적막함에 소름이 돋았다.

서둘러 집 안을 정리하기 시작했다. 우선 바닥에 흩어져 있던 속옷부터 치웠다. 깨진 유리 조각들도 조심스럽게 쓸어 쓰레기통에 담았다. 부서진 가재도구들을 맞춰 보고 있을 때였다. 문밖에서 다급한 발소리가 가까이 다가왔다. 곧이어 출입문을 주먹으로 두드리는 소리가 울렸다. 쿵쿵대는 소리가 지나치게 거칠고 불쾌했다. 백인 경찰이 다시 온 것 같지는 않았다. 이미 크게 충격을 받은 상태에서, 또다시 가슴이 벌렁거렸다. 그녀는 문 쪽으로 다가가면서 헛기침을 두어 번 내뱉었다.

흠, 누, 누구세요?

지니야, 나야 나. 류. 문 열어봐.

그녀는 자기 귀를 의심했다. 텁텁하면서도 귀에 쏙쏙 박히는 그 목소리를 알고 있었다. 그런 음성을 가진 남자는 이 지구상에서 단 한 사람뿐이었다. 그녀는 고개를 흔들었다.

나라니까. 류. 지니야, 벌써 내 목소리를 잊은 건 아니겠지?

순간 맥이 풀리면서 두 다리가 후들거렸다. 문밖에 있는 사람이 정말로 내가 아는 그 남자란 말인가. 그것은 고통이나 슬픔, 분노와는 전혀 다른 감정이었다. 그녀의 가슴 한복판에는 말뚝 하나가 깊이 박혀 있었다. 너무도 사랑했던 그 남자는 4년 전에 갑자기 종적을 감췄다. 달콤한 언어로 사랑을 맹세하고 결혼까지 약속했던 남자였다. 그녀는 증발하듯 사라진 그를 찾아 헤맸다. 반쯤 정신이 나간 상태였다. 자신이 뭔가 큰 실수를 저지른 건 아닌지 자책했다.

세상 사람들은 그의 실종에 무관심했다. 류는 한국에서 온 유학생이었지만 더 이상 학생 신분이 아니었다. 주변에 일가친척도 없었고, 미국에서 영주권을 받은 적도 없었다. 뚜렷한 직업이나 거주지도 없이 부표처럼 떠도는 뜨내기에 불과했다. 아무도 기다리지 않았고, 아무도 관심을 보이지 않았던 그 남자가 지금 문 하나를 사이에 두고 말을 걸어 온 것이다. 아픔으로 얼룩진 과거와 혼란스러운 현재가 실체화된 3차원 현실 속에서 다시 연결되었다.

어허, 지니야. 나라니까. 류. 못 믿겠니? 문부터 열어봐.

그녀는 의심과 두려움에 사로잡힌 채 겨우 잠금장치를 풀었다. 출입문이 열리는 순간 이건 미친 짓이야! 라고, 중얼거렸다.

잘 있었니? 똑같은 모습인걸. 너무 반갑다.

문밖에 서 있는 사람은 분명 류였다. 가죽점퍼 차림에 후줄근한 행색이었다. 머리에는 검은색 털모자를 깊게 눌러쓰고 있었다. 한 손에는 검은색 커다란 스포츠 가방을 들고 있었다. 다른 손에는 푸른색 꽃 무더기를 들고 있는 모습이었다. 꽃 뭉치에서 흙이 뚝뚝 떨어졌다.

지니는 복잡한 감정에 휩싸였다. 오랫동안 그리워했던 남자였지만 이제는 더 이상 아니었다. 4년 만에 왜 날 찾아온 거지? 또 무슨 사고를 친 거야? 이건 다 뭐야? 혹시 내가 지금 꿈을 꾸고 있는 건가?

올해도 크리스마스가 다가왔네. 지니, 메리 크리스마스야.

그가 꽃 뭉치를 내밀었다. 어느 집 화단에서 뿌리째 뽑아 온 것이 분명했다. 그녀는 황망한 시선으로 꽃 뭉치와 남자의 얼굴을 번갈아 보았다. 이건 꿈이 아니야. 금방 청소해 놓은 바닥에 흙이 떨어지고 있잖아. 꿈에는 흙 같은 게 등장하지 않아.

갑자기 선물을 사 올 데가 없어서. 왜 그래? 화났어? 미안.

무조건 미안해.

그는 문을 활짝 밀치며 안으로 들어왔다. 그의 표정과 말투가 너무 자연스러웠다. 4년이 아니라, 마치 4시간 만에 다시 만난 사람 같았다. 너무나도 뻔뻔스러운 그를 보며 그녀는 자신도 모르게 진저리를 쳤다. 류는 조금 전 그녀가 정리해 놓은 소파에 철퍼덕 주저앉았다.

'맙소사, 맙소사!'

그녀는 속으로 탄식하며 이를 갈았다. 저 남자는 달라진 게 하나도 없다. 왜 나는 저런 남자를 좋아한 거지?

와! 집안 꼴이 왜 이 모양이야? 완전히 엉망이네. 또 어디로 이사를 하려는 거야?

그런 무심한 질문 하나에도 속에서 화산이 폭발할 것 같았다. 멍청한 남자 같으니라고. 어디서부터 뭐가 잘못된 걸까. 그녀는 악몽을 꾸는 느낌이었다.

류는 어수선한 집안을 둘러보며 신발을 벗었다. 이 추운 날씨에 그는 맨발이었다. 4년 만에 찾아온 사람의 모습치고 너무도 무성의하고 하찮아 보였다. 꼬질꼬질한 가죽점퍼와 무릎이 허옇게 해진 청바지도 눈에 거슬렸다. 밥도 제대로 못 먹고 다닌 사람처럼 얼굴이 홀쭉해진 몰골이었다.

그녀는 오랜만에 만난 그가 전혀 반갑지 않았다. 한때 사랑했으나 이제는 원수처럼 느껴졌다. 그를 이해하거나 너그러이 받아줄 마음이 눈곱만큼도 없었다. 오래전에 쿠키가 했던 말을 좀 더 깊이 새겨듣지 못한 게 자신의 큰 불찰이었다.

쿠키는 함부로 남을 헐뜯거나 뒷담화를 좋아하는 친구가 아니었다. 하지만 류라는 인물에 대해서는 유독 예민하고 날선 반응을 보였다.

저 남자는 위험해. 한인 사회에서도 소문이 안 좋아. 저 표정 좀 봐. 어쩐지 불길하지 않니? 카지노도 들락거리고, 여기저기서 돈을 빌리기도 한대.

친구의 걱정 어린 충고를 무시한 것은 아니었다. 그저 류라는 남자를 희망으로 받아들였을 뿐이다. 청년기의 방황은 인생의 계절풍 같은 의미였다. 사랑이라는 울타리 안에서 서로 기대어 살다 보면, 좋은 날이 올 거라 믿었다. 과거의 일탈을 추억의 그리움으로 받아들일 수도 있었다. 그러나 4년 전, 류는 아무런 자취도 없이 사라졌다. 두 사람이 함께했던 순간들은 허무한 꿈이 되어 버렸다.

신발을 새로 샀는데, 자꾸만 양말 뒤꿈치를 씹어서 짜증 나.

류가 투덜거리며 똘똘 뭉친 양말을 점퍼 주머니에서 꺼냈다. 그녀의 따가운 시선이 신경에 거슬린 듯했다. 그는 양말을 코에 대고 흥흥, 냄새를 맡고는 아무렇게나 휙, 던져버렸다. 상식적인 매너나 체면 따위는 전혀 신경 쓰지 않았다. 제멋대로 구는 그의 야만스러운 태도가 극도로 혐오스러웠다.

출입문은 여전히 열려 있었고, 그녀는 그 앞에 서 있었다. 예전에 쿠키가 조언한 대로, 위험한 남자와는 거리를 두는 게 현명했다. 두 사람은 같은 공간에 있으면 안 되는 사람들이었다. 둘 중 하나는 이 자리를 떠나는 것이 옳았다.

나 이사한 거 어떻게 알았어? 도대체 여긴 어떻게 찾았냐고?

그녀가 낮게 울리는 목소리로 물었다.

예전에 살던 집에 찾아갔더니 다른 사람들이 살고 있잖아. 몇 군데에 전화를 걸었는데, 다들 모른대. 그래서 옐로 페이지에서 찾아봤지. 네 이름과 주소가 거기 나와 있잖아.

맙소사, 망할 놈의 전화번호부! 그녀는 부르르 떨리는 손을 꽉 쥐었다.

그런데 여긴 왜 왔어? 무슨 볼일이라도 있는 거야?

왜 왔을 거 같니? 너 보러 왔지. 내가 이 순간을 얼마나 고대했는데. 정말이야. 지니, 너는 어땠어? 그동안 나 보고 싶지 않았엉?

그가 태연하게 말장난을 부렸다. 그녀는 단호한 손짓으로 문밖을 가리켰다.

나가. 여기서 당장 나가! 보기 싫으니까 얼른 꺼져!

지니야. 알았어. 미안해. 화내지 말고 여기 좀 앉아봐. 그러니까 내 말 좀 들어보라고.

미치겠네. 얼른 나가. 안 나가면 경찰을 부를 거야.

테이블 위에는 좀 전에 백인 경찰이 주고 간 쪽지가 놓여 있었다. 위급한 상황이 생기면 즉시 연락을 달라고 말했다.

전화 받으면 제가 바로 출동할 겁니다.

아직도 순찰차를 타고 이 근처를 돌고 있을지 모른다. 그녀가 결연한 표정으로 노란색 쪽지를 집어 들었다. 그 순간, 류가 거실 바닥에 철퍼덕 주저앉았다.

알았어. 알았어. 내가 이러면 되겠어, 응 응? 미안해. 진짜 진짜 미안해.

류는 반쯤 꿇어앉은 자세로 손을 싹싹 비는 시늉을 했다. 진정성이라고는 티끌만치도 없는 그 유치찬란한 태도에 그녀는 더욱 부아가 치밀었다.

경찰한테 끌려 나갈래? 아님, 네 발로 걸어 나갈래?

그녀가 으르렁거리며 크게 소리쳤다.

자꾸 경찰 경찰 하는데, 경찰 너무 좋아하는 것 아냐? 아까 그 자식하고 너는 잘 안 어울려. 너와는 급수가 다르잖아. 그 자식은 커도 너무 커. 완전 짐승 수준이더라. 무슨 고릴라도 아니고, 내 참!

뭐라고? 그게 무슨 소리야?

좀 전에 여기서 나간 그 백인 경찰 말이야. 내가 참견할 일은 아니지만. 밖에 서 있다가 봤지. 아주 우연히.

봤다고? 지금 그걸 말이라고 하는 소리야?

지니, 너에게 다른 애인이 생겼다고 이제 와서 내가 뭘 어쩌겠니. 나도 이미 각오는 하고 있었지. 그런데 아까 그 자식은 너와는 잘 안 어울리는 것 같아.

아까 여기서 나간 그 사람은 진짜 경찰이야. 내가 신고했어. 집에 도둑이 들었단 말이야. 도둑! 알겠어?

그 순간, 류는 펄쩍 뛰듯 자리에서 일어섰다. 그는 당황한 눈으로 집안을 다시 둘러보았다.

지금 이삿짐을 싸는 거 아니었어? 난 또 네가 이사를 하는가 보다 했지.

그 발언들은 그의 기본적인 판단 능력조차 의심하도록 만들었다. 이삿짐을 꾸리는 중이라고 하기에는 집안이 너무 난장판이었다. 깨지고 부서진 가구며 거울 같은 것들을 직접 보면서도 이사를 운운한다는 것 자체가 난센스였다. 그녀는 비웃음이 가득한 눈으로 류를 쏘아보았다.

이게 그쪽 눈에는 이삿짐을 싸는 걸로 보여? 누군가 와서 다 부셔 놓은 거잖아. 진짜 기가 막힌다. 도둑이야. 도둑이 들었다고.

정말로 도둑이 들었다고?

류가 갑자기 문가에 서 있는 그녀를 낚아채듯 안으로 잡아당겼다. 출입문을 쾅 닫고, 벽에 붙은 전등 스위치까지 내려

버렸다. 실내는 순식간에 어둠에 휩싸였다. 류의 눈에서 푸르스름한 인광이 번들거렸다.

왜 이래? 미쳤어? 이거 놔!

그녀는 신경질적으로 류를 떠밀었다. 다시 전등 스위치를 올리려고 하자, 류가 거칠게 그녀의 손을 막았다.

제발 불 켜지 마. 움직이지 말고 이대로 있어. 잠깐만이라도.

남의 집에 들어와서 지금 이게 무슨 짓이야? 손 못 치워!

불 켜면 안 돼. 놈들이 가까이 있어. 그런데 언제 여기까지 쫓아온 거야? 어쩐지 내 예감이 이상하더라니. 맙소사!

어둠 속에서 류의 숨소리가 더욱 거칠어졌다. 차가운 전율이 그녀의 몸을 훑고 지나갔다. 뒷머리가 쭈뼛이 서며 등골이 오싹했다.

놈들이라니? 그게 무슨 뜻이야? 왜 여길 쫓아와?

아무튼 여긴 위험해. 놈들이 다시 오기 전에 빨리 도망쳐야 해. 지니야, 옷 입어. 어서!

죽을래? 갑자기 나타나서 이게 무슨 행패야? 내가 왜 도망을 쳐야 해?

가면서 얘기해 줄게. 제발 옷부터 입어. 어서!

시끄러워. 나는 아무 데도 안 가. 못 가. 여기서는 너만 나가면 돼. 여긴 내 집이야.

그녀는 소파로 가서 철썩 주저앉았다.

지니야, 제발. 내 말 좀 들어. 여긴 위험해.

어둠 속에서도 그의 코끝이 찡그려진 모습이 보였다. 급하고 난처할 때, 말하기 싫을 때 그가 자주 짓는 표정이었다. 그런 것까지 여태 기억하는 자기 자신이 짜증스러웠다.

또 사고 친 거야? 무슨 일이야? 어서 말해. 사실 그대로를 이야기하란 말이야.

그녀는 다그치듯 말했다. 류가 미꾸라지처럼 빠져나갈 구멍을 주고 싶지 않았다.

우린, 죽어, 잡히면, 알아?

그의 대답은 짤막했지만, 모든 단어에 위험한 방점이 찍혀 있었다. 〈우린〉〈죽어〉〈잡히면〉〈알아?〉 각각의 낱말들이 부조리한 환영을 자아내며 그녀의 귓바퀴에서 빠르게 맴돌았다. 이게 무슨 기가 찰 노릇이란 말인가.

죽어? 우리가? 왜 우리가? 미치겠네. 여보세요. 왜 나를 그 '우리'라는 범주 안에 집어넣는 거야?

제발 옷부터 입어. 따지지 말고. 내가 이렇게 부탁할게. 우리 여기서 나가야 해.

여보세요. 나는 그쪽이랑 더 이상 '우리'가 아냐. 그쪽 분과 나는 이미 남남이야. 난 이제 그 '우리'하고는 상관없는 사람이야. 오늘 밤에 그쪽은 여기 온 적 없고, 이쪽은 그쪽이란 사람을 본 적도 없고. 그러니까 옛날에, 정확히 4년 전에 그쪽이 갑자기 사라지고, 그 뒤로 나는 쭉 그쪽을 못 봤지. 됐어? 이제 나가. 어서 내 집에서 썩 꺼져.

지니야. 정신 사납게 계속 이쪽저쪽 거리지 마. 이건 그렇게 간단한 문제가 아니야.

간단하지 않으면 어쩔 건데? 4년 만에 나타나서 뭘 어쩔 건데?

그녀는 다시 목소리를 높이며 으르렁거렸다. 바로 그때 전화벨이 울렸다. 그들은 동시에 부엌 벽에 걸린 전화기를 바라보았다. 삐르르르. 피터 선배의 얼굴이 떠올랐다. 내일 낮에 있을 성탄절 행사와 관련해 전화를 걸었을지 모른다. 쿠키가 이쪽으로 온다는 전화일 수도 있었다.

받지 마. 안돼.

내 전화야. 무슨 권리로 받지 말라는 거야?

미안해. 그래도 받지 마.

저리 비켜.

그녀는 한 발짝 내디뎠다. 류가 난폭하게 그녀의 팔뚝을 거머쥐었다. 그녀는 인상을 쓰면서 그의 우악스러운 손을 뿌리쳤다. 삐르르르. 전화벨이 다시 울렸다. 세 번째 벨이 울리고 나서 자동 응답기가 작동했다. 찰칵 소리와 함께 그녀의 녹음된 목소리가 흘러나왔다.

'안녕하세요. 저는 지금 전화를 받을 수 없습니다. 삐, 소리가 난 후에 메시지나 전화번호를 남겨주시면 제가 곧 연락을 드리겠습니다. 감사합니다.'

녹음이 시작되는 신호로 삐- 기계음이 들렸다. 상대편에서는 아무런 말이 없었다. 누군가 입을 다문 채 수화기에 귀만 대고 있는 장면이 상상 속에 떠올랐다. 녹음테이프는 여전히 돌아가고 있었다. 자동 응답기의 스피커를 통해 미세하게 어떤 음악 소리가 감지되었다. 어쩐지 귀에 익은 어느 노래의 전반부 반주곡 같았다. 그녀는 무의식적으로 음악의 제목을 더듬었다. 〈장미가 놓인 침대〉. 일단 제목이 떠오르자, 세부적인 음감까지 분명하게 느껴졌다.

저 음악은,

그녀가 눈을 동그랗게 뜨며 무슨 말을 하려고 하자, 류가 쉿 하며 손가락을 입술에 갖다 댔다. 마침내 윙 소리와 함께 전화가 끊겼다.

지니, 여긴 진짜 위험해. 빨리 피해야 해.

아니지. 나는 경찰을 부를 거야. 그게 더 안전해.

뭐라고? 경찰? 답답하군. 경찰이 오면 밤새 너를 지켜줄 것 같아?

정체 모를 위기감이 압박하듯 심장을 조여 왔다. 어쩌면 류의 말이 맞을지도 모른다. 오늘 밤 누군가 그녀의 집에 침입했다. 집안 상태가 상상 이상으로 난장판이었다. 도둑들이 저지른 단순한 범죄라고 보기에는 어딘가 아귀가 맞지 않았다. 류의 불안해하는 태도 역시 범상치가 않았다. 뭔가 큰 사고를 치고 도망 온 것이 분명했다. 그렇다면 일단 몸을 피하는 게 좋을 것 같았다. 그녀는 조금 아까 벗어 두었던 캐시미어 카멜 코트를 서둘러 걸쳐 입었다.

밖이 몹시 추워. 따뜻하게 더 단단히 챙겨 입어야 해.

내일모레가 크리스마스인데 당연히 춥지. 잔소리 그만하고 어서 앞장서.

그녀는 목도리를 하나 더 두른 후 자동차 키를 손에 쥐었다. 차를 몰고 가다가 류를 어딘가에 떨구고, 자신은 쿠키 집으로 곧장 갈 생각이었다. 그러나 미래는 그 누구도 예측할 수 없는 일이었다. 마침내 등 뒤로 아파트 출입문이 찰칵 닫힌 순간, 하나의 세계가 망각의 늪 속으로 빠져들었다. 그것은 익숙했던 질서와 일상과의 고별을 의미했다. 누구보다도 평범하게 살고자 했던 그녀였다. 자신도 모르는 사이에 그녀가 속해 있던 공간이 몰락하고, 혼란스럽기만 한 미지의 영역이 펼쳐졌다. 4년 만에 나타난 한 남자가 불러온 소용돌이가, 파란만장한 빛깔로 입을 크게 벌린 채 그녀를 기다리고 있었다.

아파트 앞 주차장은 12월 말의 매서운 한기에 둘러싸여 있었다. 두 사람은 어깨를 오소소 떨며 빠르게 걸어갔다. 그녀가 마침내 걸음을 멈춘 곳은 고급스러운 대형 세단 앞이었다. 부드러운 곡선과 선명한 각도가 결합된 아우디 V8 최신형 모델이었다. 값비싼 독일제 차량을 본 류의 두 눈이 휘둥그레졌다. 자동차 리모컨이 점차 보급되기 시작한 초창기 시절이었다. 열쇠에 부착된 리모컨을 누르자, 차 문이 삐빅 소리를 냈다. 자동차 문이 자동으로 열리는 걸 목격한 류는 더욱 어리둥절한 표정이었다.

이거 뭐야? 한국에서 장모님이 목돈이라도 보내 준 건가?

누가 네 장모야? 우리가 결혼식이라도 올렸다는 거야?

말이 그렇다는 거지. 웬 독일 차냐고?

신경 끊어. 잠시 빌린 거니까.

누가 이렇게 돈 냄새가 팍팍 나는 외제 차를 빌려줘?

그의 비아냥거리는 어조에는 누군가를 향한 질시 어린 감정이 묻어 있었다. 그녀는 신경 쓰지 않는 듯 운전석 문을 열고 먼저 차에 올라탔다. 실내는 고급스러운 소재와 정교한 마감으로 정돈된 모습이었다. 그녀는 얼마 전까지 자신이 몰던 포드 승용차를 떠올렸다. 5년 전에 중고차 센터에서 구매한 그 차는 거의 폐차 상태였다. 라디에이터 쿨링 시스템이 완전히 고장이 났지만, 오래된 차종이라 부품을 구하는 데 어려움이 많았다. 몇 개의 부속품이나 모듈을 교체한다고 해결될 상황이 아니었다. 파이어스톤 카센터 직원은 고개를 저었다.

수리비 낭비하지 말고, 중고차를 하나 사시는 게 어떨까요?

저는 곧 한국으로 돌아가요. 그때까지만 탈 수 있게 도와주세요.

그녀는 내일쯤 카센터에 확인 전화를 걸어야겠다고 생각했다. 차가 움직일 수만 있다면, 이 나라를 떠나기 전까지 며칠 정도 더 버텨볼 수도 있을 것 같았다. 류가 스포츠 가방을 뒷좌석에 툭 던져넣고는 조수석 문을 열고 들어왔다. 그녀는 차에 시동을 걸고 히터를 작동시켰다.

〈Please fasten your seat belt.〉

음성 안내 장치에서 경고음과 함께 메시지가 흘러나왔다.

어이쿠. 여비서까지 딸린 차로군. 그런데 난 안전띠를 한 번도 써본 적이 없다고.

〈Please fasten your seat belt.〉

여성 안내원의 음성이 다시금 울려 퍼졌다.

어휴! 저 성가신 목소리 좀 끌 수 없어?

정면을 바라보던 지니가 고개를 홱 돌리며 류를 매섭게 쳐다봤다.

벨트를 매라면 매. 안 그러면 출발 못 해.

첫! 양쪽에서 너무 하는군. 완전히 잔소리 폭탄이야.

〈Please fasten your seat belt.〉

네네. 알겠습니다. 맬게요. 네, 젠장!

류는 투덜거리며 어색한 손놀림으로 안전벨트를 착용했다.

〈Thank you.〉

음성 안내 목소리가 어쩐지 조롱하는 것처럼 들렸다. 류는 계기판을 흘겨보며 혼자 구시렁거렸다. 그녀는 변속 레버를 전진으로 바꾼 후 부드럽게 아우디 V8를 출발시켰다. 250마력의 출력을 지닌 차량의 내부는 각 계기판에서 새어 나오는 푸른빛으로 우주선에 올라탄 것 같은 신비로운 분위기를 자아냈다. V8 특유의 저음과 힘찬 엔진 소리, 그리고 은은하게 울리는 히터 소리가 차량 내부를 가득 메웠다.

이거 최신 독일 차인가? 부티를 팍팍 풍기는데. 누구 거야?

알아서 뭐 하게! 조용히 좀 해!

그녀는 잘못한 아이를 꾸짖듯이 단호하게 말했다. 어둠이 깔린 주차장 안에는 주민들의 차량이 가득 차 있었다. 그녀는 자동차들 사이를 조심스럽게 빠져나가 주차장 입구에서 우측으로 핸들을 꺾었다. 도로 위에는 차량 통행이 많지 않았다. 그녀는 주변 움직임을 살핀 후 우측 차선으로 진입했다. 아파트 단지를 벗어나자마자 교통 신호등이 빨간불로 바뀌었다. 그녀는 신호 대기선에 다가가며 천천히 브레이크 페달을 밟았다.

엔진 소리도 기가 막히네! 차종이 뭐야?

그녀는 전방을 응시한 채 류의 질문을 무시했다. 류는 다소 어색한 몸짓으로 대시보드 주변의 계기들을 살폈다.

그래, 그렇지! 이게 그런 거지. 나도 알고 있었어.

그는 뭔가를 이해하는 척하며 괜히 고개를 끄덕였다. 교통표지판 옆 신호등에 파란불이 켜졌다. 그녀는 변속 레버를 조작하고는 서서히 속도를 내기 시작했다. 반대편 차선에서 두 대의 검은색 승용차가 등장한 것은 바로 그때였다. 성난 황소처럼 달려온 두 대의 차량이 빠른 화살처럼 그녀의 옆을 휙휙 지나쳤다. 그녀는 운전대를 움켜쥔 채 백미러를 응시했다.

이런 주택가에서 자동차 경주라도 하는 거야? 미쳤어. 쯧쯧!

그것은 어리석은 착각일 뿐이었다. 두 대의 차량은 아슬아슬하게 핸들을 꺾으며, 그녀가 방금 빠져나온 아파트 주차장 안으로 사라졌다. V8의 사이드미러를 주시하던 류가 그녀를 돌아보았다.

지니, 골목으로 차를 꺾어. 빨리!

그의 목소리가 절박하게 울려 퍼졌다. 깜짝 놀란 그녀는 반사적으로 핸들을 돌리며 오른편 샛길로 들어섰다.

봤지? 저놈들. 벌써 왔어. 미쳐.

도대체 뭐 하는 사람들이야? 왜 그러는 건데?

류는 선뜻 대답하지 않았다. 속으로 다른 꿍꿍이가 있는 듯 보였다. 그녀는 냉정하게 현재 상황을 되짚어 보았다. 어디서부터 잘못된 것인지 알 수 없었다. 중요한 것은 류의 갑작스러운 등장이었다. 그는 항상 불길한 일들을 몰고 다니는 사람이었다. 4년 만에 왜 갑자기 나타난 것일까. 그의 정체가 의심스러웠다. 오늘 아파트에 침입한 놈들과 저 두 대의 차량이 무슨 관련이 있다는 걸까. 생각할수록 불안하고 가슴이 떨렸다.

아우디 V8 안은 싸늘한 침묵에 잠겨 있었다. 조용히 시간이 흐르는 동안, 여러 상점과 쇼핑센터들이 차창 밖으로 스쳐 갔다. 4차선 도로는 다시 어둠에 휩싸였다. 잔잔한 엔진 소리만이 의식의 표면 위로 떠올랐다.

이제 어디로 데려다줄까?

그녀는 어서 빨리 그를 내려주고 쿠키 집으로 가고 싶었다. 오늘 밤의 소동은 이것으로 충분했다. 더 이상의 소란이나 불협화음을 원치 않았다. 그런데 류의 다음 말은 너무나 충격적이었다.

서쪽으로 쭈욱 계속 가다 보면 멕시코가 나와. 우리는 지금 국경을 넘어 엘파소로 가는 중이야.

그녀는 급브레이크를 밟았다. V8가 급정차하며 끼익 날카로운 소리를 냈다. 류의 상체가 튕기듯 앞으로 쏠렸다.

미쳤어? 차를 왜 이딴 식으로 몰아?

지금 누구보고 미쳤대? 멕시코? 엘파소? 당장 이 차에서 내려! 빨리 내려!

V8는 도로 중간에 정차된 상태였다. 뒤에서 쫓아오던 차들이 경적을 울리며 위태롭게 비껴갔다. 그녀는 비상등을 켜고는 차를 갓길에 가져다 댔다. 엘파소는 텍사스주와 멕시코 사이에 위치한 도시로, 멕시코와 미국의 국경을 이루고 있는 지역이다. 볼티모어에서 엘파소까지는 자동차로 30시간 이상 걸리는 거리였다. 거기까지 직접 운전해 간다는 것은 미친 짓이었다. 류의 얼굴에 비상등의 빨간 불빛이 비쳤다. 그는 왜 지금 당장 미국 국경을 넘어 엘파소로 가야 하는 것일까. 국경과 엘파소라는 두 단어는 많은 의미를 내포하고 있었다. 결코 가벼운 농담이 아니라는 것을 직관적으로 깨달았다.

이건 현실이 아니라 악몽이다! 사소한 것 하나까지도 류를 잘 이해한다고 믿었다. 두 사람은 이미 결혼을 전제로 2년 넘게 동거한 사이였다. 사랑에 빠진 다른 연인들처럼, 그들도 반지를 교환하고 프러포즈를 위한 깜짝 파티도 열었다. 밤에는 뜨거운 애정을 나누고, 아침이면 함께 일어나 새날을 맞이했다. 그는 때때로 어린애처럼 굴었다. 유치한 농담으로 사람을 웃기기도 했다. 그러나 이 정도까지 이상한 소리를 아무렇게나 내뱉을 만큼 어리석은 남자는 아니었다.

그녀는 운전대 위에 이마를 댄 채 움직이지 않았다. 어떻게 이런 일이 또 반복되는 거지? 난 저 남자를 믿을 수 없어. 그렇지만 어떻게 외면할 수 있단 말인가. 난 한국으로 돌아가야만 해. 그런데 또 폭탄을 맞은 것 같아. 그녀의 손끝이 파르르 떨렸다. 그녀는 곰곰이 생각했다. 오늘 밤 내 집에 도둑이 들었다. 4년 만에 류가 갑자기 등장했고, 아파트 앞에 처음 보는 차들이 나타났다. 이건 보통 일이 아니야. 정체불명의 불길한 기운이 엄습하듯 다가왔다. 이제껏 그녀가 속해 있는 현실의 리얼리티가 미묘하게 굴절되어 있었다. 또 다른 세계의 문턱이 어둠 속에서 슬쩍 모습을 드러낸 것도 같았다.

맙소사! 이게 무슨 일이야. 돌아버리겠네.

그녀는 어느 틈엔가 난폭하게 V8를 몰고 있었다. 사랑을 맹신했던 자기 자신에 대한 분노였다. 주체할 수 없는 감정에 사로잡혔던 죄였다. 위험한 남자를 조심하라던 친구의 경고를 무시한 대가였다. 그녀는 자신의 무지를 증오하며 마구 액셀을 밟아댔다. 질주하는 어둠 속에서 볼티모어 도심지로 향하는 89번 도로의 표지판이 스치듯 다가왔다. 그녀는 충동적으로 핸들을 꺾으며 고속도로 진입 램프로 들어갔다.

시내까지는 데려다주지. 국경까지는 곤란해.

그녀가 싸늘하게 말했다. 거기서부터 택시를 타고 공항으로 가든지, 버스 터미널로 가든지, 아니면 곧장 엘파소로 가든지 그것은 그의 선택이라는 말도 덧붙였다.

난 지금 장난이 아냐.

그럼 나는 장난치는 것 같아? 나 곧 귀국해. 한국으로 돌아갈 거야.

류는 몹시 놀란 듯 보였다. 그에게도 '한국'과 '귀국'이라는 단어는 충격으로 다가왔을 것이다. 공부한답시고 남의 나라까지 흘러와서, 결국 허송세월만 했다는 사실이 뼈저렸을 것이다.

그의 허랑방탕한 삶을 바꿔보려고 애썼던 적도 있었다. 그 노력이 잔소리가 되고 말싸움의 원인이 된다는 것을 깨달은 후, 차츰 말을 조심하게 되었다. 결국 그것은 관계의 벽과 대화 단절로 이어졌다. 언제부턴가 류는 점점 밖으로 돌기 시작하더니 며칠씩 집에 안 들어오는 날이 많아졌다.

한 번은 새벽녘에 귀가한 그의 소지품 속에서 카지노 칩을 발견하고는 소스라치게 놀란 적이 있었다. 그녀는 노름도 하러 다니느냐고 따져 물었다. 류는 미국에서 자기가 할 수 있는 것이 아무것도 없다며, 괜히 한국을 떠나온 것 같다고 말했다. 다시 돌아가면 되지 않느냐고 하자, 그는 쓸쓸한 미소를 지으며 고개를 저었다.

이 나이에 한국에 돌아가서 무슨 일을 하겠어. 차라리 아무도 나를 모르는 이곳이 편해. 여기서는 맘만 먹으면 언제든 다시 시작할 수 있잖아.

그가 했던 말들을 그녀는 한시도 잊은 적이 없었다. 하지만 4년 만에 그가 다시 나타났기에, 이제는 분명하게 선을 그을 필요가 있었다. 우리 관계를 망가뜨린 사람은 너야. 라는 말로 그에게 모든 책임을 전가할 수밖에 없었다.

우린 다시 옛날로 돌아갈 수 없어. 네가 떠난 날 우리 관계는 끝났어.

거기서 말을 멈추지 못하고, 하지 말아야 할 말까지 하고 말았다. 헤어진 게 오히려 잘된 일이라고. 처음부터 우리는 인연이 아니었다고. 악연이라 생각하고 그냥 잊어버리라고. 그런 말들을 두서없이 쏟아내는 그녀의 마음도 전혀 편치만은 않았다.

차 세워! 어서!

류가 버럭 고함을 질렀다. 싸늘하게 식은 증오의 감정이 순간적으로 그녀 안에 차올랐다. 그가 무슨 자격으로 화를 낸다는 것인가. 아무 때나 돌아오면 반갑게 맞아줄 거라 싶었던가. 그녀는 우측 비상 차로로 핸들을 확 틀었다. 차바퀴가 노면을 따라 요동을 치다가 끼익 급정거했다. V8가 멈추자마자, 류가 실내등을 켰다. 그는 뒷좌석에 있던 스포츠 가방을 거칠게 끌어당겼다. 그리고 가방 지퍼를 열어, 그 속을 그녀의 눈앞에 들이밀었다.

어머, 세상에나!

그녀는 양손으로 입을 틀어막았다. 가방 안에는 놀랍게도 달러 화폐가 가득 들어 있었다. 모두 고액권이라는 사실이 더욱 놀라웠다. 류가 그녀의 팔을 와락 잡아채며 말했다. 너를 만나기 위해, 이제부터 함께하려고, 그래서 목숨을 걸고 찾아왔다고. 그것은 가슴에 한이 서린 어조였고, 적어도 한 남자의 진심이 담긴 목소리였다.

그놈들 손에 잡히면 우린 다 죽어.

류의 말을 들은 그녀는 너무 놀라서 딸꾹질을 두 번이나 했다.

왜 이러는 거야? 농담하지 마.

농담이 아냐. 저놈들이 찾고 있는 건 바로 이 가방이야.

가방을 갖고 있는 사람은 당신이잖아. 왜 내 아파트를 뒤집어엎고 난리를 친 건데?

확실한 것은 놈들이 나보다 먼저 이곳에 도착했다는 거야. 이 돈 가방을 찾기 위해서 무슨 짓이든 할 놈들이야.

장난해 지금? 왜 나까지 이런 일에 끌어들인 거야? 나는 조금 있으면 한국에 갈 사람이야. 가야 한다고. 아, 맙소사!

믿기 어렵겠지만, 류라는 사람의 주변에서는 항상 이런 식의 할리우드 B급 영화 같은 사건들이 발생하곤 했다. 도둑과

강도가 출몰하고, 난투극이 벌어지고, 피투성이가 되고, 또 누군가는 그 원수 같은 놈을 죽이겠다고 권총을 들고 쫓아다니는 것이다. 류의 출현은 다소 드라마틱한 면이 없지 않았다. 그러나 4년 만에 나타나 쏟아내는 말들은, 평범한 삶을 추구하던 한 여성의 현실을 스릴러 액션 장르의 공포물로 변모시켰다. 그녀는 거대한 위험이 성난 짐승처럼 추격해 오고 있음을 깨달았다.

제발 좀 비켜! 저리 가!

그녀는 류의 손을 뿌리치고는 V8 자동차에 비상등을 켰다. 차량의 전면과 후면에 달린 깜빡이 불이 어둠 속에서 붉은빛을 토해내며 불안하게 떨렸다. 고속도로를 달리는 차량들이 옆을 스쳐 갈 때마다, 노면이 꿀렁대며 차체를 흔들었다. 차창 밖으로 보이는 언덕에는 덩굴 식물들이 검은 실루엣처럼 서로 뒤엉켜 뻗어나가는 형상이었다. 시커먼 윤곽선을 가진 키 큰 나무들 사이로 어둠의 계곡이 푸르스름한 빛깔로 무한히 펼쳐졌다.

하필이면 왜 나야? 왜 나냐고.

그게 무슨 소리야? 왜 나냐니.

그동안 나 말고 다른 여자도 있었을 거 아냐. 같이 잠도 자고, 밥도 먹고. 그런 여자. 그런데 이제 와서 하필이면 왜 또 나인데? 왜 나를 여기에 얽어매는 건데?

다른 여자라고? 나한테 다른 여자가 있다고? 으하하하하.

류는 미친 사람처럼 웃어 젖혔다. 그녀는 고개를 돌린 채, 그의 웃음이 멈추기를 기다렸다. 머리를 정리할 시간이 필요했다. 어디서부터 매듭을 풀어야 할지 감을 잡을 수 없었다. 가슴에 큰 돌덩이를 얹어 놓은 듯 답답하기만 했다.

제기랄, 맙소사! 어쩌면 좋아.

그렇게 중얼거리며 그녀는 아우디 차량 문을 열고 나왔다. 한겨울 밤의 차고 날카로운 바람이 옷깃을 파고들었다. 머리카락을 함부로 쓸어올리며, 푸른 어둠 속 막막한 허공을 바라보았다. '내가 왜 이런 상황에 처해야 하는 걸까? 왜 하필 나지? 류와의 지난 시간이 머릿속을 스쳐 지나갔다. 그와의 행복했던 순간들, 그러나 지금 이 순간, 모든 것이 무너져 내리고 있었다. 이런 마당에 무엇을 어떻게 해야 할지 알 수 없었다.

그녀는 80년대 말에 미래 10년 운세를 본 적이 있었다. 류가 사라진 직후 모든 것이 혼돈의 도가니로 빠져들던 시기였다. 세븐일레븐 계산대 앞에서 차례를 기다리는 동안, 〈운수의 비밀〉 〈행운의 비결〉 〈별자리의 의미〉 같은 문구들이 그녀의 시선을 사로잡았다. 한국식의 토정비결이나 사주팔자는 아니었지만, 인콰이어 신년 특집호에 90년대 별자리 운세가 실려 있었다. 그녀는 그 신문잡지를 사서 집으로 돌아왔다.

특집호의 운세에 따르면 그녀의 별자리는 93년부터 조금씩 풀리기 시작하고, 95년에는 모든 일이 성취될 것이며, 97년부터는 여행 운이 상승한다는 것이었다.

운이 점차 풀리고, 뭐든 성취하게 되면 바빠질 것이다. 바빠지면 여행도 자주 다닐 수 있겠지.

그녀는 1불 25센트짜리 점괘에 은근히 만족했다. 그 후로 안 좋은 일이 생길 때마다 자신을 위로하듯 중얼거렸다.

93년만 되면 조금씩 풀릴 거야. 95년부터는 뭔가 성취하기 시작할 거야.

서울 근교의 어느 대학으로부터 강의 의뢰서가 도착하던 날, 별자리 운세대로 '드디어 뜻깊은 인생행로가 열리기 시작했구나!' 하면서 속으로 쾌재를 불렀다. 그런데 한국으로 돌아갈 날도 얼마 남지 않은 그날, 느닷없이 류가 나타나 폭탄 같은 소식을 전했다.

그놈들 손에 잡히면 우린 다 죽어.

생각할수록 기가 막힌 소리가 아닌가. 아니다. 그 당시 점괘를 보면서 희망을 꿈꾸던 자신의 모습이 떠올랐다. '93년이 되면 모든 것이 좋아질 거야.' 하지만 지금, 모든 것이 엉망이 되어 버린 현실 앞에서 그런 바람은 허망하게만 느껴졌다. '가능한 류와 멀리해야 해. 아직 기회가 있을 거야. 저 남자를 먼저 멀리 보내 버리자. 그리고 난 며칠간 숨어 있다가 한국행 비행기를 타는 거지. 서울로 돌아가는 방법밖에는 없어.' 그런 생각을 하고 있을 때였다. 문득 차 소리가 나는 것 같아 뒤를 돌아보았는데, 아우디 V8가 후진으로 그녀를 향해 쏜살같이 다가오고 있었다. 깜짝 놀란 그녀는 급히 한쪽으로 비켜섰다.

지니, 얼른 차 타. 빨리.

류가 운전석에 앉아 핸들을 잡은 채 차창 밖으로 소리쳤다.

미쳤어. 누가 운전하라고 그랬어? 이건 내 차가 아니야. 저리 비켜?

아우디 차량의 실제 오너인 치과 의사 닥터 현은 현재 세미나 참석차 유럽에 가 있었다.

지니 씨, 내가 다녀올 동안 당분간 내 차를 써요.

고마워요. 얌전히 조심해서 탈게요. 잘 다녀와요.

그녀는 볼티모어 BWI 공항 청사 앞에서 그를 배웅하며, 아우디 차량의 리모컨 열쇠를 받았다. 며칠간 곱게 타다가 그대로 반납해야 할 차를 류가 함부로 건드린 것이다. 류는 결코 차분하고 신중한 성격이 아니었다. 뭐든 만지기만 하면 고장도 잘 내고, 망가트리기 일쑤였다. 절대로 그의 손에 아우디의 운전대를 맡길 수 없었다.

어서 내려. 누가 맘대로 운전하래? 내리라고, 내려!

그녀가 질겁한 얼굴로 운전석 문을 잡아당기던 바로 그때였다. 막 옆을 스쳐 지나갔던 승용차 두 대가 저만치 앞에서 멈춰서더니, 갑자기 후진 기어를 넣고는 미친 속도로 달려오기 시작했다.

놈들이다. 지니, 빨리 타. 어서!

그녀는 조수석으로 몸을 던졌다. 류가 액셀러레이터를 힘껏 밟으며 우악스럽게 핸들을 꺾었다. 아우디 V8가 날카로운 에지를 가진 썰매처럼 끼익 미끄러지며 360도 회전을 했다.

뭐야, 뭐야! 운전 조심…으아악!

그녀의 입에서 고통스러운 비명이 터져 나왔다. 몸이 한쪽으로 쏠리면서 머리를 어딘가에 심하게 부딪쳤다. 그들이 타고 있던 아우디 승용차가 드리프트를 멈추자마자, 작은 승합차가 정면에서 빠르게 돌진해 오고 있었다.

으악, 으악! 운전 조심해!

눈을 꽉 감은 채 마구 소리를 질렀다. 조수석 안전바를 잡은 그녀의 손이 심하게 떨렸다. 승합차는 아슬아슬하게 바로 앞을 비껴갔다. 옆 2차선 도로에서 또 다른 헤드라이트 불빛이 보였다. 고막을 찢을 듯한 클랙슨 소리가 요란하게 울렸다.

악, 아악! 이건 다른 사람 차야! 이러다 큰일나!

두 손으로 머리를 감싸 쥐며, 다시 한번 비명을 질렀다. 대형 세단 아우디 V8가 균형을 잃고 요동쳤다. 차체가 급한 커브를 그리며 방향을 틀었다. 에드먼슨 거리Edmonson Street의 표지판이 헤드라이트 불빛에 스쳐 지나갔다.

총격전이 시작된 건 바로 그 지점부터였다. 현실 속에서 처음 마주친 귀청을 찢을 듯한 난폭한 총성이었다. 차 후면에서 와장창 유리창이 깨지는 소리가 들렸다. 뒤를 돌아보려는 순간, 유리 파편이 공중에서 흩어졌다.

뒷유리창이 없어! 뒷유리창이 없어. 이건 내 차가 아냐!

지니, 죽고 싶어? 머리 숙여, 빨리!

류의 외침과 함께 다시 총성이 울렸다. 이번에는 뒤쪽이 아니라 왼쪽 측면이었다. 운전대를 잡고 있던 류는 어느 틈엔가 손에 시커먼 총자루를 쥐고 있었다.

이건 또 뭐야? 요샌 총도 가지고 다녀? 미쳤어.

이건 호신용이야. 이대로 죽을 수는 없잖아.

그는 옆으로 몸을 틀며 잽싸게 반격을 시도했다. 그녀는 의자 밑으로 미끄러지듯 내려앉아 고개를 숙였다.

아아! 아아! 엄마야!

비명인지 울음인지 모를 소리가 그녀 입에서 절로 새어 나왔다. 사는 게 아무리 급해도 이 정도는 아니었다. 아무리 힘이 들어도 이만큼은 아니었다. '이게 무슨 상황이지? 왜 이런 일이 벌어지는 거야? 내 인생이 왜 이렇게 꼬이는 거지? 왜 류만 나타나면 모든 것이 엉망진창이 되는 걸까? 왜 모든 일들이 카오스의 구렁텅이로 빠져드는 걸까?' 측정할 수 없는 혼돈과 광기 어린 무질서 속에서 아우디 V8 자체가 또다시 균형을 잃고 흔들렸다. 얼핏 돌아보니 류가 반쯤 몸을 일으켜 뒤쪽을 향해 총을 쏘고 있었다.

위험해! 어떡해?

그녀는 반사적으로 손을 뻗어 운전대를 오른쪽으로 돌렸다. 묵직한 대형 세단의 후면이 번쩍 들리면서, 왼편 어딘가에서 쾅 큰 파열음이 들려왔다.

핸들 꼭 잡아! 어서!

류는 운전대를 놓고 몸을 뒤로 돌려 본격적으로 총질을 해댔다. 그녀는 운전대를 잡은 손에 힘을 주며, 상체를 약간 일으켰다. 출구의 보호막으로 설치된 콘크리트 범퍼가 순간 눈앞에 나타났다.

아아악! 미쳐, 미쳐!

운전대를 힘껏 오른쪽으로 돌렸으나, 이미 좌측면에서 불똥이 튀었다. 손톱으로 칠판을 긁는 듯한 기괴한 소리가 작열했다. 짙은 카키색 외장을 지닌 V8 최신형 고급 승용차였다. 콘크리트 가림막과 마구 키스하며 처절하게 울부짖었다.

뒤쪽에서 또 다른 굉음이 터져 나왔다. 류는 몸을 앞으로 돌려 그녀에게 핸들을 넘겨받았다. 급하게 손을 움직여 커브를 틀었으나, 이번에는 자동차 타이어가 괴상망측한 소리를 내며 깎여 나갔다. 어쨌든 그들을 태운 V8은 수많은 시련과

역경을 겪고도, 여전히 운행하는 데 큰 문제가 없어 보였다.

요놈 참 기특하네. 돈값을 제대로 하는구먼! 쓸만한 놈이야.

류가 장하다는 듯이 자동차 대시보드를 툭툭 치며 쓰다듬었다.

출구를 빠져나오자 넓은 공장지대가 펼쳐졌다. 적막한 어둠 속에 빈 도로와 불빛 없는 공장 건물들만이 보였다. 다행히도 그녀는 이 근처의 도로와 건물 배치를 완벽히 파악하고 있었다. 마이카 학교 시절, 설치 미술가 제임스 워렌 선생의 조수로 일하면서 이 지역의 주물 공장을 자주 드나들었기 때문이다.

제임스 워렌 선생은 금속을 주재료로 작업하는 아티스트였다. 여러 실험적인 매체들을 사용하면서도, 삶의 의미와 인간적 경험을 담은 철 조각상을 연이어 만들었다. 에르메스 미술상 후보로 주목받은 제임스 워렌 선생은 독불장군 같은 까다로운 성격으로도 잘 알려져 있었다. 제임스 워렌 선생은 사람을 끊임없이 들볶고 시험하려 들었다. 그런 선생 밑에서 그녀는 2년 동안 묵묵히 일할 수밖에 없었다. 미국 이민국에 제출할 서류와 증명서를 준비해야 했기 때문이다. 유학생들에게는 일을 할 수 있는 권리가 제한되어 있었다. 제임스 워렌 선생의 조수 일을 한 덕분에, 그녀는 노동 허가증을 비교적 쉽게 받을 수 있었다.

사람들이 흔히 '이 세상에는 공짜 점심은 없다'고 하지만, 선생의 냉혹한 처사에는 여전히 서운한 마음이 남아 있었다. 선생은 시간 외 근무를 모르는 척하거나, 중요한 일이 있을 때도 무분별하게 부르곤 했다. 주말이나 공휴일이라 해서 예외는 아니었다. 그런데 이제야 그 제임스 워렌 선생으로부터 불편한 진실에 대한 보상을 톡톡히 받는 듯했다.

내가 이 지역을 잘 알아. 우선 쭉 가다가, 저기 보이지? 저 신호등 앞에서 왼쪽으로 꺾어.

류는 그녀가 지시한 방향으로 차를 몰았다. 두 사람은 가능한 뒷길을 통해 안전하게 이동했다. 제임스 워렌 선생이 예전에 사용하던 작업실은 주물 공장 바로 옆에 있었다. 주물 공장 뒤편 깊숙한 어둠 속에 차를 세우자, 조금 안도의 한숨이 나왔다.

그놈들이 여기까지는 안 쫓아오겠지?

아무리 찾아봐라. 여긴 절대로 모를 거야.

가끔 주변을 맴도는 것 같은 차바퀴 소리가 들렸다. 거친 엔진 소리가 가까이 다가왔다가 다시 멀어졌다. 마침내 주위가 조용해지며, 한밤의 음산한 적막이 내려앉았다. 류가 왼쪽 팔뚝을 감싸 쥐며 미간을 찡그렸다.

왜 그래? 어디 아파?

아까, 흑, 총알이 스쳤어.

맙소사! 어디, 어디 좀 봐.

그녀가 류의 팔을 잡아당겼다. 순간, 자동차 스피커가 오작동을 일으키며 자동으로 켜졌다. 음성 안내 장치에서 여성 안내원의 목소리가 연달아 흘러나왔다.

〈Thank you.〉

〈Thank you.〉

〈Thank you.〉

청색기의 네 가지 요소

깊은 밤의 도넛 가게는 저주받은 유령선처럼 인적 없는 고요 속에서 전등불만 환히 밝힌 모습이었다. 지니와 류는 처참한 몰골이 된 아우디를 버려두고 이곳까지 추운 밤길을 걸어왔다. 손님 하나 없는 가게 안에는 적막감만이 흐르고 있었다. 지니와 류는 카운터 테이블 앞에 나란히 앉아 종업원을 기다렸다. 주방 안쪽에서 희미하게 음악 소리가 들렸다. 한참 만에 하얀 에이프런을 두른 남자 점원이 카운터 앞에 나타났다. 그들이 앉은 카운터 테이블 아래에는 커다란 검은색 가방이 놓여 있었다. 류가 한쪽 발로 가방끈을 지그시 밟았다.

뭘 드릴까요?

점원이 물었다.

커피 두 잔 주세요.

지니가 대답했다. 점원은 하품을 삼키며 커피를 새로 뽑았다. 잠시 후, 두 사람 앞에 뜨거운 머그잔 두 개가 놓였다.

도넛도 드릴까요?

아뇨. 괜찮아요.

필요한 것 있으면 여기 벨을 누르세요.

점원이 계산대에 있는 벨을 가리켰다.

네, 알겠어요.

점원이 주방 문 뒤로 사라지자, 가게 안에는 다시 두 사람만이 남게 되었다. 류가 거뭇거뭇한 턱을 손으로 문지르며 그녀를 바라보았다. 몸에 온기가 돌기 시작했는지 그의 얼굴이 불그레해졌다.

한국 귀신과 미국 귀신의 차이점이 뭔지 알아?

머그잔을 들려던 그녀의 손이 멈칫했다.

뭐?

한국 귀신과 미국 귀신의 차이점을 아냐고.

지니는 류의 농담을 듣고 어이가 없었다. 이런 상황에도 농담이 나오다니, 정말 어쩔 도리가 없는 사람이다. 그러나 그 농담이 불러일으킨 감정은 단순한 짜증을 넘어선 것이었다. 그녀는 이 순간 자신이 처한 상황이 얼마나 절망적인지를 깨닫고 있었다.

한국과 미국 귀신은 뭐가 다를까?

짜증스럽게 왜 자꾸 그래? 어린애야?

맞추면 상금으로 이 가방의 절반을 주지. 진짜야.

류가 테이블 밑에 있는 스포츠 가방을 발로 툭툭 찼다. 지니는 아래를 힐끔 보고는 한심하다는 듯 깊은 한숨을 내쉬었다.

잘 생각해 봐. 정답을 말하면 딱 절반을 준다니까.

류의 안쓰러운 말장난을 듣고 있으면, 결국 한 마디쯤 받아줄 수밖에 없었다.

절반 준다고? 알았어. 잠깐만.

지니는 커피를 한 모금 더 마시고는 류를 돌아보았다.

우선 옷차림과 헤어스타일이 다르겠네. 한국 귀신은 한복을 입었고, 미국 귀신은 영어를 좀 쓰겠네. 안 그래?

류가 푸 푸 입술을 떨면서 웃었다.

미국 귀신은 닥치는 대로 무차별적인 살인을 저지르지. 그런데 한국 귀신은 주로 한을 품은 사람들만 상대해. 그만큼 한풀이 귀신이 많다는 거야.

알았어. 이제 싱거운 소리 좀 그만하고 조용히 해.

그녀가 톡 쏘듯이 말했다. 류는 개의치 않는 듯 느물대며 말꼬리를 계속 이어갔다.

한국에는 장난꾸러기 귀신도 있고, 남에게 은혜를 베푸는 귀신도 있어. 불쌍한 사람도 도와주고, 장난도 치고. 낭만과 양심을 고루 겸비한 귀신들이지. 그러니까 한국 품종의 K 귀신이 따로 있다는 거야.

그녀는 갈색 머그잔을 쾅 내려놓았다. 그 바람에 커피가 약간 쏟아져서, 종이 냅킨으로 닦아야 했다. 닥터 현의 차에 이 골칫덩어리 남자를 태운 것부터가 실수였다. 얌전히 잘 쓰다가 돌려줘야 할 최신형 아우디 V8는, 코뿔소에게 이리저리 들이받힌 고철 덩어리 같은 상태로, 현재 공장지대 근처의 겨울 잡목이 쌓인 이면 도로에 방치되었다.

차를 버리고 가자. 이런 상태로는 경찰 눈에 먼저 띌 거야.

류가 심각한 어조로 지니를 설득했다. 그녀도 볼티모어 순찰대가 눈먼 사람들이 아니라는 것쯤은 알고 있었다. 괜히 차를 몰고 가다가 불심검문이라도 받으면 골치 아픈 상황이 벌어질 게 뻔했다. 류는 아직도 몸에 권총을 차고 있었다. 총알에 스친 팔뚝에는 핏자국이 번진 모습이었다. 스포츠 가방에 든 이 엄청난 양의 화폐 꾸러미들은 또 어떻게 설명할 것인가.

〈SCHOOL 33〉에서 집으로 돌아온 후 지금까지 고작 7시간밖에 지나지 않았다. 그러나 이제 그녀가 직면해야 할 세상은 완전히 난파한 함선처럼 뒤집어져 있었다.

창밖에는 매서운 삭풍이 몰아치고 있었다. 도넛 가게 안은 따뜻했으나 한밤의 묘지처럼 음침한 분위기가 감돌았다. 지니는 류를 바라보다 혼잣말처럼 웅얼거렸다.

하느님, 맙소사! 이게 무슨 일이래요.

무슨 일이긴, 걱정하지 마. 다 잘될 거야.

태평해서 좋네.

미국 귀신은 말이지, 스타일에 신경을 좀 쓰는 것 같아. 드라큘라만 봐도 알 수 있잖아. 까만 양복을 쫙 빼입고, 완전 패셔니스타지. 근데 한국 귀신들은 온통 피칠갑에, 머리에 뿔 난 귀신들도 많고.

류는 주먹으로 뿔을 만들어 자기 머리에 붙였다. 그녀는 지금 이런 상황이 숨이 막히고 지긋지긋했다. 어쩌다 이런 미숙아 같은 남자와 다시 얽히게 되었는지 이해할 수 없었다.

지니 양, 아깝게도 상금이 날아갔군요. 좋습니다. 옛정을 생각해서 다시 한번 기회를 드리겠습니다.

시끄러워. 망가진 찻값이나 변상해 줘.

좋았어. 이번 문제를 풀면 상금으로 가방을 통째로 주지.

철없이 히죽대는 그를 보며, 그녀는 이를 갈았다. '이 철딱서니를 어쩌면 좋을까. 지금 상황에 농담 따먹기를 하겠다는 거야? 이건 악몽이야!' 그녀의 가슴 속에서 분노 게이지가 급격하게 상승했다. 그녀는 자신도 모르게 갈색 머그잔을 위로 들어 올렸다. 하마터면 그것으로 그의 머리를 내리칠 뻔했다. 4년이라는 시간이 지났건만, 그는 여전히 유치찬란하고 철없는 아이처럼 굴었다. 게다가 커다란 돈 가방이라는 재앙까지 덤으로 짊어진 무개념의 사고뭉치였다.

그녀는 눈을 질끈 감고 생각했다. '이대로 잠이 들면 모든 게 제자리로 돌아갈 거야. 꿈에서 깨어나면 귀국 이삿짐을 마저 꾸리겠지. 일주일이 지나면 멋쟁이 숙녀처럼 차려입고 서울 거리를 활개 치며 돌아다니는 거지. 그동안 못 먹었던 길거리 음식들, 떡볶이, 오뎅, 순대, 김밥… 으음, 정말 맛있을 거야! 아름다운 카페에서 친구들과 만나 수다도 떨고… 그리고 이제 대학 강단에 서는 거지. 강의 준비도 철저히 하고, 학생들 앞에서 똑똑하고 완벽한 여교수로 변신하는 거지. 맞아. 이젠 주택청약통장에도 가입해야 할 거야. 그래, 그래. 이제부터는 그렇게 살아가는 거야. 아무런 고민 없는 일상을 살아내는 거야.' 그런 상상 속 장면들을 떠올리자, 입가에 절로 미소가 감돌았다.

배 안 고파? 우리 저녁 아직 안 먹었잖아. 도넛이라도 먹을까? 지니야, 넌 어때? 너도 배고프잖아. 응?

류의 투정 섞인 목소리는 그녀가 잠시나마 느꼈던 마음의 안식을 산산조각 내버렸다.

〈우리〉라니? 더 이상 〈우리〉가 아니라고 했지?

알았어. 〈우리〉라는 말은 취소할게.

그녀는 자리를 박차고 일어났다.

택시를 부를 거야. 나 혼자 갈 거야.

안돼. 그럴 수 없어.

그럴 수 없긴. 넌 따라오지 마. 우린 서로 갈 길을 가는 거야.

정말 안 된다고 했잖아. 진짜란 말이야.

류가 그녀의 손목을 붙잡았다. 그녀는 자신의 비쩍 마른 손목을 바라보다가, 그의 억센 손가락을 하나씩 천천히 떼어냈다. 가게 한쪽에 공중전화가 있었다. 그녀가 투입구에 동전을 넣으려는 순간, 류가 쏜살같이 다가와 그녀의 손에서 수화기를 빼앗았다.

지금 돌아가면 우리 둘 다 끝장이야. 너를 인질로 잡고 이 돈 가방과 바꾸자고 협박할 거야.

'인질'이라는 끔찍한 단어에 다시금 그녀의 가슴이 쿵 내려앉았다. 경찰에 신고해서 보호 요청을 해야 하는 것 아닐까. 나 혼자만이라도 그래야 하는 거 아닐까. 그녀는 정신이 혼란스러웠다. 그녀는 류에게 며칠 후면 귀국하니, 그때까지만 친구 집에서 숨어 있겠다고 심각한 어조로 설득했다. 그것은 자신을 내버려두고 혼자 떠나라는 말이기도 했다.

그렇게 쉽게 해결될 문제가 아니야.

왜? 왜 안 되는데?

나 혼자만 떠날 수 없어. 우린 같이 있어야 해. 내가 널 지킬 거야.

뭐라고? 네가 날 지킬 필요 없어. 나는 내가 지켜.

류는 암울한 표정으로 그녀를 응시하더니, 갑자기 머리에 쓰고 있던 검은색 털모자를 벗었다.

아!

그녀는 나지막하게 비명을 내질렀다. 모자를 벗은 류의 모습은 전혀 다른 사람 같았다. 삭발한 것처럼 짧게 깎은 머리 정수리에 손바닥만 한 커다란 반창고가 붙어 있었다. 그녀는 테이블 아래 놓인 검은색 스포츠 가방과 류의 머리에 붙은 지저분한 반창고를 번갈아 보았다. 유유자적 노는 거나 좋아하고 농담이나 따먹으며, 무개념의 기분파 인생을 살아온 이 남자에게 도대체 무슨 일이 생긴 것일까.

류가 머리를 다친 건 그날 낮에 있었던 폭발 사고 때문이었다. 그와 함께 우산 공장 실험실에서 일하던 민 선생은 가슴 부분에 심각한 총상을 입은 상태였다. 그는 피를 꾸역꾸역 흘리며 헐떡이는 목소리로 류에게 부탁했다.

뉴욕에 있는 내 누이를 찾아서 어무이 주소를 꼭 전달해 주시라요. 부탁입네다.

그때 기름통에 불이 붙자, 폭발이 일어나며 실험실 안은 순식간에 아수라장이 되었다. 공기가 훅 빨려드는 듯한 세찬 기세와 함께 엄청난 폭음이 터졌다. 필로폰 제조를 위한 온갖 실험 장비들과 천장에 설치된 쇠 파이프들이 큰 소리를 내며 붕괴하기 시작했다. 파편이 사방으로 튀고, 천장이 무너져 내렸다. 그 무엇인가가 류의 머리를 강하게 타격했다. 그는 단말마의 비명을 지르며 머리를 감싸안았다. 순간, 눈앞이 하얘졌다.

악! 여기가 세상의 끝이구나!

그 순간, 그리운 지니의 얼굴이 떠올랐다. 그가 여기까지 온 건 어쩌면 지니, 그녀 때문인지도 몰랐다. 류는 지니와 함께했던 행복한 순간들을 떠올렸다. 그녀와 손을 잡고 걷던 해변, 웃으며 함께 먹던 저녁 식사. 그 모든 순간들이 지금 그의 머릿속을 스쳐 지나갔다.

둘이 한번 잘살아 보고 싶었는데. 이렇게 얼굴도 한번 못 보고 가는 건가.

지니가 그의 인생에서 밝은 면의 햇살을 상징한다면, 그를 어둠의 세계로 끌어들인 장본인은 바로 토니였다. 류가 토니를 처음 만난 곳은 4년 전 애틀랜틱 시티Atlantic City였다. 여기는 미국 동부의 라스베이거스라 불리는 유명한 도박 도시다. 호텔 카지노들이 밤마다 휘황찬란한 불빛을 반짝이며 도박꾼들을 유혹했다. 볼티모어에서 자동차로 3시간 거리에 있는 이 바닷가 도박 도시에 수많은 철새들이 몰려들었다. 류가 이곳 카지노에 출입하기 시작한 것은, 볼티모어에서 지니를 만나기 훨씬 이전부터였다. 일가친척 하나 없는 타국에서의 삶은 무료했다. 자신만의 자극적인 유희를 찾을 수 있는 그 도시가 류에게는 천국과도 같았다.

좋았어. 어디 한번 당겨 볼까! 오늘은 제대로 붙어 보는 거야.

류는 작은 기업체 대표의 홍등가 외도로 태어난 아이였다. 일찍이 모친을 잃고, 수원 할머니라 불리는 먼 친척 할머니의 손에서 자라났다. 결손 가정에서 정에 굶주리며 자란 그가 유일하게 좋아했던 것은 바로 노름이었다. 사업가 아버지의 핏줄을 물려받아 그런지 선천적으로 승부욕이 강했다.

어렸을 때는 동네에서 딱지와 구슬을 싹쓸이할 정도로 수완이 좋았다. 조금 나이가 들면서 친구들 사이에서 '신의 손'이라 불릴 정도로 동전 짤짤이의 전도사가 되었다. 미국에 온 후 경마와 복권, 스포츠 도박 등으로 관심사를 넓혔다.

유학비 명목으로 친부에게서 약간의 경제적 지원을 받았지만, 그것만으로는 일상생활을 유지하는 게 어려웠다. 자신을 키워준 수원 할머니에게 용돈이라도 보내려면 얼마간의 여유 자금이 필요했다. 또한 지니와 함께 지내기 시작한 후로는 두 사람 관계에서 오는 스트레스와 외로움을 도박으로 달래기 시작했다. 지니가 보여준 삶에 대한 긍정적인 에너지만으로는 가슴 속 공허를 모두 채울 수 없었다. 그는 천성적인 승부사였는지 모른다.

플로리다 데이토나 비치Daytona Beach에서는 하이라이스 경기가 매우 인기가 있었다. 유학 초반기였던 당시, 류는 주말마다 그 경기장에 가서 용돈을 벌었다. 하이라이스 경기는 선수가 손으로 큰 공을 던지거나 쳐내는 광장 경기로, 경마장처럼 직접 배팅하여 일주일에 이삼백 달러는 손쉽게 벌 수 있었다.

짜릿한 승부 겨루기와 자극적인 베팅에 빠져 있던 그에게 애틀랜틱 시티의 네온사인 불빛은 강렬한 아름다움 그 자체였다. 노름 판때기 앞에 앉아본 사람들은 알 것이다. 카지노판에서 재미만을 추구한다는 것은 칼을 목에 대고 운전하는 것과 같았다. 카지노에서 그의 승률은 꾸준히 5할대의 포지션을 유지했다.

그는 가능한 적정 수준 내에서만 게임을 지속하였다. 한번 잃으면 다시 따려고 노력하였고, 한번 얻으면 더 많은 것을 바라지 않았다. 탐욕에 눈이 멀어 금방 다 잃고 쫓겨나기보다는 가능한 한 이 천국 안에서 오래 머무르기를 원했다. 그렇게 조심하던 류가 카지노 호텔 인근에서 활동하던 사채업자들의 농간에 걸려든 것은 전혀 뜻밖의 일이었다.

4년 전, 류는 애틀랜틱 시티에 있는 시저스 호텔 카지노의 룰렛 테이블 앞에 서 있었다. 그는 슬롯머신이나 포커보다는 룰렛을 더 좋아했다. 운만 좋으면 한 판에 50배까지 딸 수 있는 종목이라서, 누구 눈치 볼 필요 없이 깔끔하게 한 밑천씩 챙길 수 있었다.

10명이 넘는 플레이어들이 베팅을 진행하고 있는 룰렛 테이블 주변은 항상 긴장감이 감돌았다. 테이블 중앙에는 숫자들이 적힌 커다란 휠이 있고, 그 안에는 1부터 36까지의 숫자와 0, 00이 포함되어 있었다. 딜러는 휠 옆에 서서, 녹색 펠트 테이블 위의 칩을 교환하거나 베팅을 관리했다. 플레이어들이 베팅할 수 있는 구역은 다양했다. 숫자나 색깔, 홀수나 짝수, 첫 번째 12개 숫자, 두 번째 12개 숫자, 세 번째 12개 숫자 등 선택의 폭이 넓었다.

게임 참여자들은 각자 자신만의 전략을 세워 베팅을 시작했다. 어떤 사람은 모든 숫자에 걸었고, 어떤 사람은 다수의 숫자나 색깔에 칩을 분산시켰다. 그날은 특히 운이 좋았다. 류의 앞에는 여러 색깔의 반짝이는 카지노 칩들이 잔뜩 쌓여 있었다. 하얀색, 빨간색, 녹색의 칩들 사이에 검은색 $100 칩과 보라색 $500 칩도 눈에 띄었다.

그는 긴장된 표정으로 칩 몇 개를 만지작거리며 다음 베팅을 생각했다. 플레이어들의 움직임이 조금씩 빨라졌다. 칩들이 떨어질 때마다 경쾌한 소리가 울려 퍼졌다. 심장은 빠르게 뛰었지만, 차분하게 다음 수를 계산했다. 23과 27 숫자가 연거푸 행운을 불러왔다. 그날 밤은 그에게 잊을 수 없는 순간이 될 것 같았다. 그의 눈이 딜러의 손끝을 주목했다.

베팅을 마치세요!

딜러가 단호한 목소리로 외쳤다.

류는 마지막으로 여러 숫자와 색깔들에 걸쳐 칩을 빠르게 분산시켰다. 특히 23과 27 숫자에는 대담하게 더 많은 칩을 올려놓았다. 딜러는 탁구공만 한 작은 공을 휠 가장자리 홈에 놓고 반대 방향으로 휠을 돌렸다. 흰 공이 휠 위에서 빠르게 회전하기 시작했다. 사람들의 시선은 공에 고정되었고, 숨소리마저 들리지 않는 긴장감이 감돌았다. 휠이 점차 속도를 줄여가자, 공이 숫자들 사이를 튕기며 아슬아슬하게 돌아다녔다. 마침내 공이 27번 칸에 멈춰 섰다. 그 순간, 류의 심장은 멎을 듯했다. 딜러가 큰 목소리로 숫자를 외쳤다.

빨간색 27!

순간, 도박꾼들의 입에서 환호와 탄식이 엇갈린 목소리들이 흘러나왔다. 사람들의 얼굴에 기쁨과 아쉬움이 교차하는 순간이었다. 류는 웃음이 터져 나오는 것을 겨우 참아내고 있었다.

'이번에도 27이네! 멋진 숫자야! 오늘은 정말 운이 따르는

날이야!'

딜러는 승리한 숫자에 맞춰 베팅 된 칩을 수거한 뒤, 승자에게 칩을 지급했다. 류 앞에 다시 한 무더기의 칩이 쌓였다. 다른 도박꾼들이 류를 향해 부러워하는 시선을 보내왔다.

'이제 멈출까? 아니, 운발이 좋을 때는 최대한 바싹 당겨야 해. 이번 판에는 더 크게 먹어보자.'

그는 이를 한번 악물었다. 룰렛 테이블은 새로운 게임을 준비하며 다시 활기를 띠기 시작했다. 플레이어들의 손놀림이 빨라졌다. 류는 이번에도 여러 숫자와 색깔에 칩을 분산했다. 그리고 잠시 고민하다가 23과 27위에 칩을 듬뿍 쌓아 올렸다.

테이블 매니저는 판이 커지는 것을 알아채고, 딜러를 급히 다른 사람으로 교체했다. 그 순간, 룰렛 테이블 위의 기류가 달라졌다. 새로 온 딜러는 날카로운 눈빛으로 테이블을 둘러보았다. 그의 손놀림은 이전 딜러와는 다르게 빠르고 날카로웠다. 룰렛 테이블 위의 공기는 한층 더 긴장감이 감돌았다.

베팅을 마치세요.

새로 온 딜러는 주위를 살피며 큰 소리로 외쳤다. 플레이어들은 마지막으로 칩을 배치하거나 조정했다. 류의 얼굴에 긴장감이 서렸다. 그는 23과 27위에 검은색 $100 칩과 보라색 $500 칩을 전부 올렸다. 딜러가 칩을 수거하는 레이크로 룰렛 테이블을 쓸며 플레이어들에게 베팅을 중단하라고 말했다. 휠이 돌아가기 시작했다. 흰 공이 숫자들 사이에서 이리저리 튕겼다. 사람들은 숨을 죽이고 결과를 지켜보았다.

마침내 공이 한 숫자에 멈춰 섰다.

검은색 6!

딜러가 숫자를 크게 외쳤다. 주위에서 플레이어들의 탄식과 환호가 뒤엉켰다. 류의 얼굴은 무표정으로 굳어 있었다. 그의 입술 끝이 살짝 떨렸다. '6이라니! 나는 거기에 베팅한 게 없는데, 맙소사! 이 판에서 완전 개박살이 났구먼!' 큰 욕심은 늘 화를 초래하는 법이었다. 온몸에 참담한 무기력감이 차올랐다. 이번 판에서의 손실을 생각하니 눈앞이 깜깜했다. 어떻게 하면 만회할 수 있을지 상상조차 하기 싫었다.

룰렛 테이블의 흐름이 바뀌며, 그의 행운도 점점 녹아내렸다. 류의 앞에 있던 칩들이 빠르게 사라져 갔다. 결국 그의 앞에는 25달러짜리 녹색 칩 한 움큼만 남았다. 류는 자괴감 속에서 남은 칩들을 만지작거렸다. 볼티모어에서 자신을 기다리고 있을 지니의 얼굴이 떠올랐다.

또 애틀랜틱 시티에 가면 안 돼. 어서 약속해! 다시는 안 간다고 맹세하란 말야.

지니는 몇 번이나 윽박지르듯이 큰소리로 다짐을 요구했다. 그녀는 자신과는 전혀 다른 세계의 사람이었다. 착하고 성실하고, 특이한 것보다는 고귀한 것을 추구하는 그녀는 류에게 힐링 그 자체였다. 어려서부터 불안정한 삶을 살아온 그를 채워주고, 더럽고 부족한 부분들을 정성껏 돌봐주는 고마운 존재였다.

이번에 또다시 그녀와의 약속을 저버린 셈이다. 칩이 많이 쌓였을 때 욕심을 버리고 자리를 뜨지 못한 것이 무척 후회스러웠다. 지금이라도 늦지 않았다. 남은 녹색 칩은 여기 올 때 가져온 원금과 거의 비슷했다. 이것만 있으면 주말 동안 지니와 함께 데이트를 즐기기에 충분했다.

아깝지만 이 정도면 충분해. 이제까지 공짜로 즐긴 셈이야. 오늘은 이만 마무리하는 게 좋겠어.

류는 남은 칩들을 챙겨 들고 자리에서 일어섰다.

고마워요.

딜러에게 칩 하나를 팁으로 던져 주는 에티켓도 잊지 않았다. 양손에 든 칩을 짤랑짤랑 흔들면서 환전을 위해 캐시어 부스로 걸어갈 때였다. '휠 오브 포춘' 게임 구역 근처에 빈 포커 테이블이 하나 보였다. 딜러가 혼자 카드를 정리하다가 류와 눈이 마주치자 빙긋 웃으며 고개를 끄덕였다.

저 사람이 혼자서 좀 심심해 보이네. 마지막으로 잠깐만 놀아주고 갈까? 또 모르지. 운 좋게 딸 수 있을지도.

류는 포커 테이블 앞의 높은 스툴에 올라앉았다. 25달러짜리 녹색 칩 두 개를 올려놓자, 딜러가 카드를 나눠줬다. 첫 번째 게임은 류의 승리로 끝났다. 녹색 칩이 하나 더 쌓였다. 두 번째 게임에서도 류가 먼저 21을 만들었다. 녹색 칩이 4개로 증가했다.

그때 어리숙해 보이는 도박꾼 하나가 옆자리로 끼어들었다. 다시 카드가 돌기 시작했다. 한순간 판의 분위기가 바뀌는가 싶더니, 승률이 들쑥날쑥하기 시작했다. 착하고 순해 보이던 딜러의 얼굴이 어느새 교활한 여우처럼 변해 있었다. 또 한 명의 도박꾼이 달라붙었다. 류의 앞에 있던 300달러어치의 칩이 순식간에 천 달러어치로 늘어났다가 다시 밀물처럼 빠져나가기 시작했다. 채 25분도 지나지 않아, 결국 그의 수중에는 한 푼도 남지 않았다. 차에 넣을 기름값은 물론, 볼티모어까지 가는 통행료조차 없었다.

그때 바로 옆에 앉아 있던 남자가 말을 걸어왔다. 스패니쉬 억양이 섞인 말투로, 필요하다면 당신에게 돈을 빌려줄 수 있다고 달콤하게 속삭였다.

이상하군요. 처음 본 사람에게 왜 그런 제안을 하는 거죠?

제가 실례한 건가요? 포커판이 너무 썰렁하면 재미가 없어서 말이죠. 허허.

카지노 호텔에서는 신용 대출로 노름 밑천을 마련하는 일이 흔했다. 하지만 유학생에서 불법체류자가 된 류는 그 흔한 신용카드 한 장 없었다. 모르는 사람에게 돈을 빌린다는 게 껄끄러웠다. 그러나 차마 그 자리를 떨치고 일어날 수 없었다. 포커 테이블 앞을 떠나는 순간 손실이 확정되기 때문이었다.

감사합니다. 뭐든 좀 빌리겠습니다.

류의 말에 딜러가 카드를 정리하다 말고 힐끗 쳐다보았다.

오케이. 금방 다시 딸 수 있을 거예요. 굿 럭!

옆자리에 앉은 남자가 자기 앞에 있던 칩을 몇 개 건네주었다. 도박판의 설계자들은 아주 교묘하고 교활한 방법으로 사람들의 약점을 파고든다. 그게 시작이었다. 계속해서 누군가 돈뭉치를 가져다주었다.

이 구역 담당 테이블 매니저가 수상한 낌새를 느끼고 류에게 다가왔다.

무슨 문제라도 있나요? 저 사람이 자꾸 돈을 가져오네요.

제 친구입니다. 걱정하지 마세요.

류는 겉으론 미소를 지었지만, 속으로는 처절한 두려움과 절망을 느껴야 했다. 서로 짜고 치는 포커판처럼 패가 계속 꼬이고 어긋났다. 눈앞에 쌓여 있던 칩들이 거짓말처럼 계속 줄어들었다. 이제는 더 이상 돈을 가져오는 사람도 없었다. 옆자리 남자도 이제 차가운 눈빛으로 류를 감시하는 듯했다.

마침내 류의 앞에 5달러짜리 빨강 칩만 몇 개 남았을 때였다. 키가 작고 체구가 다부진 흑인 남자가 다가왔다. 그는 전형적인 아프리카 아메리칸의 얼굴에 말쑥한 양복 차림이었다. 그런데 얼굴 이목구비와 눈매에서 약간 동양인 같은 인상이 느껴졌다. 그 흑인 남자의 이름이 바로 토니였다.

그때는 전혀 몰랐지만, 류는 이미 토니라는 이름을 몇 번 들어본 적이 있었다. 볼티모어를 떠들썩하게 만들었던 론의 살해 사건을 통해서였다. 티비 뉴스나 신문에서 토니의 이름이 여러 차례 언급되었다. 론과 함께 마이애미로 떠난 토니가 중간에 실종되었다는 보도도 있었다. 물론 류가 토니의 얼굴을 실제로 보게 된 것도 그 자리가 처음이었다. 토니의 눈빛은 날카로웠고, 그 안에는 무언가 위험한 기운이 감돌았다.

어서 일어나요. 여기서 이러고 있다가는 금방 개털 된다니까.

토니의 말에 류는 얼굴을 찌푸렸다.

저리 비켜요. 당신이 뭔데 참견이요?

사채빚이 눈덩이처럼 불어난 상황이었다. 류는 자신이 어쩌다 이 지경에 이르렀는지 되돌아보았다. 처음에는 잠깐만 놀다 가려고 했지만, 점점 21 숫자의 늪에 빠져들었고, 이제는 그 늪에서 빠져나올 수 없다는 사실이 그를 더욱 절망스럽게 했다. 사방에서 자신을 감시하는 눈초리가 느껴졌다. 온전한 상태로 이곳을 벗어나려면, 어떻게든 손해의 일정 부분이라도 만회해야 했다. 토니가 그때 지나가는 말처럼 자신의 어머니도 한국 사람이라고 말했다. 궁지에 몰려 있던 류는 그 순간 잃어버린 가족을 만난 듯 무척 반가웠다.

진짜예요? 그럼, 당신의 반쪽은 한민족이라는 거잖아요? 지금 제 꼬락서니 좀 보세요. 잠깐 귀신한테 홀린 것 같아요.

이게 무슨 꼴이요? 운이 안 따른다 싶으면 그냥 털고 일어서야지. 쯧쯧! 사정이 딱해 보이니, 내가 얼마간 돈을 융통해 주겠소. 안 그랬다간 여기서 뼈도 못 추릴 거요.

자기 엄마 얼굴을 봐서 사채 업자들에게 빚진 돈을 미리 대납해 주겠다는 말은, 한국 출신의 남자 하나를 낚기 위해 준비된 정교한 속임수에 불과했다. 검은 마스크 안에 감춰져 있던 토니의 실체가 금방 드러났다. 시저스 호텔 카지노를 나오자마자 류는 바로 토니의 사무실로 끌려갔다.

내가 필요로 하는 사람은 한국어와 영어에 모두 능통한 한국인이야. 오늘 내게 빚진 돈을 갚기 전까지는 어디에도 갈 수 없다는 걸 명심해.

토니는 의자에 깊숙이 기대며 험악한 표정으로 류를 내려다보았다. 그의 눈빛은 차갑고 무자비했다. 류의 얼굴은 피범벅이 될 만큼 두들겨 맞은 상태였다. 류는 바닥에 꿇어앉은 채 토니를 바라보았다. 머릿속은 혼란과 공포로 가득 찼다. '이곳에서 벗어날 수 있을까? 아니, 이곳에서 벗어나야 해…'

토니의 부하 하나가 류의 바지 뒷주머니에서 지갑을 채갔다. 낡고 쭈글쭈글한 가죽 지갑 안에는 메릴랜드 차량행정국 MVA에서 발급한 운전면허증과 독립기념일에 이너하버에서 찍은 지니의 사진 한 장이 들어 있었다.

예쁘게 생겼군. 볼티모어에는 내 친구들이 좀 있지. 질이 좋은 녀석들은 아니야. 네 여자를 언제든 그 늑대들의 먹잇감으로 던져줄 수도 있다는 걸 기억해.

그로부터 한 달이 지나기도 전에 카지노에서 사채 업자에게 빚진 6천 달러는 어느덧 1만 달러로 불어나 있었다.

동무, 반갑습네다. 나는 민태준이라오.

민태준의 손을 잡으며 류는 그의 눈을 뚫어지게 쳐다봤다. '이런 곳에서 북한 사람을 만나게 될 줄이야…' 민태준은 미소를 지으며 류의 반응을 살폈다.

여기서 잘 지내길 바라오. 우리가 서로 도울 수 있는 일이 많을 거요.

토니 밑에서 일을 시작한 지 두 달쯤 되었을 때였다. 그곳은 펜실베이니아 켄싱턴에 있는 우산 공장이었다. 민태준은 필로폰 제조 기술자로 북한에서 온 외화벌이 일꾼이었다. 공장 지하에는 복잡한 설비를 갖춘 마약 생산 실험실과 비밀 제조 공장이 있었다. 그곳에서 일하는 사람들 사이에서 그는 민 선생으로 통했다.

민 선생 곁에는 늘 표정이 고약한 사내 둘이 그림자처럼 따라다녔다. 그들은 북한 보위부를 배후로 둔 불법 외화벌이 조직 '산중파'의 조직원들이었다. 민 선생을 감시하는 동시에 필로폰 원재료를 조달하거나 마약 판매 대금을 수거해 가는 역할을 했다.

제조 공장 내부는 구식 증류기보다 크고 와인 발효기보다 작은 설비들이 복잡한 관으로 연결된 모습이었다. 향정신성 의약품인 필로폰은 물과 전기, 그리고 화학 방정식을 활용한 기술만 있으면 어디서든 생산할 수 있었다. 켄싱턴의 우산 공장 지하 작업장에서는 매달 두어 번씩 대량의 필로폰을 납품했다. 중국에서 가져온 필로폰 원료에서 에페드린을 추출하여 만든 백색 가루는 10만 명이 동시에 투약할 수 있는 분량이었다.

토니의 부하들은 구매자들이 지정한 장소로 물품을 배달하는 임무를 수행했다. 류도 마찬가지로 토니의 수하가 되어 마약을 여기저기 실어 날랐다. 카지노에서 빌린 사채는 영원히 줄어들지 않는 빚이 되어 그의 발목을 족쇄처럼 옥죄고 있었다.

투명한 비닐봉지에 담긴 백색 가루를 가장 많이 가져가는 곳은 중국인 마약 도매상이었다. 중국 화교들과 결탁한 중국 갱단 삼합회는 품질을 최우선으로 중시했다. 뉴욕 차이나타운에서 중국인들과의 거래에는 주로 류와 다른 수하들이 함께 움직였다. 그들에게 마약을 전달하고 대금을 회수하는 과정은 생각만큼 위험하지 않았다.

뉴욕 차이나타운의 비밀 범죄 집단인 삼합회는 소규모 벤처 기업으로 가장한 채 마약 유통, 밀매, 매춘에 관여하며 미국 동부 일대에서 세력을 형성하고 있었다. 삼합회와 연관된 사업이나 내부 인물들을 건드리는 것은 목숨을 내놓는 것과 다름없었다. 토니가 삼합회 조직의 보호 아래 중국인 도매상의 지원을 받기 시작한 지도 벌써 3년이 되었다.

이곳에 오기 전, 토니는 마이애미 카르텔 밑에서 일했다. 콜롬비아에서 밀수된 마약을 일부 운반하는 임무를 맡았다. 그때 미국 동부에서 유명한 마피아 갱단인 감비노 패밀리와의 마찰로 추격을 받게 되었다. 토니는 단순히 배달 일만 하는 카르텔 조직의 하수인에 불과했다. 그러나 세력 다툼 중에 결국 함께 일하던 론이 사망하는 일이 발생했다. 토니의 목숨도 한 치 앞을 내다볼 수 없을 정도로 위태로웠다. 치열한 추격전 끝에 겨우 살아남은 토니는 곧바로 북쪽으로 차를 몰아 뉴욕 삼합회를 찾아갔다.

이제 그는 마이애미 카르텔과 감비노 갱단 양쪽으로부터 위협을 받고 있었다. 살아남기 위해서는 그들보다 더 강력한 세력의 보호가 필요했다. 그는 자신의 안전을 보장받는 조건으로, 당시 운반 중이던 마약을 모두 뉴욕 삼합회 보스에게 넘겨주었다. 어차피 혼자서는 감당조차 할 수 없는 분량이었다. 결국 콜롬비아 마약과 자신의 목숨을 맞바꾼 셈이었다.

삼합회 무리들 사이에서 조심스럽게 살아온 그에게 어느 날 재일 교포 사업가로 위장한 '산중파'의 조직원이 접근해 왔다. '산중파'의 대표인 장성필 사장은 이탈리아 북한 대사관에서 2등 서기관으로 근무한 적이 있는 인물로, 북한 김씨 가문에 충성하는 외화벌이에 동원된 자였다.

마약은 북한 정부가 외화를 벌어들이는 최고의 수단이자, 불법 통치 자금을 조성하는 데 쓰이는 주요 수출품이었다. 전에는 기술자를 제3세계인 아프리카 우간다 등에 파견해 마약을 생산했다. 하지만 이제는 그것을 미국 본토까지 운반하는 경로가 너무 위험하고 비용도 만만치 않았다. 국제 사회의 마약 범죄 조직에 대한 제재가 점점 강화되고 있었다. '산중파'의 대표인 장성필은 미국 내에서 직접 마약을 생산해 북미 지역에 유통하기를 원했다.

마약은 유통에서 가장 많은 이익을 가져다줄 수 있었다. 북한제 마약이 아무리 품질이 뛰어나도, 미국까지 유통하는 과정의 어려움으로 인해 가격 경쟁력이 낮았다. 마약은 불법 약물이지만, 철저하게 시장 가격으로 싸워야만 했다. 장성필은 미국 내 유통을 함께 맡을 적임자를 찾았다. 그 과정에서 뉴욕 삼합회의 보호를 받고 있는 토니가 최적의 인물로 떠올랐다.

우리가 만든 건 거의 순도 100%입니다.

토니를 찾아온 '산중파' 조직원이 하얀 가루를 꺼내 보이며 말했다. 미국 내 유통되는 필로폰의 평균 순도는 40~50% 정도였다. 순도가 거의 100%에 가까운 필로폰은 최상급을 의미했다. 토니는 군침이 돌았다. 멕시코에서 들여오는 마약이 경찰의 집중 견제를 받는 상황이었다. 그는 뉴욕 삼합회의 지원을 받아 북한제 마약을 유통하기로 결심했다.

토니는 '산중파' 조직원들과 힘을 합쳐 필라델피아 켄싱턴에 있는 우산 공장을 매입하고, 그 지하에 마약 제조 공장을 만들었다. 그러던 중 뉴욕 삼합회의 형님들이 그를 조용히 불렀다.

북한 애들은 신용이 없어. 우리가 어떻게 북한 놈들을 믿겠는가. 중간에서 일할 앞잡이 같은 사람이 필요할 것 같군. 한국어와 영어를 모두 구사할 수 있는 사람을 공장에 배치하는 게 좋겠어.

알겠습니다. 한국인 중에서 적당한 놈을 한번 찾아보도록 하죠.

그때 토니의 머릿속에 떠오른 인물이 하나 있었다. 바로 죽은 론의 친구, 류였다. 토니는 먼발치에서 류를 몇 번 본 적이 있었다. 약간 껄렁거리면서 놀기 좋아하게 생긴 녀석이었다. 노스캐롤라이나 고속도로 인근에 버려둔 론 대신에, 이제는 그의 친구였던 류가 섭외 대상 1순위가 된 것이다.

토니가 사채 업자로 위장하고, 시저스 호텔 카지노에 나타난 건 결코 우연이 아니었다. 류가 도박에 눈이 멀어 토니가 던진 낚싯밥에 걸려들었을 뿐이다. 토니가 류를 우산 공장으로 데려온 것은 북한 조직원들을 감시하고 정보를 빼내기 위해서였다.

보위부와 기술자 민 선생을 염탐해라. 그들이 무슨 말을 하는지, 어떻게 움직이는지 하나도 빼놓지 않고 보고하도록.

토니는 차갑게 말하며 류의 눈을 똑바로 바라보았다.

네가 실패하면, 그 대가는 엄청날 거다. 내 전화 한 통이면, 네 예쁜이는 더 이상 이 세상을 살고 싶지 않을 정도가 될 테니까.

보위부는 민 선생을 감시하는 중이었다. 토니는 그 양쪽을 감시하도록 류에게 지시했다. 카지노에서 빌린 사채 6천 달러 때문에 토니에게 발목이 잡힌 류는 어느새 마약 유통에도 깊숙이 관여한 상태였다. 필로폰을 운반하고 뉴욕 중국인 도매상에서 거래 대금을 수금하는 일에도 동참하게 되었다. 매일 밤 그는 지니의 얼굴을 떠올리며 자책했다. '이게 진짜

내 삶이 될 줄이야. 어쩌다 이렇게까지 됐지? 지니가 알면 얼마나 실망할까.'

민 선생과 토니 사이에서 스파이 역할을 하던 류는 시간이 지날수록 민 선생과 더 가까워졌다. 민 선생은 북한 양강도 혜산 출신으로, 북한에서 1% 안에 드는 수재였다. 그는 오직 공부 하나로 평양에 있는 김일성종합대학교 의과대학 약학부에 입학했다. 북한 주민 모두가 부러워하는 평양에서 꿈같은 대학 시절을 보낸 것이다.

6년 학제인 김대의 약학부를 거의 졸업할 즈음, 고향에 있던 누이동생이 실종되었다는 소식을 들었다. 당시 그는 유학을 준비 중이었다. 그러나 유학 심사 과정에서 자격 불충분 판정을 받았다. 그 이유는 어머니가 누이를 찾으러 중국으로 건너갔다가 중국 공안에게 붙잡혀 다시 북으로 소환당하는 중이었기 때문이다.

어머니는 보위부 군인들이 잠시 한눈을 파는 사이 3층 건물에서 뛰어내렸다. 다행히 밑에 수로를 파느라 헤쳐놓은 흙들이 있어서 큰 부상을 피할 수 있었다. 어머니는 그 즉시 다시 두만강을 건넜다. 그런 사정을 전혀 모르는 민 선생은 어머니를 몹시 원망했다. 공부 잘하는 것 하나로 여기까지 왔는데, 가족들이 자신의 앞길을 망치는 것 같아 몹시 화가 났다.

대학을 졸업한 그는 한동안 순천 제약 공장에서 마약 생산 공정에 관여했다. 그러다 소규모 민간 실험실로 자리를 옮겨 합성 마약을 제조하는 일을 맡게 되었다. 북한이 해외에서 불법으로 마약을 유통하다가 적발되어 국제적으로 큰 망신을 당한 후, 수출길이 막히면서 내수 산업으로 전환되었기 때문이었다.

그러던 중 보이스 오브 아메리카라는 라디오 방송에서 누이가 나왔다는 소식을 들었다. 중국을 거쳐 탈북한 누이는 당시 뉴욕에 정착해 살고 있었다. 어머니가 한국에서 브로커를 통해 북한에 있는 민 선생에게 연락을 취한 것도 그즈음의 일이었다. 감청을 피하려고 높은 산에 올라가서야 겨우 어머니와 전화 통화를 할 수 있었다.

지금 당장 브로커를 따라 국경을 넘으라. 시키는 대로만 하면, 곧 나를 만날 수 있다.

전화선 너머에서 어머니의 목소리가 간절하게 떨렸다. 그러나 그는 브로커를 따라나서지 않았다. 한국으로 가는 대신 국가 차원에서 주도하는 필로폰 외화벌이에 자발적으로 참여하게 되었다. 그가 미국까지 오게 된 것은 오로지 탈북하여 뉴욕에 살고 있는 누이를 찾기 위해서였다.

민 선생이 처음 만난 순간부터 류를 각별하게 대한 데는 이유가 있었다. 온종일 실험실에 묶여 감시당하는 자신을 대신

해 누이를 찾아줄 사람이 필요했다.

내 누이 이름은 민소연이요. 이제 26살 되었습다. 뉴욕에 물건 배달하러 갈 때마다, 내 누이 행방 찾아주기요. 이렇게 부탁합네다.

어차피 뉴욕에 가면 돈을 수금하는 것 말고는 다른 할 일이 없었다.

알겠습니다. 그러지요.

류는 어느새 토니의 충성스러운 부하처럼 움직이고 있었다. 검은 조직 세계가 가져다준 달콤한 유혹에 적응했다기보다는, 갈 곳을 잃은 치욕스러운 영혼의 어쩔 수 없는 선택이었다. 가끔은 사랑하는 지니의 얼굴이 떠올라 괴롭기도 했다. 하지만 현실을 직시할 필요가 있었다. 자신이 가까이 갈수록 그녀가 결국 타 죽는 것을 알기에, 이쯤에서 사라져 주는 것이 오히려 잘된 일이라 생각했다. 토니 옆에 머무는 동안은 먹고 입는 것을 걱정할 필요가 없었다. 이렇게 빌붙어서 살아가는 것도 하나의 삶이었다. 그래서 이것도 직업이라 생각하며, 그럭저럭 버티는 중이었다.

토니는 우산 공장에서 만든 필로폰을 뉴욕 차이나타운의 삼합회 조직원들을 통해 공급했다. 그곳에서 받은 마약 대금은 정확히 50:50으로 분배하여, 북한 보위부와 함께 나누었다. 북한 보위부와 삼합회가 존재하는 한, 토니의 인생 역시 평생 생계를 걱정할 필요가 없었다. 류는 뉴욕에 갈 때마다 한인 식당이나 한인 마트에 들러 민태준의 누이 민소연을 찾는다는 메시지를 남겼다.

어느 날, 26세의 민소연을 아는 것 같다는 전화 연락을 받았다. 민소연이 맨해튼의 피자 가게에서 일하면서, 밤에는 야간 대학에 다닌다고 했다.

저랑 같은 수업을 듣고 있어요. 정말로 찾으시는 분이 맞으면 좋겠네요.

전화기 속에서 나이 지긋한 목소리의 여성이 말했다.

그날 류는 뉴욕 차이나타운에 있는 중국인 도매상에게 켄싱턴 우산 공장에서 제조한 필로폰을 대량으로 넘기고, 수익금을 받아 돌아오는 중이었다. 32번가 한인 마트 직원의 도움으로 민태준의 누이를 찾은 류는 빨리 가서 이 기쁜 소식을 전해야겠다는 생각에 마음이 설렜다.

그때 뉴욕까지 동행한 사람은 토니의 수하 중 가장 나이가 어린 니코였다. 포드 익스플로러의 운전대를 잡고 있던 류가 콧노래를 부르자, 니코가 의아하다는 듯 쳐다보았다.

왜 그렇게 기분이 좋으세요?

내 누이를 찾은 것 같아서 말이야. 허허.

누이가 있어요?

아니, 그냥 하는 말이야.

류는 정말로 자기 여동생이라도 찾은 듯 흐뭇한 마음이었다. 그런데 켄싱턴 우산 공장에 도착한 순간, 분위기가 심상치 않았다. 널찍한 공터같이 생긴 주차장 초입에서부터 뭔가 싸늘한 기운이 감돌았다. 건물 입구에서 경비를 서는 듬직한 체구의 경호원들이 보이지 않았다.

다들 어디 간 거지?

니코가 조수석 문을 열고 먼저 내리며 말했다.

식사하러 갔나?

SUV 차량의 뒷좌석에는 마약 대금이 담긴 커다란 검은색 스포츠 가방이 놓여 있었다. 류는 글러브 박스에서 글록 19 권총을 꺼냈다. 이 반자동 권총은 15발이 장전된 탄창을 가지고 있으며, 내구성과 정확도가 매우 뛰어났다.

니코, 너는 여기서 기다려. 내가 가서 살펴볼게.

류는 방아쇠 안전장치를 풀고 혼자 건물 안으로 들어갔다. 실내에는 피를 흘리며 쓰러져 있는 사람들이 여기저기 보였다. 적들의 습격으로 희생된 토니의 부하들이었다.

지하 실험실로 이어지는 층계를 내려가는 동안, 심장이 요동치며 맥박이 빨라졌다. 여러 번 총을 사용해야 했던 상황을 겪었지만, 이런 긴장감은 여전히 익숙하지 않았다. 필로폰 제조 공장은 심한 총격전의 여파로 완전히 쑥대밭이 되어 있었다. 깨진 설비 장치와 기계들이 여기저기 널브러져 있었고, 벽에는 총알 자국이 선명하게 남아있었다. 바닥에는 많은 피가 고여 있고, 깨진 유리 조각들이 흩어져 있는 처참한 광경이었다.

민 선생은 심한 총상을 입은 채 실험실 바닥에 쓰러져 있었다. 그의 가슴에서 피가 꾸역꾸역 흘러나왔다. 숨을 헐떡거리며 몰아쉬고, 눈빛도 점점 흐려졌다.

민 선생님, 이게 무슨 일이에요?

프로비던스 놈들이 쳐들어왔습다.

민 선생이 입에서 피를 뱉어냈다.

프로비던스 패밀리는 미국 북동부에 깊이 뿌리 내린 마피아 조직이었다. 그들의 수하들과는 끊임없이 크고 작은 충돌을 빚어 왔다. 처음부터 그놈들은 토니의 마약 사업을 눈엣가시처럼 여겨왔다. 자신들의 사업 권역을 지키기 위해 이곳 실험실을 완전히 폐쇄하려고 작정하고 쳐들어온 것이 분명했다.

민 선생을 감시하며 괴롭히던 보위원들도 이미 총에 맞아 사망한 상태였다. 한 명은 목이 꺾인 채 쓰러져 있고, 다른 한 명은 자기가 흘린 피 웅덩이에 얼굴을 처박고 있었다. 토니의 모습은 그 어디에도 보이지 않았다. 가까스로 도망쳤거나, 프로비던스 갱단이 들이닥쳤을 때 류처럼 다른 장소에 있었을 가능성이 있었다. 이는 토니가 언제든 다시 여기에 나타날 수 있음을 의미했다.

민 선생이 쿨럭거리며 또다시 피를 입 밖으로 뱉어냈다. 온몸에서 힘이 빠져나가며, 어둠이 그를 덮쳐오는 듯했다.

민 선생님, 눈 떠보세요. 누이동생 민소연 씨를 찾았어요. 여기요. 전화번호가 있습니다.

류가 안주머니에서 종이쪽지를 꺼내려 하자, 민 선생이 류의 손을 잡았다.

일 없습네다. 난 곧 죽을 것 같습다. 마지막으로 한 가지만 더 부탁드리겠습다. 류 선생, 전에 내가 우리 어매 서울 집 주소 적어드린 거 아직 가지고 있지요? 어매가 자나 깨나 누이 기다리고 있을 겁네다. 내 누이 찾아가서, 우리 어매 연락처 꼭 전해 주이소. 부탁합네다.

민 선생은 그렇게 마지막 유언을 남기고 눈을 감았다.

걱정 마세요. 힘을 내세요. 누이를 만나야지요.

류는 민 선생의 얼굴을 안타깝게 어루만졌다. 그러나 민 선생은 더 이상 아무런 반응을 보이지 않았다. 민 선생의 손이 아래로 뚝 떨어졌다. 그때 실험실 한쪽에서 갑자기 불길이 솟구쳤다. 어딘가에서 가스관이 폭발해 큰 굉음이 터져 나왔다. 실험실 안의 장비들이 연쇄적으로 무너져 내리기 시작했다.

민 선생님, 제가 무슨 일이 있어도 민소연 씨를 꼭 찾아서 어머니 주소를 전해줄게요. 약속할게요.

류는 그렇게 외치며 위에서 쏟아져 내리는 건축 자재와 설비의 파편들을 피하며 앞으로 내달렸다. 머리에 큰 충격을 받고 눈앞이 흐려진 상황에서도, 안타까운 마음은 지니에 대한 그리움을 떠올리게 했다.

지니야, 보고 싶다. 조금만 기다려. 조금만.

불길이 번져가고 있었다. 또 한 번의 거센 폭발이 건물을 흔들었다. 류는 죽을힘을 다해 가까스로 그 아수라장에서 탈출했다. 건물 밖으로 겨우 빠져나왔을 때, 그는 머리에서 검붉은 피를 뚝뚝 흘리고 있었다.

니코는 주차장 중간에서 바지춤을 움켜쥔 채 엉거주춤 서 있었다. 큰 폭발음에 깜짝 놀라 눈이 휘둥그레진 모습이었다. 트럭들이 드나들던 넓은 주차장에는 이제 잡초처럼 생긴 풀들만이 군데군데 자라고 있었다. 두 사람은 30미터쯤 떨어진 거리에서 서로를 가만히 마주 보았다. 류는 손에 들고 있던 총을 니코에게 겨누었다.

니코, 그대로 그냥 있어. 안에 있는 사람들은 다 죽었어. 너도 빨리 피하는 게 좋을 거야.

니코가 아무런 대꾸 없이 고개만 끄덕였다. 류는 포드 차로 다가가서 운전석에 올라탔다. 차 뒷좌석에 있는 돈 가방이 무척 신경 쓰였다. 그 가방 안에는 토니의 몫인 마약 거래 자금 절반과 북한 보위부가 챙겨갈 정치 비자금 절반이 들어 있었다. 저 돈 가방을 들고 튀었다가는 이 세상 끝까지 추격자가 따라붙을 것이다. 그렇다고 이곳에 그냥 내버려 두고 갈 수도 없는 노릇 아닌가. 류는 니코를 바라보다 고개를 저었다. 어떻게든 되겠지.

그는 권총을 손에 쥔 채 포드 익스플로러에 시동을 걸었다. SUV 차량의 묵직한 앞부분이 완전히 돌아설 때까지도 니코는 그 자리에 서서 의아한 표정으로 지켜보고 있었다. 뉴욕 삼합회 소속 토니 일당과 북한 보위원들, 그리고 미국 연방수사국 FBI의 추적이 시작된 건 바로 그 시점부터였다.

류는 창문 밖으로 팔을 뻗어 자신의 과거를 향해 마지막 인사를 하듯 두어 번 손을 흔들었다. 그리고 지금까지 왔던 길을 되돌아 그 즉시 우산 공장 주차장을 빠져나갔다.

도넛 가게의 동그란 벽시계가 새벽 2시를 가리키고 있었다. 지니는 류의 머리 상처를 걱정스러운 눈빛으로 살폈다. 피는 멈췄지만, 상처는 그대로였고, 넓은 반창고는 매우 불결해 보였다.

반창고가 왜 이 모양이야? 자기가 직접 붙였어? 병원부터

가봐야 하는 것 아닐까?

아, 괜찮아. 이건 아무것도 아니야. 살짝 긁힌 거야.

긁혔다고? 아직도 피가 배어 있어.

괜찮아. 아아…

류는 손끝으로 반창고 가장자리를 살며시 눌러보려다가 결국 인상을 찡그렸다. 그것은 켄싱턴 우산 공장에서 얻은 영광의 상처였다. 실험실 폭발로 머리가 찢어진 것을 뒤늦게 알아차리고, 편의점 화장실에서 대충 응급조치를 취했다.

이제 실토를 하시지. 머리에 난 그 상처와 이 가방하고 뭔가 상관이 있는 거지? 그렇지?

지니가 검은색 스포츠 가방을 발로 툭툭 걷어차며 말했다. 류는 꺼림칙했지만, 서로의 안전과 미래가 걸린 문제라 더 이상 숨길 수 없었다.

이건 마약 돈이야.

마약? 미쳤나 봐. 돌았어.

그동안 힘들었던 것들에 대한 보수를 한꺼번에 받은 거야. 의도치 않게 마약쟁이들 돈을 중간에서 빼돌린 셈이지.

맙소사! 마약이라니? 지난 4년 동안 정말 별짓을 다 하고 돌아다녔구나?

그녀는 충격에 휩싸인 얼굴이었다. 류는 대답 대신 한쪽 입가만 올리며 씁쓸한 미소를 지어 보였다. '젠장할! 바로 저 미소 때문에 내 마음이 흔들린 건데.' 류의 얼굴에 떠오른 쓸쓸한 듯이 애잔한 그 미소는 여전히 그녀의 가슴을 설레게 하는 강력한 매력을 지니고 있었다. '지니야, 정신 차려. 저런 미소에 흔들리면 넌 인간도 아니야. 인생 종 치는 거라고.' 그녀는 고개를 저었다.

지니, 미안해. 어쩌다 보니 그렇게 됐어.

미안하다는 소리가 아주 잘도 나오네. 그렇게 미안하면 미안한 짓을 안 하면 되는 거잖아.

나도 그러고 싶었지. 정말이야. 근데 이번에 정말 어쩔 수 없었어.

시끄럽고, 그래서 마약쟁이들의 정체가 뭐야? 마피아, 갱단? 뭐, 그런 건가?

류가 눈치를 보며 잠시 망설이다가 영어로 짧게 대답했다.

노스 코리아North Korea.

너무도 충격적인 단어의 출현에 그녀가 흡, 숨을 삼켰다. 전기 충격을 받은 듯 몸이 빳빳하게 굳어버렸다.

노스 코리아? 북한?

어, 맞아. 북조선.

그녀는 손바닥으로 뺨을 쓸어내렸다. 심장이 빠르게 뛰며 온몸에 소름이 돋았다. 언젠가 신문에서 그런 기사를 본 적이 있었다. 북한 조직원들이 러시아로 마약을 밀반입하려다

국경 합동 단속에 걸리는 사건이 터졌다. 국제 사회는 북한이 국가 차원에서 고순도 마약을 생산하고 유통하고 있다는 사실에 주목했다. 해외 불법 마약 산업을 지시하고 독려한 북한 최고위급 인사의 얼굴이 공개되어, 북한은 국제적으로 큰 망신을 당했다.

북한 애들이 왜 미국까지 와서 이 난리야?

이놈의 나라가 제일 큰 유통망을 가지고 있거든.

미국 애들은 알아? 이거… 농담이지?

저기… 나도 농담이었으면 좋겠지.

류는 4년 전 애틀랜틱 시티 카지노에서 사채를 쓰다 계획적으로 함정에 빠진 일과 그녀를 볼모로 잡은 일당 밑에서 꼭두각시처럼 살아온 경위를 결코 털어놓을 수 없었다. 도무지 현실감이 없는 홍콩 누아르 같은 이야기를 무슨 방법으로 설명할 수 있단 말인가. B급 대중소설보다 더 대중소설 같은 이야기를 전해야 할 때는, 차라리 침묵하는 게 나을지 모른다.

미치겠네. 넌 왜 자꾸 이래? 왜 이렇게 사는 게 복잡한 거야?

지니가 테이블 위를 주먹으로 치자 머그잔에 든 커피가 요동쳤다. 그녀에게는 북한이라는 말이, 빨갱이라는 말이, 그 어떤 흉악한 무기나 형상보다 백배 천배 더 무서웠다. 한국에서 자라나는 동안, 북한 빨갱이들은 그녀의 꿈속에서 붉은 도깨비로 그려지곤 했다. 반공 교육의 여파는 그녀에게도 깊은 트라우마를 남겼다.

엘파소에 가면 새로운 신분증과 여권을 만들 수 있을 거야. 내가 남태평양에 점을 찍어둔 작은 섬이 있어. 우리 둘이 가서 새로운 삶을 시작하는 거야.

그건 덧없는 희망일 뿐이야. 북한 애들이 끝까지 쫓아올 거야. 우린 이미 끝난 것 같아. 네가 다 망쳐놓았어. 내 인생까지 완전히 망가뜨린 거야.

아니. 작은 희망이라도 남아있을 때가 좋은 거지. 남태평양의 작은 섬이 우리의 희망이야. 우린 아직 끝나지 않았어.

자수해. 가방을 포기하란 소리야. 목숨은 건져야지.

자수를 해도 달라지는 건 없어. 놈들은 결코 나를 용서하지 않을 거야.

다 포기하고 나와 함께 한국으로 돌아가자. 응? 북한 애들이 함부로 못 오는 데가 한국이야. 거기가 가장 안전해. 한국에서 다시 시작하자.

아니. 나는 한국에서 군대도 안 갔다 온 사람이야. 돌아가면 제대로 된 직장은 꿈도 못 꿀 거야.

류가 이마를 찌푸리며 고개를 저었다. 그때 강한 헤드라이트 불빛이 도넛 가게 앞 주차장으로 들어왔다. 류가 놀라듯 돌아보았다. 창밖을 바라보는 그의 눈동자가 흔들렸다.

지니는 안타까운 심정으로 카운터 위에 놓인 류의 손을 힘주어 잡았다.

괜찮아. 순찰차야. 지나가다가 커피 마시려고 잠시 들린 걸 거야. 우린 아무 일도 없는 거야.

류가 마른침을 꿀깍 삼켰다.

잠시 뒤, 검은색 경찰 제복을 입은 젊은 경관이 가게 문을 밀고 들어왔다. 허리에 차고 있는 짤막한 곤봉과 권총이 공권력의 상징처럼 보였다.

경관이 가게 안을 빠르게 둘러보더니, 우측 카운터 테이블 앞에 앉아 있는 그들에게 고개를 까딱하며 알은체했다.

하이.

헬로우.

경관의 어깨에 걸린 무전기에서 전파를 수신하는 소리가 들렸다. 무전기가 다시 켜지자, 경관은 버튼을 누르고 짧게 대답했다. 그의 시선은 여전히 두 사람을 주시하고 있었다.

지니는 경관을 향해 상냥한 미소를 지었다.

경관도 엷은 미소로 화답했다.

지니는 테이블 위에 있는 류의 손을 아래로 잡아당겼다. 일종의 무의식적인 행동에 불과했던 그 행위가 밑에 있는 커다란 돈 가방에 대한 염려를 떠올리게 했다.

주방 문이 열리면서 에이프런을 두른 도넛 가게 남자 점원이 다시 계산대 앞으로 나왔다.

오늘 밤은 어때요? 힘들지는 않아요?

젊은 경관이 도넛 가게 점원을 향해 물었다. 익숙한 말투로 보아 서로 안면이 있는 사이처럼 보였다.

맨날 똑같아요. 우리 집 멍멍이가 오늘 오후에 입원한 것만 빼면요.

왜요?

발목 아킬레스건이 끊어져서 다리 수술을 했거든요.

쯧쯧. 멍멍이가 고생이 많겠군요.

그때 지직대는 잡음과 함께 무전기 수신음이 다시 켜졌다. 경관이 무전기에 대고 단어와 알파벳을 번갈아 발음하며 뭔가를 설명했다.

남자 점원이 테이크아웃 컵에 커피를 담아 경관 앞에 올려놓고는 지니와 류를 돌아보았다.

더 필요한 것 없어요?

점원의 질문에 경관도 다시 두 사람을 바라보았다.

커피를 더 주시고요, 그리고 음, 음, 도넛도 몇 개 먹을게요.

지니가 자리에서 일어나 계산대로 걸어간 것은, 테이블 밑에 숨겨진 스포츠 가방 때문이었다. 경관의 시선을 돌리려면 직접 나설 수밖에 없었다.

이 도넛들은 다 오늘 밤에 여기서 새로 만든 거예요. 골라보세요.

남자 점원이 하품을 애써 참으며 말했다. 카운터 뒤 유리장 안에는 도넛 쟁반들이 칸칸이 가득 비스듬히 놓여 있었다.

지니는 길쭉한 초콜릿 도넛과 옆에 있는 허니딥 도넛을 선택했다.

그렇게 두 개 주시고요. 아, 참!

지니는 생각난 듯이 류를 돌아보았다.

자기도 뭐 좀 먹겠어? 도넛이 아주 맛있게 생겼는데.

류가 굳은 표정으로 고개를 흔들며 테이블 위로 시선을 떨구었다.

지니는 옆에 서 있는 경관을 보며 어깨를 한번 으쓱했다.

바로 그때 주방 안에서 삐익, 기계 알람 소리가 들려왔다.

잠깐만요.

남자 점원이 급히 주방 쪽으로 달려갔다. 지니가 피곤이 묻어나는 표정으로 경관을 돌아보았다.

제 남편이 좀 삐진 것 같아요. 자는 사람을 깨워서 끌고 나왔거든요. 요즘엔 왜 이렇게 식욕이 도는지 모르겠어요. 이러다 뚱뚱보가 되겠어요.

당신은 다이어트를 할 필요가 없을 것 같은데요.

왜요?

그쪽 한국 사람이죠?

어떻게 알았어요?

친한 친구 중에 한국 사람이 있었어요. 이름이 태한 캉이라고, 똑똑하고 운동도 잘하는 녀석이죠. 그런데 아무리 먹어도 살이 안 쪄요. 나보다 늘 두 배는 먹거든요. 한국 사람들은 살이 잘 안 찌는 체질인가요? 아니면 한국 음식에 무슨 비법이 숨어 있나요?

체질인가 보죠. 저도 오랫동안 햄버거만 먹고 살았거든요.

두 사람은 동시에 웃음을 터뜨렸다.

당신은 재미있는 사람이로군요. 그런데 이 근처에 살아요?

경관이 가게 앞 통유리를 돌아보며 말했다. 가게 앞에는 두 대의 차량만이 주차되어 있었다. 하나는 순찰차이고, 다른 하나는 가게 점원 소유로 보이는 픽업트럭뿐이었다. 차 한 대가 비었다. 두 사람이 타고 온 차가 보이지 않았다. 당신들 차는 어디에 있죠? 경관의 표정이 그렇게 묻고 있는 듯했다.

저는 이 근처에 살아요. 곤히 자는 남편을 깨워서 운동 삼아 일부러 걸어 온 거예요. 도넛이 너무 먹고 싶었거든요. 호호호.

경관이 고개를 끄덕이며 함께 미소 지었다.

그녀는 겉으로는 태연하게 웃고 있었지만, 속으로는 가슴이 타들어 갈 만큼 조마조마했다. 테이블 밑에 있는 그 검은 가방은 여기서 고개만 돌리면 바로 보일 위치에 있었다. 도넛 때문에 야심한 시각에 잠깐 외출을 나왔다는 사람이 함부로 들고 다닐 만한 부피의 가방이 절대로 아니었다.

그때 가게 점원이 주방에서 나왔다.

미안합니다. 프라이어 타이머가 울려서요.

점원이 집게로 그녀가 주문한 도넛 두 개를 접시에 담았다. 도넛과 커피값을 계산하는 동안 그녀의 이마에 식은땀이 맺혔다.

이제 자리로 돌아가야 할 때가 되었다. 경관의 시선을 붙잡아 둘 다른 묘안은 떠오르지 않았다. 스포츠 가방이 경관의 눈에 띄는 것은 단지 시간 문제였다. 그녀는 재빨리 변명의 말을 생각했다. 어떻게 둘러댈지 막막했다.

경관이 아무것도 묻지 않기를 간절히 바랐다. 가방을 전혀 알아채지 못할 수도 있었다. 다리가 덜덜 떨려서 속으로 '하느님, 맙소사!'를 외치며 옆으로 돌아서려던 그 순간이었다. 정말로 신의 계시처럼 하늘에서 어떤 응답이 내려왔다.

갑자기 창밖이 번쩍이며 가게 앞이 환해졌다. 모두의 시선이 가게 밖으로 쏠렸다. 또 다른 순찰 차량이 막 주차장 안으로 진입하고 있었다. 경관의 무전기가 다시 켜졌다.

Lady, see you later.

경관이 그녀에게 손을 흔들고는 커피를 들고 가게 밖으로 나갔다. 두 대의 순찰차는 금세 밤의 어둠 속으로 사라졌다.

약속

이른 아침, 볼티모어 헤인스 거리에 있는 메가 버스 터미널은 많은 승객으로 붐볐다. 뉴욕행 버스에 타기 전까지 10분 정도 여유가 있었다.

자기는 여기서 기다려. 잠깐 전화 좀 하고 올게.

지니가 낮은 음성으로 말했다. 류는 신문지로 얼굴을 가린 채 아무런 반응도 보이지 않았다. 듣고도 못 들은 척하는 건지 알 수 없었다. 같은 말을 반복하기 싫어 그녀는 입을 다물고 자리에서 일어났다.

그녀는 은연중에 터미널 주변을 살폈다. 다양한 계층의 사람들이 버스 역 벤치에 앉아 있었지만, 딱히 의심스러운 움직임은 없었다. 대기 시설 어디에도 긴박한 기운은 감지되지 않았다. 메가 버스 터미널은 볼티모어 중심가에서 차로 약 15분 정도 떨어져 있었다. 류를 추격하는 놈들의 영향력이 아직 여기까지는 미치지 않은 듯 보였다. 고속버스 터미널까지 일일이 뒤질 만큼 놈들의 숫자가 많지 않다는 의미일 수도 있었다.

그녀가 공중전화 부스를 향해 걸을 때였다. 덜컹, 큰 소리를 내며 대합실의 가장 왼쪽 출입문이 열렸다. 차가운 12월의 바람이 열린 문틈으로 몰아쳤다. 그녀는 마른침을 삼키며 출입문을 지켜보았다. 곧 길쭉한 가죽 가방이 로비 안으로 들어왔다. 그것은 볼티모어 하키 선수들이 사용하는 스키용 가방이었다. 건장한 젊은 남자와 그의 동반자로 보이는 중년 남자가 차례로 등장했다. 그들이 서둘러 매표소로 향하는 것을 보다가, 류의 자리를 무심코 돌아보았다. 아까부터 류는 신문을 열심히 읽는 척하고 있었다.

저러다 신문지를 뚫고 나오겠네. 쯧쯧

그녀는 혀를 찼다. 두 사람은 도넛 가게에서 밤을 새웠다. 아침이 되어 실내가 소란스러워지자, 류는 택시회사에 전화를 걸어 옐로 캐브를 한 대 호출했다. 얼마 후, 노란색 택시 한 대가 가게 앞에 멈췄다. 두 사람은 재빨리 밖으로 나가 뒷좌석에 올라탔다. 운전사가 그들에게 어디로 가느냐고 묻자, 류가 스포츠 가방을 손바닥으로 툭툭 치며 메가 버스터미널로 가달라고 대답했다.

그녀는 놀란 표정으로 류를 바라보았다. 갑자기 찬물을 한 바가지 뒤집어쓴 느낌이었다.

미쳤어. 그놈들이 지키고 있으면 어쩌려고 그래?

뉴욕에 잠깐 들러야 해.

지금 이런 상황에 뉴욕엔 또 왜?

여기를 뜨기 전에 할 일이 하나 있어. 중요한 부탁을 받았거든.

그러다 잡히면?

사람들 많은 곳에서 총질하겠어? 버스터미널에는 경비원도 있을 테니까.

질문과 의혹이 꼬리에 꼬리를 물었지만, 애써 입을 다물었다. 더 이상 류에게 아무것도 묻고 싶지 않았다. 지난밤 류가 해준 이야기는 그녀를 계속 깜짝 놀라게 했다. 그의 입에서 또 어떤 충격적인 말이 튀어나올지 두려웠다. 우선 이 위험한 도시를 떠나는 것이 가장 현명한 선택 같았다.

그녀는 뉴욕에 몇몇 친한 친구가 있었다. 극단적인 상황에 처하게 되면 그들에게 도움을 구할 수도 있을 것이다. 당장 가야 할 목적지가 뉴욕인 것이 다행이라 생각되었다. 멕시코 국경의 엘파소나 남태평양의 어느 작은 섬까지는 무리여도 뉴욕까지는 충분히 동행할 수 있었다.

자동판매기 옆에 나란히 세 대의 공중전화 부스가 설치되어 있었다. 맨 오른쪽 부스는 중년 여성이 사용 중이었고, 맨 왼쪽 부스에는 고장 사인이 붙어 있었다. 그녀는 가운데 부스에 들어가 아우디 V8를 빌려준 닥터 현에게 전화를 걸었다. 전화벨이 세 번 울린 후 자동 응답기가 작동했다. 자신이 부재중이니 메시지를 남겨 달라는 닥터 현의 목소리가 들려왔다. 녹음테이프에 담긴 닥터 현의 목소리는 언제 들어도 차갑고 섬뜩한 느낌을 주었다. 이런 남자와 한동안 사귀었다는 사실이 믿기지 않을 지경이었다. 곧이어 삑, 녹음을 시작하라는 신호음이 울렸다.

그녀는 헛기침을 한 번 했다. 머릿속이 복잡했지만 필요한 말들을 차근차근 꺼내 놓았다. 물론 모든 내용을 자세히 설명하지는 않았다. 목숨이 위태로운 상황에서 이상한 놈들에게 쫓기다가 신형 아우디를 완전히 박살 냈다는 사실 또한 차마 그대로 전할 수 없었다. 대신에 아파트 주차장에서 차를 도둑맞았다는 말로, 거짓 아닌 거짓부렁을 늘어놓으면서, 자신의 안타깝고도 미안한 마음이 잘 전달되기를 간절히 바랐다.

그녀는 아우디의 차량 번호를 모르는 상태였다. 도난 신고는 차량 소유자인 닥터 현이 돌아와서 직접 해야 할 것 같았다. 세계치과협회 세미나 참석차 베네치아로 떠난 그는, 오늘 밤이나 내일 오전 중에 돌아올 예정이었다. 그녀는 이렇게 안 좋은 소식을 직접 전하지 못하게 되어 몹시 미안하다는 말도 잊지 않았다. 아우디 차량의 리모컨 열쇠는 여행에서 돌아오는 즉시 돌려주겠다고 말하고 전화를 끊었다.

전화 부스에서 나온 그녀는 곧장 조금 전 자리로 돌아왔다. 그런데 신문지에 얼굴을 묻고 있던 류가 보이지 않았다. 그녀는 불안한 마음으로 주변을 조심스럽게 둘러보았다. 이른 시간임에도 대합실 안은 버스를 기다리는 승객들로 북적였다. 왁자지껄 시끄러운 분위기 속에 특별한 낌새는 없었다.

화장실에 갔나?

공중전화 반대편에 남자 화장실 표지판이 보였다. 그녀가 주변의 분위기를 살피며 남자 화장실 쪽으로 향하고 있을 때였다. 신문판매대 뒤의 어두운 구석에서 갑자기 손 하나가 튀어나와 그녀의 어깨를 낚아챘다. 가슴이 철렁 내려앉고, 다리에 힘이 풀렸다. 그녀를 가판대 뒤로 끌고 간 사람은 다름 아닌 류였다.

미쳤어. 왜 이런 장난을 쳐? 간이 콩알만 해졌잖아.

그녀는 류를 향해 매섭게 눈을 부라렸다.

어디 가는 건데?

자기 찾으러 가는 길이지. 신경 쓰이게 왜 왔다 갔다 해?

류가 손가락으로 벽에 걸린 거울을 가리켰다. 거울 속에는 경찰 제복과 완장을 착용한 두 명의 경관이 비쳤다. 대합실 입구에 서 있는 그들은 지나가는 사람들을 주의 깊게 관찰하며, 무언가를 속삭이듯 이야기하고 있었다. 한 경관은 곤봉으로 자기 손바닥을 툭툭 때리며 고약하게 인상을 찌푸렸다.

류는 바닥에 침을 뱉고 발로 뭉갰다. 그러고는 고개를 숙이며 그녀를 돌아보았다.

느낌이 안 좋아. 좀 그래.

뭐가 또? 뭔데? 어서 말해봐.

경관들이 무전기로 통신을 주고받다가 갑자기 밖으로 뛰쳐나갔다. 그녀는 불안과 초조로 가슴이 타들어 가는 기분을 느꼈다. 뭔가 좋지 않은 상황이 벌어지고 있는 것이 분명했다.

내가 뭐랬어? 기차를 타자고 했잖아. 자기는 왜 항상 내 말을 안 듣는 거야?

그녀는 짜증 섞인 목소리로 속삭였다. 버스터미널로 향하는 택시 안에서, 그녀는 버스보다는 기차가 더 안전할 거라고 주장했다. 추격 장면이 많은 영화를 보면, 기차가 버스보다 유리한 점이 많았다. 상대의 공격을 피해서 기차 앞쪽이나 꼬리 칸으로 이동할 수 있고, 몸을 자유롭게 움직일 수 있는 폭도 버스에 비해 훨씬 넓었다. 그런 설명에도 불구하고, 류는 끝까지 버스를 고집했다.

놈들이 여기까지 쫓아온 거야? 어디야? 도대체 어떤 놈들이야?

그러나 류는 고개를 더 깊숙이 숙일 뿐이었다. 그녀는 머릿속이 하얘질 만큼 소름이 끼쳤지만, 이왕 이렇게 된 거 끝까지 버텨보자고 결심했다.

자기는 얼른 도망가. 내가 어떻게든 여기서 시간을 끌어 볼게. 내 걱정은 하지 마. 난 잘못한 게 없잖아. 경찰을 부를 거야.

어제 아파트로 출동했던 백인 경찰의 얼굴이 순간 떠올랐다. 그가 남긴 쪽지에는 그의 전화번호와 이름이 적혀 있었다.

아, 그걸 집에 두고 왔네. 씨!

목소리 좀 낮춰. 여자 목청이 왜 이렇게 커?

류가 고개를 들며 그녀의 옷깃을 잡아당겼다.

혹시 핸드백 속에 타이레놀 같은 것 있어?

뭐?

아무래도 감기에 걸린 것 같아서. 편도선이 부었어.

지금 농담하는 거야?

그녀는 핸드백으로 류를 확 밀치고는 자리로 돌아왔다. 나무로 된 벤치 의자는 깜짝 놀랄 정도로 차가웠다. 류가 슬그머니 따라와 다시 신문을 펼쳤다. 그녀는 그에게서 세 뼘쯤 떨어져 앉으며 차가운 얼굴로 정면을 응시했다.

류가 얼굴을 신문에 묻은 채 물었다.

아까 누구에게 전화를 건 거야? 친구? 애인?

남이야 전화를 걸든 말든 그게 무슨 상관이야?

류가 신문을 슬쩍 젖히며 말했다.

전화에 대고 한참 떠들었잖아. 누군지 궁금해서.

차 주인이야. 아우디. 그쪽 때문에 왕창 부서진 그 차.

난 또 누구라고. 찻값은 배상해 준다고 그래.

진짜지? 알았어.

그런데 무슨 사이인데 그 비싼 차를 빌려준 거야? 애인? 친구?

신경 끊으라니까.

그때 실내 스피커를 통해 뉴욕행 버스 승객은 3번 게이트 앞으로 나오라는 안내방송이 나왔다. 대합실 안이 술렁거리기 시작하며 사람들이 하나둘 자리에서 일어났다.

우리도 버스를 타자.

그녀는 잠시 망설이다가 고개를 끄덕였다. 그들은 게이트를 빠져나가 건물 밖에 대기 중인 고속버스에 올랐다. 류는 자리에 앉아서도 불안해 보였다. 신경이 잔뜩 곤두선 얼굴로 창밖만 주시했다. 마침내 버스 운전기사가 출발을 알리며 출입문을 닫았다.

휴, 이제 됐네.

류는 그제야 한시름 놓은 표정이었다. 그녀는 좌석 등받이에 몸을 기대고 눈을 감았다.

고마워. 나랑 같이 가줘서. 앞으로 내가 잘할게. 이번엔 믿어도 좋아.

착각하지 마. 누가 같이 가 준대. 널 믿어? 허? 나는 뉴욕까지만 가는 거야.

알았어, 알았어. 그리고 그것도 고마워.

뭐가 계속 고마운 건데?

그동안 수원 할머니에게 생활비를 쭉 보내드렸다면서. 이제 그러지 않아도 돼. 지난달에 돌아가셨어.

그녀는 놀란 표정으로 고개를 들었다. 류의 모습 뒤로 버스 터미널 주변의 황량한 풍경이 배경처럼 멀어지고 있었다.

세상에나. 어쩜 좋아.

우연히 인편으로 소식을 들었어.

그렇게나 너를 보고 싶어 하셨는데. 마지막까지 얼마나 애를 태우셨을까.

내가 씻을 수 없는 불효를 저지른 거야. 난 왜 이렇게 후회할 짓만 하는 거니.

류는 붉게 충혈된 눈으로 창밖을 바라보았다. 버스가 과속방지턱을 넘으면서 심하게 흔들리더니, 오른쪽으로 급하게 몸을 틀며 크게 회전했다.

그래서 고마웠어. 진심이야.

류의 눈동자가 촉촉해져 있었다. 그녀는 모르는 척 다시 눈을 감으며 마음속으로 대답했다.

'You're welcome.'

결손 가정의 사생아로 태어난 류에게는 수원 할머니가 유일한 가족이었다. 이제 그분마저 돌아가셨으니 완벽하게 혼자가 된 것이다.

한 가지 물어봐도 돼?

뭘?

자기는 왜 평범하게 살 생각을 안 하는 거야?

이제부터 평범해지려고. 이 돈 가방으로 나는 평범함의 가치를 살 거야.

당신은 이제 겨우 35살이야. 마음만 먹으면 뭐든 다시 시작할 수 있는 나이야.

류는 잠시 침묵하다가, 깊은 한숨을 내쉬며 말했다.

지금껏 나한테 잔소리를 한 사람은 딱 두 명뿐이야. 너하고 수원 할머니. 이렇게 널 보고 있으니, 수원 할머니 생각이 자꾸 난다.

그의 입은 웃고 있었으나, 쓸쓸한 눈빛을 감추지 못했다. 이 세상에 홀로 남겨진다는 것이 어떤 기분일지 문득 궁금해졌다. 어쩌면 우리는 처음부터 모두 혼자였는지 모른다. 그래서 가까운 누군가를 늘 찾아 헤매는 것은 아닐까. 가까워지면 또 멀어지면서도, 다시금 따스한 온기를 구하게 되는 것이다.

볼티모어에서 뉴욕 맨해튼까지는 고속버스로 3시간 반 정도 소요되었다. 링컨 터널을 빠져나온 버스가 42번가를 따라 동쪽으로 이동할 때쯤 류가 조심스럽게 그녀의 어깨를 흔들었다. 손목시계는 어느새 10시 37분을 가리키고 있었다.

여기서 나 혼자 볼일이 좀 있어.

무슨 일인데?

누구를 잠깐 만나서 주소를 전해줘야 해.

나는 다시 돌아갈 거야. 뉴욕은 너무 추워. 볼티모어에서 내 친구 쿠키가 기다리고 있을 거야. 와인을 가져가기로 했거든.

지니, 와인이라면 내가 몇 박스라도 사줄 수 있어. 오늘만은 제발 나를 기다려 줘.

또 기다리라고? 난 왜 항상 기다리는 역할만 하지?

미안, 미안. 다음엔 내가 기다릴게. 반드시 그럴 거야.

볼티모어에서 출발한 고속버스는 뉴욕 공립도서관과 브라이언트 공원을 지나며 오트리 버스 터미널에 점점 더 가까워지고 있었다. 류는 자신이 하필이면 다시 뉴욕으로 돌아왔다는 사실에 몹시 불안함을 느꼈다. 언제 어디서 차이나타운의 식구들과 마주칠지 모르는 일이었다. 켄싱턴 우산 공장에서 벌어진 총격전 소식은 이미 이곳까지 전해졌을 것이다.

뉴욕 거리에서 사람들의 눈을 피하려면 약간의 변장이 필요할 것 같았다. 그는 후드티로 머리를 감싸고 마스크를 썼다.

정말 감기 걸린 거야? 편도선이 많이 부었어?

아냐. 얼굴을 좀 가린 거야. 혹시 알아보는 사람이 있을까 봐.

맙소사. 너무 불안해서 미칠 것 같아. 이제 어쩌면 좋아.

승객을 가득 실은 대형 고속버스가 8번가에서 속력을 줄이며 오트리 버스 터미널로 향했다. 버스가 승강장 앞에 멈춰서기 직전, 그녀는 결국 류와 다시 만날 약속을 정했다. 오후 5시에 메트로폴리탄 미술관 앞에서 만나자고 제안한 사람은 지니였다.

늦지 마. 만약 1분이라도 늦으면 난 그냥 가버릴 거야.

알았어. 기다리는 동안 이걸로 옷이나 사 입을래?

류가 무릎에 올려놓았던 돈 가방의 지퍼를 열려고 했다. 지니는 날카로운 손짓으로 류의 손등을 툭 쳤다.

싫어.

돈이 싫어? 왜?

내 마음이야.

그녀의 대답에 류는 입맛을 쩝 다시며 고개를 저었다.

그럼, 5시까지 뭐 할 거야? 오늘 크리스마스이브라 사람들이 많이 바쁠 거야.

글쎄. 아는 사람이나 만나러 갈까?

누구?

류가 걱정스러운 눈빛으로 그녀를 바라보았다. 그의 얼굴은 모자와 마스크로 가려져 두 눈만 빼꼼히 드러나 있었다. 그때 고속버스가 완전히 멈추고 출입구 문이 열렸다. 사람들이 우르르 자리에서 일어났다.

그녀가 버스 승강구를 향해 다가가며 대답했다.

이름이 쌍이라고, 자기는 모르는 사람이야……〈끝〉